Liane Mars

Oma streikt im Apfelbaum

LIANE MARS

OMA STREIKT IM APFELBAUM

COZY-LIEBESROMAN

Bereits 2021 erschienen bei HarperCollins Germany GmbH, Hamburg - unter dem Titel „Der Apfel fällt recht weit vom Stamm“

Satz: Chrissy Em Rose
Illustrationen/Vektorgrafik unter Verwendung von Shutterstock Bildern. Kennzeichnung: Apple Leaves Branch Line Drawing Set.
Von: NatalyaDDD

Verlag: BoD · Books on Demand GmbH, Überseering 33, 22297 Hamburg, bod@bod.de
ISBN: 978-3-7693-2653-6
Druck: Libri Plureos GmbH, Friedensallee 273, 22763 Hamburg

Bibliografische Information der Deutschen Nationalbibliothek: Die Deutsche Nationalbibliothek verzeichnet diese Publikation in der Deutschen Nationalbibliografie; detaillierte bibliografische Daten sind im Internet über dnb.dnb.de abrufbar.

Für Heiko

#unerwartetverlobt

Wer eine Verlobung bekannt gibt, sollte seinen Verlobten zuvor über die Verlobung informieren. (Aus: Tipps für Frischverliebte)

Nora

»Deine Oma sitzt im Apfelbaum. Du musst nach Hause kommen.« Nora blinzelte irritiert und versuchte die Aussage des Anrufers zu verstehen. Instinktiv presste sie den Telefonhörer fester gegen das Ohr. Als würde ihr das helfen, den Satz zu erfassen. Ihre Oma? Aber die wohnte im Alten Land, mehrere Hundert Kilometer von ihrer Arbeitsstelle in Köln entfernt. Vor Schreck hatte sie sich verstempelt, sodass der Gebucht-Stempel nicht wie sonst an der exakt gleichen Stelle aufgebracht war. Er war verrutscht. Wie ärgerlich. Dabei nahm sie ihren Job als Buchhalterin sehr ernst.

Der Gedanke verging jedoch, als sie begriff, wer sie angerufen hatte. Diese Stimme! Dunkel und freundlich, klar und männlich, zugewandt und … nein! Das konnte nicht sein.

»Ben? Bist du es?«, fragte sie ungläubig.

»Legst du auf, wenn ich Ja sage?«

»Ich leg so oder so auf. Privatgespräche sind im Büro streng verboten. Was das angeht, kennt mein Chef kein Pardon.«

Aus einem Instinkt heraus hätte Nora beinahe den Hörer auf die Gabel geworfen und damit den unheimlichen Anruf aus ihrer Vergangenheit gekappt. Beinahe. Doch dann erinnerte sie sich an Bens ersten Satz. »Oma sitzt im Apfelbaum? Aber was macht sie da? Wie ist sie da hochgekommen? Und vor allem: Warum tut sie das?«

»Das musst du sie schon selbst fragen. Sie sagt lediglich, dass sie mit dir reden will. Bis du nicht da bist, streikt sie im Apfelbaum. Okay. Im Baumhaus, aber kurios ist das trotzdem.«

»Wie lange sitzt sie denn da schon?«

»Es sind jetzt exakt sechs Tage. Sie ist direkt nach der Trauerfeier für deinen Papa raufgeklettert. Seitdem sitzt sie dort.«

Nora verschlug es die Sprache. Selbst für ihre manchmal leicht exzentrische Oma war das eine harte Nummer. Wie kam sie auf so eine Idee?

»Ich kann nicht nach Hause kommen«, sagte Nora mechanisch. Erst jetzt bemerkte sie, dass sie die Luft angehalten hatte. Vor Schreck. Vor Überraschung. Vor Fassungslosigkeit.

Ihre Oma. Im Apfelbaum. Und Ben, der sie aus diesem Grund anrief.

Ihre Finger begannen vor Aufregung zu zittern, wie immer, sobald sie mit ihrer Vergangenheit konfrontiert wurde. Es war ihre Geißel. Ihr Fluch. Deshalb hatte sie in den letzten Jahren jeden Kontakt vermieden, auch wenn es ihr an manchen Tagen das Herz zerriss. An Geburtstagen. An Weihnachten. Zu Familientreffen. All das hatte ohne sie stattgefunden.

Ohne sie stattfinden müssen.

»Ich weiß, wie schwer dir die Rückkehr fällt, aber ich fürchte, es gibt keine andere Möglichkeit. Du musst zu uns kommen.«

»Ruft die Feuerwehr!«

»Haben wir schon. Oma hat sie mit Steinen beschossen. Erinnerst du dich an die alte Flitsche, die wir damals im Baumhaus gebunkert haben? Die hat sie in Betrieb genommen. Sie hat darüber hinaus deutlich klargemacht, dass sie nicht wie eine räudige Katze gerettet werden muss. Die Feuerwehr ist wieder abgerückt. Das war denen zu heiß. Sie wollten Oma nicht für verrückt erklären und sie gegen ihren Willen runterholen.«

Die freiwillige Feuerwehr ist auch nicht mehr das, was sie mal war, dachte Nora missmutig. »Irgendwann wird sie schon runterkommen«, murmelte sie und glaubte selbst nicht dran.

»Du kennst doch deine Oma. Die verhungert und verdurstet eher, als dass sie die Segel streicht. Du musst kommen. Ernsthaft, Nora. Ich bin mit meinem Latein am Ende.«

Nora atmete tief durch, versuchte sich zu beruhigen. *Du könntest einfach auflegen,* dachte sie. *Blockier die Nummer und tu so, als hätte Ben niemals angerufen.*

Doch das konnte sie nicht. Nicht mehr. Der Damm, den sie zum Schutz gegen ihre Vergangenheit aufgebaut hatte, war löchrig geworden. In dem Moment, in dem sie Bens Stimme gehört und die Neuigkeiten von ihrer Oma vernommen hatte.

Ben. Einerseits hatte sie sich danach gesehnt, seine Stimme eines Tages wieder zu hören. Andererseits hatte sie sich davor gefürchtet und es auf jeden Fall vermeiden wollen. Er hatte ihr wehgetan. Sehr weh. Sie hatten sich gegenseitig unglücklich gemacht. Und das, wo sie einst das absolute Traumpaar gewesen waren. Auch jetzt ließ sein Anruf ihr Herz schneller und schneller schlagen.

»Nora? Bist du noch da?«

»Nein. Äh, ja. Aber nicht mehr lange. Wie kommst du an diese Nummer, Ben?« Sie ließ ihre Stimme absichtlich drohend klingen, damit sie nicht länger in den höheren Tonlagen kiekste. Das tat sie immer, wenn sie aufgeregt war. Bens Stimme zu hören, brachte sie völlig aus dem Konzept. Das war schon immer so gewesen. Sie kannten einander, seit Nora bei der Schwimmprüfung abgesoffen war und er sie aus dem Wasser gezogen hatte. Trotz der Atemnot hatte sie als Sechsjährige schon erkannt, dass er wahninnig schöne Augen hatte. Sie waren beste Freunde geworden, und später, so mit zwölf, hatte er ihr den ersten Kuss gestohlen. Die Anziehungskraft zwischen ihnen war unbestreitbar. Auch jetzt weckte allein sein Atemgeräusch im Telefonhörer die seit Langem schlafenden Glühwürmchen in ihrem Magen auf. Sie zappelten und tanzten vor Freude.

Nora zwang sie zur Landung und bemühte sich, sich zu konzentrieren. Das Gespräch war zu wichtig. Sie musste wissen, wie er sie gefunden hatte. »Ich warte auf eine Erklärung«, knurrte Nora möglichst drohend.

Ben ließ sich Zeit mit der Antwort. »Ich hab …«

»Frau Graf?«

Mist! Nora war dermaßen auf das Gespräch konzentriert gewesen, dass sie ihren Chef nicht bemerkt hatte. Der stand plötzlich wie aus dem Boden gewachsen vor ihr und starrte sie mit finsterer Miene an.

»Wir müssen reden«, sagte er ernst.

Nora rutschte das Herz in die Hose. Auch das noch. »Ich muss Schluss machen«, wisperte sie hastig in den Hörer und legte auf, bevor Ben zum Protestieren kam. Sie spürte, wie ihr Gesicht vor Aufregung zu glühen begann. Seltsamerweise dachte sie als Erstes an den verrutschten Gebucht-Stempel auf der neuesten Rechnung. So etwas passierte ihr sonst nie. Hatte ihr Chef das etwa bemerkt? Normalerweise achtete sie als Einzige derart pedantisch auf solche Kleinigkeiten. »Herr Forster, was kann ich für Sie tun?«, fragte sie freundlich, doch viel zu ängstlich. Wie konnte solch ein kleiner Mann einen derartigen Schrecken verbreiten?

Ihr Chef war das, was man im Volksmund als »abgebrochener laufender Meter« bezeichnete. Klein, untersetzt, mit fliehender Stirn und grimmigem Gesichtsausdruck. Um seine Statur zu kompensieren, trug er die teuersten Anzüge, die modernsten Schuhe und die dickste Uhr. Unter anderen Umständen hätte sich Nora über ihn lustig gemacht, doch Herr Forster war nicht lustig. So gar nicht.

Er konnte seinen Untergebenen das Leben zur Hölle machen.

Nora öffnete den Mund, um eine Erklärung für das Privatgespräch und den verunglückten Stempel hervorzuwürgen, doch er kam ihr zuvor. »Ich bewundere wirklich Ihren Arbeitseifer, Frau Graf, aber das geht langsam zu weit. Sie sind beurlaubt. Für die nächsten zwei Wochen. Mein herzliches Beileid.«

Abermals war Nora lediglich in der Lage, verwirrt zu blinzeln. Was geschah hier? »Beurlaubt? Aber was habe ich denn getan?«, fragte sie entsetzt.

»Sie haben gar nichts getan. Ihr Verlobter hat mich angerufen und uns über den Tod Ihres Vaters in Kenntnis gesetzt. Er wollte sich beschweren, weil sie angeblich keinen Urlaub für die Urnenbeisetzung Ihres Vaters genehmigt bekommen haben. Mir ist bewusst, dass ich eine Urlaubssperre verhängt habe. In dem Fall mache ich allerdings eine Ausnahme. Selbstverständlich sollten Sie jetzt bei Ihrer Familie sein. Ich bin ja kein Unmensch.«

Das war glatt gelogen, doch Nora hütete sich, ihn zu korrigieren. Herr Forster war ein Unmensch! Aber warum musste er sich ausgerechnet in dieser Situation auf seine gute Erziehung besinnen?

»Ich … meine Projekte … ich kann nicht …«

»Ihre Projekte sind bei Frau Humpert in den besten Händen. Sollte sie Fragen haben, wird Sie sich bei Ihnen melden. Jetzt müssen Sie gehen. Laut Ihrem Verlobten hat er bereits ein Zugticket gebucht. Um vierzehn Uhr geht Ihr Zug Richtung Heimat. Gute Reise und … äh … abermals herzliches Beileid!« Mit diesen Worten nickte ihr Herr Forster noch einmal zu und verschwand in seinem Büro.

Ihr … Verlobter? Welcher Verlobte denn? Fassungslos starrte Nora ihrem Chef hinterher. Sie träumte. Das war die einzige Erklärung. Ein echter Albtraum. Erst als sie das Geräusch von Rollen auf dem Laminat vernahm und sich ein spitzer Ellenbogen in ihre Rippen bohrte, konnte sie sich aus ihrer Starre lösen.

Sie drehte den Kopf und blickte ihre Arbeitskollegin und beste Freundin Annabelle an. Die zog eine Augenbraue in die Höhe.

»Stimmt das? Dein Vater ist gestorben?«, fragte sie mit einem seltsamen Unterton. Nora brachte lediglich ein schwaches Nicken zustande, woraufhin sich Annabelles skeptische Miene in tiefe Betroffenheit verwandelte. »Oh, Nora! Das tut mir von Herzen leid!« Sie wollte sie in die Arme nehmen, doch Nora hob hastig die Hände und wehrte sie ab.

»Nicht, Annabelle! Du brauchst mich nicht zu bedauern. Mein Vater und ich haben uns seit acht Jahren nicht gesehen. Ich hatte eigentlich nicht vor, zur Urnenbeisetzung zu gehen. Die Trauerfeier mit Sarg hab ich ohnehin schon verpasst.«

Dass ihr dieser Entschluss beinahe das Herz gebrochen hätte, erwähnte Nora lieber nicht. Sie war lange hin- und hergerissen gewesen. Sollte sie nicht doch gehen? Aber wie sollte sie dann mit Ben umgehen? Mit ihrer Mama? Das alles war so kompliziert. Sie hatte sich selbst in eine unmögliche Lage gebracht und wusste nicht mehr, wie sie daraus entkommen konnte. Letztlich hatte sie sich gegen einen Besuch entschieden. Das war wohl besser für alle Beteiligten.

»Was? Bist du verrückt geworden? Nora! Dein Vater ist gestorben. Natürlich musst du hin. So zerstritten könnt ihr gar nicht sein«, rief Annabelle prompt.

Mittlerweile war sich Nora auch nicht mehr so sicher, ob ihr Entschluss klug gewesen war. Ganz tief in ihrem Inneren war sie sogar ein wenig erleichtert über den Anruf. Ihre Oma zwang sie zurück. Sie hatte ihr die Entscheidung abgenommen.

»Wenn du um vierzehn Uhr am Bahnhof sein willst, solltest du langsam los«, holte sie Annabelle aus den Gedanken. »Was immer auch passiert ist: Sieh die Beisetzung als Möglichkeit, damit abzuschließen.

Fahr hin, regel alles und komm zurück. Je schneller, desto besser. Ich halte in der Zwischenzeit die Stellung und pass auf, dass dir die Humpert nicht den Posten stibitzt. Die reibt sich schon die Hände. Endlich hat sie die Chance zu zeigen, was sie kann. Oder auch nicht.«

Annabelle und Nora blickten gleichzeitig zu dem Schreibtisch in der Ecke, wo Susanne Humpert wie ein Geier hockte und wild auf ihre Tastatur einhämmerte.

»Sie wird alles tun, um mir möglichst viele Fehler nachweisen zu können«, prophezeite Nora düster. »Wenn ich in zwei Wochen zurückkomme, werde ich wieder Fußvolk sein, und sie hat sich meine Arbeit unter den Nagel gerissen. All die Jahre für die Katz. Außerdem stempelt sie immer vollkommen ohne Ordnung. Das macht mich ganz kirre.«

Annabelle zog eine Augenbraue in die Höhe. »Ich passe schon auf, dass die Humpert dir nicht alles versaut, rate dir jedoch: Komm möglichst schnell zurück. Trotzdem solltest du fahren.«

Nora gab nach, schon allein um keine weitere Ermahnung ihres Chefs zu riskieren. Wenn der einen so klaren Befehl erteilte, sollte man besser gehorchen.

Mit einem weiterhin unguten Gefühl stand sie auf und zog ihre schwarze Handtasche unter dem Schreibtisch hervor. Ihr Terminplaner musste natürlich mit, genau wie ihr in der Schublade verstecktes Handy und ihr Lieblingsstift mitsamt Notizblock. Nein. Besser waren drei Stifte. Falls einer nicht funktionierte und der andere farblich nicht passte. Es war außerdem immer gut, eine dritte Option dabeizuhaben. Ihr neuester Ratgeber mit dem Titel *Wie neugeboren ohne Zucker* durfte ebenfalls nicht fehlen. Nora dachte zwar im Traum nicht daran, ohne Zucker zu leben, aber es beruhigte sie, darüber zu lesen und andere für ihr Durchhaltevermögen zu bewundern.

Ben hätte über diesen schrägen Gedankengang jetzt herzhaft gelacht, dachte sie mürrisch. Er hatte ihren Hang, Ratgeber zu lesen, ohne sich je dran zu halten, schon immer witzig gefunden.

Wieso nur fanden so viele Leute ihre kleinen Marotten seltsam? Mit finsterer Miene räumte sie den Ordner des letzten Kunden zurück ins Regal, richtete ihn parallel zur Regalkante aus und sortierte ihre Marker nach Farben, ehe sie in der Schublade verschwanden. Natürlich mit exakt dem gleichen Abstand.

Annabelle beobachtete sie schweigend. Aus Erfahrung wusste sie, dass Nora gerade nicht gestört werden durfte. Sonst musste diese noch mal von vorne anfangen. »Und sobald du wieder da bist, will ich alles über deinen Verlobten wissen«, sagte sie plötzlich.

Ihr Verlobter! Nora erstarrte. Den hatte sie ganz vergessen.

Wie kam ihr Chef nur darauf, dass sie einen … oh, verdammt. »Ben«, knurrte Nora. Das war die einzige Erklärung. »Na, warte. Wenn ich dich in die Finger bekomme, wirst du was erleben!«

Ben

Er hatte es getan. Er hatte sie wirklich angerufen. Unfassbar. Bens Hand verkrampfte sich leicht vor lauter Anspannung, als er sein Handy in die Hosentasche zurückschob. Sein verräterisches Herz überschlug sich regelrecht, und er fühlte sich, als sei er hundert Meter gesprintet.

Nora.

Die Gefühle, die ihre Stimme in ihm ausgelöst hatte, waren vollkommen konträr. Er war noch immer so wütend auf sie. So verletzt. All die aufgestauten Empfindungen kamen mit voller Wucht zurück. Vermutlich ahnte sie nicht einmal, wie böse er wirklich auf sie war. Sie fühlte sich als Opfer, aber das war sie nicht. Nicht komplett.

Welcher normal denkende Mensch verschwand einfach von einem Tag auf den anderen? Niemand! Er war vor Angst um sie fast gestorben. Das konnte er ihr einfach nicht verzeihen.

Doch da waren noch die alten, lange verbuddelten Gefühle. Sie hatten einander geliebt. Bis zu dem Tag, an dem Nora abgehauen war.

»Und, was hat sie gesagt?«

Das war Oma Enne, die ihn aus seinen trüben Gedanken riss. Eigentlich hatte er das Telefonat in Ruhe zu Hause führen wollen, doch die alte Dame hatte das spitzbekommen. Sie hatte ihm so lange ihre Kaffeeklatschfreundinnen auf den Hals gehetzt, bis er klein beigegeben und den Anruf unter dem Apfelbaum geführt hatte. Und er hatte es versaut. Zumindest fühlte es sich so an.

»Sie hat aufgelegt«, rief er nach einer Weile zu der wartenden alten Dame in luftiger Höhe hinauf. Seit Oma Enne auf den Baum geklettert war, litt sein Nacken. Ständig nach oben gucken zu müssen, war anstrengend.

»Ich hab doch gesagt: Lass mich mit ihr reden.«

»Und ich hab gesagt: Du darfst gerne mit ihr reden, wenn du dafür runterkommst.«

Enne brummelte verärgert. Sie mochte es nicht, erpresst zu werden. Natürlich war sie nicht auf seine Bedingungen eingegangen.

»Wie hat sie denn geklungen?«, hakte sie nach.

»Ruppig und kurz angebunden. Was hast du denn erwartet? Sie ist seit acht Jahren verschwunden und wollte nicht gefunden werden. Da gefällt es ihr bestimmt nicht, dass ich sie aus heiterem Himmel anrufe.«

»Ich bin auch noch immer beeindruckt von deinen detektivischen Fähigkeiten, mein Junge. Jetzt musst du nur noch an deinen Überredungskünsten feilen. Ruf sie noch mal an.«

»Im Leben nicht!«

»Dann komme ich auch nicht runter, streike weiter und halte dich dadurch von deiner immens wichtigen Arbeit ab. Viola sagt, die Beregnungsanlage funktioniert bei den südlichen Apfelbäumen nicht. Wenn Frost kommt, gehen wir pleite, weil die Blüten erfrieren. Das ist dann allein deine Schuld. Weil du mich gezwungen hast, dich abzulenken.«

Ben seufzte. An diesem Punkt waren sie schon tausendmal angekommen. Oma Ennes Logik war genauso verdreht wie genial. Mist. Er hatte so gehofft, die Verantwortung endlich abgeben zu können. Deswegen hatte er das Gespräch mit Nora auch ausgiebig vorm Spiegel geübt. Jedes Wort. Dass sie einfach auflegen könnte – damit hatte er nicht gerechnet.

Egal! Er brauchte Nora nicht. Seit Jahren kam er gut ohne sie klar, da würde er ihre Oma schon noch vom Apfelbaum runterbekommen. Irgendwie.

»Oma Enne, es ist vorbei. Nora wird nicht kommen, also gib auf«, sagte er jetzt deutlicher. Natürlich war die alte Dame nicht wirklich seine Oma, aber jeder nannte sie so. Wirklich jeder. Selbst die noch älteren Frauen des Ortes.

»Sie ruft an.«
»Wird sie nicht.«
»Wird sie wohl.«
Sein Handy klingelte. Ungläubig starrte er aufs Display. Das war … das war wirklich …
»Ich sag doch, dass sie anruft«, sagte Oma Enne voller Genugtuung in der Stimme.
Ben bezweifelte das. Es war eine unbekannte Nummer, und er wagte es kaum zu hoffen. Mit angehaltenem Atem ging er ran.
»Du hast dich als mein Verlobter ausgegeben?«, wurde er gleich darauf angebrüllt.
Ben brauchte kurz, um den Satz zu erfassen. Verlobter? Ach, ja! Aber es war tatsächlich Nora am anderen Ende der Leitung. Zwar war sie richtig wütend auf ihn, aber wenigstens rief sie zurück.
»Ich …«, setzte er an, wurde jedoch unterbrochen.
»Was hast du dir nur dabei gedacht? Mein ganzes Büro denkt jetzt, ich würde bald heiraten. Und ich bin beurlaubt worden. Beurlaubt! Ich bin noch nie beurlaubt worden.«
Das konnte sich Ben gut vorstellen. Nora hatte selbst in der Schule keinen Tag gefehlt. Solange sie fleißig sein konnte, fühlte sie sich wohl. Offenbar galt das noch immer.
»Das tut mir leid … oder auch nicht. Kommst du denn jetzt nach Hause?«
»An dieser Stelle der Diskussion sind wir noch nicht. Der Anschiss wegen deines perfiden Plans, mich nach Hause zu locken, kommt erst noch. Momentan bin ich zunächst stinksauer auf dich, weil du rumerzählst, wir seien verlobt.«
»Wir waren mal verlobt. Und soviel ich weiß, hast du diese Verlobung nie aufgelöst.«
Bumm. Das hätte er besser nicht gesagt. Ben hörte, wie Nora tief einatmete. Es hörte sich an wie eine Kobra, die zischelnd zum Biss ausholte. Mist. Er war mal wieder übers Ziel hinausgeschossen.
Aus dem Augenwinkel sah Ben, wie Oma hektisch von oben herab winkte und dabei das Zeichen für »Abbruch, Abbruch« machte. Dabei tat sie so, als erwürge sie sich selbst. Offenbar ihre Art, ihm zu vermitteln, dass er das Gespräch falsch anpackte.

»Ernsthaft? Du kommst mir jetzt mit der Verlobung? Da waren wir vierzehn, Ben. Vierzehn! Seitdem ist eine Menge passiert. Unter anderem Helen«, brachte Nora wütend hervor.

Ben verdrehte die Augen. Musste sie jetzt schon mit diesem Thema anfangen? Das war Lichtjahre her. »Das mit Helen tut mir noch immer sehr, sehr leid«, sagte er und wollte noch den Satz *Aber du hast mich das auch nie erklären lassen* hinzufügen. In letzter Sekunde verkniff er sich das. Es hätte nur zu weiterem Streit geführt.

»Lassen wir das. Wie dem auch sei. Ich komme nach Hause.«

Da war er. Der eine Satz, den er hatte hören wollen. Ben legte den Kopf in den Nacken und blickte in den strahlend blauen Himmel hinauf. Halleluja! Vielleicht geriet dieser Tag doch nicht völlig aus den Fugen. Er hatte es geschafft. Sie hatte es wirklich gesagt. Zwar in einem Tonfall, der Eis gefrieren lassen konnte, aber immerhin! Nora kam nach Hause.

Wie immer wusste sie genau, was Ben dachte. »Bild dir nichts drauf ein«, brummte sie. »Ich bin sauer auf dich. Und zwar so richtig!«

Das war ihm völlig egal. Er hatte sein Ziel erreicht und konnte vielleicht bald diesem Wahnsinn entkommen. Zumal Oma gerade eine Kreidetafel hob und damit herumwedelte. *Kommt sie?* stand in krakeliger Schrift darauf.

Ben hob den Daumen und nickte, woraufhin Oma einen kleinen Freudentanz auf der Veranda ihres Baumhauses aufführte. Automatisch hielt Ben den Atem an. Der Baum schwankte bedenklich.

»Ich hole dich ab«, sagte er zu Nora, sobald Enne mit dem Unfug aufgehört hatte.

»Nein, danke. Ich komm klar. Ich fahr nur schnell zu Oma, pflück sie vom Baum und bin schneller weg, als ihr meinen Namen buchstabieren könnt. Ich komme nur ihretwegen! Nicht wegen der Beerdigung, nicht deinetwegen.«

Ben atmete tief ein. Na, das war ja mal eine Kampfansage. »Ich hole dich ab«, wiederholte er mit fester Stimme. »Ob du willst oder nicht.«

Damit legte er auf und fragte sich nicht zum ersten Mal, wie er dieses Zusammentreffen überstehen sollte. Nora. Er würde ihren geballten Zorn abbekommen. Ob zu Recht oder nicht, mussten sie noch ausdiskutieren. Es war Zeit, die Vergangenheit hinter sich zu lassen, um neu anzufangen.

»Sie kommt«, jubelte Oma von oben und warf eine ganze Handvoll Luftschlangen zu ihm herunter. Vermutlich hatte sie die schon in freudiger Erwartung dieses Momentes bereitgelegt.

Es war unheimlich, wie gut organisiert die Frau war. Da hockte sie im Baum und war doch besser ausgestattet als so mancher Supermarkt. Wie sie die Dinge dort hinaufbekam und wer sie ihr besorgte, war Ben schleierhaft.

»Freu dich nicht zu früh«, rief er zu ihr hoch. »Nora ist stinksauer. Das wird kein netter Besuch, sondern eine Abrechnung.«

»Das ist mir egal. Ich bin hier oben sicher vor ihrem Zorn. Um dich mache ich mir hingegen größere Sorgen. Du willst Nora ernsthaft vom Bahnhof abholen? Gegen ihren Willen? Das ist mutig, mein Freund. Sehr, sehr mutig.«

Mit Mut hatte das weniger zu tun. Eher mit Verzweiflung. Ihm war klar, dass Nora nach ihrer Ankunft erst mal nach Jork fahren würde, um sich ein Hotel zu suchen. Sie würde bestimmt erst morgen hier auf dem Apfelhof erscheinen. Aber Ben rann die Zeit zwischen den Fingern hindurch. Er hatte nicht mehr viel Spielraum, um dieses Drama zu klären. Und das hieß: Er musste Nora vom Bahnhof abholen, um sie so schnell wie möglich hierherzubekommen.

#Ex-Freundenerven

Einen Ex-Freund zu daten, ist etwa so clever, wie mit einer Klapperschlange fangen spielen zu wollen. (Aus: Zur Hölle mit dem Ex)

Nora

Der Zug fuhr langsam in den Buxtehuder Bahnhof ein und rollte am Bahnsteig entlang, auf dem sich nur eine Handvoll Leute tummelte. Nora klammerte sich jetzt noch fester an ihren neuesten Ratgeber, den sie hastig im Bahnhof gekauft hatte. Zur Beruhigung. Sie hatte ihn einfach mitnehmen müssen, immerhin lautete der Titel: *Zur Hölle mit dem Ex*. Passender ging es nicht. Leider hatte diese Lektüre sie mehr aufgewühlt als beruhigt. Vielleicht sollte sie doch lieber das Zuckerbuch weiterlesen.

Verdammte Ratgeber. Sie sollte endlich einen Ratgeber gegen Ratgebersucht schreiben. Vielleicht hörte sie dann auf, sich mit zu viel Hintergrundwissen verrückt zu machen.

Während ihr Herz immer schneller pochte, starrte sie aus dem Fenster und fragte sich, wie es dazu hatte kommen können. Wieso war sie zurückgekommen?

Dann stockte ihr der Atem.

Nein! Da stand er. Ben. Auf dem Bahnsteig. Er hatte die Hände tief in seinen Hosentaschen vergraben und trat unruhig von einem Bein auf das andere. Alles an ihm schrie nach Nervosität – und damit war er nicht allein.

Noras Welt geriet ins Wanken. Ihr Magen zog sich zu einem festen, immer heißer werdenden Klumpen zusammen. Wie ein Vulkan vor dem Ausbruch. Ein Kribbeln kam hinzu, das sich von ihrem kleinen Zeh aus durch den gesamten Körper arbeitete und ihr sogar das Atmen erschwerte.

Ben.

Er war kantiger geworden. Die Schultern wirkten breiter, der Rücken kräftiger, die Arme muskulöser. Seine ehemals schulterlangen, dunkelbraunen Haare waren zu einer konventionellen Kurzhaarfrisur gestutzt, die ihm sehr gut stand, und das jungenhafte Gesicht war komplett verschwunden. Schon aus dem Zugfenster bemerkte Nora die vielen neuen Falten, den Schatten unter seinen Augen und den fest zusammengepressten Mund. Ben stand unter Strom. Und das nicht erst seit heute.

Der Zug hielt mit einem Quietschen und schleuderte Nora in die Realität zurück. Sie hatte vergessen, einen Notfallplan zusammenzuzimmern. Was sollte sie denn jetzt machen? Sie wollte, nein, sie KONNTE Ben auf keinen Fall gegenübertreten. Das hatte sie sich und ihren Nerven geschworen. Aber … der Buxtehuder Bahnhof war recht übersichtlich. Es war nahezu unmöglich, ungesehen an Ben vorüberzugehen. Und auf ihren hohen Schuhen schon mal gar nicht. Warum hatte sie die Dinger überhaupt angezogen?

Um ein Exempel zu statuieren, erinnerte sie sich selbst. Als sie vom Apfelhof fortgegangen war, hatte sie billige gelbe Gummistiefel vom Discounter, Arbeitshosen von ihrer Mutter und den viel zu großen Regenmantel ihrer Schwester getragen. Sie hatte sich einfach das übergeworfen, was in der Waschküche zu finden war. Nur weg. Das war das Einzige gewesen, das sie hatte denken können.

Heute, acht Jahre später, hatte sie sich ihre besten Sachen angezogen. Kurz vor ihrem überraschenden Ausflug war sie noch in ihre Wohnung gehetzt, um sich angemessen einzukleiden. Ein schwarzes Kostüm, Seidenstrumpfhosen, eine strahlend weiße Rüschenbluse und knallrote Pumps. Ihre Art zu sagen: *Ich bin nicht mehr dieselbe. Legt euch nicht mit mir an.*

Bloß war Rennen in diesen Schuhen unmöglich, genau wie Schleichen. Die Dinger klackerten wie Stepptanzschuhe.

Weil ihr nichts anderes übrigblieb, duckte sie sich, stieß sich heftig den Kopf am Vordersitz und kauerte sich ungeachtet ihrer schmerzenden Stirn zusammen. Unsichtbar sein. Unter dem Radar bleiben. Das war ihre Strategie. Hoffentlich hatte Ben sie nicht schon längst entdeckt. Aus Noras gebückter Position sah sie jetzt lediglich Beine, die an ihrer

Sitzreihe vorüberhuschten. Es wurde merklich leerer und ruhiger. Die Gäste verließen den Zug.

»Moin, die Dame. Hier ist Endstation wegen Bauarbeiten auf der Strecke«, sprach sie ein rundlicher Schaffner an. Er war neben Noras Sitz stehen geblieben und legte den Kopf schief.

Nora wandte sich ihm zu, was in ihrer Position wirklich schwierig war, und bemühte sich um ein freundliches Gesicht. »Weiß ich. Danke.«

»Und was machen Sie dann da? Yoga?«

Ausreden halfen nicht weiter, also rückte Nora mit der Wahrheit heraus. »Ich verstecke mich vor dem Typ auf dem Bahnsteig. Blaue Jeans, dunkler Pulli, extrem gut aussehend. Ist er noch da?«

Der Schaffner blickte durchs Fenster. »Meinen Sie das Katalogmodel? Muskulöser Frauenschwarm mit Sicherheitsschuhen?«

Das mit den Sicherheitsschuhen war Nora entgangen, aber sie nickte. »Verschwindet er?«

»Ja, durchaus.«

Sofort entspannte sie sich. Uff. Ben hatte aufgegeben und trollte sich. Sie wollte sich gerade aufrichten, da grinste der Schaffner plötzlich süffisant.

»Er betritt den Zug«, informierte er sie und drehte sich bereits in Richtung Tür.

Tatsächlich kam Ben herein. Nora konnte ihn aus ihrer zusammengekrümmten Position zwischen der Lücke der beiden Vordersitze auf sie zukommen sehen.

Er sah sich suchend um, woraufhin sich der Schaffner wieder an sie wandte und sie ernst musterte. »Ist er gefährlich? In dem Fall ruf ich gerne die Polizei.«

»Nein, nur eine verflossene Liebe, der ich zu entkommen versuche.«

»Das hat ja gut geklappt«, sagte der Schaffner ironisch. »Wie dem auch sei: Sie müssen beide aussteigen.«

Nora gab daraufhin ihre Kauerstellung auf. Ben hatte sie ohnehin entdeckt. Er kam durch den Gang von rechts auf sie zu, der Schaffner stand links. Sie war eingekesselt.

»Wenn Sie wollen, komplimentiere ich ihn aus meinem Zug. Sie können warten, bis er weg ist«, schlug der Schaffner vor, kurz bevor Ben sie erreicht hatte. »Oder ich renne ihn über den Haufen. Wie im Film, und Sie hüpfen über ihn drüber.«

Nora schüttelte den Kopf. »Ich komm schon klar. Danke.«

Daraufhin tippte sich der Schaffner zum Gruß an seine Schirmmütze und verschwand aus der Richtung, aus der er gekommen war.

Nora hatte es plötzlich eilig. Sie zog ihre Handtasche unter dem Sitz hervor und wollte aufstehen, als Ben sie erreichte.

»Hast du dich etwa vor mir versteckt?«, fragte er amüsiert.

»Nein. Nur was verloren.« Nora wagte kaum zu atmen. Ben war ihr viel zu nah! Sie konnte ihn sogar riechen, was ein Gefühlschaos in ihr auslöste. Er roch noch wie früher. Dasselbe Aftershave, wobei er sich als Jugendlicher nur rasiert hatte, um sich erwachsen zu fühlen. Sein Bartwuchs war damals recht spärlich gewesen. Heute sah das definitiv anders aus, und doch war der Duft derselbe geblieben. Frische Wiese, Bäume … und natürlich Apfel. Alles hier roch nach Apfel, immerhin befanden sie sich im Alten Land, dem größten zusammenhängenden Obstanbaugebiet Nordeuropas.

Es roch für Nora nach Heimat. Und nach Schmerz.

Kurzerhand hielt sie den Atem an, kam sich dann aber albern vor. Sie musste sich Ben stellen. Es half ja alles nichts.

Um aus dem Sitz des Regionalzugs zu kommen, musste sie sich an ihm vorbeiquetschen. Sie bemühte sich, ihre Jugendliebe nicht zu berühren. Vergeblich. Der Gang war einfach zu schmal. Die wild gewordenen Glühwürmchen starteten wieder durch, sobald sie mit der Hand seinen Pullover streifte. Gegen seine Schulter stieß.

Er wich ihr aus und drückte sich gegen den Sitz, damit sie passieren konnte.

Vorbei. Endlich. Sie hielt auf den Ausgang zu wie eine Ertrinkende auf die Rettungsinsel.

Mit solch einem panischen Aufbruch hatte Ben offenbar nicht gerechnet. Sie spürte seine verblüfften Blicke, was ihre Beine nur beflügelte. Auf den hohen Schuhen so schnell zu laufen und dabei auch noch elegant auszusehen, war beinahe unmöglich, doch sie schaffte es durch die Tür. Auf der einen Stufe runter zum Bahnsteig hätte sie sich fast auf die Nase gelegt, sie strauchelte, fing sich aber rechtzeitig. Das hätte ihr gerade noch gefehlt.

»Nora! Wo willst du denn hin?«, hörte sie Ben hinter sich rufen. Er war ihr natürlich gefolgt und sprang deutlich eleganter auf den Bahnsteig als sie.

»Ich muss meinen Bus bekommen.«

»Das ist doch albern. Ich bin mit dem Auto da und nehme dich natürlich mit nach Jork.«

»Nein, danke. Wie ich am Telefon schon gesagt habe: Ich komme allein klar. Außerdem habe ich die Busfahrt schon bezahlt.«

Ben lief neben ihr her und schüttelte genervt den Kopf.

»Komm schon. Das ist albern.«

Jetzt blieb sie abrupt stehen. Eine wohltuende Wut überschwemmte ihre aufgepeitschten Gefühle. Ben zu sehen, hatte sie aus der Fassung gebracht, aber an ihrem lang gehegten Groll ihm gegenüber konnte sie festhalten. Der war ein alter Bekannter. Eine Konstante in dieser verwirrenden Entwicklung.

»Ich bin albern? Wer hat sich denn bitte als mein Verlobter ausgegeben, um für mich Urlaub bei meinem Chef zu erlügen? Und wer klettert auf Bäume, um mich nach Hause zu zwingen? Das bin ja wohl alles nicht ich. Also tu mir einen Gefallen und geh wieder dahin zurück, wo du hergekommen bist. Wartet Helen nicht sehnsüchtig auf dich, um dich erneut zu verführen?«

Bens Gesichtszüge entgleisten. Mit diesem Schlag unter die Gürtellinie hatte er nicht gerechnet. Nora eigentlich auch nicht. Sie hatte sich fest vorgenommen, die alten Wunden nicht aufzureißen. Eigentlich hatte sie überhaupt kein Wort mit Ben wechseln wollen. Doch jetzt war es ohnehin zu spät. Er war da, und sie musste damit zurechtkommen.

»Helen und ich …«, setzte er an.

»Sätze, die mit ›Helen und ich‹ anfangen, höre ich mir ganz bestimmt nicht an«, unterbrach Nora ihn hitzig. »Du hast mich mit meiner besten Freundin betrogen, und das tat gleich doppelt weh. Aber darüber sprechen wir bestimmt nicht hier. Eigentlich sprechen wir darüber überhaupt nicht.«

Sie schulterte entschlossen ihre Tasche und stöckelte möglichst aufrecht weiter. Allmählich taten ihr vom Laufen die Füße weh. In Köln trug sie am liebsten Turnschuhe. Ihr Chef hatte nichts dagegen, solange keine Kundentermine anstanden. High Heels trug sie nur auf Sitzpartys. Und eben jetzt.

Sie war eine Großstädterin von Welt! Und die ertrugen blutende Füße in viel zu hohen Schuhen stillschweigend und tapfer.

Ben hielt natürlich mühelos mit ihr Schritt. Wenigstens war ihm die Lust am Diskutieren vergangen. Gut so. Nora wusste ohnehin nicht, was sie noch zu besprechen hatten. Warum ging er nicht endlich?

In der Sekunde sah sie den Bus an der Haltestelle stoppen. Sie hatte nur sieben Minuten für das Umsteigen gehabt und dabei einige Zeit im Zug verplempert. Der nächste Bus fuhr erst in einer Stunde von Buxtehude nach Jork.

Entschlossen begann sie zu rennen. Die Genugtuung würde sie Ben nicht gönnen. Auf keinen Fall wollte sie doch noch zu ihm ins Auto steigen, weil sie ihren Bus verpasst hatte. Es war spät, sie war müde und mit den Nerven am Ende. Aber diesen kleinen Sprint würde sie schaffen. Sie musste einfach!

Um auf sich aufmerksam zu machen, wedelte sie mit ihrer Tasche herum und geriet dadurch ins Straucheln, wurde aber nicht langsamer. Wenn sie das getan hätte, wäre der Bus für sie verloren gewesen. Weiter. Immer weiter!

Es kam, wie es kommen musste. Sie blieb mit dem rechten Absatz an einer Unebenheit im Bürgersteig hängen, verlor das Gleichgewicht und stürzte. Zwar fing sie sich noch mit den Händen ab, knallte aber umso härter mit den Knien auf. Nora schrie vor Schmerz und Schock laut auf. Ihre Knie! Ihre Hände! Aua. Am liebsten hätte sie an Ort und Stelle geweint, aber das ging nicht. Ben. Er war schon bei ihr. Starke Hände lagen auf ihren Schultern. Er hockte sich neben sie und griff ihr stützend unter die Arme. So nah und doch so fern.

»Nora, alles okay?«, fragte er besorgt. Allein die Stimmlage jagte ihr einen Schauer über die Haut. Sie weckte Erinnerungen. Nicht nur schlechte. Auch gute.

Sie kniff die Augen zusammen, um diese Gefühlsduselei zu vertreiben.

Nichts war okay. Gar nichts! Ihre Knie taten höllisch weh, ihre Handflächen waren aufgeschürft, und ihr Ego war im Eimer. Wenigstens stand der Bus noch an der Haltestelle. Das brachte Nora wieder auf die Beine und verhinderte, dass sie wie ein Schlosshund heulte und sich in Bens Arme warf. Das war alles so dermaßen absurd.

Mit einem Ruck schüttelte sie Bens helfende Hände ab und zog sich die Pumps von den Füßen. Ihre Knie bluteten und ihre hübschen Seidenstrümpfe hingen in Fetzen, aber das war nebensächlich. Sie musste einen Bus erwischen.

Eine ältere Dame hatte die Situation richtig erkannt und dem Busfahrer ein Zeichen gegeben. Sie wirkte genau wie die umstehenden Passanten schockiert, winkte sie aber umsichtig heran.

Nora straffte sich und humpelte stur weiter. Barfuß. Mit den roten Schuhen in der einen und ihrer Tasche in der anderen Hand.

»Nora«, rief Ben ihr hinterher, doch sie ignorierte ihn geflissentlich.

»Das sah ja übel aus«, sagte die Dame zu ihr. »Alles in Ordnung?«

»Ich muss nur den Bus erwischen.«

»Ja, das haben wir bemerkt. Das ist aber kein Grund, sich umzubringen.«

»Für mich schon. Hier geht es ums Überleben. Ums nackte Überleben!«

Ben

Nora war irre geworden. Eindeutig. Erst versteckte sie sich, dann rannte sie vor ihm weg, und jetzt war sie auch noch gestürzt und wollte sich partout nicht helfen lassen. Wie konnte man nur so stur sein?

Auf keinen Fall konnte er auf ihren Wunsch eingehen und sie einfach in Ruhe lassen. Das hatte er acht Jahre getan und sich acht Jahre lang dafür verflucht. Jetzt, wo sie endlich wieder hier war, musste er die Chance ergreifen. Er hatte da einiges richtigzustellen. Leider machte sie ihm sein Vorhaben wirklich schwer.

Er hatte nur Sekunden, um sich zu entscheiden. Wenn sie in diesen Bus einstieg, hatte er sie erneut verloren. Zumindest für den Moment. Das durfte er nicht zulassen.

Kurzerhand hüpfte er hinter ihr her.

Nora stand schwankend vor dem Fahrer und kramte mit hochrotem Kopf in ihrer Tasche nach ihrer Fahrkarte. Sein Herz zog sich bei ihrem Anblick zusammen. Sie sah so winzig, so verloren, so verzweifelt aus. Seine sture, toughe Nora. Trotz ihres derangierten Zustandes war sie wunderschön. Die Jahre hatten ihrem Gesicht eine leichte Strenge verliehen, die aber gut zu ihr passte. Die wilden hellblonden Locken hatte sie behalten. Sie hatte versucht, sie in einen strengen Dutt zu verbannen, doch vergeblich. Ihre Frisur war ruiniert.

Und gerade dieser Makel erinnerte ihn stark an seine alte Nora, die sich heute lediglich verkleidet hatte. Die eine Andere sein wollte und trotzdem nicht war.

Dass sein Herz sich dabei kurz zusammenzog, irritierte und alarmierte ihn gleichermaßen. Vorsicht. Ihm war klar, dass seine Gefühle für Nora nicht ganz verschwunden waren. Sie hatten ihre Beziehung nie richtig beendet. Da waren noch so viele offene Fragen. So viele lose Fäden. Zu viele, um damit abzuschließen. Das bedeutete aber nicht, dass er noch hoffnungslos in Nora verliebt war. Es war eine stille Schwärmerei, die er aber mit aller Macht unterdrückte.

Dazu hatte sie ihm zu wehgetan.

Der Busfahrer war mit der Situation überfordert. Er starrte Noras blutige Hände an, die Pumps, dann ihre Knie. »Das war ein übler Sturz. Ich hätte einen Erste-Hilfe-Kasten«, bot er freundlich an.

»Danke, aber ich komme zurecht. Geben Sie mir nur einen Moment, um die Fahrkarte zu finden.« Noras Hände zitterten, während sie wie eine Irre in ihrer Tasche herumwühlte. Das Ticket blieb verschwunden, was seltsam war. Nora verlor sonst nie etwas.

»Gehen Sie ruhig durch. Ich glaub Ihnen. Ihr Einsatz, um den Bus noch zu erwischen, war beeindruckend.«

Erleichtert durfte Nora passieren und bemerkte erst in dem Moment, dass Ben hinter ihr wartete.

»Was willst du denn hier?«, fragte sie entsetzt.

»Ich komme mit. Du bist ja völlig durch den Wind.«

»Ganz bestimmt nicht. Raus aus dem Bus. Das ist meiner.«

»Der ist für alle da. Einmal Jork, bitte.«

Der Busfahrer warf ihm einen kritischen Blick zu, versuchte die Situation zwischen ihnen einzuschätzen. Dann rief er erfreut: »Mensch, Ben, wir haben uns ja lange nicht gesehen.«

Äh … Ben wusste, dass er den Fahrer kennen musste, aber der Name fiel ihm nicht ein. Er musste dringend sein Namensgedächtnis trainieren. »Stimmt. Wie geht's?«, fragte er ausweichend.

»Gut. Richtig gut. Den Kindern auch. Musst mal dringend wieder vorbeikommen.«

»Ben hat keine Ahnung, wer du bist«, kam es aus dem Inneren des Busses. Das war Nora. Ben spürte, wie er rot wurde. Warum nur kannte ihn Nora so gut? Und seit wann führte sie ihn vor? Das war neu.

Aber er hatte Glück. Der Fahrer drehte sich um und starrte zu Nora, die sich auf einen Zweiersitz kurz vor der hinteren Tür gesetzt hatte.

»Nora?«, fragte er ungläubig.

»Genau die. Schön dich zu sehen, Jens.« Sie betonte den Namen überdeutlich.

Ah! Jens. Endlich erinnerte sich Ben. Jens war in die Klasse unter ihnen gegangen. Doch Bens Erleichterung währte nicht lange.

»Schmeiß Ben bitte für mich raus, ja? Er verfolgt mich gegen meinen Willen.«

Sofort ruckte Jens' Kopf zu Ben zurück. Er musterte ihn erneut, diesmal noch kritischer. Daraufhin setzte Ben alles auf eine Karte. Jetzt half nur noch betteln. »Bitte, Jens, ich muss mit Nora sprechen, aber sie lässt mich nicht. Du kennst mich. Ich bin nicht gefährlich, nur verzweifelt. Wenn du mich jetzt rausschmeißt, wird sie niemals mit mir reden.«

Jens ließ ihn einen Moment schmoren, dann nickte er huldvoll. »In Ordnung. Um der alten Zeiten willen lass ich dich passieren. Aber melde dich mal wieder bei Rieke, ja?«

»Klar, mach ich«, sagte Ben hastig und huschte an Jens vorbei zu Nora rüber.

Die starrte ihn mit vor Wut funkelnden Augen an und zerrte rasch ihre Tasche auf den Sitz neben sich. »Besetzt«, sagte sie zu ihm. »Verräter«, rief sie nach vorne in Richtung Jens. Der zuckte lediglich mit den Schultern.

»Ihr seid das Traumpaar schlechthin gewesen. Ich wage es nicht, mir Amors Zorn zuzuziehen. Festhalten. Wir fahren nach Jork.«

Ben setzte sich möglichst schwungvoll auf den Sitz vor Nora und drehte sich provokativ zu ihr um. Zum Glück saßen nur drei weitere Menschen im Bus, die die Szene verfolgt hatten. Hoffentlich kannte er keinen von denen. Nora und er waren legendär gewesen. Die Nachricht, dass sie wieder da war, würde in dem übersichtlichen Ortsteil von Jork, in dem sie aufgewachsen waren, einschlagen wie eine Bombe.

Nora hatte den Kopf gedreht und starrte demonstrativ aus dem Fenster. Ihr Gesicht spiegelte sich in der Scheibe. Sie sah schrecklich abgekämpft aus. Viel müder als eben noch.

Für eine Sekunde hatte Ben beinahe Mitleid mit ihr. Er hatte sich immer vorgestellt, wie er sie zur Rede stellen würde. Wie er ihr all die ungesagten Worte an den Kopf werfen würde. Doch gerade wollte er sie eigentlich nur trösten. Ein absurder Gedanke! Wahrscheinlich drehten seine Nerven durch.

Weil er im Bus keine Szene riskieren wollte, wählte er einen Umweg. »Tut die Hand sehr weh?«, fragte er vorsichtig.

»Ich werde nicht dran sterben.« Nora wandte ihm den Kopf zu und zog herausfordernd eine Augenbraue hoch. »Aber für dich könnte es eng werden, sobald dich Rieke in die Finger bekommt. Du hast keine Ahnung, wer sie ist, nicht wahr?«

Ben fühlte sich sofort in der Defensive und ärgerte sich darüber. Mist. Sie hatte ihn ertappt. »Das ist Jens' Frau«, riet er.

Nora schnaubte verächtlich. »Die Schwester«, korrigierte sie ihn. »Diejenige, die schon immer hinter dir her gewesen ist. Wie eigentlich alle Mädchen unseres Jahrgangs. Nur Helen hatte ich nicht auf dem Schirm. Ich dachte, ich könnte ihr vollkommen vertrauen.«

Gefährliches Terrain. Ein Minenfeld. Vor allem, weil es stimmte. Ben war seit der Pubertät der Frauenschwarm von Jork gewesen. Das hatte vor allem an seinem Aussehen und seinem Charme gelegen. Allerdings war sein Herz zu der Zeit längst vergeben gewesen. An Nora.

Er überhörte die Bemerkung über Helen und konzentrierte sich auf Rieke. Schwach erinnerte er sich an ein pummeliges freundliches Mädchen mit glänzenden Haaren und einem klugen Kopf. Stimmt, das war eine der Schwestern von Jens. Oder … oh, nein! Doch nicht DIE Rieke!

»Deinem Gesichtsausdruck nach erinnerst du dich wieder an Rieke«, spottete Nora. »Scheint peinlich zu sein.«

Das war es. Er war ein paarmal mit Rieke ausgegangen, hatte sich dann aber nicht mehr bei ihr gemeldet. Er war buchstäblich von der Bildfläche verschwunden. Dass es sich dabei um Jens' kleine Schwester handelte, war ihm nicht klar gewesen. »Ich vergesse immer, wer mit wem verwandt ist«, erklärte er genervt.

»Ich weiß. Das hat dich schon öfter in Schwierigkeiten gebracht.« Ein letzter strafender Blick, dann sah Nora betont interessiert aus dem Fenster.

Es war Anfang April, und die Dämmerung hatte bereits eingesetzt. Nur undeutlich waren die vielen Baumreihen zu erkennen. Apfelbäume, die kurz vor der Blüte standen. Ab und zu huschte ein altes Fachwerkhaus aus Backstein am Fenster vorüber. Ben liebte besonders die mit den Reetdächern und weiß gestrichenen Holzbalken. Diese Gegend war von Marschhufendörfern geprägt. Dort lagen die Höfe an der Straße, und die landwirtschaftlich genutzte Fläche begann direkt dahinter.

»Bald ist Apfelblüte«, versucht er, auf ein neues unverfängliches Thema zu lenken. So schnell gab er nicht auf. »Dann kommen wieder Heerscharen nach Jork. Durch die warmen Temperaturen legen die Bäume dieses Jahr einen Frühstart hin.«

Nora brummte lediglich und zeigte damit deutlich, dass sie mit ihrer Heimat abgeschlossen hatte. Das fand Ben sehr schade. Früher hatte es niemanden gegeben, der die Apfelbäume so geliebt hatte wie Nora. Sie war darin herumgeturnt wie ein Äffchen, hatte jede Sorte gekannt, jede Blüte, jedes Blatt. Sie war die Fachfrau in Sachen Baumkrankheiten gewesen und schon mit sieben Jahren mit den Touristen auf die Felder gefahren, um ihnen Vorträge zu halten. Alle hatten gedacht, dass sie einmal die Chefin der familieneigenen Plantage werden würde, aber dann war alles anders gekommen.

»Wie hast du mich überhaupt gefunden?«, fragte Nora unvermittelt.

Ben war so in der Vergangenheit gefangen, dass er einen Moment benötigte, um ihre Frage zu verstehen. *Bleib lässig*, dachte er. Die Wahrheit war nämlich ein bisschen peinlich.

»Ich stehe in keinem Telefonbuch. Absichtlich. Weil ich nicht gefunden werden wollte«, fuhr Nora fort. Sie wartete, bis Ben sie ansah, um ihn mit Blicken zu erdolchen.

»Das habe ich auch bemerkt. Ich habe jede Nora Graf angerufen, die im Telefonbuch steht.«

»Jede?«

»Jede.«

Nora starrte ihn entsetzt an. »Das … müssen ja eine Menge sein.«

»Das ist korrekt. Es waren eine Menge. Deshalb habe ich jeden Tag eine angerufen.«

»Aber da ich nicht im Telefonbuch stehe, kannst du damit keinen Erfolg gehabt haben. Also? Wie hast du mich gefunden?«

»Das Testament von deinem Vater wird ja bald eröffnet. Das Amtsgericht hat dafür deine Adresse ermittelt. Die wollten sie mir natürlich nicht verraten. Datenschutz. Aber es ist der Name einer Stadt gefallen:

Köln. Ich habe dort sämtliche Steuerberatungsgesellschaften angerufen«, gab er schließlich zu. »Irgendwann habe ich einen Treffer gelandet. Deswegen hab ich dich auch im Büro erwischt.«

»Du … was? Unglaublich! Wie lange hast du denn daran gesessen?« Nora war ehrlich fassungslos und definitiv beeindruckt. Wenigstens das.

»Nora?«, riss sie Jens aus der Unterhaltung. »Sorry, ich wollte nicht stören, aber der nächste Halt ist deiner!«

Das stimmte. Ben war so vertieft gewesen, dass er gar nicht auf die Umgebung geachtet hatte. Jetzt erst bemerkte er, dass die Bäume etwas dichter zur Straße standen. Sie näherten sich Jork und damit Noras Familienanwesen. Die Grafs betrieben eine der größten Apfelplantagen der Gegend und lebten etwas außerhalb der Gemeinde im Ortsteil Osterjork. Dank ihres Einflusses hatten sie sogar eine eigene Haltestelle bekommen.

Der Bus verlangsamte das Tempo und fuhr in die Haltebucht ein. Ben stand sofort auf, bemerkte dann aber, dass Nora nicht folgte. Sie saß wie angewurzelt auf ihrem Sitz und krallte sich an ihrer Tasche fest. Entsetzt bemerkte er, wie jegliche Farbe aus ihrem Gesicht wich.

»Nora. Du schaffst das«, sagte er zu ihr.

Sie sah auf, mit Panik im Blick. Langsam schüttelte sie den Kopf. »Das war eine ganz doofe Idee«, murmelte sie.

»Nein. Das ist eine Chance. Komm.« Er reichte ihr seine Hand und ermahnte sich in Gedanken selbst. Er agierte gerade völlig anders, als er geplant hatte.

Nora war kurz davor, seine Hilfe anzunehmen. Dessen war sich Ben sicher. Aber dann hupte Jens und zerstörte den Moment. »Hey, ihr zwei Dramaqueens. Entweder steigt ihr jetzt aus oder ihr fahrt bis Jork. Ich hab es eilig dank euch.«

Jens' Ermahnung brachte Nora zur Besinnung. Sie sprang wie von der Tarantel gestochen auf, riss die Tasche an sich und bedeutete Ben, sie durchzulassen. Er ließ sie passieren und sprang danach aus dem Bus.

Er beobachtete sie, wie sie zum ersten Mal seit acht Jahren wieder vor der Apfelplantage ihrer Familie stand.

Er hatte sich geirrt. Die alte Nora war fort. Zwar stand sie nun hier, aber sie schien gebrochen zu sein. In Scherben zersplittert und in alle Winde zerstreut. Die neue Nora jagte ihm eine Heidenangst ein. Sie war viel fragiler als früher. Viel scheuer. Gar nicht so kämpferisch wie erwartet.

Wie sollte er ihr in diesem Zustand bloß sagen, was er sich vorgenommen hatte?

Und trotzdem spürte er: Nora war jetzt wieder am richtigen Ort. Zu Hause. Da, wo sie hingehörte. Nora und die Apfelbaumplantage gehörten einfach zusammen. Ohne sie war dieser Hof so leer geworden.

Leider war für sie beide kein Platz hier. Ihre Rückkehr bedeutete unweigerlich seinen Fortgang. Die Frage war nur, ob das mit oder ohne Streit geschehen würde.

#OmastreiktimApfelbaum

Sie sollten erst zu Erpressungen greifen, wenn Leib und Leben in Gefahr sind.
(Aus: Moderne Familien lenken)

Nora

Ihr tat alles weh. Wirklich alles. Die Füße hatten Blasen von den Schuhen, die Fußsohlen waren vom Barfußlaufen wund, die Knie vom Sturz zerschrammt, und die Stirn schmerzte vom Grübeln. Noch nie in ihrem Leben hatte Nora sich müder und verletzter gefühlt.

Am liebsten hätte sie sich in ihrem Bett verkrochen, sich einen Ratgeber gekrallt, ihr Bücherregal umsortiert und mindestens zwei Tage und Nächte lang geschlafen. Aber das ging nicht. Erst musste sie ihre Oma vom Baum runterholen.

Sie fröstelte. Sie waren hier nah an der Elbe, und viele Gräben zogen sich neben den Straßen entlang, wodurch es im Alten Land schneller kühl wurde. Ein frischer Wind ließ die Blätter der Bäume rascheln. Instinktiv warf Nora einen kritischen Blick auf die Knospen. Ja. Die Apfelblüte stand kurz bevor. Nicht mehr lange, dann kamen die Heerscharen von Touristen, um das Naturereignis zu fotografieren. Eine wichtige Geldeinnahmequelle für die Familie Graf. Noras Mutter hatte sich zusammen mit ihrer ältesten Tochter Viola immer um die Leute gekümmert. Nora und ihr Vater hatten sich eher draußen wohl gefühlt. Bei den Apfelbäumen.

Es war zwar bereits dunkel, aber der Mond stand hell genug am Himmel. Nora erahnte die vielen Spalierbäumchen seitlich hinter dem Hof. Dicht an dicht standen sie. Das Herzstück ihrer Wirtschafts-plantage. Davor führte ein gepflasterter Weg zum Hof. Dreihundert Jahre war er alt. Durch eine Hecke wurde er von den Spalierbäumchen abgetrennt. Im dahinterliegenden Familiengarten wuchsen die alten Bäume. Jene Apfelbäume, die hoch in den Himmel ragten, zwischen denen das grüne Gras wuchs und die noch Platz zum Ausbreiten hatten.

Für die meisten Touristen war das der Inbegriff von Apfelbaumidylle. Nora mochte beide Seiten des Alten Landes. Die Spalierbäumchen waren notwendig, um die Bauern am Leben zu erhalten. Die Hausgärten erinnerten an alte Zeiten, genau wie die Prachtpforten am Eingang und die alten Inschriften an den Häusern.

Sie musste all ihre Kraft aufwenden, um einen Fuß auf den Privatweg ihrer Familie zu setzen. Die Dellen im Kopfsteinpflaster waren noch da. Sie spürte sie deutlich unter ihren nackten Füßen. Jede Erhebung, jede Rille. Es war, als kenne sie jeden Pflasterstein, jeden Ziegel an der Hauswand. Das kunstvolle Mosaik bestand aus ineinander verschlungenen Mustern. Verschnörkelt und kitschig zugleich. Nichts hatte sich geändert, und doch war alles anders.

Der Wetterhahn hoch oben auf dem Dach des Bauernhauses hing etwas schiefer als sonst, und die Prunkpforte brauchte dringend einen neuen Anstrich, genau wie die Hecke eine Frisur. Aber sonst sah alles so aus wie damals, als sie ihr Zuhause verlassen hatte.

Ben folgte ihr still. Sie atmete tief ein. Ja. Es roch bereits nach Apfelblüten. Heimat. Fast automatisch beschleunigten sich ihre Schritte. Sie musste es hinter sich bringen. Bevor sie die Stimmung des Alten Landes doch noch einlullen konnte.

Nora klammerte sich an ihrer Handtasche fest wie an einem Rettungsring. Ihre Schuhe hatte sie mittlerweile hineingestopft, um die Hände frei zu haben. Ihre Füße brannten wie die Hölle, doch sie ignorierte den Schmerz. Wieso nur hatte sie keine Turnschuhe eingesteckt? Keine Wechselklamotten mitgenommen? Weil du unbedingt die Ratgeber dabeihaben wolltest und die Tasche damit schon voll war, erinnerte sie sich. Und weil sie sich selbst zwingen wollte, sofort wieder abzureisen. Das war eine dumme Idee gewesen. Noch dümmer als die Entscheidung hierherzukommen.

Eine Lampe ging automatisch an, beleuchtete den Pfad. Jemand hatte das Pflaster in diesem Bereich gekärchert. Es glänzte fast wie neu. Vermutlich Viola. Sie hatte sich schon immer um den Außenbereich des Anwesens gekümmert. Je schöner es aussah, desto eher kamen die Touristen in den Hofladen.

Eine weitere Lampe leuchtete auf. Wie ein Spalier. Ein Willkommensgruß.

Nora betete, dass Viola sie nicht bemerkte. Sie hatte keine Lust, sich in ihrem derangierten Zustand ihrer älteren Schwester zu präsentieren. Schnell rein, schnell raus. Das war der Plan.

»Soll ich klingeln?«, fragte Ben hinter ihr.

Sie schüttelte hastig den Kopf. Bloß nicht! Schweigend passierte sie die Prunkpforte und verließ dahinter den Weg, um über das grüne Gras zur alten Streuobstwiese zu gelangen. Die ersten Liegestühle standen bereits parat und warteten auf zahlende Gäste. Allerdings wirkten sie durch Wind und Wetter deutlich mitgenommener, als Nora sie in Erinnerung hatte.

Das Gras war auch etwas zu hoch, und die Lampen waren mit Spinnweben überzeugen.

Offenbar betrieb Viola noch immer das kleine Café, kam aber deutlich seltener zum Aufräumen als früher. Dabei war dieser Bereich das Aushängeschild. Hier konnten sich Radfahrer im Schatten der Bäume ausruhen, Apfelkuchen nach altem Familienrezept genießen und Apfelsaft schlürfen. Im Garten durften die Bäume noch richtig knorrig wachsen und die Äste ausstrecken.

Nora blieb stehen und gönnte sich eine Atempause. Das Gras kitzelte unter ihren nackten Füßen. Die Strumpfhose war jetzt vollständig zerrissen und rollte sich bis zu ihren Knöcheln auf. Sie sollte sie besser ganz ausziehen, aber sie traute sich nicht, sie über die aufgeschürften Knie zu streifen.

Später.

Es war schon merkwürdig. Da hatte sie sich extra fein gemacht, um möglichst würdevoll hier anzukommen, und sah nun noch schlimmer aus als bei ihrem Weggang. Gerade hätte sie viel für ein Paar Gummistiefel gegeben.

Wenn es nicht zum Heulen gewesen wäre, hätte sie gelacht.

Nora zwang sich weiter und hielt auf den hinteren Bereich des Gartens zu. Die wenigsten Touristen liefen bis hierher. Höchstens neugierige Kinder entdeckten das Baumhaus im ältesten und höchsten Apfelbaum der Plantage.

Ben und sie hatten es mit sechs Jahren gebaut. Es war windschief und wackelig gewesen. Ein Sturm – dann wäre es heruntergefallen. Gemeinsam mit ihrem Vater hatten sie es in Stand gesetzt. Er hatte sie mit viel Mühe davon überzeugt, dass es so nicht bleiben konnte. Sie hatten geweint und protestiert, letztlich aber nachgegeben. Das Ergebnis ließ sich bis heute sehen.

Es war ein richtiges kleines Häuschen, in Schwedenrot gestrichen mit weißen Balken und Fensterrahmen. Sogar eine alte Inschrift hatten sie nachgezeichnet und einen Miniatur Wetterhahn aufs Dach gesetzt.

Da die Farbe ihr regelrecht entgegenleuchtete, hatte es wohl jemand erst vor Kurzem gestrichen. Das Haus sah prächtig und schön aus, genau wie der stolze Apfelbaum, der es in seinen Zweigen beschützte.

Dank der vielen installierten Lichter im Garten hatte Nora eine perfekte Sicht darauf. Solarbetriebene Leuchten steckten überall im Gras. Eine Art Scheinwerfer war sogar direkt aufs Häuschen gerichtet.

»Deine Schwester hat versucht, Oma Enne durch grelles Licht zu vertreiben. Deshalb auch der Scheinwerfer. Oma hat aber einfach die Fensterläden geschlossen und Vorhänge gestrickt. Sie ist gut vorbereitet für ihren Streik. Außerdem helfen ihr die alten Damen des Ortes. Wann immer sie etwas braucht, besorgen es ihr die Mitglieder des Häkel- und Strickvereins. Das hab ich mittlerweile rausbekommen«, erklärte Ben.

Unfassbar. Auf so eine Idee musste man erst einmal kommen. Aber es sah Oma Enne definitiv ähnlich.

Fast ehrfürchtig näherte sich Nora dem Stamm, bis sie ihn beinahe berührte. Sofort bemerkte sie, dass die Leiter fehlte. Oma musste sie hochgezogen haben, um Besucher fernzuhalten. Nora legte den Kopf in den Nacken und blickte hinauf. Das Baumhaus schwebte etwa drei Meter über ihr. Sie meinte, ein Rumpeln zu hören. Ihre Oma war noch wach.

»Oma Enne, ich bin da«, rief sie laut. »Du kannst jetzt runterkommen!«

Es dauerte einen kurzen Moment, dann ging die Tür des Baumhauses auf. Nora trat zurück, um besser sehen zu können.

Da stand sie. Ihre Oma. Sie lehnte sich über die Veranda und blickte zu ihr herunter. Mit der Schlafhaube auf dem Kopf und in ihrem burgunderroten Abendmantel.

»Nora«, rief sie erfreut und klatschte in die Hände. »Da bist du ja endlich.«

»Ja. Dein Plan hat funktioniert. Ich bin da. Also hör auf mit dem Blödsinn und klettere zu mir runter.«

Oma lachte nur. »Mit deiner Anwesenheit ist nur ein kleiner Teil meines Plans erfüllt. Warst du schon im Haus?«

»Nein. Ich bin gerade angekommen.«

»Dann geh rein und hol mir eine Tasse Tee, meine Liebe. Danach können wir reden.«

»Die hole ich dir nur, wenn du runterkommst.«

»Nein, Liebchen. Ich bestimme hier die Regeln. Nicht du. Ich habe euch Kinder lange genug den Weg vorgeben lassen, und der hat euch allesamt in Sackgassen geführt. Damit ist jetzt Schluss. Ab sofort baue ich die Pfade. Die sind vermutlich ziemlich holperig, und wir werden auch mal hinfallen, aber eins schwöre ich euch: Am Ende seid ihr wieder vereint.«

»Wovon zur Hölle redest du da? Der einzige Weg führt vom Baumhaus auf die Erde, also los! Lass die Leiter runter.«

»Nö.«

Nora seufzte tief. Das konnte ja heiter werden. »Oma, ich meine es ernst. Lass den Quatsch.«

»Ich meine es auch ernst. Meinst du, es macht mir Spaß, mein Geschäft in einem Eimer zu verrichten oder auf einer Pritsche zu schlafen, ohne die Beine ausstrecken zu können? Ganz bestimmt nicht. Ich säße auch lieber vor dem Kamin und würde mit Katerchen auf dem Schoß ein Buch lesen. Aber dank eurer Sturheit geht das nicht.«

Also … das war ja noch schlimmer als gedacht! »Oma, die Einzige, die hier stur ist, bist du!«

»Ich bin die Einzige mit Durchblick.«

»Du bist verrückt geworden.«

»Ach, ja? Verrückt ist, nicht zur Beisetzung des eigenen Vaters gehen zu wollen. Verrückt ist, einfach zu verschwinden. Ohne Erklärung. Ohne Telefonnummer. Ohne Adresse. Als hätte dich der Erdboden verschluckt. Ich bin vor Angst fast gestorben!«

»Und ich wäre gestorben, wenn ich hiergeblieben wäre. Ich musste gehen. Außerdem habe ich dir einen Brief hinterlassen. Im alten Apfelbaum. Wie immer.«

Das nun folgende betroffene »Oh« von oben sagte alles.

»Du hast vergessen, da nachzugucken?«, rief Nora entsetzt und sprang nach vorne, um auf Kopfhöhe hektisch in das kleine Loch im Baumstamm zu greifen. Es knisterte. »Verdammt, Oma. Der Brief ist ja noch da.« Fassungslos zog Nora das völlig vergilbte und vermoderte Papier heraus. Ein Vogel hatte es angepickt und bis zur Unkenntlichkeit zerstört.

Das erklärte natürlich, warum sie niemals von ihrer Oma gehört hatte. Sie schluckte die aufsteigenden Tränen herunter. All die Jahre hatte sie gedacht, dass Oma sie aufgegeben hatte und wegen ihres Fortgangs schrecklich sauer auf sie war. Doch Oma Enne hatte sie nie verstoßen. Sie hatte nur nie den Brief gefunden.

»Was steht denn drin?«, fragte Oma. Sie hatte sich mittlerweile auf die Brüstung gesetzt und ließ die Beine baumeln. Eine viel zu jugendliche Geste für eine Zweiundachtzigjährige. Aber auf so etwas hatte Oma Enne noch nie Rücksicht genommen.

»Komm runter, dann kannst du ihn selbst lesen«, log Nora. Ein Blick aufs Papier offenbarte ihr, dass dort kaum noch etwas zu lesen war. Die Schrift war verblichen. Einzig ihre Handynummer war noch ganz zart zu erkennen.

»Guter Versuch. Da stand bestimmt deine Adresse und Telefonnummer drin. Da du jetzt hier bist, brauche ich das nicht mehr zu wissen.«

»Ich bleibe aber nicht lange, Oma. Ich bin nur hier, um dich runterzuholen.«

»Und ich bleibe so lange, bis sich die Familie wieder ausgesöhnt hat. So einfach ist das. Sprich dich mit deiner Schwester aus, küss Ben und geh auf die Urnenbeisetzung deines Vaters. Dann können wir drüber reden, ob ich runterkomme. Aber nur dann. Du hast es in der Hand.«

Oma hatte es mal wieder geschafft, in einem einzigen Satz all die Dinge auszusprechen, über die sonst geschwiegen wurde. Dass Nora jemals ein vernünftiges Wort mit ihrer Schwester Viola wechseln würde, war ausgeschlossen. Sie waren schon seit ihrer Sandkastenzeit wie Hund und Katz. Um sich zu verstehen, waren sie zu unterschiedlich und sich ausgerechnet in dem einen Punkt zu ähnlich: Sie besaßen beide viel zu viel Ehrgeiz. Überall die Besten sein zu wollen, lag ihnen im Blut.

»Bevor ich Ben küsse, trinke ich eher mit Viola einen Tee«, sagte Nora mit wütender Stimme. Dabei war es ihr egal, dass Ben mithörte. Sollte er ruhig. Dann wusste er gleich, wo der Hase langlief.

»Trink lieber mit Viola einen Schnaps«, riet Oma und grinste ihnen zahnlos zu. Offenbar hatte sie ihr Gebiss bereits herausgenommen. »Vielleicht zickt ihr euch dann nicht ständig an.«

»Ich bin nicht zickig. Ich habe meine Gründe, weshalb ich Viola meide. Und von wem ich meinen Starrsinn habe, ist ja wohl offensichtlich. Schließlich sitzt du in einem Apfelbaum und nicht ich.«

»Oma Enne«, schaltete sich jetzt Ben ein. »Wie wäre es, wenn wir heute Abend eine Ausnahme machen und du zur Feier von Noras Rückkehr runterkommst?«

»Guter Versuch, mein Junge, aber vergiss es! Du nutzt garantiert die Gunst der Stunde, um die Leiter zu kappen oder womöglich gleich meinen geliebten Apfelbaum abzusägen. Nee, nee! Für wie dumm haltet ihr mich? Passt auf, wir machen das jetzt so: Du bringst Nora ins Haus, damit sie sich ausruhen kann. Liebes, ohne dir nahetreten zu wollen: Aber was um Himmels willen hast du angestellt? Du siehst aus wie eine Vogelscheuche und nicht wie eine Großstädterin.«

»Ich hatte einen Unfall mit dem Bus«, brummte Nora unwillig.

»Bist du gegen ihn gerannt?«

»Nein, aber ich bin … ach, auch egal. Ich ziehe dich nicht mit deiner komischen Schlafhaube auf, und du lässt meine zerrissenen Strumpfhosen unkommentiert. Ich übernachte aber ganz bestimmt nicht hier. Ich hab ein Hotelzimmer gebucht.«

»Weiß ich. Gretel vom *Kopflosen Huhn* hat es mir erzählt. Ich hab jetzt WhatsApp. Da bekomme ich Neuigkeiten ratzfatz zugeschickt. Das Hotelzimmer wurde aber heute Mittag neu vermietet.«

»Wieso das denn?«

»Ich hab es für dich storniert.«

Nora blinzelte. Ein Mal. Zwei Mal. Dann explodierte sie. »Du hast was getan?«, brüllte sie zu Oma Enne hinauf. »Wieso stornierst du einfach mein Hotelzimmer? Welches Recht hast du dazu?«

»Ich hatte kein Recht dazu, aber dafür die nötigen Kontakte und den Willen, es zu tun. In der Kühnheit liegen Genie, Macht und Magie. Hat schon Goethe gesagt.«

»Seit wann zitierst du Goethe?« Nora wurde mit jeder Sekunde lauter, während Ben sich langsam rückwärts bewegte. Er war schon immer geflüchtet, sobald die Graf-Damen zu zanken begannen. So inniglich sich

Nora und ihre Großmutter auch liebten, so leidenschaftlich konnten sie auch miteinander streiten.

»Ich zitiere eine ganze Menge Leute, seitdem ich im Buchclub bin. Ich lese zwar nicht immer mit, aber ich höre aufmerksam zu, um hinterher altkluge Bemerkungen in unpassenden Momenten von mir zu geben. Das solltest du auch mal probieren.«

»Was willst du …«

»Genug, Nora! Ich bin deine Oma, und ich sage dir: Geh schlafen. Morgen früh sieht die Welt ganz anders aus.«

»Und wo bitte soll ich schlafen?«

»Im Haupthaus natürlich. Bei Viola und deiner Mutter.«

»Garantiert nicht. Da schlafe ich eher bei dir oben im Baumhaus.« Nora verschränkte abwehrend die Arme vor der Brust und spürte, wie ihr das Herz viel zu schnell in der Brust schlug. Allein der Gedanke, bei ihrer Familie anklopfen zu müssen, versetzte ihren ganzen Körper in Panik.

Sie war noch nicht so weit. Sie konnte sich weder ihrer Mutter stellen noch sich mit Viola herumärgern. Nicht um diese Uhrzeit. Nicht in ihrem Zustand.

»Ben, Schätzchen, wärst du dann so lieb, Nora Obdach zu geben?«, fragte Oma von oben zuckersüß.

Irritiert drehte sich Nora um und sah, dass Ben sich gerade vom Acker machen wollte. Als sein Name erklang, war er wieder stehen geblieben.

»Bestimmt nicht«, sagte er mit seiner dunklen, volltönenden Stimme. »Ich gebe ihr gerne einen Schlafsack, damit sie draußen übernachten kann. Aber sie kommt mir nicht ins Haus.«

Wow. Was waren das denn für Töne? Nora sah Ben ungläubig an. Dann traf sie die Erkenntnis mit einem Schlag: Ben war sauer!

»Bist DU etwa böse auf MICH?«, fragte sie fassungslos und viel zu laut.

Ben wandte langsam den Kopf von Oma zu ihr, musterte sie eingehend. Dann nickte er. »Klar. Du bist ohne ein Wort gegangen und hattest nicht mal den Anstand, dir meine Version der Geschichte anzuhören.«

Mit dieser Entwicklung hatte Nora nicht gerechnet. Da half auch kein tiefes Einatmen oder langsames Runterzählen mehr. Der Schock saß tief.

»Das kann doch nicht dein …«, setzte sie hitzig an, doch ein lautes Hupen übertönte ihre Worte.

Oma hielt in ihren Händen etwas, das wie eine Fanfare geformt und am Ende mit einem Blasebalg ausgestattet war. Es klang verdächtig nach einer abmontierten LKW-Hupe. Prompt trötete sie noch einmal, um sich der allgemeinen Aufmerksamkeit sicher zu sein.

»Schluss jetzt! Vertragt euch, ihr zwei. Ben! Du lässt Nora gefälligst bei dir schlafen, und Nora, du nimmst das Angebot an und bist höflich zu deinem Gastgeber. Morgen früh können wir uns noch immer die Köpfe heißreden. Aber zunächst sollten wir schlafen. Ihr seht beide aus, als hättet ihr das bitter nötig. Morgen früh um sechs Uhr sehen wir uns wieder, denn ich muss euch dringend etwas zeigen. Ich glaube, ich bin einem Verbrechen auf der Spur!«

»Was denn für ein Verbrechen?«, fragte Nora unwillkürlich. Ihr Zorn war bereits verraucht und ihr Interesse entfacht. Genauso schnell, wie sie wütend wurde, beruhigte sie sich auch wieder.

»Das verrate ich euch, wenn ihr zwei morgen früh hier auftaucht. Denkt an Kaffee und Brötchen. Marmelade und Äpfel hab ich da. Ich lade euch zu mir ein und lasse die Strickleiter runter. Aber nur für euch zwei!«

Mit diesen Worten kletterte sie in das kleine Häuschen hinein und schloss mit einem lauten Knall die Fensterläden und die Tür.

Damit war Nora allein mit Ben. Und mit ihrer Ratlosigkeit.

Ben

»Was machst du da?«, fragte Ben genervt. Nora hatte nur etwa drei Sekunden wie erstarrt zum Baumhaus hochgesehen und dann ihr Handy hervorgekramt.

»Ich rufe mir ein Taxi, das mich nach Jork fährt.«

»Da wirst du nirgendwo eine Unterkunft finden. Wenn deine Oma etwas macht, dann gründlich. Sie hat dir absichtlich Steine in den Weg gelegt, damit du hierbleiben musst.«

Nora knirschte so laut mit den Zähnen, dass Ben es hörte. Ausnahmsweise konnte er sie sogar verstehen. Er wollte sie auch lieber in Jork wissen als so nah bei sich. Aber was sollten sie jetzt tun?

»Komm. Wir klingeln bei deiner Mama. Vielleicht kannst du da ja schlafen.«

Er kam keine zwei Schritte weit, da hatte Nora ihm bereits den Weg verstellt. Sie sah wild aus, mit ihren zerzausten Haaren, den blutigen Knien und der verwischten Schminke. Wild, aber auf beinahe unanständige Weise auch sexy.

»Wehe, du klingelst da«, sagte sie mit drohender Stimme.

»Sonst …?«, fragte Ben provokativ.

»Sonst verschwinde ich sofort!«

Er seufzte genervt. Die Graf-Frauen trieben ihn noch in den Wahnsinn. »Du hast eine Sache noch nicht verstanden: Ich bin mit solchen Aussagen nicht zu erpressen. Es geht hier um DEINE Oma. Um DEINEN Familienhof. Ich bin hier nur angestellt.«

Nora riss die Augen auf. »Du … du bist hier angestellt?«, rief sie so laut, dass ein verschlafener Vogel aus einer Baumkrone fragend zu ihnen herunterpiepste.

Ben hatte keine Lust, ihr das zu erklären. Stattdessen drehte er sich um und stapfte Richtung Haupthaus. Nora kam ihm natürlich hinterher und versuchte erneut, ihm den Weg zu verstellen, doch diesmal ging er einfach um sie herum. Er hatte bereits einen Fuß auf die Treppe zur Haustür gesetzt, als Nora ihn kurzerhand rammte. Mit vollem Sprung und ganzem Körpereinsatz!

Ben kam kurz ins Straucheln, fing sich wieder und sah verächtlich auf Nora hinunter. »Ernsthaft? War das grad ein Bodycheck? Wenn ja, war das lächerlich.«

Nora jammerte leise und hielt sich ihre Schulter. Geschah ihr recht. »Früher hab ich dich damit immer stoppen können«, maulte sie.

»Früher ist acht Jahre her«, informierte Ben sie kühl und ging weiter die Treppen hoch. Nora schaffte es irgendwie, an ihm vorbeizuschlüpfen und sich mit weit ausgebreiteten Armen vor die Tür zu stellen.

»Nicht«, sagte sie schwer atmend. »Du darfst nicht klingeln! Ich bin noch nicht so weit, mich mit Viola auseinanderzusetzen.«

»Hast du denn vor, dich mit jedem in Jork zu streiten?«, entgegnete Ben.

»Eigentlich nicht, aber offenbar hat jeder vor, sich mit mir zu streiten.«

Ben verdrehte genervt die Augen. »Ich will mich nicht streiten. Im Gegenteil. Ich will mich versöhnen. Aber das funktioniert nicht, wenn du auf Krawall gebürstet bist.«

»Bin ich nicht.«

»Bist du wohl. Seitdem du aus dem Zug gestiegen bist, läufst du entweder vor mir fort oder versuchst mich zu Boden zu werfen. Das ist nicht besonders nett.«

Nora schob sich hektisch eine Haarsträhne aus der Stirn. Ein Zeichen höchster Aufregung. Die Bewegung erinnerte Ben schmerzhaft an die alte Nora. An die, mit der er früher so entspannt hatte reden können. Davon war nicht mehr viel übrig.

»Das ist alles gerade ziemlich viel«, räumte sie ein. Sie setzte nun eindeutig auf die Mitleidsmasche. Ben sah am Glitzern ihrer Augen, dass sie die Taktik änderte, um ihn einzulullen. Ab sofort musste er achtsam sein. »Du, Oma Enne, der Hof. Das überfordert mich emotional. Vielleicht habt ihr recht, und wir sollten erst einmal eine Nacht drüber schlafen. Aber das kann ich nicht in meinem Elternhaus. Wie soll das gehen? Das ist jetzt Violas Haus. Ich habe nicht vor, in diesem Aufzug um diese Uhrzeit in diesem Zustand um ein Bett zu betteln. Das lassen mein Ego und meine Nerven nicht zu.«

Im Stillen gab Ben ihr recht. Viola war eine Sache für sich. Man musste vorsichtig sein, wie viel Macht man ihr zugestand. Und Nora? Die war gerade nicht in der Verfassung, um ihrer Schwester die Stirn zu bieten, ohne dass die Fetzen flogen. Vielleicht war er die Sache falsch angegangen. Vielleicht musste er einfühlsamer sein. *Genau*, dachte er bitter, *weil du darin ja so talentiert bist.*

»Das ist immer noch das Haus deiner Mutter. Dein Vater mag gestorben sein, aber Viola ist nicht die Alleinerbin. Genauso wenig wie du«, versuchte er, auf sie einzureden. Ihm wurde nämlich gerade eine Sache klar: Wenn sie nicht hier schlief, dann musste er sie zu sich nehmen.

»Du weißt genau, dass das jetzt Violas Revier ist. Das war es in dem Moment, in dem ich gegangen bin. Ob Mama hier wohnt oder nicht, ist völlig unerheblich. Wo Viola lebt, herrscht sie auch.«

Ben hätte gerne etwas anderes behauptet, doch leider stimmte es. Für Viola zu arbeiten, war kein Zuckerschlecken, und bei ihr zu wohnen, erst recht nicht.

»Also schön«, gab er nach. »Du hast jetzt zwei Möglichkeiten: Du springst über deinen Schatten und klopfst bei deiner Mama und damit auch bei Viola an. Oder du kommst zu mir und beugst dich meinen Regeln.«

Nora zeigte ihm den Vogel. »Wenn wir zu dir fahren, dann kannst du mich auch gleich in Jork rauslassen. Zur Not schlafe ich da auf einer Parkbank.«

»Nur dass ich nicht nach Jork fahren werde.« Langsam drehte er sich um und zeigte auf den alten Pferdestall direkt gegenüber vom Wohnhaus. »Ich wohne jetzt dort.«

»Im alten Stall? Zwischen Heu und alten Pferdeboxen? Nicht dein Ernst!«

Ben versuchte, es nicht allzu deutlich zu zeigen, aber ja: Er war stolz auf sein Meisterwerk. Sogar sehr. »Du musst nicht mitkommen und es dir ansehen. Bleib meinetwegen hier und ärger dich mit Viola herum.« Blitzschnell griff er an Noras Schulter vorbei und drückte beherzt die Klingel. Alles war besser, als Nora mit zu sich zu nehmen. Sie brachte alte Erinnerungen in ihm hervor, die er längst vergraben hatte.

Nora quiekte entsetzt auf. »Du Fiesling«, rief sie fassungslos und schlug ihm, so fest sie konnte, gegen die Brust. Ben zuckte nicht mal mit der Wimper. Da hatte er schon härtere Schläge einstecken müssen.

Sie warteten. Und warteten. Und warteten. Nichts rührte sich.

»Wie kann man bei dem Lärm noch schlafen?«, fragte Nora schließlich. »Omas Hupe war ja schon nicht zu überhören, aber diese Klingel …«

»Deine Mama nimmt seit Werners Tod Schlaftabletten, um Ruhe zu finden. Und Viola benutzt seit jeher Ohropax. Vermutlich nervt sie sogar ihr eigener Atem. Deine Schwester ist in den letzten Jahren noch schwieriger geworden.«

»Geht das überhaupt?«

»Du machst dir keine Vorstellung.« Ben hob noch einmal die Hand, um die Klingel erneut zu drücken, doch Nora schlug sie fort. Diesmal gab er nach, um kein Handgemenge zu riskieren. Bei Nora wusste man nie.

»Also schön«, rief sie mit rotem Kopf. »Ich komme mit zu dir.«

»Du tust es schon wieder!«

»Was?«

»Du tust schon wieder so, als würdest du MIR einen Gefallen tun. Tust du aber nicht. Mir ist es völlig wurscht, wo du schläfst.«

»Fein. Wenn es dir egal ist, dann schlafe ich halt bei dir.«

Bevor er sie aufhalten konnte, stapfte sie bereits los und hielt auf den alten Pferdestall zu. Ben sah ihr sprachlos hinterher und fragte sich, wie diese Wendung zustande gekommen war. Wer wollte jetzt was nicht?

Fluchend folgte er ihr und hatte sie auf der Rasenfläche vor dem Haus eingeholt. Ihm war längst klar, dass er keine Wahl mehr hatte. Sie überquerten den Hof und gelangten so zum hinteren Bereich des Anwesens, wo der ehemalige Pferdestall stand. Von außen sah er noch genauso aus wie schon vor dreihundert Jahren: alter Backstein mit den typischen Holzbalken des Fachwerkhauses. Doch die Scheunentür war erneuert worden und wirkte nur auf den ersten Blick antik. Ein Meisterstück, wie er fand, das sich perfekt in das Bild der alten Scheune einfügte.

Bevor er die Tür öffnete, drehte er sich zu Nora um. Sie stand jetzt etwa einen halben Meter von ihm entfernt und musterte die Fassade. War da so etwas wie Anerkennung in ihrem Blick? Hoffentlich. Nein. Nein! Es musste ihm egal sein, was sie dachte.

Er wartete, bis er ihre volle Aufmerksamkeit hatte. Dann stieß er die Tür möglichst dramatisch auf. Sofort gingen die Lampen im Eingangsbereich an, gefolgt von der gemütlichen Beleuchtung im Wohnzimmer.

Nora machte einen großen Schritt nach vorn und blickte ins Innere seines Heims. Zufrieden registrierte er ihre fassungslose und gleichzeitig bewundernde Miene. Der alte Pferdestall war nicht mehr wiederzuerkennen. Ben hatte die Wände von innen mit einer Holzkonstruktion verkleidet, um sie nach heutigem Standard abdämmen zu können. Statt Beton lag jetzt Laminat auf dem Boden. Die Pferdeboxen waren verschwunden. Nur ein einzelner alter Wassertrog mit Grünpflanzen darin erinnerte noch an die frühere Funktion des Hauses. Die Wände hatte Ben weiß verputzt, sodass es freundlich wirkte, einen Teil der alten Steinmauer hatte er jedoch so belassen, wodurch dieser nun noch besser zur Geltung kam.

»Es ist eine Maisonettewohnung. Oben im Dachboden sind Schlafzimmer und Bad. Unten liegt die Küche mit Essbereich und Wohnzimmer. Insgesamt habe ich auf diese Weise achtzig Quadratmeter für mich gewonnen.«

Er sah Nora herausfordernd an und ärgerte sich darüber, wie wichtig ihm nach wie vor noch ihre Meinung war. Es wäre schrecklich für ihn, wenn sie den umgebauten Stall nicht genauso liebte wie er. Doch seine Sorge war unbegründet.

Nora drehte sich einmal im Kreis und grinste dabei breit. Da war sie! Die alte Leichtigkeit, die er so sehr an ihr geliebt hatte.

»Verdammt noch mal, Ben! Das ist der absolute Oberhammer!« Als sie ihn jetzt ansah, glänzten ihre Augen vor Staunen, und ihr Lächeln galt ganz allein ihm, woraufhin sein Herz Richtung Magen rutschte. Diese Augen! »Der alte Stall ist nicht wiederzuerkennen. Unglaublich!«

Ihr Blick blieb kurz an seinem Boxsack hängen, der etwas zu dominant mitten im Raum hing und wie ein deplatziertes Deko-Element wirkte. Anders als erwartet sagte Nora jedoch nichts dazu, sondern sah sich weiter um. »Aber warum wohnst du hier? Und warum hast du den Stall umgebaut und nicht meine Familie?«, stellte sie nun die Frage, mit der er schon die ganze Zeit gerechnet hatte.

»Dein Vater hat mich vor seinem Tod als Verwalter des Apfelhofs eingestellt«, ließ Ben die Bombe platzen.

Nora erstarrte in der Bewegung. Dann drehte sie sich langsam zu ihm um. »Wirklich? Aber … aber was ist denn aus deinen Plänen geworden, Tischlermeister zu werden?«

Ben zuckte mit den Schultern. »Pläne ändern sich. Dein Vater hat mich vor drei Jahren gefragt, ob ich hier anfangen will, nachdem ich mit meinem Studium fertig war. Ich hab in Kiel Agrarwissenschaften studiert und meinen Bachelor gemacht. Den Master versuche ich seitdem nebenberuflich hinzubekommen, aber so ganz klappt das nicht. Der Umbau der Scheune hat mich ein wenig abgelenkt.«

Die Begeisterung aus Noras Augen verschwand. »Du bist jetzt echt Verwalter auf dem Hof?«

»Ja, warum auch nicht? Du warst nicht mehr da, um deiner Familie zu helfen.« Ben wusste, dass dieser Satz unfair war. Jeder hatte das Recht dazu, seinen eigenen Weg zu gehen. Nur dass Noras Weg sie sehr abrupt fortgeführt hatte.

Sie schnaubte verächtlich. »Da haben sich ja die Richtigen gefunden«, sagte sie mit finsterer Miene.

»Was meinst du denn damit?«

Sie winkte genervt ab und schwieg. Das erinnerte Ben an die letzten Wochen vor der Trennung. Da war er, ähnlich wie jetzt, einfach nicht an sie herangekommen.

»Die Arbeit mit deinem Vater hat mir viel Spaß gemacht«, verteidigte Ben seinen alten Mentor. »Er hat mir auch mit der Scheune geholfen. Es war unser gemeinsames Projekt. Sie ist erst seit einem Jahr richtig fertig. Zum Glück hat Werner das noch mitbekommen, bevor er so krank geworden ist.«

Noras Reaktion auf den letzten Satz war geradezu unheimlich. Sie erstarrte. Ihr gesamter Körper versteifte sich, und Ben konnte dabei zusehen, wie sich ihre Miene verschloss. Pure Trauer huschte über ihre Züge. Sie versuchte es vor ihm zu verheimlichen, doch dazu kannte er sie zu gut.

Sie litt unter dem Verlust ihres Vaters, obwohl sie es nicht zugeben wollte. Ihre Flucht vor Ben hatte auch zum Bruch mit ihren Eltern geführt. Ben hatte nie so ganz verstanden, warum sie einen so radikalen Schlussstrich gezogen hatte. Aber so war Nora nun einmal: ganz oder gar nicht.

Nora blieb vor der Couch stehen und musterte das Ungetüm aus hellbraunem Wildlederimitat. Ihm war sofort klar, was jetzt kam. Liebevoll strich sie über den Stoff, um die Strichrichtung zu korrigieren. Dann jedoch überraschte sie ihn. Sie warf sich mit Schwung in die dicken Kissen und quietschte ausgelassen.

»Dass du mal dein grünes Sofa mit den hässlichen orangefarbenen Kissen gegen ein so schickes Designerteil eintauschst, hätte ich nie für möglich gehalten«, rief sie ihm zu. »Für eine Schickimicki-Couch ist sie erstaunlich bequem, allerdings hat sie noch keinen Charme. Da fehlen die Cola- und Apfelsaftflecken von damals.«

Nora hielt es nur kurz auf der Couch aus. Schon stand sie bereits vor seinem Bücherregal. Er hatte es schlicht in Weiß gehalten und als absoluten Blickfang hergerichtet. Es nahm fast die gesamte Länge der Rückwand im Wohnzimmer ein. »Was hat du nur mit Star Wars?«, seufzte sie mit Blick auf die Buchrücken. Dann zog sie eine Augenbraue in die Höhe.

»Nein!« Sie ging in die Hocke. »Meine Ratgeber«, hauchte Nora und zog ein völlig zerfleddertes Etwas heraus.

Ben erkannte den Einband sofort. *Über den Umgang mit Heran-wachsenden* hatte Nora zu jeder Tages- und Nachtzeit gelesen. »Ich habe es gehasst, wenn du dich hinter dem Ding versteckst hast«, sagte er impulsiv.

Nora blätterte bereits darin und schnupperte sogar an den Seiten. Ein versonnener, vollkommen verzückter Ausdruck glitt über ihre Züge. »Es hat mich einfach beruhigt«, verteidigte sie sich.

»Das Buch war für Senioren geschrieben, damit sie die heutige Jugend verstehen können. Nicht für eine Jugendliche, die ohnehin total beliebt war.«

Nora lachte leise, was Ben direkt ins Herz stach. Er wehrte sich erst gar nicht gegen die Nostalgie, die ihn überfluten wollte. Nora so zu sehen, weckte einfach zu viele Erinnerungen. Zwar hatte er sich immer über ihre Ratgeberleidenschaft lustig gemacht, sie aber insgeheim auch süß gefunden.

»Machst du das noch immer?«, fragte er, um das lockere Gespräch am Laufen zu halten. Er war es gerade leid, mit ihr zu streiten. Das passierte ohnehin noch früh genug.

»Was?«

»Kaufst du dir immer noch je nach Lebensproblem einen Ratgeber? Wenn man sich dieses Regal ansieht, dann erkennt man ziemlich genau, was dich damals beschäftigt hat. Das reicht von *Maniküre ohne Aufwand* über *Putzen ohne Lappen* bis *Schlussmachen für Anfänger*.« Als er dieses Buch entdeckt hatte, war er zutiefst schockiert gewesen. Hatte Nora etwa von langer Hand geplant, ihre Beziehung zu beenden?

»Ich bin halt gerne vorbereitet fürs Leben«, verteidigte sich Nora. »Und es hilft mir, die Welt zu sortieren. Apropos … Was ist das hier?« Triumphierend zog sie einen ganzen Stapel Handwerkerzeitschriften hervor. »Ist mein Tick etwa ansteckend?«

»Vielleicht etwas … Die kleinen Fenster des Stalls haben mir Kopfzerbrechen bereitet. Es war eine wahre Kunst, die Wand aufzustemmen, um die breite Glasflügeltür hier reinzubekommen. Der Denkmalschutz kam mir in die Quere, aber dank dieser vielen Zeitschriften habe ich eine Lösung gefunden.«

»Die lässt sich sehen«, sagte Nora und pfiff leise, als sie die Terrassentür bemerkte. Bens Terrasse war wirklich atemberaubend. Sie eröffnete den Blick auf die Apfelbaumplantage. Leider war es zu dunkel, um viel zu erkennen. Nora wurde mit einem Mal ganz still und starrte wie in Trance hinaus. Worüber sie wohl grübelte?

Ist total egal, dachte er genervt über sich selbst. *Du musst sie so schnell wie möglich wieder loswerden.* Diese Nostalgie tat ihnen beiden nicht gut. Sie zog an Stellen in seinem Herzen, die ihm ohnehin genug wehtaten.

»Sollen wir deine Knie mal verarzten?«, fragte er abrupt, um sie beide vor dieser seltsamen Stimmung zu retten. »Dann mach ich dir die Couch fertig.«

»Die Couch? Vergiss es! Ich nehme das Bett.«

»Träum weiter. Du bist mein uneingeladener Gast. Sei froh, dass ich dir überhaupt die Couch überlasse.«

»Ich kann da nicht drauf schlafen.«

»Warum das denn nicht?«

Nora wurde rot. Vom Hals über die Wangen bis zur letzten Haarspitze. Dann winkte sie ab. »Okay, okay. Dann nehme ich halt die Couch. Aber nur, wenn du mir deine Spezialnudeln servierst und wir nicht über die Vergangenheit reden. In Ordnung?«

»Meine Spezialnudeln? Meinst du etwa meine Spaghetti mit Ketchup?«

Nora sah ihn streng an. »Ben! Das war immer dein supergeheimes Familienrezept mit der gut gehüteten Zutat. Ruinier meinen Eindruck von einem Weltklasse-Essen nicht. Wo finde ich die Dusche? Und wo etwas zum Anziehen?«

Ben zeigte ihr beides und fragte sich in der Sekunde, ob er nicht den Fehler seines Lebens beging. Er sollte sie rausschmeißen. Sollte sie sich doch mit Viola und ihrer Mutter bekriegen. Selbst schuld. Aber aus irgendeinem Grund brachte er es einfach nicht über sich.

#AprelmusmitLiebe

Nicht auf die Größe des Kochtopfs kommt es an, sondern auf das Können des Kochs. (Aus: Kochen für Unbegabte)

Nora

Nora war so aufgewühlt, dass ihre Hände zitterten. Sie ballte die Finger zur Faust und beobachtete, wie das Wasser auf ihrer Haut entlangperlte. Wie war sie nur unter Bens Dusche geraten? Wenn man ihr noch am Morgen erzählt hätte, dass sie am Abend seinen alten Pyjama anziehen würde, hätte sie laut gelacht. Aber genau so weit würde es gleich sein.

Der Gedanke ließ sie erneut frösteln. Hoffentlich hatte Ben ihre Unsicherheit nicht bemerkt. Sie musste unbedingt Distanz wahren, um das hier durchzustehen. Ihn zu sehen, mit ihm zu reden, ihm so nahe zu sein – das ließ alte Gefühle aufkommen. Gefühle, die sie in anderer Umgebung gewiss nicht gehabt hätte.

Sie war sentimental. Das wurde ihr heute zum ersten Mal richtig bewusst.

Ben war ihre erste große Liebe und würde es für immer bleiben. Er war hier verwurzelt. So fest wie der älteste Apfelbaum. Er lebte, er arbeitete auf dem Hof. Ausgerechnet hier! Ausgerechnet an dem Ort, an dem sie es einfach nicht aushielt.

Bereits jetzt hatte sie den Eindruck, mit Haut und Haaren vereinnahmt zu werden. Sie spürte den Sog der alten Apfelbäume, die gemütliche Atmosphäre des Stalls und den verlockenden Duft der Natur. Wie sehr hatte sie das vermisst.

Dass sie jetzt ausgerechnet in seinem Haus gelandet war, war natürlich doof gelaufen. Aber was hätte sie auch tun sollen? Sie hatte keine Wahl, als hier Unterschlupf zu finden.

»Verdammt, Oma Enne«, brummte Nora genervt. »In was hast du mich da reingezogen?« Durch die moderne gläserne Duschwand musterte sie das wunderschöne neu geflieste Bad. Die Wände waren cremefarben, der Boden dunkel gehalten. Der überquellende Wäschekorb und die vielen herumliegenden Handtücher waren ihr ein Dorn im Auge, zeigten ihr aber auch, dass Ben zwar erwachsener geworden war, aber noch immer ähnlich tickte wie früher. Er war schon immer schrecklich unordentlich gewesen und hatte am Rande des Chaos gewohnt. Eine geputzte Wohnung passte nicht in Noras Bild von ihm. In einer Ecke lag doch tatsächlich ein Handtuch mit Katzen darauf.

Das Duschgel stand unten auf dem Boden statt auf der extra dafür montierten Ablagemöglichkeit. Auch das war typisch Ben. Er gehörte zu jenen Menschen, die die leere Klopapierrolle auf den Mülleimer stellten, statt sie darin zu versenken. Was das anging, waren sie vollkommen unterschiedlich, und trotzdem hatten sie als Paar funktioniert.

Oder eben nicht.

»Au!« Der heiße Wasserstrahl war an Noras verletztes Knie geraten. Es brannte und ziepte. Wenigstens riss sie der Schmerz aus ihren Grübeleien.

Es war Zeit, sich Ben erneut zu stellen, anstatt sich in seiner Dusche vor ihm zu verstecken. Seufzend stellte sie das Wasser ab, sortierte Duschgel, Shampoo und Spülung farblich in das dafür vorgesehene Fach und angelte sich ein übergroßes Handtuch von einem Haken an der Wand. Vermutlich war es bereits benutzt, aber Nora hatte keine Nerven gehabt, Ben nach neuen Tüchern zu fragen. Sie hatte lediglich zappelig gewartet, bis er ihr einen von seinen Pyjamas herausgesucht hatte. Sekunden später war sie im Bad verschwunden.

Sie schnupperte am Stoff. Es roch nach Ben, genau wie sie jetzt auch. Immerhin hatte sie sein Duschgel benutzt. Aufs Haarewaschen hatte sie verzichtet, aber wenigstens sahen ihre Füße jetzt nicht mehr aus wie die einer Moorleiche.

Ihr Handy klingelte. Sie brauchte einen Moment, um es in ihren auf dem Boden zerstreuten Sachen zu finden. Entgegen ihrer sonstigen Angewohnheit hatte sie einfach alles an Ort und Stelle fallen lassen, anstatt die Kleidung zusammenzufalten. Sie hatte es eilig gehabt, unter die Dusche zu kommen. Als könne sie sich damit das komische Gefühl vom Leib waschen.

Die Handynummer kannte sie zwar nicht, doch sie ging trotzdem ran.

»Du wurdest enttarnt«, begrüßte sie jemand flüsternd.

Nora brauchte einen Moment, bis sie die Stimme erkannte. »Oma Enne? Du hast wirklich ein Handy? Und woher hast du so plötzlich meine Nummer?«, fragte sie ungläubig.

»Natürlich hab ich ein Handy. Deine Nummer habe ich von dem Zettel, den du achtlos vor meinem Baum hast fallen lassen. Es war eine Kunst dranzukommen, ohne den Baum zu verlassen, aber es ist mir gelungen. Ohne Handys wäre ich aufgeschmissen. Ich könnte nicht mit meinen Häkeldamen korrespondieren oder mein Soziales-Medium-Konto pflegen.«

Soziales-Medium … meinte sie etwa einen Social-Media Account? Nora schwieg verdattert, dann erinnerte sie sich an Omas Begrüßung. »Wer hat mich enttarnt und inwiefern?«

»Ich vermute, es ist deine Mama … jawoll. Sie stapft gerade zu euch rüber. Viola schläft wohl längst. Jetzt musst du dich entscheiden. Entweder du sagst Hallo oder du versteckst dich bis morgen. Ich an deiner Stelle würde … ach, Mist. Deine Mama macht doch einen Rückzieher.« Oma Enne seufzte tief. »Ich liebe meine Tochter, aber manchmal könnte ich sie tagelang schütteln. Warum geht die denn jetzt wieder zurück ins Wohnhaus?«

Weil Mama eben Mama ist, dachte Nora traurig. Ihre Mutter ging Streit aus dem Weg. Immer. Wer versuchte, mit ihr zu zanken, musste schon einen Monolog halten und Veras Standpunkt selbst vertonen. Nora hatte das in der Vergangenheit oft getan und sich dabei regelrecht in Rage geredet. Ihre Mama hingegen hatte einfach abgewartet, bis ihre Tochter den Streit mit sich selbst ausgefochten hatte. In der Regel hatte Vera dadurch gewonnen.

»Mama hat Angst vor einer Konfrontation«, erklärte Nora zögernd und bereitete sich darauf vor, ihre Mutter vor ihrer Oma zu verteidigen. Sie hatte sie zwar seit Jahren nicht gesehen, konnte es aber dennoch nicht ertragen, wenn schlecht über sie geredet wurde. Sie war ihre Mama. Natürlich verteidigte sie sie.

»Das ist sehr schade. Es wäre eine gute Möglichkeit gewesen, euch ohne Viola zu treffen. Du könntest rübergehen …«

»Oma! Lass gut sein. Wir sehen uns morgen, und dann will ich gefälligst hören, was für ein angebliches Verbrechen hier vorgefallen ist.«

Nora legte ohne Abschied auf und zog sich so rasch es ging an. Ihr Herz schlug ein wenig schneller als zuvor. Der Gedanke, beinahe ihrer Mutter begegnet zu sein, wühlte sie auf. Sie hatte Angst vor einem Treffen.

Was sollte sie ihr sagen? Wie sollte sie erklären, was sie getan hatte? Seit Jahren hatte sie ihrer Mutter gegenüber ein schlechtes Gewissen. Sie hätte sich wirklich bei ihr melden müssen. Aber damals hatte sie es einfach nicht über sich gebracht, und irgendwann war es zu spät gewesen. Sie hatte den richtigen Zeitpunkt verpasst.

Der Kloß in ihrem Magen verhärtete sich abrupt, weswegen sie lieber nicht weiter in diese Richtung denken wollte. Also lenkte sie sich ab, indem sie einen kurzen Blick in den Spiegel warf, um ihr Outfit zu überprüfen.

Der Pyjama war natürlich viel zu groß und äußerst hässlich. Waren das tanzende Elefanten auf dem Oberteil? Da der Stoff sehr verwaschen aussah, war der Aufdruck kaum noch zu erkennen. Die Hose war viel zu locker und rutschte. In ihrer Not stopfte Nora den Bund einfach in ihre Unterhose und zog das Oberteil darüber.

»Schick«, sagte sie ironisch zu ihrem Spiegelbild.

Sie räumte schnell das Bad auf, stopfte die herumliegenden Handtücher in den eh schon vollen Wäschekorb und hängte ein frisches an den Haken, das farblich mit dem Bad harmonierte. Erst danach verließ sie das Bad und polterte die Holztreppe runter. Zum Glück hatte sich Ben von der brüchigen Heubodenleiter getrennt und eine richtige Treppe eingebaut. Sie wirkte massiv und altmodisch und passte dadurch perfekt in das Ambiente.

Sobald Nora unten im Wohnzimmer angekommen war, blieb sie wie angewurzelt stehen. Direkt gegenüber vom Treppenaufgang hatte Ben an der Trennwand zur Küche zahlreiche Fotos aufgehängt. Sie zeigten sehr häufig ein kleines Mädchen – erst im Babyalter, dann als ungefähr Zehnjährige. Das musste Julia sein. Bens jüngere Schwester. Das Nesthäkchen der Familie. Nora erinnerte sich undeutlich an ein unbeholfen daherstapfendes Kleinkind in Pampers. Sie hatte Julia das letzte Mal gesehen, als diese zwei war. Heute sah Julia ihrer Mutter Sarah unglaublich ähnlich: die gleichen grünen Augen, der gleiche blonde Haarschopf, nur ging die Farbe bei Julia etwas ins Kupferfarbene über.

Es waren jedoch die anderen Fotos, die Noras Aufmerksamkeit fesselten. Sie zeigten Ben und sie. Beim Angeln. Beim Äpfelpflücken. Mit Schultüten in den Händen. Bei einer Schulaufführung. Als Pärchen eng umschlungen an ihrer geheimen Stelle am See. Doch auf jedem Bild war ihr Gesicht mit einem Comic-Sticker überdeckt.

»Äääáh, Ben?«, rief sie Richtung Küche. Er rumorte dort herum. Es roch nach Spaghetti und Tomaten. »Was zur Hölle soll das denn darstellen?«

Ben lehnte sich über den Tresen, der die offene Küche vom Wohnzimmer abtrennte, und linste zu ihr herüber. Als er bemerkte, was sich Nora ansah, zuckte er entschuldigend mit den Schultern. »Das war ich nicht. Das war Julia.«

»Sie hat jedes Mal mein Gesicht überklebt. Da war sie wirklich gründlich.« Nora pfiff leise durch die Zähne. Selbst auf einem Foto, wo sie nur ganz klein im Hintergrund zu sehen war, pappte auf ihrem Gesicht ein Mini-Garfield.

»Es gibt kein Kinderbild von mir, auf dem du nicht auch abgebildet bist. Ich persönlich hätte die Bilder hier nie aufgehängt, aber dein Vater hatte einen Karton mit alten Erinnerungsstücken auf dem Dachboden gefunden und ließ sich nicht davon abbringen. Als Julia das gesehen hat, bekam sie einen kleinen Wutanfall und hat heimlich in der Nacht Zensur betrieben.«

»Nimm die Teile ab«, rief Nora entrüstet. »Das sieht martialisch aus!«

»Ich finde, ich bin auf jedem Foto gut getroffen. Und du mit Garfield-Kopf … das hat doch was.« Er grinste sie fies an und verschwand wieder in der Küche.

Nora starrte ihm noch einen Moment wütend hinterher, dann musterte sie die Fotowand. Es tat weh, ihre Kindheitserinnerungen auf diese Weise verschandelt zu sehen. Als hätte man ihr persönlich in den Magen geboxt. Offenbar war Bens Schwester auf sie nicht gut zu sprechen. Aber warum? Julia konnte sich gewiss nicht mehr an sie erinnern.

Einen Moment überlegte sie, ob sie die Bilder abnehmen sollte, aber dann siegte ihr Anstand. Sie war Gast hier. Da stand es ihr nicht zu, die Deko abzunehmen. Das musste Ben selbst erledigen. Aber dass er sie einfach so hängen ließ, war schon heftig. Der alte Ben hätte das niemals getan. Der neue hingegen schon.

Sie wandte sich ab und ging zu ihm in die Küche, sah ihm beim Werkeln zu. »Was sagen denn deine Freundinnen dazu, dass deine Erinnerungswand voller Fotos deiner Verflossenen ist?«

Ben lachte leise. »Meine Ex hat Garfield-Fotos auf dem Gesicht! Da protestiert niemand. Und wer sagt, dass meine Freundinnen diese Wand jemals gesehen haben?«

»Du willst mir wohl nicht weismachen, dass du nie Damenbesuch hattest«, spottete Nora. »Ich mag lange fort gewesen sein, aber ich habe die Blicke der Frauenwelt auf dem Bahnsteig gesehen: Du bist heiß begehrt.«

»Mag sein, aber mein Damenbesuch kommt für gewöhnlich nicht hierher. Für so was gibt es Hotelzimmer oder ihre Wohnung oder …«

»Verschone mich! So genau wollte ich es nicht wissen.« Abwehrend hob Nora die Hände und schnupperte gleichzeitig. Es roch nach alter Kindheitserinnerung. Dann sah sie die Ketchupflasche direkt neben dem Topf. »Die musst du wegstellen. Ein guter Koch verrät nie seine Geheimnisse«, sagte sie vorwurfsvoll. Sie setzte sich schon mal an den Tresen und zog die von Ben bereitgestellten Teller heran. Das Besteck legte sie in exakt dem richtigen Abstand zum Tellerrand hin und richtete diesen an der Theke aus. »Wie lange dauert es noch?«

»Acht Minuten. Sagt zumindest die Beschreibung auf der Spaghettiverpackung. Jetzt mal nicht so ungeduldig. Hier.«

Ben stellte ihr einen kleinen Joghurtbecher vor die Nase. »Als Vorspeise. Damit du nicht hungrig über mich herfällst.«

Noras Magen zog sich beim Anblick der Leckerei zusammen. Ihr Lieblingsjoghurt! Ben kannte sie beängstigend gut. »Danke«, sagte sie schwach und nahm ihm den zuvorkommend dargereichten Löffel aus der Hand. Dann stutzte sie. »Hey! Das ist Banane!«

»Ich weiß.«

»Ich mag Aprikose aber lieber.«

»Ich weiß.«

»Dann gib mir Aprikose!«

»Nein. Brave Mädchen bekommen Aprikose. Mädchen, die vor mir fliehen, mich anmotzen und sich nur aus purer Not bei mir einquartieren, bekommen Banane. Wenn du lieb bist, darfst du beim Nachtisch an meinem Joghurt riechen.«

»Spinner.« Kopfschüttelnd stand Nora auf, ging um den Tresen herum und öffnete den vollkommen chaotisch sortierten Kühlschrank. Sie wollte sich gerade den gelben Joghurt nehmen, da kam Ben ihr zuvor, griff sich die begehrte Nachspeise und drückte sie schützend gegen seine Brust.

»Das war mein Ernst. Hinsetzen! Keine Aprikose für dich.«

Nora gab nach, da sie längst etwas viel Besseres im Kühlschrank entdeckt hatte. Ehrfürchtig nahm sie ein Einmachglas heraus. »Ist es das, was ich glaube, dass es ist?«, flüsterte sie, als habe sie den Heiligen Gral gefunden.

Ben spielte mit und sagte ähnlich achtungsvoll: »Ja, das ist es.«

»Ich schwöre dir: Wenn du mir das hier wegnehmen willst, werde ich mit dir kämpfen. Ganz ungeachtet des unheimlichen Boxsackes in deinem Wohnzimmer, über den wir noch dringend reden sollten.« Nora warf Ben einen warnenden Blick zu, woraufhin der den Weg frei machte.

Sie trug ihren Schatz zurück zum Tresen, setzte sich und starrte das Weckglas einen Moment an. Es musste ein Exemplar sein, das nicht in den Verkauf gegangen war, denn es trug weder die typische Haube noch das Etikett des Hofladens. Als sie den Verschluss öffnete, ploppte es leise. Ein Geräusch, das wie Musik in Noras Ohren klang. Sie hob den Deckel ab und roch am Apfelkompott. Himmlisch!

Gerade wollte sie den Löffel eintunken, da bimmelte etwas. Irritiert sah sie auf, während Ben bereits wie selbstverständlich in die Richtung des Tons ging. Jetzt sah Nora, dass an der Wand ein Tabletcomputer angebracht war, auf dem Ben nun herumdrückte. Das Gesicht von Oma Enne erschien.

»Ich sehe, du hast das Apfelkompott entdeckt«, sagte sie.

Nora ließ vor Schreck den Löffel auf die Theke fallen und starrte ungläubig das Display an, wo das breite Grinsen ihrer Großmutter in Nahaufnahme zu sehen war. »Du benutzt Skype?«, fragte sie ungläubig.

»Warum denkst du eigentlich, dass ich hinter dem Mond lebe? Ich bin erst zweiundachtzig Jahre alt und keine hundert! Da kann ich ja wohl skypen.«

Nora wandte sich Ben zu, der zurück an den Herd gegangen war, um die Spaghetti abzuschütten. Als sei es völlig normal, sich mit ihrer Oma im Apfelbaum mithilfe neumodischer Technik zu unterhalten. »Hast du ihr das eingerichtet?«

»Hab ich. Es war eigentlich nur für Notfälle gedacht, aber sie nutzt es schamlos aus. Oma Enne, weg mit dem Fernglas! Ich mag es nicht, wenn du mich ausspionierst.«

»Großmutter«, rief Nora empört. »Sag nicht, du linst durchs Fenster rein!«

»Wie sonst hätte ich sehen sollen, dass du gerade das Kompott probieren willst? Los, los! Nimm einen Löffel. Ich bin gespannt, was du sagst.« Oma überging den Tadel der beiden einfach.

Nora überlegte, ob sich ein Streit lohnte. Sie entschied sich dagegen und nahm stattdessen wie befohlen einen Löffel. Das Kompott war genau so, wie es sein musste: Die Stückchen besaßen die richtige Größe, der Rest war cremig, aber nicht zu fest und die Farbe goldig. Und dieser Geschmack! Himmlisch. Eindeutig die Sorte Braeburn. Der rotgelbe Apfel eignete sich mit seinem lockeren Fruchtfleisch sehr gut für Kompott. Süß und ausgesprochen aromatisch. Dann jedoch bemerkte Nora einen anderen Unterton.

Sie runzelte die Stirn. Nur eine Sekunde, doch Oma hatte es gesehen.

»Siehst du, Ben? Sie schmeckt es auch! Das Kompott ist nicht mehr so gut wie früher!«

Nora hörte Ben leise seufzen und sah genau, wie er die Augen verdrehte. »Das behauptet sie seit etwa einem halben Jahr und macht uns alle damit wahnsinnig. Ihrer Meinung nach ist das der Grund für unsere finanzielle Schieflage. Weil das Kompott nicht mehr perfekt ist. Vera dreht ihr bald den Hals um, wenn sie damit nicht aufhört.«

Nora stutzte. »Dem Hof geht es finanziell nicht gut?«

»Toll, Ben. So viel zu ›Wir bringen es ihr schonend bei‹«, schimpfte Oma.

»Es ist nicht schlimm«, beeilte sich Ben zu sagen. »Nichts, das wir nicht in den Griff bekommen können.«

Nora ließ sofort das Apfelkompott stehen und erhob sich. Obwohl es ihr eigentlich egal sein konnte, war sie augenblicklich in Alarmbereitschaft. Sie liebte diesen Hof. Ja, sie liebte ihn. Selbst wenn sie seit acht Jahren nicht mehr hier gewesen war. Ihrem Herzen war das jedoch vollkommen egal. »Zeig mir die Bücher! Ich will nachsehen, wie schlimm es ist.«

»Heute Abend zeige ich dir bestimmt nichts mehr. Das geht dich nichts an.«

»Und ob es das tut! Ich bin Miterbin dieses Hofes.«

»Ach, ja? Dafür hast du dich in letzter Zeit aber erstaunlich wenig blicken lassen.«

Bevor sie sich ernsthaft in die Haare bekommen konnten, rief Oma Enne laut: »Stoooooop! Mit eurem Gezanke macht ihr mich wahnsinnig. Noch wahnsinniger als ohnehin schon. Zeig Nora die Bücher, Ben! Wir können jede Hilfe gebrauchen.«

Ben wirkte noch immer abweisend, doch sein Widerstand bröckelte. War es wirklich derart schlimm, dass er sogar ihre Hilfe in Betracht zog? Der Gedanke beunruhigte Nora noch mehr. Was war hier los?

»In Ordnung. Ich zeige sie ihr. Aber nicht mehr heute Abend«, sagte er schließlich genervt. »Erstens werden die Spaghetti kalt, und zweitens sind die Bücher in unserem Büro im Haupthaus.«

»Die Spaghetti können wir doch mitnehmen. Und was meinst du mit … oh!« Nora setzte sich wieder, als sie verstand.

»Genau. Oh! Das Haupthaus, wo zufällig deine Familie wohnt. Wenn du also nicht in meinem alten Schlabberoutfit deiner Schwester und deiner Mutter über den Weg laufen willst, dann sollten wir hierbleiben. Die Bücher haben Zeit. Der Hof geht nicht sofort pleite.«

»Pleite? So schlimm ist es?« Nora stand sofort wieder auf.

»Ben, halt endlich den Mund. Du machst es nur noch schlimmer«, schimpfte Oma. »Und überhaupt: Was ist das für eine unappetitliche Matsche da auf euren Tellern? Das sieht wie ein Massaker aus.«

»Das sind Spaghetti mit meiner Spezialsoße. Du darfst uns jetzt noch guten Appetit wünschen, und dann geht es für dich in die Heia. Gute Nacht, Oma Enne«, sagte Ben in erstaunlich ruhigem Tonfall. Er stellte Nora den Teller vor die Nase und trat dann zu dem Tablet an der Wand. »Wir kommen morgen zu dir, und dann darfst du uns in deine Geheimnisse einweihen. Bis dahin steck dein Fernglas weg, rück die Schlafhaube zurecht, sag deinem Apfelbaum gute Nacht und ruh deine alten Knochen auf der Pritsche aus. Schlaf gut!«

Nora sah zu, wie er das Tablet abschaltete und gleichzeitig per Knopfdruck die Jalousien herunterließ.

Bis auf die Tatsache, dass ihre Oma im Apfelbaum schlief, wirkte alles auf dem Hof so normal. So friedlich. Doch zum ersten Mal wurde Nora klar, dass dies ein Trugschluss war. Der Frieden war bedroht. Sie hatte vom Hofsterben auf dem Alten Land gehört. Der Klimawandel hatte auch Einfluss auf den Obstanbau in diesem Gebiet. So mancher Apfelbaum kam mit den heißen Sommern nicht mehr klar. Gleichzeitig bereiteten Spätfröste große Probleme, genauso wie plötzliche Hagelschauer.

All das hatte Nora mitbekommen und trotzdem immer gedacht, dass ihr Familienhof diese Bedrohungen gut überstehen konnte. Ein Irrtum. Die Frage war nur: Wie schlimm war es wirklich?

Ben

Er ärgerte sich über sich selbst. Warum nur hatte er die finanziellen Schwierigkeiten des Hofes erwähnt? Jetzt hatte er Nora am Hals. Wie ein Pitbull hatte sie sich festgebissen und würde sich so schnell nicht abwimmeln lassen.

Auf der anderen Seite … vielleicht war das auch die Lösung für sein Problem. Ihm war die Arbeit längst über den Kopf gewachsen, von seinen neuesten Plänen ganz zu schweigen. Da konnte es ihm eigentlich nur recht sein, wenn sich Nora mit den Finanzen des Hofes auseinandersetzte.

Ben war schon immer klar gewesen, dass Nora nicht den Hof im Stich gelassen hatte. Nicht die Bäume, die Äpfel oder das Geschäft. Sie war seinetwegen und wegen ihrer Familie gegangen.

Er schob ihr den Teller unter die Nase. »Iss«, sagte er. »Dann reden wir.«

»Lass uns beim Essen reden«, erwiderte sie und steckte sich beherzt eine Gabel voll Essen in den Mund. Sofort verzog sie das Gesicht.

Ben lachte sie aus. »Schmeckt es anders als erwartet?«

»Sagen wir so: Ich hatte es leckerer in Erinnerung.«

»Tja, das kommt davon, wenn man als begehrte Buchhalterin nur noch Sterne-Restaurants gewöhnt ist. Das versaut einen essenstechnisch für das ganze Leben.«

»Zumindest für Spaghetti mit Ketchup. Wobei ich mich eher frage, ob dieses Gericht mir nicht für immer die Geschmacksknospen versaut. Schieb mal den Pfeffer rüber. Vielleicht kann ich es noch aufpeppen.

Und während ich das tue, darfst du mir gerne über die Misserfolge auf dem Hof berichten.«

Ben schwieg und sah stattdessen dabei zu, wie Nora ihr Essen völlig überpfefferte und es schließlich noch mit einem Klecks Apfelkompott vollends ruinierte. Er hatte befürchtet, dass ihm die Aufgabe zufiel, Nora aufzuklären. Es wäre ihm lieber gewesen, wenn Viola das getan hätte. Allerdings hätten sich die beiden vermutlich im Anschluss daran gegenseitig umgebracht.

Er gab sich einen Ruck. »Das letzte Erntejahr war eine Katastrophe. Erst gab es im Mai einen überraschenden Spätfrost, der den Bäumen zugesetzt hat. Danach hat im Juni ein Hagelschauer fast ein Viertel unserer Ernte zerlegt. Und als sei das nicht schon schlimm genug gewesen, folgte direkt danach eine Hitzewelle. Viele Äpfel haben Sonnenbrand bekommen. Wir mussten sie wegschmeißen. Im Jahr davor war der Sommer zwar toll für süße Früchte, aber wir mussten beregnen. Sonst wären die Bäume eingegangen. Es war einfach zu lange zu warm. Vom Vorjahr wollen wir gar nicht erst reden. Das war einfach zu kalt und zu nass gewesen.«

»Drei miese Jahre hintereinander«, resümierte Nora und schob sich einen weiteren großen Bissen in den Mund. Ben war sich nicht sicher, ob sich das anschließende Augenverdrehen auf die schlimmen Nachrichten oder auf den Geschmack des Essens bezog. Wenigstens gab es ihm Zeit, sich eine Antwort zu überlegen.

»Das ist es nicht allein. Ich bekomme Viola nicht dazu, sich neu zu orientieren. Sie ist der Meinung, dass das alles nur eine Phase ist. Nach drei schlimmen Jahren folgen bestimmt drei gute. Ich sehe das anders. Wir müssen uns auf das neue Klima mit heißeren Sommern und Phänomenen wie schwere Hagelschauer einstellen. Und das bedeutet, dass wir unsere Obstsorten umstellen müssen. Ich möchte gerne mehr Braeburn anbauen. Der kommt aus Neuseeland und fühlt sich bei warmen Temperaturen wohl. Um das zu tun, müssten wir uns vom Holsteiner Cox verabschieden. Der hat meiner Meinung nach keine Zukunft mehr.«

Klirrend ließ Nora den Löffel auf den Teller fallen. »Ich liebe diese Bäume«, rief sie.

»Genau das sagt Viola auch. Ich rede auch nicht von den alten Apfelbaumplantagen, sondern vom Spalierbereich. Der Elstar darf bleiben, aber der Holsteiner Cox …« Ben fuhr sich dramatisch mit dem Finger über die Kehle. »Außerdem habe ich mich in den Rockit verliebt. Er ist klein, süß und kommt bei Touristen als Snack für Zwischendurch total gut an.«

»Von dem habe ich gehört. Ich höre Oma schon ›neumodischer Kram‹ sagen!«

»Das hat deine Oma auch über Handys gesagt, und jetzt benutzt sie eins. Sie hat sogar vier, weil sie sich nicht zwischen den bekanntesten Anbietern entscheiden konnte. Ich hab keine Ahnung, wie sie das bezahlt, aber sie testet viel aus. Leider zerfällt mir hier langsam alles. Die Frostschutzanlage hat ständig Fehlermeldungen. Ich müsste sie generalüberholen, aber das wird teuer. Eine Investition, die Viola scheut.«

»Dir ist aber klar, dass ich als Vermittlerin die denkbar ungünstigste Person bin? Viola und ich werden uns schon streiten, sobald wir einander Hallo gesagt haben.«

»Ich weiß, ich weiß … aber vielleicht kannst du mal dein findiges Köpfchen anschmeißen und nach einer Lösung suchen, die wir dann Viola unauffällig unterschieben. Mit etwas Glück denkt sie, dass es ihre Idee war. Wie damals, als du unbedingt einen Schwimmteich haben wolltest und Viola so lange bequatscht hast, bis sie auch einen wollte. Dein Papa hatte gegen das Quengeln von zwei Seiten keine Chance.«

Ben sah, wie sich Noras Miene bei der Erwähnung ihres Vaters verhärtete. Hilfe! Es war so schwierig, keine Tretminen auszulösen. Schwierig bis unmöglich, solange er nicht wusste, was genau vorgefallen war.

»Neue Sorten anzubauen, ist teuer«, wandte Nora ein.

Sofort entspannte sich Ben. Sie dachte über seine Idee nach! Das war schon mehr, als Viola getan hatte.

»Und natürlich auch riskant. Ich sage nicht, dass ich dagegen bin, aber ich muss mir auf jeden Fall die Bücher ansehen. Das wird Viola natürlich nicht gefallen. Oder dir.«

Ben versuchte gar nicht erst, es zu leugnen. »Zu viele Köche verderben den Brei. Wenn du jetzt auch noch mitmischst, dürfte es schwierig werden. Aber die Lage ist ohnehin verfahren. Viola und ich stehen uns wie zwei feindliche Armeen gegenüber. Blöderweise ist sie mein Boss.«

Nora sah ihn ernst an. »Hast du mich deswegen zurückgeholt? Damit ich deine Spielfigur werde und du deinen Willen durchsetzen kannst?«

»Als ob ich dich als Spielfigur einsetzen könnte. Eher werde ich deine!«

»Dann ist ja gut. Ich werde den Teufel tun und mich in die Probleme zwischen dir und Viola einmischen.«

Das werden wir ja sehen, dachte Ben. Wenn Nora eins gut beherrschte, dann, sich einzumischen. Und genau darauf setzte er seine letzte Hoffnung.

#bezwingdenzwang

Wenn Sie Ihr Leben nach Zwängen richten, wird der Zwang zu Ihrem Leben.
(Aus: Grundwissen Küchenpsychologie)

Nora

Ben hatte ihr Bettzeug, Bettlaken und Kissen gegeben und war danach nach oben verschwunden, um dort noch Papierkram zu erledigen. Nora hörte, wie er mit Blättern raschelte und das leise Kritzeln eines Kugelschreibers. Das Licht seiner Nachttischlampe drang jedoch kaum bis zu ihr herunter.

Kritisch beäugte sie die Couch und klammerte sich dabei noch fester an das Bettzeug in ihren Armen. Es ging einfach nicht. Wie sollte sie darauf schlafen? *Zieh einfach das Bettlaken drüber*, dachte sie. *Dann siehst du es nicht mehr.*

Also los! Möglichst schnell warf sie das Laken über die Couch, steckte die Enden sorgfältig fest, bezog die alte Bettdecke und krabbelte in ihr neu gemachtes Bett. Doch kaum, dass sie lag, fragte sie sich, wie es unter ihr aussah.

Wieso hatte Ben sich auch eine Couch mit einer Kämmrichtung angeschafft? Die Dinger brachten sie einfach um den Verstand!

Kämpf gegen deine Zwänge an, ermahnte sie sich ein ums andere Mal, aber sie hielt es nur noch etwa fünf Minuten aus.

Dann stand sie wieder auf und sah sich unschlüssig um. Der Teppich! Das war die Lösung. Möglichst lautlos versuchte sie den Wohnzimmertisch zu verschieben. Vergebens. Die Tischbeine kratzten unangenehm laut über den Boden, als sie ihn vom Teppich runterschob.

»Sag mal, räumst du da unten um?«, rief Ben zu ihr runter.

»Ich hab mir nur etwas Platz verschafft. Kein Grund zur Sorge.« Sie ließ den Tisch in Ruhe. Auf dem Teppich war jetzt genug Platz, um sich dorthin zu legen. Sie zog das Bettlaken wieder ab und ließ es vorsichtig über den Teppich sinken. Ja, das sah schon besser aus. Liebevoll strich sie die Falten glatt, steckte das Laken unter die Teppichränder und legte sich mitsamt Bettdecke und Kissen darauf.

Mist. Der Teppich sah flauschiger aus, als er war. Genervt starrte Nora zur Decke und überlegte. Bens Bett war garantiert gemütlich und vollkommen ohne Strichrichtung. Leider hatte er deutlich gemacht, dass er nicht tauschen würde. Da sie seine Gastfreundschaft ohnehin bereits überstrapaziert hatte, wollte sie kein Risiko eingehen.

Um sich abzulenken, zog sie den neuen Ratgeber aus ihrer Handtasche und las ein wenig darin, bis es über ihrem Kopf rumorte. Ben stand auf, um sich bettfertig zu machen. Hastig löschte sie ihr Licht. Er musste nicht sofort sehen, dass sie von der Couch auf den Teppich umgezogen war.

Im Dämmerlicht musterte sie den Boxsack, der etwa einen Meter von ihr entfernt von der Decke baumelte. Ob ihn Ben wohl nutzte? Durchtrainiert war er, aber sie hätte Ben niemals für einen Kickboxer gehalten. Das wirkte so martialisch. Allerdings waren Männer, die sich selbst und andere verteidigen konnten, natürlich auch sexy.

Stopp! Sie durfte Ben nicht sexy finden. Nicht mal im Ansatz. Das mit ihnen war aus und vorbei. Vollkommen erledigt. Absolut gelaufen.

Bens nackte Füße hinterließen leise Geräusche auf dem Boden. Bettzeug raschelte. Er kroch ins Bett.

»Gute Nacht«, rief sie zu ihm hinauf.

»Gute Nacht«, brummte er. Offenbar wusste er noch immer nicht recht, was er von seinem Übernachtungsgast halten sollte.

Auch Nora wollte über die Situation nicht allzu genau nachdenken. Daher schloss sie möglichst vehement die Augen und konzentrierte sich auf ihre Atmung, suchte eine Ewigkeit nach ihrer inneren Mitte. Die war jedoch unter einem Berg voller Sorgen verschüttgegangen.

Der Hof stand finanziell schlecht da? Ben war der Verwalter? Ihre Oma streikte weiter im Apfelbaum, und wie sollte sie bloß mit der anstehenden Beerdigung ihres Vaters umgehen?

Diesen Punkt hatte sie bislang erfolgreich verdrängt. Sie wusste, dass ihr Vater eingeäschert worden war und die Beerdigung aufgrund der

Osterfeiertage verschoben wurde. Vermutlich mit Absicht, damit Nora doch noch kommen konnte. Dass sie hier war, hieß aber nicht, dass sie auch zur Beerdigung gehen wollte.

Ruckartig setzte sie sich auf und schüttelte den Kopf. Das war ein Problem, das sie später angehen musste. Erst mal Oma aus dem Baum bekommen. Das hatte Priorität. Und schlafen! Schlafen war auch eine gute Idee.

Doch daran war nicht zu denken. Genervt gab Nora auf, stand im Dunkeln auf und suchte nach dem Lichtschalter der Stehlampe. Dabei stieß sie sich erst den Kopf am doofen Boxsack und danach das Knie am verschobenen Tisch. Sie fluchte. »Was zur Hölle treibst du da unten?«, fragte Ben genervt.

»Nix. Schlaf weiter.« Da! Endlich hatte sie den Lichtschalter gefunden, leider gehörte er zum Deckenfluter. Und der war hell! Hastig knipste sie ihn wieder aus und lauschte auf Ben. Sie wollte auf keinen Fall, dass er sich um sie »kümmerte«.

Es konnte doch nicht so schwer sein, einfach in Ruhe gelassen zu werden.

Das Bett knarrte, als Ben sich umdrehte. Hoffentlich weg von ihr. Reglos wartete sie und lauschte, bis seine Atmung gleichmäßiger wurde, dann schaltete sie die kleine Leselampe an. Die gab nur ein schwaches Licht von sich, aber das würde reichen. Zufrieden zog sie die Lampe, so weit es ging, Richtung Bücherregal, um sich an die Arbeit zu machen.

Sie war gerade dabei, alle blauen Bücher auf dem Boden zu stapeln, als Ben sich erneut meldete.

»Nora? Ich meine es ernst: Was zum Teufel MACHST du da?«

Das Bett knarrte. Vermutlich setzte er sich im Bett auf. Blitzschnell machte Nora das Licht aus, aber das half nicht viel. Ben hatte Lunte gerochen. Sein Nachttischlämpchen ging an. Nora sah seinen Haarschopf über dem Geländer auftauchen. Dann vernahm sie ein deutliches Einatmen.

»Nicht dein Ernst«, sagte er.

»Ich sortiere dein Buchregal. Das beruhigt mich«, informierte sie ihn möglichst kühl.

»Aber doch nicht um elf Uhr nachts! Ganz zu schweigen davon, dass man keine fremden Bücherregale sortieren sollte. Das sind meine Bücher. Also Finger weg!«

»Ich verspreche dir, dass danach dein ganzes Wohnzimmer viel hübscher aussehen wird. Es geht nichts über ein farblich sortiertes Bücherregal.«

Ben seufzte tief. »Du hast echt einen Knall.« Mit diesen Worten krabbelte er wieder ins Bett und löschte sein Nachtlicht.

Da Nora jetzt nichts mehr sehen konnte, machte sie ihre Lampe wieder an und hantierte möglichst lautlos mit den Büchern. Es rumpelte, als zwei rote Bücher im zweiten Fach links umfielen. Mist.

»Wieso bist du wirklich gegangen?«, fragte Ben in die darauffolgende Stille hinein.

Nora erstarrte bei der Frage. Die hatte sie definitiv nicht erwartet. »Du hast Helen geküsst. Schon vergessen?«, antwortete sie nach einem Moment und drehte ein Buch mit einem blau-grünen Cover nachdenklich in den Händen. Zu den blauen? Oder zu den grünen? Nora entschied sich für das Übergangsregal, in dem bereits ein fliederfarbenes Buch einsortiert war.

»Ach, komm! Du warst niemals so eine, die schweigend einen dramatischen Abgang hingelegt hat. Du hast immer das Gespräch gesucht. Nur in diesem einen Fall nicht.«

Nora bemühte sich krampfhaft, sich auf die Bücher zu konzentrieren, doch das war schwierig. Musste er solch ein Gesprächsthema um solch eine Uhrzeit anfangen? Und das ausgerechnet dann, wenn sie ihrer Lieblingsbeschäftigung nachging.

»Star-Wars-Bücher zu sortieren, ist langweilig«, merkte sie an. »Die haben fast alle nur schwarze Buchrücken.«

»Spielt ja auch im All. Da fliegen keine Regenbogeneinhörner rum. Aber lenk nicht ab! Also?«

»Ach, Ben! Willst du dich ausgerechnet jetzt mit mir streiten? Können wir dieses Gespräch nicht auf eine christliche Uhrzeit verlegen?«

»Gerne, wenn du damit aufhörst, mein Bücherregal zu sortieren.«

Okay. Der Punkt ging an ihn. Grummelnd schob Nora die bereits aussortierten Bücher ins Fach zurück. »Ich hör schon auf. Gute Nacht.«

Schweigen trat ein, während Nora vor dem Regal hockte und geduldig auf Bens gleichmäßiger werdenden Atem lauschte. Ihre Knie schmerzten schon bald von der ungewohnten Haltung, aber sie traute sich nicht, sich zu rühren.

Endlich war sie sich sicher, dass er schlief, dimmte das Licht der Leselampe auf das Minimum und sortierte emsig weiter, woraufhin Licht im Raum aufflammte und Ben schrie: »Ha! Erwischt!«

Beinahe hätte sie einen Herzkoller bekommen. »Mann, Ben«, brüllte sie ihn mit rotem Kopf an. »Hast du mich erschreckt.«

»Das war auch Absicht, du Lügnerin! Von wegen, du hörst auf mit Sortieren. Dann höre ich auch nicht auf mit meiner Fragerei.«

»Das ist unfair. Ich kann nicht schlafen, solange diese Bücher so durcheinander sind. Das macht mich ganz kribbelig!«

Ben lehnte am Treppengeländer über ihr und musterte kritisch ihr Werk. Dabei schüttelte er den Kopf. »Ich hätte verstanden, wenn du die Bilder aus den Rahmen genommen und die Aufkleber abgefummelt hättest. Aber was bringt es dir, mein Bücherregal zu sortieren?«

»Lass mir doch bitte die Freude. Okay? Morgen wird ein harter, aufregender Tag für mich. Da brauche ich meine Energie.«

»Und die findest du, indem du Bücher sortierst?«

»Du boxt, ich sortiere Bücher. Jeder, wie er mag.«

Ben seufzte laut und wollte sich gerade abwenden, aber dann fiel sein Blick auf seinen Teppich. Seine Augen wurden riesig. »Was hast du denn da angestellt? War der Tisch nicht nach Feng-Shui ausgerichtet? Oder … Moment! Ist das deine Bettdecke auf dem Teppich?« Er lehnte sich wieder übers Geländer und sah zu ihr herunter. »Wieso schläfst du denn nicht auf der Couch?«

Erst wollte Nora eine lahme Ausrede erfinden, aber dann entschied sie sich für die Wahrheit. Die glaubte ihr ohnehin niemand. »Das Lederimitat deiner Couch hat eine Strichrichtung. Ich ertrage den Gedanken nicht, dass ich sie mit jeder Bewegung durcheinanderbringe. Da kann ich nicht schlafen.« Ben zog eine Augenbraue hoch, starrte sie an. »Du musst dringend was gegen deine Marotten tun«, sagte er nach einer langen Pause, verschwand aus ihrem Sichtfeld und löschte das Licht.

Nora stand eine Weile mit hängendem Kopf da und wusste, dass Ben recht hatte. Ihre Ticks waren im Laufe der Zeit schlimmer geworden. Für gewöhnlich waren es nur Kleinigkeiten, die sie in ihrem Alltag nicht störten oder mit denen sie gut leben konnte. Nur in fremder Umgebung kam sie schnell ins Schleudern.

Vor allem in dieser Umgebung. Sie brachte sie so dermaßen aus dem Gleichgewicht, dass sie sich an ihren Gewohnheiten festhalten musste, um nicht vollkommen abzustürzen. Entschlossen nahm sie das nächste Buch zur Hand und schob es liebevoll in die dafür vorgesehene Ecke. Sie würde kämpfen und nicht aufgeben. Egal, was die Leute von ihr dachten. Sie würde sich nicht unterkriegen lassen. Und Bens Meinung konnte ihr eigentlich auch völlig egal sein.

Ben

Er war gerade eingeschlummert, als sich die Matratze bewegte. Nur ganz leicht, aber so merklich, dass er davon aufwachte.

»Katerchen, du hast hier nichts zu suchen«, brummte er verschlafen und zog sich sicherheitshalber die Decke über den Kopf. Der blöde Kater hatte die Angewohnheit, seine lange Zunge mit viel Schwung in sein Ohr zu stecken. Eine sehr unangenehme Art, geweckt zu werden.

Doch Ben bekam weder ein Maunzen oder Knurren als Antwort noch folgte der übliche Katzenspaziergang quer über seinen Körper. Merkwürdig. Er zog die Decke wieder runter und drehte sich um.

Augenblicklich war er hellwach.

»Nora«, sagte er empört. »Was machst du hier?«

»Ich spiele Katerchen. Beachte mich einfach nicht. Ich liege hier völlig reglos, ganz am Rand des Bettes. Du hast mich gar nicht bemerkt und schläfst jetzt wieder ein.«

»Den Teufel werde ich tun! Vielmehr verjage ich dich wieder aus meinem Bett. Geh runter auf die Couch.«

»Da kann ich nicht schlafen, das hab ich dir doch schon erklärt. Und der Teppich ist unbequem. Ich weiß, ich weiß. Kämpf gegen deine Zwänge an. Tue ich normalerweise auch, aber aktuell bin ich in einer Extremsituation. Mir ist nach Heulen zumute. Die ganze Zeit. Und damit ich das nicht tue, lasse ich mich halt von meinen Zwängen einholen. Die sind so was wie tröstliche Bekannte.«

»Die sind völlig Banane!«
»Na klar, sind sie das. Aber daran stirbt auch niemand, also dramatisier das nicht.«
»Trotzdem musst du mein Bett verlassen.«
»Hier ist doch Platz genug für zwei.«
»Unsere Vergangenheit nimmt aber Platz für fünf ein, also geh bitte!«
Sie rührte sich nicht. Stattdessen kringelte sie sich zu einer ganz kleinen Kugel zusammen und tat so, als sei sie wirklich nicht da. Ben starrte den dunklen Hubbel schweigend an und versuchte zu ergründen, was genau er dabei fühlte.
Ärger, weil sie seinen Wunsch ignorierte. Erleichterung, weil sie zurück war. Frust, weil sie sich so anders benahm. Wut, weil er sie noch nicht zur Rede gestellt hatte. Hoffnung, sich endlich zu vertragen.
Und vor allem: Mitleid.
Er wusste, dass Nora die Starke mimte und sich in heftige Debatten warf, um nicht schwach zu wirken. Das hatte sie damals schon immer getan. Aber ihre Zwänge offenbarten, wie verzweifelt sie wirklich war. Was das anging, konnte und wollte er ihr nicht helfen. Damit musste sie allein klarkommen. Das Einzige, was er in dieser Situation für sie tun konnte, war Folgendes: Er stand auf.
»Du musst nicht gehen«, flüsterte Nora in die Dunkelheit.
»Doch. Muss ich. In deiner Nähe zu sein, nimmt mir die Luft zum Atmen. Wenn ich hier liegen bleibe, streite ich entweder gleich mit dir oder ich umarme dich. Letzteres will ich nicht. Auf keinen Fall. Und zu ersterem habe ich gerade keine Energie. Also gehe ich.«
Nora setzte sich auf, was Ben im Dunkeln nur schemenhaft erkennen konnte. »Dann gehe ich doch wieder runter«, beeilte sie sich zu sagen und sprang bereits auf.
Ben winkte ab. »Lass gut sein, Nora. Ich bin jetzt eh wach, und die Couch ist gemütlich. Ist ja nur für eine Nacht.«
Er nahm sein Handy vom Nachttischchen und beleuchtete sich den Weg die Treppe hinunter. Dabei huschte der Lichtstrahl kurz über sein Bücherregal. Abrupt blieb er stehen. Da hatte Nora ganze Arbeit geleistet. Dass er so viele farbige Bücher besaß, war ihm gar nicht bewusst gewesen. Jetzt bildeten ihre Buchrücken einen hübschen Regenbogen.

»Du weißt schon, dass ich meine Star-Wars-Bücher nach Erscheinungsdatum sortiert hatte?«, knurrte er.

»Klar wusste ich das. Das ist aber nicht sehr schön fürs Auge. So ist es viel hübscher.«

Ben war völlig egal, wie sein Bücherregal aussah. Es war nur ein Bücherregal! Aber was das anging, fehlte ihm wohl das zweite X-Chromosom. Frauen. Kopfschüttelnd ging er zur Couch, zog das Bettlaken vom Teppich und warf es über die Sitzfläche, sodass es Falten schlug. Danach schmiss er sich mit einem tiefen Seufzer hinterher und starrte die Decke an.

Obwohl Nora nur kurz auf dem Laken gelegen hatte, roch er sie. Na gut: Hauptsächlich erkannte er sein Duschgel, das sie benutzt hatte. Doch leicht versteckt fand er noch eine frischere, weiblichere Note. Noras ganz speziellen Duft. Er untersagte es sich konsequent, diesen tiefer einzuatmen.

Mist. Allein der Gedanke machte ihn ganz unruhig. Entnervt stand er auf, hieb, so fest er konnte, gegen den Boxsack und ging zum Kühlschrank, um sich einen Saft zu holen. Kaum hatte er ihn geöffnet, starrte er ungläubig ins Innere.

Seine zahlreichen Grillsoßen standen plötzlich nicht mehr kreuz und quer, sondern reihten sich wie Zinnsoldaten im obersten Fach. Darunter waren die Marmeladengläser einsortiert. Der sonst in seiner Packung ruhende Käse war in einer Tupperdose untergebracht, an die Ben sich nur schwach erinnern konnte. Seine Mutter hatte sie ihm geschenkt. Benutzt hatte er sie nie. Sogar die Eier lagen jetzt in den dafür vorgesehenen Sortierschalen statt wie sonst im Karton.

Eindeutig Noras Werk. Ben betrachtete eine Weile seinen so fremd wirkenden Kühlschrank und überlegte, ob er sie aus dem Bett werfen sollte, um sie anzuschreien. Dann war ihm das viel zu mühsam. Er holte sich lediglich einen Saft, trank ihn direkt aus der Verpackung und stellte sich vor, wie Nora darauf reagieren würde. Das wäre ihr bestimmt ein Dorn im Auge.

Im Dunkeln setzte er sich an die Theke und knipste die schummrige Küchenbeleuchtung an. Dabei fiel sein Blick auf einen Stapel Briefe. Ganz oben lag das Schreiben, auf das er in den letzten Wochen sehnsüchtig gewartet hatte. Er hatte den Umschlag noch nicht geöffnet, da sich die Ereignisse dank Noras Ankunft überschlagen hatten. Jetzt allerdings hatte er die Zeit dafür. Langsam beugte er sich vor und zog ihn zu sich.

Niedersächsisches Ministerium für Ernährung, Landwirtschaft und Verbraucherschutz lautete der Absender. Warum kam dieser Brief ausgerechnet jetzt? Vor einer Woche hätte sich Ben unendlich gefreut, jetzt aber sorgte er bei ihm für ein schlechtes Gewissen.

Wenn Nora herausfand, was er plante, würde es Ärger geben. Von Oma Enne ganz zu schweigen. Sie würden ihn hassen. Zu Recht.

#dieGerüchteküchebrodelt

Seien Sie nur sarkastisch, wenn Sie das Wort auch buchstabieren können.
(Aus: Kontern ohne stottern)

Nora

Den alten Hahn gab es noch immer. Pünktlich um fünf Uhr dreißig gab er sein Bestes, sodass Nora senkrecht im Bett saß. Erst dann wurde ihr klar, dass sie erstaunlich gut geschlafen hatte. Sogar ohne Tabletten, Schlafbrille und Ohrenstöpsel. Eigentlich war ihre Stadtwohnung weder laut noch hell, aber so wie viele, die auf dem Land aufgewachsen waren, hatte Nora Probleme mit jeglicher Art von Lärm. Von Jork war sie einfach absolute Stille gewohnt.

Nora gähnte hinter vorgehaltener Hand und streckte sich. Dann wurde ihr ihre Umgebung erst richtig bewusst. Sie saß in Bens Bett. Unfassbar. Sein Schlafzimmer war recht spartanisch eingerichtet, sodass die alten Holzbalken und die urige Atmosphäre besser zur Geltung kamen. Durch die Dachschräge musste sie in ihrer sitzenden Position auf ihren Kopf aufpassen. Seltsam fand sie, dass sie direkt vom Bett hinunter ins Wohnzimmer gucken konnte. Maisonette ließ grüßen.

Sie betrachtete die zusammengerollte Kugel unten auf der Couch. Ben schlief noch tief und fest, eingekuschelt in seine Decke. Das Laken war komplett verrutscht und offenbarte ein wirres Muster auf dem Lederimitat. Nora musste sich schwer zusammenreißen, um nicht aufzuspringen und alles glatt zu streichen. Ihr schlechtes Gewissen gegenüber Ben regte sich. Sie hatte ihn einfach aus seinem Bett vertrieben. Wie peinlich.

Aber hatte er das nicht auch verdient? Immerhin hatte er sie vor acht Jahren hintergangen. Das war noch nicht mal der Beginn ihrer Rache!

»Guten Morgen, Sonnenschein«, schrie Nora impulsiv. Ben war ein extremer Morgenmuffel und würde ihre Weckmethode gewiss nicht gutheißen.

Er brummelte als Antwort.

Nora wartete noch eine Weile ab, dann hielt sie es nicht mehr aus. Sie wühlte sich aus der Decke, nahm ein Kissen mit sich und schlich die Treppe hinunter. Kaum war sie bei der Couch angekommen, hob sie ihre mitgebrachte Waffe und wollte sie auf Bens Gesicht werfen.

Sie stoppte im letzten Moment. Erstens war Ben wach und sah sie aus großen Augen an. Zweitens hockte auf seinem Brustkorb eine riesige schwarz-weiß gefleckte Katze. Auch sie hatte Nora bemerkt und blinzelte verschlafen in die Runde.

»Katerchen«, rief Nora erfreut. »Du lebst ja noch.«

»Der ist nicht totzukriegen. Wehe, du haust mit dem Kissen zu. Eine falsche Bewegung, und schon ist mein Brustkorb Hackfleisch. Katerchen ist ein Langschläfer. Könntest du ihn bitte von mir runternehmen? Vorsichtig?«

»Vergiss es! Die Morgenbegrüßungsstriemen überlasse ich dir. Seit wann mag dich der Kater?«

»Der mag mich nicht, aber er terrorisiert mich gerne. Seitdem Oma Enne im Baum hockt, hat er meine Wohnung als Zwischenwohnsitz auserkoren. Zu meinem Leidwesen. Ich hab schon versucht, ihn auszusperren, aber es muss irgendwo ein Schlupfloch geben. Wenn ich es nicht besser wüsste, würde ich behaupten, dass Viola ihn nachts heimlich durch die Tür schiebt. Sie hat einen Zweitschlüssel. Ey, Nora! Wo willst du hin? Der Kater! Hilf mir!«

Doch Nora ignorierte Ben. In ihrer Jugend hatte es eine Regel gegeben: Störe niemals Katerchen. In ihrem Leben mochte sich viel geändert haben, doch sie hatte nicht vor, diese Regel heute zu brechen.

Im Zimmer war es noch dämmrig, aber hell genug, damit Nora den Weg in die Küche fand. Während sie reichlich Kaffeepulver in die Kaffeemaschine füllte, dachte sie nach und lauschte dabei Bens Fluchen.

»Du hast Viola einen Schlüssel gegeben?«, unterbrach sie ihn schließlich.

»Sie ist meine Vermieterin«, antwortete er gequält. »Der Stall gehört nicht mir. Ich wohne hier nur kostenfrei, weil ich ihn hergerichtet habe.«

»Ziemlich gefährlich für dich. Was ist, wenn sie dich einfach vor die Tür setzt?«

»Glaub mir: Sie war schon einige Male kurz davor. Mir ist daher die Gefahr bewusst. Apropos Gefahr. Könntest du dich endlich um Katerchen kümmern? Ihm platzt gleich der Kragen, weil du ihn nicht beachtet hast.«

Nora sah auf und musterte die beiden Gestalten auf der Couch. So steif wie Ben dalag, hatte er wirklich Angst. Kein Wunder. Katerchen saß gefährlich nah an seinem Gesicht.

»Erst der Kaffee, dann deine Rettung«, entschied Nora.

»Findest du nicht, du schuldest mir etwas für letzte Nacht? Ich hab dich mein Bücherregal und meinen Kühlschrank aufräumen lassen. Und ich habe dir mein Bett überlassen.«

»Das war wirklich sehr heldenhaft von dir. Um mich jedoch mit Katerchen anzulegen, müsste ich verrückt sein. Und das bin ich entgegen der landläufigen Meinung nicht. Willst du auch Kaffee?«

Die Antwort klang wie eine Mischung aus »Hilfe« und »Ja«.

Nora machte sich daran, Frühstück vorzubereiten, und legte sich derweil in Windeseile einen Schlachtplan für den Tag zurecht. »Wir müssen uns beeilen, damit mich niemand in diesen Klamotten zu Omas Baum gehen sieht. Noch ist es dämmrig, aber nicht mehr lange.«

Rasch verstaute sie die Kaffeekanne, die mittlerweile aufgebackenen Brötchen und Milch in einem altersschwach aussehenden Korb. Dann erst ging sie zur Couch zurück und musterte Katerchen. Der sah mittlerweile nicht mehr sonderlich verschlafen aus. Im Gegenteil. Er maunzte herausfordernd und streckte sich. Dass er dabei Bens Hemd durchlöcherte, war ihm natürlich egal. Ein gutes Zeichen. Nora hob wie selbstverständlich den schnurrenden Kater von Bens Brust runter und knuddelte ihn, ohne dass das Tier auch nur zuckte.

»Ich hab dich vermisst«, raunte sie ihm in die zerfledderten Ohren. Katerchen stritt sich gerne mit den Nachbarskatzen und sah auch so aus: Ein Ohr existierte nur noch zur Hälfte, ein Auge war für immer halb zugeschwollen, ihm fehlten ein Reißzahn und jede Menge Fell. Die vielen Narben an seinem Körper zeigten deutlich, dass man sich mit ihm nicht anlegen sollte.

Ben ächzte erleichtert und streckte sich. »Über meinen Kühlschrank müssen wir noch reden«, sagte er und stand auf, um nach oben zu laufen.

Hastig ließ Nora den Kater auf den Teppich springen, zog das Laken ab und strich die Couch glatt.

»Ich weiß genau, was du gerade machst«, rief Ben ihr aus dem Bad zu. Es klang, als putzte er sich dabei die Zähne. »Und wo bitte schön ist mein Katzenhandtuch abgeblieben?«

»Das ist in der Wäsche. Es passte einfach nicht zu den anderen.«

Ben erschien oben auf der Treppe, die Zahnbürste noch im Mund. »Darüber reden wir auch noch«, sagte er mit finsterer Miene und verschwand wieder.

»Hör auf, dich über meine Ticks zu ärgern, und beeil dich lieber. Wir müssen eine Oma vom Baum holen.« Nora hatte bereits Bens Schlafsachen zusammengelegt und zupfte an ihrem Outfit herum. Wenigstens passte das hässliche Elefantenshirt zur hässlichen Elefantenhose. Wer kaufte sich eigentlich solche Sachen?

Ben tauchte wieder auf. Im Laufen zog er sich sein altes Shirt aus und stülpte sich ein neues über, während er die Treppe runterpolterte. Nora bemühte sich, seinen kurzzeitig aufblitzenden nackten Oberkörper nicht zu genau anzusehen. Das ging sie gar nichts an! Aber so viel hatte sie bemerkt: Er sah verboten sexy aus.

»Dann los«, sagte er zu Nora und stürmte an ihr vorbei. Die schnappte sich hastig den Korb und folgte ihm, genau wie der Kater. Das Tier begleitete sie bis zum Vorgarten. Automatisch warf Nora einen Blick zum Wohnhaus. Dort brannte bereits Licht. Natürlich. Ihre Mutter war eine Frühaufsteherin. Viola stand vermutlich vor dem Spiegel und machte sich schön für den Zusammenprall mit ihrer verlorenen Schwester.

Nora war sich ihrer Kleidung nur allzu bewusst. Zu Bens Pyjama trug sie seine alten, viel zu großen Birkenstocksandalen und Stricksocken. Er hatte ihr noch die dazu passende Strickjacke gegeben, damit sie nicht fror. Viola hingegen zog vermutlich gerade ihre besten Kleider an.

Was für ein Debakel.

Seltsamerweise fühlte sich Nora dennoch wohl. Sie hatte schon lange keine so gemütlichen Sachen mehr getragen. Nichts scheuerte, nichts engte ein. Außerdem roch der Stoff dezent nach Ben, aber das war natürlich nur eine nette Nebensächlichkeit.

Oma saß bereits am Rand des Baumhauses und ließ die Beine baumeln. Sobald sie die beiden sah, klatschte sie in die Hände. »Ihr müsst das Codewort sagen«, rief sie ihnen zu. »Sonst kann ich die Strickleiter nicht runterlassen.«

Ben und Nora sahen einander an und seufzten. Oma Enne liebte Ratespielchen. Es brachte nichts, sich zu weigern. Sie konnte das ewig aussitzen. Zum Glück wusste ihre Enkelin genau, wie ihre Großmutter tickte.

»Rapunzel, Rapunzel, wirf deine Strickleiter herunter«, riet sie.

Die Alte lachte lauthals auf. »Das war zwar nicht das richtige Passwort, aber sogar noch besser. Gefällt mir.« Mit Schwung purzelte die Leiter gen Boden, gefolgt von einem Haken an einem langen Seil. Nora hängte den Korb daran und kletterte parallel mit dem nach oben schwebenden Frühstück hinauf.

Ben blieb unten stehen, den Kopf in den Nacken gelegt, die Miene besorgt. »Für wie viele Leute ist das Baumhaus eigentlich konzipiert?«, fragte er.

»Sag du es uns.« Schnaufend zog sich Nora das letzte Stück hoch und bekam sofort Platzprobleme. Oma war im Weg. Die zwei hampelten eine Weile herum, bis sie ihre Gliedmaßen auf dem Balkon sortiert hatten. Sekunden später lagen sie einander in den Armen.

»Ich habe dich so vermisst«, schluchzte Oma. »Dich und deinen Humor.«

»Meinen Sarkasmus, meinst du wohl«, korrigierte Nora. »Aber ich hab dich auch vermisst. Wie sehr, kann ich gar nicht in Worte fassen. Und wenn ich das nächste Mal ohne ein Wort verschwinde, dann guckst du gefälligst im Baumloch nach!«

Oma schniefte, nickte und schnodderte in ihr Spitzentaschentuch, noch während sie Nora im Arm hielt, sodass ihr die Ohren klingelten. »Versprochen«, sagte Enne. »Oder ich lass dich einfach nicht mehr gehen.«

Die beiden drückten einander noch fester. Dabei stellte Nora besorgt fest, wie dünn ihre Oma geworden war. Sie bestand fast nur noch aus Haut und Haaren. Da sie dicke Kleidung trug, fiel ihre schlanke Statur nicht so auf. Ihre Knochen waren aber deutlich fühlbar, genau wie die Papierhaut. Aus der Nähe bemerkte Nora jetzt auch die müden Augen und den traurigen Ausdruck im Gesicht. Die Erkenntnis traf sie völlig unvorbereitet. Wie hatte sie nur derart kleingeistig sein können? So unaufmerksam? So dumm?

»Oma«, brachte sie schwach hervor. »Das mit Papa tut mir wirklich leid. Ich weiß, wie sehr du deinen Schwiegersohn gemocht hast.«

Oma nahm Noras Worte einfach an, erwiderte nichts und drückte sie lediglich wortlos an sich. Manchmal sagten Gesten mehr als tausend Worte. Nora hatte ihren Vater verloren. Auch sie trauerte. Aber durch ihren Fortgang hatte sie den Eindruck, das Recht zur Trauer verloren zu haben. Sie hatte ihre Familie so lange allein zurückgelassen. Wie konnte sie jetzt ihren Schmerz teilen?

Die beiden ließen einander erst nach einer kleinen Ewigkeit los. Oma sah danach deutlich verweinter aus, straffte sich aber bereits. Ihre Fröhlichkeit und ihre wilden Ideen waren ihr Schutzwall vor der wirklichen Welt. Das hieß aber nicht, dass sie nicht trauerte.

Oma schnäuzte sich noch einmal, dann wirkte sie einigermaßen wiederhergestellt. Sie beugte sich zu Ben runter. »Na los, du Angsthase. Komm rauf!«

»Ich passe. Dank meines enorm durchtrainierten Körpers und meiner beeindruckenden Größe bin ich definitiv zu schwer für dieses Baumhaus. Euch Elfen mag es tragen, aber es wurde für Kinder und nicht für drei Erwachsene gebaut.«

»Der Statiker sagt was anderes«, protestierte Oma. »Der hat alles ausgemessen und bestimmte Bereiche mit Stahl verstärkt. Das Baumhaus ist sicher.«

Erneut wechselten Nora und Ben einen vielsagenden Blick. Oma war umsichtiger als gedacht. Alle hatten angenommen, es sei eine irre, spontane Idee von ihr gewesen. Allmählich beschlich Nora der Eindruck, dass dem nicht so war. Hatte ihre Großmutter die Aktion von langer Hand geplant?

Ben überlegte eine Sekunde zu lange, sodass Omas berühmt-berüchtigte Ungeduld zuschlug. Sie holte die Strickleiter ein, bevor er zugreifen konnte. »Chance vertan, mein Guter. Jetzt erfährst du eben nichts über meine bahnbrechenden Ermittlungen. Nora, Liebchen, geh doch schon mal rein und deck den Tisch.«

Nora gehorchte. Die Bretter knarrten unter ihren Füßen, und sie musste sich ducken, um durch die niedrige Tür ins Innere des Häuschens zu gelangen. Das Baumhaus ruhte genau zwischen drei dicken Ästen. Einer davon führte durch den Boden und das Dach hinaus. Oma hatte ihn als Kleiderständer umfunktioniert. Daran hingen jetzt ihre zwei Arbeitskittel und die Schürze.

Die feste Liege war vermutlich ihr Bett. Nora entdeckte ihr Bettzeug ordentlich verstaut darunter. Jetzt diente sie als Sitzbank. Den Tisch hatte ihr Vater damals eingebaut. Er ließ sich hoch- und runterklappen, um nicht ständig im Weg zu sein. Mehrere Regalbretter an der freien Wand dienten als Ablagemöglichkeiten. Früher hatten Nora und Ben hier ihre Spielzeuge aufbewahrt. Heute lagen dort Omas Handys, das Tablet und jede Menge Bücher. Die Klassiker sahen verdächtig ungelesen aus, während die neueren Liebesromane und Thriller recht zerfleddert wirkten.

Ein roter Teppich mit weißen Troddeln machte den Raum etwas wohnlicher, genau wie der monströse Ohrensessel in der Ecke. Der war neu im Baumhaus und eigentlich viel zu groß für diesen Raum. Nora erkannte ihn sofort. Es war der Lesesessel von Opa.

»Wie hast du denn den Sessel hier raufbekommen?«, fragte Nora erstaunt.

»Mit einem Kran. Wie sonst? Ich hab ihn mir liefern lassen, einen Tag nachdem ich hier raufgekraxelt bin. Gleich wird noch mein Heimtrainer angeliefert. Mit dem werde ich zukünftig meinen eigenen Strom erstrampeln. Auf diese Weise bleibe ich fit und muss nicht immer meine Kaffeekränzchendamen bitten, mir die Akkus aufzuladen. Das ist schrecklich lästig.«

Oma war hinter Nora in das Häuschen gekrochen. Sie wartete, bis ihre Enkelin den Tisch runtergeklappt hatte, dann breitete sie eine Häkeldecke darauf aus und deckte ihn liebevoll mit zwei Tellern, den dazu passenden Tassen mit Herzchenmuster und Messern ein. Ein gerade aufgehender Apfelblütenzweig vom Baum diente als Deko, genau wie der kleine Berg Äpfel.

Nora sah ihrer Oma schweigend bei ihrem Tun zu und fragte sich, woher die Frau so viel Energie nahm.

»Du bist unglaublich«, brachte sie hervor.

»Das höre ich in letzter Zeit öfter, allerdings mischt sich da immer ein vorwurfsvoller bis aggressiver Unterton ein. Ich freue mich über die Bewunderung in deiner Stimme. Es ist schon lange her, dass mich jemand gelobt hat, statt mit mir zu schimpfen oder mich in die Anstalt einliefern zu wollen. Hier! Schäl mal den Apfel.«

Sie reichte Nora einen Gravensteiner rüber. Er war wachsgelb mit roten Streifen und roch besonders intensiv, sobald man ihn anschnitt. Nora mochte ihn gern, da er sehr aromatisch war.

Oma füllte Apfelsaft in zwei kleine Becher und goss danach großzügig Kaffee in die Tassen. »Ich freue mich, dass du das Handwerk noch beherrschst«, merkte sie an.

»Einen Apfel schäle ich dir im Schlaf und noch immer schneller als du. Garantiert. Aber bevor du mich herausforderst: Wenn ich gewinne, musst du dein Baumhaus verlassen.«

»Dann passe ich bei der Wette und reiche dir stattdessen den Apfelsaft vom Vorjahr zum Probieren.« An der Art, wie Oma sie ansah, erkannte Nora, dass Enne mit dem Geschmack nicht einverstanden war.

Nora probierte pflichtschuldig. »Sehr süß. Die Äpfel hatten viel Sonne. Das ist gut. Die Apfelsorte müsste Jonagold sein, naturtrüb. Wirklich lecker! Aber trotzdem schmeckt er anders als sonst.«

»Ha! Endlich eine, die das auch bemerkt. Beim Apfelkompott wird es ganz deutlich. Ich kann es nur nicht benennen. Deine Mama wird schon regelrecht grantig, sobald ich auch nur etwas aus dem Hofladen probiere. Sie will meine Einschätzung dazu gar nicht mehr hören und sagt, ich bilde mir alles ein. Noch ein Rätsel, das es zu lösen gilt. Doch zunächst solltest du dir das hier ansehen.«

Nora hatte erwartet, dass ihre Oma alte Ordner oder Hefter hervorholen würde. Stattdessen schaltete sie das Tablet an und schob es ihr über den Tisch. Darauf waren Tabellen. Kalkulationen. Nein! Das waren Kontoauszüge und Bilanzen.

»Was ist das?«, fragte Nora irritiert.

»Jetzt enttäusch mich aber nicht. Als Buchhalterin solltest du das wirklich erkennen. Das sind die Ausgaben des Hofes.« »Du hast das alles eingescannt?«

»Klar. Wenn ich all die Ordner hier raufgeschafft hätte, wäre das Baumhaus zusammengebrochen.«

Nora verkniff sich die Frage, wann Oma das getan hatte. Sie würde ohnehin keine brauchbare Antwort erhalten. Stattdessen vertiefte sie sich in die Unterlagen, begleitet von Omas Kaffeeschlürfen. Schon bald vergaß Nora die Zeit, ihren Kaffee und ihre Umgebung. Sie war in ihrer Welt der Zahlen und Fakten. Die konnte sie beherrschen. Die waren rational und logisch, ließen sich nicht verbiegen und betrogen nicht. Natürlich konnte man sie fälschen, aber wer genau nachrechnete, deckte stets die Wahrheit auf.

Oma ließ Nora die Zeit, die sie brauchte. Erst als sie das erste Mal aufblickte und einen Schluck von ihrem kalten Kaffee nahm, schnalzte die Alte. »Und? Schon entdeckt, was ich gefunden habe?«

»Der Hof steht schlechter da, als ich befürchtet habe«, sagte Nora nachdenklich. »Bislang hab ich aber nichts Auffälliges gefunden. Ben führt die Unterlagen sehr sorgfältig.«

»Dann schau dir mal die Schriften genauer an. Es ist nicht immer Ben, der Buch geführt hat. Werner hat da auch mitgemischt.« Oma beugte sich über den Tisch, um auf den Bildschirm linsen zu können. Auf diese Weise sah sie die Zahlen zwar auf dem Kopf, fand aber dennoch die gesuchte Stelle. »Da! Das ist die mysteriöse Ausgabe.«

Werner hatte zweihundertfünfzig Euro abgehoben und als Wechselgeld beziffert. Sofort nahm sich Nora die Übersicht für die Kasse im Hofladen vor, rechnete kurz nach. »Das passt nicht«, stellte sie fest.

»Genau. Zufällig hat er genau diese Summe jeden Monat abgehoben und auf diese Weise verbucht.« Oma griff unter ihre Bank und zog einen Umschlag hervor. Feierlich legte sie ihn auf das Tablet und tippte darauf. »Und jetzt guck dir das an.«

Brav langte Nora in den Umschlag und zog Fotos hervor. Sie waren teils unscharf, teils aus so großer Entfernung aufgenommen, dass sie kaum zu erkennen waren. Manche waren aber gute Schnappschüsse.

Bei dem Anblick zog sich in Nora alles zusammen. Ihr Vater war auf den Bildern zu sehen. Ihr großes Vorbild. Als sie von Bens Betrug erfahren hatte, hatten sie sich ebenfalls gestritten. Worüber, das war ein anderes Thema. Aber es war heftig gewesen. Sie war fortgegangen, ohne sich je mit ihm auszusprechen. Jetzt war es zu spät, denn ihr großer, stolzer, eigenwilliger Vater lebte nicht mehr. Damit war auch die letzte Chance vertan, sich eines Tages zu vertragen. Ihre letzten Worte waren voller Zorn gewesen. Sie hatten einander Dinge gesagt, die sie beide bereuten. Und nun war es zu spät, sie zurückzunehmen.

Nora spürte, wie sich Tränen in ihren Augen sammelten. Sie versuchte, sie fortzublinzeln, doch das klappte nicht. Das Foto verschwamm vor ihren Augen.

»Er hat dich wirklich sehr vermisst«, sagte Oma Enne in die Stille hinein. »Ich weiß nicht, warum ihr euch derart wegen Ben zerstritten habt, aber eins weiß ich genau: Er hätte sich gerne entschuldigt, allerdings wusste er nicht, wie. Du warst wie vom Erdboden verschluckt.«

Nora schniefte leise und wischte sich vehement über die Augen. »Papa und entschuldigen? Ganz bestimmt nicht.«

»Er mag ein stolzer Mann gewesen sein, aber für dich wäre er über seinen Schatten gesprungen.«

»Hast du die Fotos gemacht?«, fragte sie ihre Oma, um von dem unangenehmen Gespräch abzulenken. Sie fand direkt die Beweise dafür. Oma hatte ständig die Finger vor der Linse. Teilweise war nur ihre Hand zu sehen.

»Ja, ich habe mir Bens Kamera geliehen und mir online einen Crashkurs für Paparazzi angesehen. Die Tipps der Profis waren Gold wert.«

Nur, dass sie dir nicht erklärt haben, dass man die Linse nicht verdecken darf, dachte Nora für sich. Nachdenklich blätterte sie durch den Stapel. Sie sah, wie ihr Vater vor dem Geldautomaten stand und sich eindeutig absichernd nach allen Seiten umsah. Dann steckte er Geldscheine in einen Umschlag und brachte alles zur Post.

»Er hat das Geld verschickt?«, fragte Nora ungläubig.

»Ja. Das allein ist schon seltsam, aber die Art und Weise, wie er sich verhalten hat, war das eigentliche Problem. Er hat sich so sehr bemüht, unauffällig zu sein, dass er sich nicht auffälliger hätte verhalten können. Jeden Monat hat er das Geld zur gleichen Zeit verschickt. Morgens zur Bank, danach zur Post, und abends hat er die Unterlagen gefälscht.« Oma sah Nora so eindringlich an, dass die sich ganz unwohl fühlte.

»Und was sagt mir das jetzt?«, fragte sie irritiert. »Wo ist das Verbrechen?«

»Ist das nicht offensichtlich? Wenn alles mit rechten Dingen vorgegangen wäre, hätte er das Geld einfach überwiesen. Aber er wollte keine Spuren hinterlassen. Ich erkenne ein Verbrechen, wenn ich es sehe. Nora, ich sag es nicht gerne, aber dein Vater hatte ein großes Problem.«

»Und das wäre?«

»Er wurde erpresst. Es gibt keine andere Erklärung. Jemand hat jeden Monat zweihundertfünfzig Euro von ihm verlangt. Als Schutzgeld.«

Nora lachte leise auf. »Schutzgeld? Für was denn, bitte schön?«

»Das müssen wir herausfinden. Ich habe schon alles auf der Plantage durchkämmt, aber keine versteckt angebauten Drogen gefunden. Also vermute ich, es hat etwas mit unserem Geschäft zu tun. Jemand droht damit, uns zu ruinieren, und schreckt auch nicht davor zurück, uns zu sabotieren.«

Jetzt wurde Nora hellhörig. Bislang hatte sie Omas Spekulationen eher amüsant gefunden. Aber vielleicht steckte doch mehr dahinter? »Sabotage? Wie kommst du denn darauf?«

»Erst kamen seltsame Typen, die sich auf dem Hof herumgedrückt haben. Sie haben sogar Fotos gemacht! Dein Vater hat sie fortgeschickt, seitdem ist Ruhe. Aber trotzdem … Was wollten die? Danach ist eine Apfelsortiermaschine kaputtgegangen. Durch einen Schraubenschlüssel, der im Antrieb feststeckte. Der kann natürlich auch unglücklich dort reingefallen sein, aber das glaube ich mittlerweile nicht mehr. Einige Netze auf der Plantage sind gerissen. Angeblich vom Sturm. Bevor wir das bemerkt haben, hatten sich die Vögel schon an den Äpfeln gütlich getan. Diese Liste kann ich noch ewig fortführen. In letzter Zeit geht ständig etwas schief. Doch der eindeutige Beweis steckt im Apfelkompott: Es schmeckt einfach anders, und das stinkt zum Himmel. Auf dieser Plantage stimmt was nicht! Und wir müssen herausfinden, was los ist.«

Ben

Vom ständigen Hochgucken zum Baumhaus bekam Ben einen steifen Nacken. Schließlich gab er auf und trottete zurück zum ausgebauten Pferdestall. Es brachte nichts, auf die Graf Damen zu warten. Offenbar hatten sie viel zu besprechen.

Er hielt inne, als er jemanden auf der Terrasse stehen sah. Groß, kompakt gebaut, mit einfacher Stoffhose und schlichter Bluse bekleidet. Seine Mutter Sarah. Wie immer drückte sie sich etwas im Schatten herum, um nur ja nicht gesehen zu werden. Sie und die Familie Graf vertrugen sich nicht besonders. Bei Viola verstand Ben das nur zu gut. Mit ihr konnte man wirklich leicht in Streit geraten. Doch warum sich seine Mutter und Vera Graf aus dem Weg gingen, hatte Ben nie herausfinden können.

Er seufzte tief. Je näher er kam, desto deutlicher konnte er das finstere Gesicht seiner Mutter erkennen. Sarah war sauer, und Ben konnte sich schon denken, worum es ging.

»Moin, Ben«, begrüßte seine Mutter ihn, kaum dass er bei ihr war. Sie umarmten einander kurz, dann platzte Sarah auch schon heraus: »Wann hattest du vor, mir von Noras Rückkehr zu erzählen?«

»Heute?«, erwiderte Ben und ließ das Wort wie eine Frage klingen. Wenn es nach ihm gegangen wäre, hätte er es nie erzählt. Seit Noras Fortgang war sie das Feindbild Nummer eins für seine Mutter. Das hing natürlich mit seinem Verhalten zusammen. Ein Verhalten, das ihm im Nachhinein noch immer peinlich war. »Möchtest du reinkommen?«

»Nur kurz. Ich muss zur Arbeit, und Julia sitzt im Auto.«

Erstaunt zog Ben eine Augenbraue in die Höhe. »Sie sitzt im Auto? Warum kommt sie denn nicht mit rein?«

Er blickte zu dem grauen Volvo, in dem auf dem Rücksitz tatsächlich ein blonder Lockenkopf erkennbar war. Es dauerte eine Sekunde, dann wurde die Fensterscheibe heruntergelassen, und seine Schwester winkte ihm zu. »Moin! Ich hab meine Hausaufgaben noch nicht fertig«, rief sie ihm zu. »Hab keine Zeit!«

Ben nickte ihr zu und grinste ganz automatisch. Dieses Verhalten kam ihm bekannt vor. Er hatte die Hausaufgaben ständig im Bus von Nora abgeschrieben. Erst kurz vor dem Abi hatte sie das nicht mehr zugelassen und ihn gezwungen, mehr für die Schule zu tun. Vermutlich hatte er nur dank ihr seinen Abschluss geschafft.

Es polterte, als seine Mutter die Haustür aufstieß und in sein Wohnzimmer stapfte. Sarah war schon immer eine laute Frau gewesen. Sobald sie einen Raum betrat, drehten sich die Leute zu ihr um. Dabei redete sie nicht einmal besonders viel.

Es war einfach ihre Körperhaltung und ihre beeindruckende Größe, die Aufmerksamkeit erregte. All das hatte Ben von ihr geerbt. Im Gegensatz zu seiner Schwester. Die war eher klein und unauffällig.

»Ich mache mir Sorgen um dich, Ben«, hob Sarah an, verstummte aber, als ihr Blick auf die mit Bettlaken ausgestattete Couch fiel. »Sie hat hier geschlafen«, stellte sie fassungslos fest.

»Sie konnte nirgendwo hin. Mach kein Drama raus, Mama. Nora und ich sind noch immer Freunde, und als Freunde müssen wir zusammenhalten.«

»Freunde verschwinden nicht einfach und lassen einen als seelisches Wrack zurück«, protestierte seine Mutter.

Ben seufzte innerlich. Darum ging es also. Seine Mama hatte Angst, dass sich Vergangenes wiederholte. Er gab es nur ungern zu, aber nach Noras Weggang war er in ein tiefes Loch gefallen. Seine Mutter hatte sich verzweifelt bemüht, ihn da irgendwie rauszubekommen, aber letztlich hatte er es allein schaffen müssen. Jetzt hatte sie natürlich Angst, dass Nora wieder verschwinden würde und er erneut zu trauern begann.

»Da ist nichts mehr zwischen uns«, sagte Ben sanft. »Mach dir keine Sorgen.«

»Wenn es um Nora Graf geht, wird da immer etwas sein. Versteh mich nicht falsch. Ich liebe dieses Mädchen. Ich liebe sie wirklich! Aber ihr zwei habt euch gegenseitig so tief verletzt, dass …«

Sie unterbrach sich abermals. Etwas auf der Hofeinfahrt hatte ihr Interesse geweckt. Ben warf neugierig einen Blick durch die Sprossenfenster hinaus. Oh, nein! Das war nicht gut!

Noras Mutter war aus dem Haus gekommen und steuerte auf Sarahs Auto zu. Julia musste sie bereits gesehen haben, denn sie war ausgestiegen und ging ihr entgegen.

»Moin, Vera«, rief das Mädchen ihr zu. »Wie geht es dir?« Kein Erwachsener dieser Welt hätte solch eine Frage einer frisch gewordenen Witwe gestellt. Kinder hingegen dachten einfach anders. »Das mit deinem Mann tut mir ehrlich leid«, setzte sie hinzu. »Ich hab ihn gern gehabt. Er war cool. Trotz seines Alters.«

»Oh, nein«, stöhnte Bens Mutter. »Sie ist und bleibt ein Trampeltier.«

»Von wem sie das wohl hat?«, entgegnete Ben und beeilte sich, hinter Sarah nach draußen zu treten.

Vera war mittlerweile bei Julia angekommen. Zu aller Überraschung nahm Noras Mutter die Kleine in die Arme und drückte sie so fest an sich, dass das Mädchen rot im Gesicht wurde. »Danke dir, Kükel. Das ist lieb. Er war wirklich cool. Trotz seines Alters.« Vera blickte mit tränenverhangenen Augen auf und lächelte Ben an, der mittlerweile neben ihnen angekommen war. Das Lächeln gefror jedoch, als sie Sarah hinter ihm erblickte. Ben spürte nahezu die Kälte, die plötzlich von ihr ausging. Dennoch blieb sie höflich. »Moin, Sarah. Was führt euch so früh hierher?«

»Ich musste nach Ben sehen. Wegen Nora. Du verstehst …«

Obwohl sich die Frauen noch nie gut verstanden hatten und sich meist aus dem Weg gingen, nickten sie einander jetzt verständnisvoll zu.

Ben verdrehte die Augen. Er hasste es, bemitleidet zu werden. Als könne ihn ein Lufthauch umwehen. Schlimmer als das ging es wirklich nicht.

Wie sehr hatte er da geirrt.

Ausgerechnet in dieser Sekunde kam der Anlass für den ganzen Aufruhr von der Wiese rübergeschlendert. Nora blickte nicht auf, sondern stapfte mit gesenktem Kopf zu ihnen. In den Händen hielt sie ein Tablet, das sie interessiert studierte.

Guck hoch, flehte Ben sie stumm an. *Sonst ist es zu spät, um noch umzudrehen.* Er ging automatisch ein Stück auf sie zu und blieb neben seiner kleinen Schwester stehen. Die hatte Nora wie alle anderen längst bemerkt und starrte sie an.

»Ist sie das?«, fragte Julia unvermittelt. »Ist das die Tussi, die dir das Herz aus der Brust gerissen und dich für Jahre in einen Vollpfosten verwandelt hat?«

Nora musste den Satz gehört haben, denn sie blieb abrupt stehen, blickte auf und starrte die kleine Menschenansammlung erstaunt an.

Ben spürte, wie die Stimmung kippte. Julia kannte Nora nur aus Erzählungen. Als damals Zweijährige hatte sie selbst keine Erinnerungen an sie. Für sie war Nora immer ein Schreckgespenst, über das nicht gerne gesprochen wurde. Sie wusste allerdings, dass ihr Bruder sehr gelitten hatte. Und dass er deswegen völlig aus der Bahn geworfen worden war. Für Julia war Nora definitiv die Böse in der Geschichte, wie ihr Attentat auf die Fotos an seiner Wand beeindruckend zeigte. Dementsprechend musterte die Kleine Nora feindselig.

Vera machte alles noch schlimmer. Sie fing haltlos an zu schluchzen und steigerte sich noch mehr hinein, als hinter ihr eine andere Person aus dem Haupthaus trat und mit eisiger Stimme sagte: »Soso. Die Prinzessin ist also zurückgekehrt. Na, hast du schon konspirative Treffen mit Oma im Apfelbaum abgehalten und überlegt, wie ihr mich loswerden könnt?«

#aufnimmerwiedersehen

Geschwisterliebe ist schlimmer als Krieg.
(Aus: Patchworkfamilien befehligen)

Nora

Viola. Nora erkannte die Stimme ihrer Schwester sofort. Dieser schnippische Unterton in jedem Wort war unverwechselbar, genau wie die eisige Kälte darin. Nora hatte sich schon oft gefragt, wie Viola so hatte werden können. Letztlich war das aber auch egal, denn es lief auf eine Sache hinaus: Sie verstanden einander einfach nicht.

Langsam drehte sich Nora zu ihr um. »Moin«, sagte sie betont freundlich. »Es ist auch nett, dich nach acht Jahren wiederzusehen. Wie schön, dass du noch ganz die Alte bist.«

Viola sah tatsächlich wie aus dem Ei gepellt aus. Sie trug einen Hosenanzug, der ihre schlanke Taille und die Rundungen ihrer Brust perfekt betonte. Die langen blonden Haare fielen ihr in sanften Wellen über die Schulter. Dazu hatte sie sich sehr natürlich geschminkt. Wenn Viola eins konnte, dann, sich zurechtzumachen. Sie war genauso hübsch, wie sie schwierig war.

»Julia«, rief Bens Mutter ihre Tochter mit schriller Stimme. »Wir gehen.« Sie warf Nora ein halbherziges Lächeln zu. »Nora, willkommen zurück.«

Na, willkommen bin ich eher nicht, dachte Nora, wollte es aber nicht noch schlimmer machen. Daher erwiderte sie den Gruß mit einem Nicken.

Julia ließ sich eher widerwillig Richtung Auto ziehen. »Hey, Mama! Jetzt wird es doch erst richtig spannend«, protestierte sie, doch alles

Sträuben half ihr nicht. Ihre Mama bugsierte sie in den Wagen und fuhr kurz darauf vom Hof, als seien tausend Höllenhunde hinter ihr her.

Der Rest der Anwesenden sah ihnen schweigend hinterher. Nora wünschte sich sehnlichst, mit im Auto zu sitzen und dieser Situation entkommen zu können. Doch zu spät. Es gab kein Entrinnen.

Ihre Mutter trat in ihr Blickfeld. Ihr Gesicht war verweint und viel älter, als sie es in Erinnerung hatte. Der Verlust ihres Mannes hatte sich in ihre Haut gegraben und tiefe Ringe unter den Augen, Stressfalten am Mund und eingefallene Wangen hinterlassen. Nora war ehrlich schockiert, wie sehr ihre Mutter gealtert war.

»Mama«, brachte sie schwach hervor, und ihre gesamte Abwehrhaltung bröckelte. Sie hatte eigentlich die toughe, emotionslose Geschäftsfrau mimen wollen. Stattdessen fing sie an zu heulen.

Das war der Startschuss für ihre Mutter. Vera trat auf sie zu und nahm sie in die Arme, krallte sich regelrecht an ihr fest. Ihre Tränen vermischten sich, als sie einander auf die Wange küssten und sich so fest hielten, dass sie beinahe gemeinsam umgefallen wären.

Ein verächtliches Schnauben holte sie in die Wirklichkeit zurück. Nur mühsam löste sich Nora von ihrer Mama, um zu Viola hinüberzusehen. Ihre Blicke begegneten sich. Viola wirkte unnachgiebig, beinahe verächtlich. Und obwohl Nora es nicht wollte, tat ihr die ablehnende Haltung ihrer Schwester weh. Sehr weh.

»Glaub nicht, dass ich mitheule«, sagte Viola finster.

»Keine Sorge. So realitätsfern bin ich nicht«, erwiderte Nora im gleichen Tonfall.

»Kinder, vertragt euch«, hauchte ihre Mutter derart kraftlos, dass es Nora in der Seele schmerzte.

Ihr war klar gewesen, dass ihre Mutter unter dem Verlust ihres Ehemanns litt. Es nun zu sehen, war jedoch etwas völlig anderes.

»Oma sitzt noch immer im Apfelbaum«, stellte Viola fest. »Ich dachte, sie würde mit ihrem Theater aufhören, sobald ihre Lieblingsenkelin zurück ist.«

»Oma will erst runterkommen, wenn wir uns vertragen haben.« Nora zog eine Augenbraue in die Höhe und spürte, wie sich der Griff ihrer Mutter um ihren Oberarm anspannte. »Wenn ich dich so ansehe, dann fürchte ich, wird sie bis zu ihrem Tode im Baumhaus hocken müssen.«

Ein Knarzen, Fiepen und Quietschen ertönte hinter ihnen. Danach schallte eine laute Stimme zu ihnen herüber. »Mädchen! Eure Mama hat gesagt, vertragt euch. Also vertragt euch!«

Nora brauchte einen Moment, um aus dem blechernen Ton Oma Ennes Stimme zu erkennen. War das ein Megafon?

Ihre Mama ließ sie augenblicklich los und wandte sich Ben zu. »Ich dachte, du hättest ihr das Teil abgenommen?«

Ben wirkte genervt. »Sie hat mir neulich ein Megafon runtergeworfen. Dass sie zwei hat, konnte ich nicht ahnen.«

»Ben?«, schallte es fast sofort zu ihnen herüber. »Schick die beiden Streitgänse mal zu mir rüber. Ich hab noch ein Hühnchen mit ihnen zu rupfen.«

»Wenn du mit ihnen reden willst, dann komm vom Baum runter«, brüllte Ben zurück. »Ich bin hier als Hofverwalter angestellt und nicht als Zirkusdirektor. Wisst ihr was? Ich gehe jetzt arbeiten. Führt euer Drama bitte ohne mich auf.« Mit diesen Worten stapfte er von dannen.

Oma musste natürlich das letzte Wort behalten. »Ich hab zwar nicht verstanden, was du zuletzt gesagt hast, aber geh du ruhig arbeiten. Dann tut hier wenigstens einer was Sinnvolles.«

»Jetzt reicht es«, erklärte Viola wutentbrannt. Sie drehte auf dem Absatz um und lief in Omas Richtung.

Nora wusste zwar nicht, worum es genau ging, nahm aber automatisch Violas Verfolgung auf. Ihre Schwester trug feste Schuhe, mit denen sie auf dem Gras gut Halt fand. Nora hatte mit ihren viel zu großen Birkenstocksandalen sehr viel größere Schwierigkeiten. Dennoch holte sie auf.

»Viola, warte«, rief sie ihrer Schwester hinterher und bemühte sich, nicht auf dem glitschigen Untergrund auszurutschen.

Zu ihrer Überraschung blieb die Angesprochene tatsächlich stehen und drehte sich zu ihr um. Ihr Blick war mörderisch. Unwillkürlich stoppte Nora und starrte ihre leicht wahnsinnig aussehende Schwester an. »Was hast du vor?«, fragte sie nach einer Pause.

»Ich fäll den Baum«, erklärte Viola.

»Mit Oma drauf? Bist du irre?«

»Oma ist irre. Ich tue nur, was zu tun ist.« Damit stapfte Viola weiter, natürlich verfolgt von Nora.

Die holte ihre Schwester ein, packte ihren Oberarm und riss sie zu sich herum. »Hör auf mit dem Blödsinn. Oma wird nicht runterkommen, und du kannst den blöden Baum nicht einfach umhauen. Damit bringst du sie um.« Jetzt erst erkannte Nora, worauf Viola zuhielt. Auf einem der zahlreichen Liegestühle lag eine Axt. Etwas Rinde befand sich an der Klinge. Offenbar hatte sie jemand erst kürzlich benutzt.

»Das ist so typisch für dich«, sagte Viola verächtlich. »Kaum bist du fünf Minuten hier, schon denkst du, du kannst das Kommando übernehmen. Aber weißt du was? Seit du einfach abgehauen bist, hab ich hier das Sagen. Du glaubst gar nicht, mit was für irren Problemen ich mich rumplagen musste. Oma auf dem Apfelbaum ist nur die Spitze des Eisberges. Damit werde ich auch noch fertig. Ich brauche deine schlauen Ratschläge nicht.«

Viola riss sich los, kam aber nur fünf Schritte weit. Da hatte ihr Nora bereits den Weg versperrt. »Hör auf mit dem Quatsch, Viola. Du willst den Baum gar nicht fällen, sondern nur Aufmerksamkeit erhalten. Die Dramaqueen mit Axt. Besser geht es doch nicht. Können wir nicht erst einmal in Ruhe miteinander reden, bevor wir zu solch drastischen Maßnahmen greifen?«

»Dramaqueen? Wer ist hier die Dramaqueen?«, erwiderte Viola hitzig. »Seit Jahren dreht sich doch alles nur um deinen melodramatischen Fortgang. Jeder fragt sich, warum du das getan hast. Jeder tuschelt darüber. Ich muss heute noch klarstellen, dass wir dich nicht aus der Familie ausgeschlossen haben, sondern dass du freiwillig gegangen bist. Aber egal, was ich sage: Die Leute denken immer, dass du das Opfer und ich die Böse bin.«

»Wie ärgerlich für dich, dass dich die Leute durchschaut haben«, erwiderte Nora verbittert.

Viola wurde krebsrot vor Wut und hob die Axt ein kleines Stückchen an. Nora zuckte mit keiner Wimper. Als ihre Schwester versuchte, sich an ihr vorbeizudrängeln, packte sie den Griff des Beils und zog. Viola ließ nicht los, sodass sie miteinander zu kämpfen begannen.

»Finger weg«, kreischte Viola.

»Niemals. Eine Irre sollte keine Axt führen«, rief Nora.

Das Knarzen des Megafons erklang erneut. »Mädels, macht kein Dumm Tüch und beruhigt euch mal. Das ist eine Axt in euren Händen und kein Gummiknüppel!«

Die Schwestern ignorierten die Worte ihrer Oma. Nora bemerkte aus den Augenwinkeln, wie sich ihre Mutter mit über dem Kopf geschlagenen Händen näherte, und hätte deswegen beinahe die Axt losgelassen. Im letzten Moment packte sie wieder zu.

»Viola! Du bist noch schräger geworden, als ich gedacht habe«, keuchte Nora.

»Und du siehst hässlicher aus als in meiner Erinnerung«, erwiderte ihre Schwester. »Lass los! Ich regel das jetzt auf meine Weise. Wir brauchen dich nicht. Nicht mehr.«

Zorn überflutete Noras Gehirn. So schnell und so heftig, dass es sie selbst erschreckte. »Du tust gerade so, als hättest du mit meiner Flucht nichts zu tun«, brüllte sie los. »Du hast doch überall rumerzählt, was Ben getan hat. Jeder Mensch im Umkreis von hundert Kilometern hat gewusst, dass er mich betrogen hat. Das war dein Werk! Ich musste gehen!«

»Wenn du einfach auf uns gehört hättest, wäre alles gut geworden. Aber nein, du musstest natürlich ein riesiges Drama daraus machen, sodass mir gar keine andere Mö…«

Zwei große Hände legten sich unvermittelt auf den Stiel der Axt und rissen ihn ruckartig hoch. Beide Schwestern mussten loslassen. »Ich glaube, das reicht«, sagte Ben ruhig und sanft, was mehr wirkte als jeder laute Tonfall. Seine Sprechhaltung unterschied sich so deutlich von Violas und Noras, dass er gerade dadurch zu ihnen durchdrang. »Wenn ihr euch umbringen wollt, dann macht das bitte nicht auf dem Gebiet, wo ich die Verantwortung trage. Polizeiermittlungen sind lästig.«

Er zog die Axt hinter seinen Rücken und schirmte sie vor dem Zugriff der Schwestern mit dem eigenen Körper ab. Nicht zum ersten Mal bemerkte Nora, dass er noch größer schien als früher. Seine Mutter war eine Riesin, genau wie sein Vater. Kein Wunder, dass er sie alle überragte. Aber nicht allein seine Körpergröße wirkte einschüchternd. Es war die Art, wie er sich aufrichtete. Wie er seinen Körper einsetzte. Er machte durch seine Haltung klar, wer hier das Sagen hatte.

Nur Viola interessierte das wenig.

»Gib mir die Axt zurück«, kreischte sie. »Ich fälle jetzt den Baum.«

»Damit kommst du höchstens in den Knast und in die Schlagzeilen«, entgegnete Ben ungerührt.

»Sag du mir nicht, was ich zu tun oder zu lassen habe. Ich bin immer noch dein Boss.«

»Auf irre Bosse muss ich nicht hören. Außerdem bist du aktuell nicht mein Boss, sondern die schräge Schwester meiner Ex-Freundin.«

»Du … du … du«, schnaubte Viola. Da sie die Finger zur Faust ballte, machte Nora lieber einen Schritt von ihr fort und zog Ben gleich mit. In ihrer Verfassung war es ihrer Schwester durchaus zuzutrauen, dass sie zuschlug. »Ich hätte dich längst feuern sollen«, spie Viola.

»Und ich hätte längst das hier tun sollen«, mischte sich Nora ein. Sie bückte sich blitzschnell und kratzte mit den Fingern eine Mischung aus Schlamm, nassem Gras und alten, vergammelten Stöckchen aus dem Boden. Dazwischen mischten sich ein paar farbenfrohe Blüten, die hinuntergefallen waren. Dieses Gemisch drückte sie mit aller Kraft und allem Frust in das zarte Gesicht ihrer Schwester.

Ja. Nora hasste Unordnung. Es störte sie, dass drei Blüten im Matsch waren anstatt einer geraden Anzahl. Es ärgerte sie auch, dass die Stöckchen unterschiedlich lang waren. Aber trotzdem: Es fühlte sich gut an!

Viola gab erst einen seltsam gurgelnden Ton von sich, dann kreischte sie und stürzte sich mit zu Krallen geformten Fingern auf Nora. Die ließ sich in letzter Sekunde zur Seite fallen, woraufhin Viola stürzte, ihre Schwester aber mit sich zu Boden riss. Schlamm spritzte, Gras flog, Stöcke zerbrachen.

»Ich hasse dich«, schrie Viola.

»Ich dich noch mehr«, brüllte Nora. In dem Tumult hörte sie das Röhren eines Automotors, das Weinen ihrer Mutter und die Megafondurchsagen ihrer Oma.

Ben rief etwas, und ein anderer Mann antwortete. Sekunden später fühlte Nora, dass sie jemand packte. Starke Hände zerrten sie von ihrer Schwester fort, die ihrerseits ebenfalls weggezogen wurde. Nora strampelte und trat gegen ein Schienbein. Jemand fluchte, ließ sie aber nicht los.

Ein junger Mann in Postuniform mühte sich mit Viola ab, die sich wie eine Schlange wand, noch immer um sich trat und wüste Beschimpfungen ausstieß. Nora rechnete es ihm hoch an, dass er nicht losließ. Im Gegenteil. Er bekam beide Arme von ihr zu packen, überkreuzte sie vor ihrer Brust und zog sie so fest an sich, dass sie sich nicht rühren konnte. Erst bei diesem Anblick begriff Nora, dass Ben sie ganz ähnlich festhielt.

Ihre Gegenwehr erlahmte. Müde hing sie in Bens Griff und starrte ihre Schwester an, die sich genau wie sie langsam beruhigte. Sie beide atmeten schwer und waren über und über mit Schlamm und Feuchtigkeit besudelt.

»Moin, Nora«, begrüßte sie schließlich der Postbote mit einem leicht schrägen Grinsen über den Schopf ihrer Schwester hinweg. »Ich hab mir schon gedacht, dass deine Rückkehr spektakulär wird. Aber so spektakulär …« Er pfiff leise durch die Zähne.

Erst jetzt erkannte Nora ihn. »Jonas?«, fragte sie überrascht. »Du bist bei der Post?«

»Warum sagst du das so verwundert?«

»Weil du der chaotischste Mensch bist, den ich kenne! Aber … egal. Schön, dich zu sehen.«

»Tja, den Gruß würde ich gerne erwidern und dich herzlich umarmen, allerdings habe ich Angst, dass sich diese Furie wieder auf dich stürzt und dir die Augen auskratzt.«

»Wir lassen euch erst los, wenn ihr euch beruhigt habt«, bestimmte Ben mit deutlich verärgerter Stimme. Im Gegensatz zu Jonas klang er kein bisschen belustigt. Jonas hatte zu ihrer damaligen Clique gehört und war Bens bester Freund gewesen. Anscheinend hatte er das Alte Land genau wie Ben nicht verlassen. Zum Glück für alle Beteiligten.

»Die beiden sollen sich aussprechen«, erklang es vom Baum. »Lasst es sie unter kontrollierten Bedingungen ausfechten!«

Jonas blinzelte und zog dann eine Augenbraue hoch. »War das Oma Ennes Stimme? Hockt die noch immer im Baum?«

Sie nickten allesamt, selbst Viola machte mit.

»Was meint sie denn mit ›kontrollierten Bedingungen‹?«, fragte Jonas. »Schlammcatchen im Käfig?«

»Wovon träumst du nachts?«, giftete Viola.

Nora hatte sich so weit beruhigt, dass sie klarer denken konnte und registrierte, wie unmöglich sie sich benommen hatten. Ihr Blick fiel auf ihre Mutter, die leichenblass abseitsstand und eine Hand gegen den Mund presste. Sofort sackte Noras Magen ganz weit nach unten ab. Was hatten sie sich nur dabei gedacht? Ihre arme Mutter war gerade Witwe geworden, und dann benahmen sich ihre Töchter wie wilde Furien.

»Ich hab mich beruhigt, Ben«, flüsterte sie. »Du kannst mich loslassen.«

Ben zögerte, ehe er sie so drehte, dass er zwischen Viola und ihr stand. Erst dann lockerte er den Griff um ihre Taille. Anders als vermutlich von den anderen erwartet, wandte Nora sich nicht zu Viola, sondern ging Richtung Oma Enne, drehte sich nicht mal um.

»Nora, wo willst du denn hin?«, fragte Ben.

»Nachdenken«, rief sie zurück.

»Flüchten. Wie immer«, giftete Viola.

»Viola! Halt deinen Mund«, drohte Ben.

Nora bemühte sich, das Gift ihrer Schwester nicht an sich heranzulassen. Gleichzeitig war es erschreckend, wie gut Viola sie kannte. Sie wollte wirklich nichts lieber, als zu fliehen. So weit es nur ging. Nur die Tatsachen, dass sie noch immer den hässlichen Elefantenschlafanzug von Ben trug und noch dringend mit ihrer Mutter sprechen wollte, hielten sie davon ab.

Sie gelangte in Rufreichweite von Oma Enne. Die alte Dame stand breitbeinig auf ihrer Baumhausveranda, das Megafon in den Händen. Als sie Nora näher kommen sah, winkte sie aufgeregt.

»Ihr sollt euch vertragen und euch nicht die Köpfe einschlagen! Wenn das so weitergeht, feiere ich noch Weihnachten auf diesem verdammten Baum.«

Nora ignorierte ihre Oma und trottete seitlich an ihr vorüber. Von der alten Streuobstwiese gelangte man durch ein Tor im Zaun direkt in den Bereich des Spalierobstes. Ihr Vater hatte den Zugang nie abgeschlossen, und Nora hoffte, dass Ben das so beibehalten hatte.

Erst mal weg. Erst mal nachdenken. Erst mal weinen, dachte Nora. *Und dann verschwindest du. Für immer.*

Ben

Der Schock über den Zusammenprall der Schwestern steckte allen in den Gliedern. Vera sah aus, als würde sie jeden Moment zusammenbrechen. Nur mit Mühe kämpfte Ben den Instinkt nieder, Nora hinterherzulaufen. Erst musste er sich um ihre Mutter kümmern.

Er verschob den Gedanken, warum er so dringend hinter Nora herwollte. Viola hatte eigentlich genau das getan, was er ebenfalls vorgehabt hatte: sich so richtig mit Nora zu fetzen. In vielen Dingen hatte Ben Viola im Stillen beigepflichtet. Noras melodramatischer Abgang war wirklich unmöglich gewesen. Doch Viola war zu weit gegangen. Sie hatte Nora derart bedrängt, dass sie womöglich wieder verschwand.

Ben brachte Vera ins Haupthaus, kochte ihr einen Tee und zwang sie in einen Sessel im Wohnzimmer. Jonas kümmerte sich derweil um die noch immer bockige Viola. Er überredete sie, sich den Dreck abzuwaschen. Erst als die Tür hinter ihr zuklappte und das Wasser rauschte, kam er zu Ben in die Küche.

»Junge, Junge«, sagte er. »Die beiden waren schon immer wie Hund und Katz, aber dass es so schlimm ist, war mir nicht klar.«

»Mir auch nicht. Das hier war eine ganz andere Dimension.« Müde fuhr sich Ben über das Gesicht. Es war erst kurz nach sieben, und er war jetzt schon völlig fertig mit sich und der Welt.

Jonas betrachtete seinen Freund eindringlich. Sie kannten einander zu gut, um sich was vorzumachen. »Noras Rückkehr hat eine Menge Staub aufgewirbelt. Wie geht es dir dabei?«, fragte er mitfühlend.

»Mies. Tu mir einen Gefallen und halte deine Ehefrau von ihr fern. Wenn die beiden aufeinandertreffen, geht die Welt unter. Das garantiere ich dir.«

»Weiß Nora denn von Helen und mir?«

»Nein. Ich hatte bislang Angst vor ihrer Reaktion und bemühe mich, ihr alles schonend beizubringen. Es ist auch so schon ziemlich viel. Ich will nicht, dass sie überfordert wird und deswegen abhaut. Wobei die Begegnung mit Viola durchaus dazu führen könnte.«

Ein Knarzen in der Diele ertönte, gefolgt von einem Piepen. Dann hörten sie Oma Ennes Stimme durch den Hausflur. »Vera, bitte kommen, Vera, bitte kommen. Hier Oma Enne. Kommen.«

Jonas riss die Augen auf und sah sich suchend um. Vera trat zu ihnen in die Küche. Sie und Ben seufzten synchron.

»Ben, mein Lieber. Holst du das Walkie-Talkie? Sonst lässt sie eh nicht locker«, sagte Noras Mutter müde und deutete dabei in den Flur auf die Station. Dort warteten drei verschiedene Funkgeräte. Eins davon quakte erneut los.

»Oma Enne für Vera, kommen!«

Ben stapfte genervt in die Diele und nahm das Funkgerät an sich. »Hier Ben. Was gibt's? Kommen.«

»Das traurige Küken ist gerade durch den Zaun geschlüpft. Du müsstest es einsammeln und ins Nest zurückbringen. Es wirkte sehr verloren. Kommen.«

Das traurige Küken war dann wohl Nora.

»Verstanden«, sagte Ben. »Ich kümmere mich. Ende.«

Er wollte das Walkie-Talkie weglegen, doch Oma Enne war noch nicht fertig. »Wie geht es der Preisboxerin? Und frag Jonas bitte, ob er meinen Trainingsanzug in der Post hat. Ohne den kann ich nicht radeln, sodass ich keinen Strom habe. Mein Akku ist bald leer. Kommen.«

»Oma, bitte denk an die Funkdisziplin. Die Preisboxerin duscht, und Jonas kommt gleich zu dir rüber. Ende.«

Diesmal legte Ben das Funkgerät vehement auf die Station zurück und wandte sich an Jonas. Der stand bereits neben ihm. »Ich hab wirklich ein Paket für Oma Enne dabei und frag mich gerade, wie ich das zu ihr hoch bekomme. Ist mein erster Tag im Dienst, seit sie im Baum hockt.«

Ben seufzte tief. »Glaub mir. Oma Enne hat für alles eine Lösung. Nur was sie mit ihren Enkelinnen machen soll – da sind wir alle ratlos.«

Die beiden Männer verabschiedeten sich von Vera und eilten nach draußen. Ben schnappte sich kurz vorm Rausgehen eine dicke Jacke vom Haken, nahm eine Wollmütze von Viola an sich und klaute Schuhe aus dem Schrank.

»Nora hat aus einem mir völlig unbegreiflichen Grund keine Wechselklamotten mitgenommen. Sie hat lediglich Stöckelschuhe und einen total unpraktischen Rock mit Blazer getragen, als sie hier ankam. Seit einem kleinen Unfall mit einem Bus rennt sie in meinen Klamotten rum und ist zu stolz, bei ihrer Familie um passendere Kleidung zu bitten«, erklärte er Jonas. Der schüttelte ungläubig den Kopf. »Nora ist noch immer ganz die Alte, nicht wahr?«

»Nicht wirklich. Auf den ersten Blick mag das so sein, aber sie ist viel ernster und trauriger.«

Jonas musterte Ben daraufhin ganz genau. »Du machst hier aber nicht einen auf Samariter, oder?«

»Was meinst du?«

»Misch dich nicht zu sehr ein. Halt dich aus den Angelegenheiten der Graf-Familie raus. Du hast schon einmal einen hohen Preis bezahlt. Noch mal muss das echt nicht sein.«

»Ich mische mich nicht ein«, protestierte Ben lahm.

Jonas sah bezeichnend auf die Sachen in Bens Händen.

»Ach, nein? Sieht mir aber schwer danach aus!«

»Nora ist die zukünftige Erbin dieses verdammten Hofes. Ich arbeite hier, und meine jetzige Chefin ist der Teufel persönlich. Nora ist da das kleinere Übel. Aber wenn die sich eine Lungenentzündung nach einer Runde Schlammcatchen holt, wird das niemandem helfen. Das hat nichts mit Samariter zu tun, sondern mit gesundem Menschenverstand.«

»Also meiner Meinung nach habt ihr den allesamt schon lange verloren.« Kopfschüttelnd holte Jonas einen Karton aus seinem Postauto. »Sorry für meine harschen Worte, aber irgendwer musste dir das mal sagen. Das mit Nora und dir ist ungesund. Besonders für dich.«

Ben ballte die Hand zur Faust und spürte, wie die Wut in ihm gärte. Sie galt nicht mal Jonas. Der meinte es nur gut mit ihm. Es war vielmehr die ganze Situation, die ihn frustrierte. Es stimmte! Nora ging ihn gar nichts an, und doch war ihm absolut klar, dass er sie unmöglich allein lassen konnte.

Das brachte er einfach nicht über sich.

Nebeneinander gingen die Männer über die Wiese zu Oma Ennes Baum. Die saß auf einem Klappstuhl auf ihrer Veranda und hielt nach ihnen Ausschau. Über ihre Knie hatte sie einen bunten Quilt gebreitet. Sobald sie die beiden entdeckte, sprang sie auf.

»Mein Paket«, rief sie begeistert und deutete dann Richtung Zaun. »Ben, während ihr euch mit Viola und Nora rumgeärgert habt, waren wieder die zwei komischen Typen da! Die, von denen ich dir schon erzählt habe.«

»Die angeblich den Hof kaufen wollen?« Ben hielt diese Theorie noch immer für absurd. Da ging Omas Fantasie mit ihr durch.

»Ja, genau die! Sie haben schon wieder Fotos gemacht und sind dann abgehauen. Ich sag es dir: Die spionieren uns aus, um uns die Plantage wegzunehmen.«

»Das sollen sie mal versuchen. Hier ist doch eh nichts zu holen. Apropos holen. Hast du Nora gesehen?«

Oma nickte fleißig. »Aber klar! Du musst da lang. Ich vermute, sie ist runter zum Steg.«

Das hatte er ebenfalls bereits überlegt. Er nickte seinem Freund zu und hielt auf das Tor im Zaun zu. Seit jeher wurde es nicht abgeschlossen, und er hatte die Angewohnheit beibehalten. Sobald er hindurchgetreten war, blieb er erst einmal stehen und genoss den Anblick der Bäume. Die ersten trugen bereits zarte Blüten. Hier und da glitzerte es rosa und weiß. Es sah aus wie Schneeflocken zwischen dem Grün der Blätter. Reihe um Reihe der zarten Obstbäume erstreckte sich vor seinem Auge. Es würde nicht mehr lange dauern, bis sie in voller Blüte standen.

Ben spürte, wie er ruhiger wurde. Die Anspannung nach dem Kampf zwischen Viola und Nora ließ von ihm ab, und die sanfte Atmosphäre der vom Wind schaukelnden Zweige übertrug sich auf ihn. Das hier war es, wofür er kämpfte. Wofür er sich abmühte, sich ständig mit Viola stritt und zwischen ihr und Oma Enne zu vermitteln versuchte. Und jetzt mischte auch noch Nora mit.

Nora.

Er folgte einer breiteren Treckerspur zwischen den Bäumen entlang und gelangte so zu einem ersten Graben, den sogenannten Wettern. Die gesamte Apfelplantage war davon durchzogen, um die Marschenlandschaft zu entwässern. Kleine Kanäle führten zu größeren, bis diese schließlich in der Elbe mündeten.

Es dauerte nicht lange, bis er Nora fand. Sie hockte auf dem Steg am alten Schwimmteich und ließ die Beine baumeln. Die Birkenstocksandalen standen unbeachtet neben ihr. Natürlich ordentlich abgestellt. Ihre nackten Füße waren dadurch nur eine Handbreit vom dunklen Wasser entfernt. Um diese Jahreszeit sprudelte es in den Kanälen. Da es in der Nacht geregnet hatte, war alles feucht und nass.

»Na, das war ja eine Show«, sagte Ben zu Nora. Er wusste, dass er sie am ehesten in ein Gespräch verwickelte, wenn er sie provozierte.

»Freut mich, dass es dir gefallen hat. Die Zugabe folgt heute Abend.« Nora blickte weiter stur auf das Wasser, doch Ben war klar, dass ihr die Szene peinlich war.

Gut so. Das sollte es auch sein.

Er ließ sich neben ihr auf dem Steg nieder und legte ihr wie selbstverständlich die Jacke über die Schultern. Sie zu fragen, würde nichts bringen. Sie hätte Nein gesagt. Da war es besser, einfach zu bestimmen. Nora roch durchdringend nach Modder und Gras, aber auch ganz unverwechselbar nach Apfelblüte und Honig. Ihm war klar, dass er sich diesen Duft vermutlich nur einbildete. Sie hatte schließlich sein Duschgel benutzt. Und dennoch … da hing ein Hauch von Nora über ihnen.

»Ich habe dir Schuhe mitgebracht und eine Mütze. So wie sie aussieht, hat sie Oma Enne höchstpersönlich gestrickt.«

Er stülpte sie Nora einfach über den Kopf und musste lächeln. Sie sah niedlich aus mit den Bommeln an den zwei Zipfeln und den viel zu dicken Ohrenschützern. »In den Schuhen sind sogar noch Socken. Vermutlich getragen, aber wenigstens trocken.«

Er reichte ihr die dicken Stricksocken und wartete, bis sie sie umständlich angezogen hatte. Dann begann er zu schimpfen. »Ihr zwei habt euch wie kleine Kinder benommen. Nein. Schlimmer als Kinder. Wie zwei Babys, die sich mit ihren Rasseln erschlagen wollen. Deine arme Mutter! Was hast du dir denn dabei gedacht?«

»Ich habe gar nichts gedacht. Ich habe nur reagiert. Viola reizt mich schon, sobald sie mich ansieht.« Nora überlegte. »Verdammt. Ich muss mich bei ihr entschuldigen«, sagte sie schließlich düster.

»Definitiv.«

»Und bei Mama.«

»Bei ihr ganz besonders. Sie ist am Boden zerstört. Wenn ihr zwei euch nicht um euretwillen vertragen könnt, dann tut es doch wenigstens für eure Mutter.«

»Mein Gott! Wann bist du so weise und vernünftig geworden?«

Ben wusste nicht genau, was er darauf sagen sollte. Nach Noras Fortgang war er zunächst abgestürzt. Und wie! Doch irgendwann hatte er die Kurve gekriegt und … ja … vermutlich war er tatsächlich vernünftig geworden.

»Ich habe auf die harte Tour gelernt, dass man mit schlechter Laune und Aggressivität nicht weit kommt«, antwortete er ausweichend.

Nora sah ihn einen Moment schweigend an, dann zog sie eine Augenbraue hoch. »Deswegen auch dein Phallussymbol in deinem Wohnzimmer?«

»Welches … meinst du etwa den Boxsack?«

»Genau den. Kein normaler Mensch hängt sich so ein hässliches Teil derart omnipräsent in die Wohnung.«

»Kein normaler Mensch sortiert fremde Bücherregale oder Kühlschränke. Oder verschwindet einfach von einem Tag auf den anderen.«

»Was das angeht, darfst du dir gerne selbst die Schuld geben.«

»Ach, komm schon, Nora! Wir wissen beide, dass das nicht die volle Wahrheit ist.« Bens Ärger wallte so heftig auf, dass es ihn selbst überraschte. War es jetzt so weit? Würde er sich endgültig mit Nora über die eine Sache zerstreiten? Hoffentlich nicht! Er wollte sie nicht in die Flucht treiben, aber er konnte auch nicht länger schweigen.

»Willst du etwa sagen, dein Fremdgehen war für mich nur eine willkommene Ausrede, um dramatisch fortzugehen?«, fragte Nora provokant.

Ben zögerte. Das klang nach einer typischen Nora-Falle. »Ja, genau das meine ich«, sagte er misstrauisch.

Sie starrte ihn an. Ein, zwei Sekunden. So intensiv, dass er eine Gänsehaut bekam und nur mit Mühe ihrem Blick standhalten konnte. *Schau nicht auf ihren Mund*, dachte er. *Konzentrier dich!*

»Stimmt. Du hast recht.« Sie sagte es so selbstverständlich, dass Ben beinahe die Bedeutung dieser Worte verpasst hätte.

»Ich hab recht?«, fragte er völlig überrumpelt. Mit diesem Eingeständnis hatte er wahrhaftig nicht gerechnet.

»Ja. Was deinen Kuss angeht mit Helen, musst du mit deiner Scham leben. Aber ich war schon vorher angeschlagen, sodass es mich härter getroffen hat, als es sollte. Unter anderen Umständen hätte ich vielleicht mit deiner Tat wie ein vernünftiger Mensch umgehen können. Ich hätte dich angeschrien, mit dir Schluss gemacht, dich gehasst … aber ich wäre nicht so dramatisch abgehauen und für so viele Jahre abgetaucht. Helens Verrat kam noch obendrauf. Ihr zwei habt mich quasi niedergestreckt und mir den Rest gegeben. Du hast damit meinen Glauben an die Männerwelt komplett zerstört.«

Verdammt, dachte er finster. Das war richtig schlecht gelaufen. Offenbar steuerten sie jetzt doch auf einen handfesten Streit zu. »Es war nur ein Kuss. Und wir waren fast noch Teenager«, verteidigte er sich. »Du warst seit Monaten so komisch zu mir. Wann immer ich mich mit dir verabreden wollte, hattest du keine Zeit. Wenn ich zu euch kam, bist du mir aus dem Weg gegangen. Und sobald ich versucht habe, dich in den Arm zu nehmen, bist du so steif wie ein Brett geworden. Aber statt mit mir zu reden, hast du so getan, als sei nichts. Das hat mich völlig aus der Bahn geworfen.«

»Ach? Jetzt bin ich schuld daran, dass du fremdgegangen bist?«

»Ich bin nicht fremdgegangen! Ich … ich habe lediglich eine andere geküsst.«

»In diesem Alter ist das wie fremdgehen! Und was heißt hier lediglich? All unsere Freunde haben von diesem Kuss am Lagerfeuer erzählt. Alle! Jeder auf der Straße hat mich gefragt, ob wir getrennt sind. Jeder hat gedacht, dass du jetzt mit Helen zusammen bist. Du hast dich auch nicht wirklich bemüht, das richtigzustellen.«

»Alles, was ich gesagt hätte, hätte sich wie eine Ausrede angehört. Die Leute waren mir auch völlig egal. Lass sie reden, hab ich mir gedacht. Aber dass du nicht mit mir sprechen wolltest – das war das eigentliche Problem.«

»Ich hatte dir nichts zu sagen. Du bist ohne mich auf eine Party gegangen. Du hast in aller Öffentlichkeit mit einer anderen rumgeknutscht. Damit hast du mit mir Schluss gemacht, ohne mit mir zu sprechen. Das war deutlich und bedurfte keiner weiteren Worte mehr.«

»Und einfach zu verschwinden, ist dann deine Art, mit so etwas umzugehen?«

Ben war es so leid, sich wegen seines Fehlers vor acht Jahren ständig in die Wolle zu bekommen. Mit seiner Mutter, mit Werner, mit Viola – und jetzt mit Nora.

Noras Gesicht war vor Aufregung ganz rot geworden. »Du hast mir sehr wehgetan. Ich habe dir vertraut wie keinem anderen. Du wusstest alles über mich. Alles!«

»Eben nicht! Du hattest dich verändert, bist stiller geworden, nachdenklicher. Etwas hat dich beschäftigt und dir schlaflose Nächte bereitet. Du hast mir dein Vertrauen entzogen. Aus irgendeinem Grund war ich es plötzlich nicht mehr wert, dein Geheimnisträger zu sein. Der Kuss ist einfach passiert.«

»Einfach so?«

»Einfach so.«

»Dann ist das hier auch einfach so passiert.«

Ben sah es nicht kommen und reagierte daher viel zu spät.

Nora warf sich unvermittelt gegen ihn und schubste ihn mit aller Kraft und voller Wut vom Steg. Er kam nicht mal mehr zum Schreien – da war er schon im Wasser. Weil er sich nicht abfangen konnte, tauchte er einmal komplett unter, ehe er im Schlick Halt fand und sich aufrichtete, sodass er nur noch bis zur Hüfte im Wasser stand. Prustend wischte er sich die Tropfen aus den Augen.

»Das war für den Kuss«, sagte Nora düster vom Steg aus. Sie saß noch immer seelenruhig da und musterte ihn von oben herab.

Für eine Sekunde wog er seine Möglichkeiten ab, dann entschied er sich. Blitzschnell packte er Noras Knöchel und zog kräftig daran. Nora kreischte und trat nach ihm, doch es nützte ihr nichts. Nur Sekunden später lag auch sie im Wasser und prustete und fluchte.

»Das war fürs Abhauen ohne Nachricht. Wir sind beinahe gestorben vor Sorge um dich«, sagte er trocken und musste sich ducken, da Nora ihn wie wild mit Wasser bespritzte.

Im ersten Moment konnte er den Laut nicht zuordnen, aber dann erkannte er ihn: Sie lachte. So hell und ausgelassen, dass er automatisch grinsen musste.

Nora lachte. Und wie! Sie wirbelte so viel Wasser auf, dass er kaum noch geradeaus gucken konnte. Schlamm spritzte ihm um die Ohren. Er revanchierte sich und bespritzte sie nun ebenfalls, aber eher halbherzig. Sie durfte ihn mit so viel Wasser überschwemmen, wie sie wollte. Hauptsache, sie lachte weiter.

Ehe er sich versah, befand er sich in einer wilden Wasserschlacht. Sie schaffte es noch zwei Mal, ihn zu Fall zu bringen. Ehrgeizig und wendig – so war sie schon immer. Er lachte mit ihr, obwohl ihm eiskalt war. Es war in diesem Moment egal. Ja, er war Nora noch immer böse. Sie hatte ihm den schwarzen Peter zugeschoben, für alles, was in der Vergangenheit schiefgelaufen war, und damit sein Leben total verändert. Und dennoch: Das hier war Nora. Seine Nora! Sein Herz flog ihr noch immer zu, ob er es wollte oder nicht. Er wollte nicht, dass sie litt. Im Gegenteil: Um dieses ausgelassene Lachen weiter hören zu dürfen, würde er sich sogar den schlimmsten Schnupfen seines Lebens holen.

Während sie miteinander tobten, hatten sie sich vom Steg entfernt. Das Wasser war hier deutlich tiefer, sodass sie teilweise kaum noch stehen konnten.

»Wer zuerst beim Steg ist, darf sich was wünschen«, keuchte Ben in einem kurzen Moment der Feuerpause. Er warf Nora einen Blick zu, die diesen mit Ehrgeiz in den Augen erwiderte.

Sie war schon immer die bessere Schwimmerin gewesen. Daher nickte sie und stürmte los.

Ben erwischte einen Fuß von ihr und zog sie zurück, gewann dadurch etwas Vorsprung.

»Du mogelst«, kreischte Nora empört, doch Ben ignorierte den Protest. Statt zu schwimmen, watete er mit großen Sprüngen durch das Wasser. Jetzt machte sich sein jahrelanges Training auf der Apfelplantage bemerkbar. Nora lag um Längen hinter ihm.

Er erreichte den Steg und klatschte begeistert dagegen. »Gewonnen«, rief er.

Nora kam gut fünf Sekunden später an und keuchte dabei laut. Ihre Lippen waren blau verfärbt, aber ihre Wangen leuchteten rot vor Anstrengung. Sie hatte alles gegeben, um ihn doch noch einzuholen. Typisch Nora.

Sie funkelte ihn an. »Du hast gemogelt!«

»Beim Toben und Wettschwimmen ist alles erlaubt. Deine Worte von vor über zehn Jahren. Ich darf mir jetzt was wünschen, und du musst dich dran halten.«

Nora zog eine Augenbraue in die Höhe. »Vergiss es. Ich gehe nicht auf die Beerdigung meines Vaters.«

Ben kam kurz ins Schleudern. An die Beerdigung hatte er nicht einmal gedacht. Stattdessen keimte eine andere Idee in ihm auf. Ihm war klar, dass seine Zeit auf der Plantage ablief, und für den Fall seines Fortgangs brauchte er eine Lösung. Und die stand vor ihm. »Ich wünsche mir, dass du dir die Apfelplantage mit mir ansiehst. Gib mir einen Tag, um dir die Probleme vor Augen zu führen. Und du musst mit zum Markt! Ich hasse es, dort Oma Ennes neugierigen Freundinnen zu begegnen und ihnen Bericht zu erstatten.«

»Der Markttag ist jetzt deine Aufgabe?«, fragte sie ungläubig.

Ben sah sie ernst an. »Seit einiger Zeit ist hier alles meine Aufgabe. Oma Enne sitzt im Baum, also muss ich zum Markt. Viola konzentriert sich nur noch aufs Café, also muss ich mich um die Plantage kümmern. Deine Mutter … Sie ist gerade Witwe geworden und kann sich im

Moment nicht um die Arbeit kümmern, das ist doch klar. Also? Deal? Denk dran: Du hast verloren!«

Nora nickte. »Also gut. Ich guck mir die Plantage an und fahr mit dir zum Markt. Aber vorher muss ich noch etwas Wichtiges erledigen.« Sie stemmte sich blitzschnell auf seine Schultern und drückte ihn wild kreischend unter Wasser.

Ben prustete und grinste so breit wie selten zuvor in den letzten Wochen. Doch das sah sie natürlich nicht, da sein Kopf unter Wasser war.

Vielleicht steckte doch noch die alte Nora in ihr. Er musste sie nur weiter hervorlocken, indem er sie reizte. Und vielleicht würde er auf diese Weise auch endlich die volle Wahrheit erfahren. Selbst wenn er sich allmählich fragte, ob er diese überhaupt wissen wollte.

#cleversiegen

Führe nur die Kriege, die du auch gewinnen kannst.
(Aus: Kriegserklärungen leicht gemacht)

Nora

Ihre Mutter öffnete ihr die Tür und starrte Nora einen langen Moment verblüfft an. »Was ist denn mit dir passiert?«

»Ben hat mich ins Wasser gezogen, damit ich mein hitziges Temperament abkühlen kann. Mama! Es tut mir so leid.« Nora tropfte und roch nach Brackwasser. Trotzdem nahm ihre Mutter sie sofort in die Arme und zog sie in die Diele.

»Danke«, hauchte Vera in Richtung Ben.

»Ich tunke sie jederzeit gerne wieder unter Wasser«, hörte Nora Ben sagen und konnte sein breites Grinsen förmlich hören. Sie drehte sich im Arm ihrer Mutter herum, um ihm einen gespielt bösen Blick zuzuwerfen. Ben nickte ihr zu. »Ich hole dich dann gleich zur Arbeit ab, also nicht trödeln.«

»Ich dusche schnell, dann bin ich bei dir.« Sie schloss die Haustür vor seiner Nase und wandte sich wieder zu ihrer Mutter um. Die hatte die Augen weit aufgerissen und lächelte schwach.

»Soso. Du und Ben … ihr wollt zusammen arbeiten?«, fragte sie provokant.

»Jetzt hör mal nicht gleich die Hochzeitsglocken läuten. Ich hab Ben nur versprochen, mir schädlingsbefallene Bäume anzugucken, und fahr mit ihm zum Markt. Es ist Freitag, Mama. Markttag in Jork.«

Anders als in vielen Städten fand der Wochenmarkt hier nachmittags statt. Das gab ihnen noch etwas Zeit, um alles vorzubereiten.

Nora reckte den Hals und sah sich suchend um. »Ist Viola da?«

»Die ist einkaufen gefahren. Nächstes Wochenende rechnen wir mit vielen Gästen im Café. Die Apfelblüte steht bevor, und in drei Wochen ist Blütenfest.« Ihre Mutter rang sich ein schwaches Lächeln ab. »Wie wäre es, wenn ich uns einen heißen Tee zubereite, du duschen gehst und ich dir ein paar Kleider herauslege? Danach können wir uns unterhalten.«

Nora nahm den Vorschlag dankbar an. Das gab ihr etwas Zeit, sich zu akklimatisieren. Kaum zu fassen, dass sie sich wieder in ihrem Elternhaus befand. Es fühlte sich falsch und gleichzeitig vollkommen richtig an. Die Zimmer rochen noch genauso wie früher: Der Rauch des Kamins hatte sich in den Wänden festgebissen und vermischte sich mit dem von Äpfeln und Anfeuerholz, das in der Ecke gestapelt war. Auch optisch hatte sich nicht viel verändert. Im Flur ruhten noch immer die gewaltigen, kunstvoll verzierten Holztruhen, in denen früher die Mitgiften der Bräute und die wichtigsten Unterlagen der Hausbewohner aufbewahrt worden waren. Damals war das Alte Land häufig überschwemmt worden. Mithilfe der Truhen waren die wertvollsten Besitztümer schnell und einfach herausgeschafft worden.

Am Ende des Flurs stand ein dazu passender Schrank. In dem Monstrum waren all die Pelzmäntel untergebracht, die heutzutage niemand mehr tragen wollte.

Noras Blick fiel auf die Hochzeitstür direkt gegenüber der eigentlichen Haustür. Die meisten Leute hielten die kunstvoll verzierte, grün lackierte Tür für den normalen Eingang, aber so war es nicht. Diese Türen wurden nur bei Hochzeiten, Bränden oder in Todesfällen geöffnet. Automatisch bekam sie eine Gänsehaut, als sie an ihren Vater dachte. War er durch diese Tür hinausgetragen worden?

Sie verdrängte den Gedanken, verschwand rasch im braunbeige gekachelten Bad und sprang unter die Dusche. Auf einem Hocker entdeckte sie die Kleidung, die ihr ihre Mutter in der Zwischenzeit hingelegt hatte. Zunächst hatte Nora sie für Violas Sachen gehalten, aber dann erkannte sie den alten Apfelbaum, der auf den Pullover gestickt war. Es waren ihre eigenen abgelegten Kleidungsstücke. Ihre Mutter musste sie aufgehoben haben.

Unauffällig schnüffelte sie daran, was eine Welle alter Erinnerungen heraufbeschwor. Gute und schlechte zugleich. Sofort war sie so aufgewühlt, dass sie kaum denken konnte. Um sich zu beruhigen, sortierte sie zunächst die verschiedenen Duschgele der Farbe nach und drapierte sie wie kleine Wellnessoasen an strategisch passenden Punkten im Bad. Sie wischte schnell den Spiegelschrank ab und lächelte, als sie das alte Post-it ihrer Mutter entdeckte. Die Schrift darauf war verblasst und kaum noch leserlich, aber es klebte noch immer an derselben Stelle.

Bitte lächeln, stand dort. Selbst nach Jahren funktionierte die Aufforderung noch. Nora lächelte.

Dann zog sie sich an und tappte deutlich entspannter in die Küche zu ihrer Mutter. Die saß bereits am Holztisch und trank aus einem riesigen Becher Tee. Ein Handy lag vor ihr. »Sie kommt gerade rein«, sagte sie, sobald sie ihre Tochter im Türrahmen bemerkte. »Schau!«

Sie hob das Handy und drehte es so, dass Nora das Gesicht ihrer Oma erkannte.

Automatisch winkte sie. »Hallo, Oma.«

»Na, du Schlammcatcherin! Wieder sauber? Ben und du hattet es ja ganz schön eilig, an meinem Baum vorbeizuhasten.«

»Uns war kalt. Wir sind im Teich schwimmen gegangen.«

Oma lachte. »Ihr habt euch gegenseitig reingeschubst, nicht wahr?«

Nora bemerkte, wie sie rote Ohren bekam. Hastig setzte sie sich so hin, dass ihre Oma sie nicht mehr voll im Blickfeld hatte. Dann schenkte sie sich warmen Tee ein. »Wir hatten da was zu klären«, sagte sie ausweichend.

Es rumpelte im Flur. Sekunden später tauchte Ben in der Wohnküche auf. Seine Haare glänzten ebenfalls noch feucht, und er hatte sich umgezogen. Statt Jeans und Pullover trug er jetzt einen grünen Arbeiteroverall, den Waldarbeiter bevorzugten. Die Hände hatte er tief in den Taschen vergraben, und er wirkte so, als hätte er es schrecklich eilig.

»Können wir?«, fragte er Nora und nickte ihrer Mutter lediglich zum Gruß zu. »Bevor Viola kommt und uns aufhält.«

Ihre Mutter gab einen tiefen Stoßseufzer von sich. »Für Viola ist das alles auch nicht leicht. Ihr dürft jetzt keine Front gegen sie bilden. Das macht alles nur noch schwieriger. Könnt ihr euch nicht mit ihr in Ruhe hinsetzen und alles ausdiskutieren?«

»Das machen wir. Versprochen«, sagte Nora rasch, bevor sie das Thema weiter vertiefen konnten. Sich mit Viola aussprechen? Mittlerweile hielt sie das für unmöglich. Daher lenkte sie die Gedanken ihrer Mutter in eine andere Richtung. »Lass mich erst einmal in Ruhe eine Bestandsaufnahme vom Hof machen, ja? Da ist Ben einfach der objektivere Führer. Viola würde sich sofort angegriffen fühlen, sobald ich auch nur schief gucke.«

»Da hat sie recht«, mischte sich Oma ein und gab ein seltsames Schnaufen von sich.

Sofort war Nora alarmiert. »Warum keuchst du so komisch? Geht es dir nicht gut?«, fragte sie misstrauisch.

»Ich lade meine Akkus auf. Dank meines neuen Trimmrades kann ich das jetzt selbst und muss nur strampeln. Ich hab so lange auf die Leute vom Elektronikhandel eingeredet, bis sie mir das Rad per Express geschickt und mit dem Kran hier raufgehievt haben.«

Nora wollte lieber nicht wissen, wie sehr Oma Enne genervt hatte. Augenblicklich hatte sie Mitleid mit den armen Angestellten. Doch ein Problem nach dem anderen. Hastig stand sie auf, trank ihre Tasse aus und lächelte ihre Mutter aufmunternd an. »Wir sprechen später in Ruhe miteinander, ja?« Sie sah die ungestellten Fragen in den Augen ihrer Mutter ganz genau. »Später«, flüsterte sie ihr noch einmal ins Ohr, dann folgte sie Ben nach draußen.

Auf dem Vorplatz wartete bereits sein Jeep, den Ben mittlerweile aus Jork zurückgeholt hatte. Es war ungewohnt, sich neben ihn auf den Beifahrersitz zu setzen. Früher waren Ben und sie mit ihrem Vater in die Plantage hineingefahren. Ab und zu hatte er sie dort heimlich fahren lassen, aber in der Regel saß Werner immer hinter dem Steuer.

Ben fuhr ein ganzes Stück auf der Hauptstraße, ehe er in einen Wirtschaftsweg einbog. Sofort ahnte Nora, wohin es ging. »Macht der Schorf-Pilz immer noch Probleme?«, fragte sie. In diesem Bereich der Plantage hatten sich der Apfelschorf und auch der echte Mehltau eingenistet.

»Ja. Es wird immer schlimmer. Ich wollte diesen Bereich mit Schorfresistenten Apfelsorten bepflanzen, aber Viola scheut das Risiko. Mir wäre es lieb, wenn du mal einen Blick drauf wirfst.« Schon wieder dieser merkwürdige Unterton. Was war hier los?

Nora musterte Ben kurz, doch der hielt seinen Blick starr auf die Bäume gerichtet. Also tat sie das auch. Sofort wurde sie von Ruhe erfüllt. Sie liebte die Knospen, die bereits ein wenig aufsprangen. Das Gras zwischen den einzelnen Reihen glänzte feucht und herrlich grün. Sie entdeckte Gänseblümchen und Pusteblumen dazwischen. Über allem hing der friedvolle Geruch nach nassem Gras und Blüten.

Leider entdeckte sie auch beunruhigende Dinge. Eine Weile sog sie den Eindruck lediglich in sich auf, dann schnappte sie sich einen Stift und einen Block aus der Mittelkonsole des Wagens und begann, sich Notizen zu machen. Ben ließ sie gewähren und fuhr lediglich langsamer, um ihr mehr Zeit für ihre Musterung zu geben.

»Halt mal an«, sagte Nora schließlich und sprang schon aus dem Wagen, bevor Ben ganz gestoppt hatte. Sie zupfte ein Blatt vom Stock und musterte es eingehend. In der Mitte entdeckte sie bereits olivgrüne bis bräunliche Flecke. Die Apfelsorte Jonagold war seit jeher recht anfällig für Pilze. »Das wird ein Schorfjahr«, prophezeite sie düster. »Das Frühjahr ist bis jetzt zu nass. Gleichzeitig steigen die Temperaturen zu stark an.« Ihr Blick richtete sich auf den Boden. »So ein Mist. Ben! Habt ihr das befallene Laub nicht richtig aufgesammelt?«, fragte sie vorwurfsvoll.

»Ich habe mich bemüht, aber wir mussten Arbeiter entlassen, und als es deinem Vater immer schlechter ging, blieb die Arbeit fast gänzlich liegen. Ich hab so viel weggeräumt, wie ich konnte, und Schwefel gegen den Pilz gespritzt. Offenbar war das nicht genug.«

Nein, dachte Nora traurig. Auf den alten Blättern saß noch der Pilz. Sobald es wärmer wurde, befiel er durch verspritzte Regentropfen die keimenden Äste. Noch sah es lediglich unschön aus, doch leider wuchsen die Früchte an solchen Bäumen eher kümmerlich. War der Befall zu stark, verfärbten sich die Äpfel genau wie die Blätter braun. Im Moment hatten die Bäume lediglich so etwas wie eine Erkältung. Nun lag es in den Händen des Apfelbauern, eine schwere Lungenentzündung zu verhindern.

Kaum hatte sie das gedacht, spürte sie die alte Aufregung tief in ihrem Inneren. Das Kribbeln und Krabbeln, das sie erfasste, sobald sie eine kaum lösbare Aufgabe vor sich sah. Der Ehrgeiz überschwemmte sie so unvermittelt, dass sie kaum stillstehen konnte. Gleichzeitig fühlte sie sich so lebendig wie nie.

Es würde schwierig werden, diesen Teil der Plantage wieder zu einem blühenden Paradies zu machen. Aber es war möglich.

Nora verdrängte dabei den beunruhigenden Gedanken, dass sie das eigentlich alles nichts anging. Viola war da deutlich geworden. Nora war nicht erwünscht. Doch es ging nicht nur um Violas Wohl. Sie hatten Verantwortung gegenüber den Mitarbeitern. Dem Rest der Familie.

Und außerdem liebte Nora diese Arbeit!

Lebe für den Moment, um das Glück zu atmen. Das war der Leitspruch ihrer Lieblingsautorin für Lebensratgeber Tamara Winter. Nora hatte den Satz immer albern gefunden, doch in diesem Augenblick klammerte sie sich daran.

Innerhalb von Sekunden hatte sie einen exakten Schlachtplan in ihrem Kopf ausgeheckt. »Wir besprühen die Bäume mit Kupfer und packen Hornmist und Bierhefeextrakt auf die Grasnarbe. Vorher holen wir so viel Laub raus, wie wir können. Um die Bäume zurückzuschneiden, ist es jetzt zu spät, aber sollten sie in zehn Tagen nicht besser aussehen, müssen wir mit härteren Präparaten ran. Es hilft ja nichts. Wenn die Blüte vorbei ist, müssen wir die Baumreihen lichten. Da muss mehr Luft ran. Sehen alle Teile der Plantage so aus?«

Ben schüttelte den Kopf. »Das hier ist mein Sorgenkind. Ich habe mich auf andere Bereiche konzentriert, weil ich nicht mehr alles schaffen konnte. Deine Familie ist eigentlich komplett ausgefallen. Das meine ich nicht mal böse. Es war alles etwas viel in letzter Zeit.«

Nora erinnerte sich nur zu gut an Violas grimmige Ausführungen. Schon vor Papas Tod war hier einiges schiefgegangen. »Wie kommt es, dass so viel liegen geblieben ist?«, fragte sie vorsichtig.

»Wir hatten ein ziemlich schlimmes Jahr. Werners Krebsdiagnose hat uns kalt erwischt, und dass er so schnell abbauen würde, war für uns nicht vorhersehbar. Vera hat das alles ziemlich mitgenommen. Sie war vor Trauer so geschwächt, dass sie manche Tage nicht aus dem Bett gekommen ist. Zu allem Unglück hat sich dann auch noch Oma Enne die Hüfte ausgerenkt, als sie versucht hat, Werner im Rollstuhl zu den Bäumen zu schieben. Ich habe beinahe die Krise bekommen.«

Er klang so unfassbar traurig, dass es Nora in der Seele schmerzte. Dabei war es ihr Vater, von dem er sprach. Doch zum ersten Mal wurde ihr richtig klar, wie sehr Ben an ihm gehangen hatte. Er war auch für ihn wie ein Vater gewesen.

»Papa hat dir sehr geholfen, nicht wahr?«, fragte sie leise.

Ben nickte lediglich und drehte sich von ihr fort. Vermutlich, damit sie seine Tränen nicht sah. Nora war tief getroffen und starrte eine Weile seinen Rücken an, unsicher, was sie tun sollte. Ihn trösten? In Ruhe lassen? Gar umarmen? Alles fühlte sich falsch und gleichzeitig richtig an.

In der Sekunde straffte sich Ben, atmete tief durch und wandte sich ihr wieder zu. »Und? Was sagst du zu den Bäumen?«, fragte er betont lebhaft. Ein eindeutiger Hinweis für sie, den emotionalen Ausbruch zu ignorieren.

Er hatte recht. Statt in der Vergangenheit zu bleiben, mussten sie nach vorne sehen. »Wie viel Zeit haben wir, bis du zum Markt musst?«, antwortete sie im gleichen Tonfall.

»Ich? Du meinst ›Wir‹. Du hast das Wettschwimmen verloren. Schon vergessen?«

Nora wollte nicht zum Markt. Dort würde sie viele Leute treffen, die sie nicht sehen wollte. Leute, die Fragen stellen würden. Die ihr herzliches Beileid wünschen wollten. Doch als sie in Bens entschlossenes Gesicht blickte, wusste sie, dass sie keine Wahl hatte.

»Na gut«, brummte sie. »Aber vorher haben wir hier noch so einiges zu erledigen. Ich schreib dir eine Einkaufsliste für biologische Präparate. Mit der Chemiekeule will ich noch nicht rangehen. Das schaffen wir auch so.«

Sie lächelte Ben zu, und er erwiderte es vorsichtig. Dabei wirkte er erleichtert. Die Schatten unter seinen Augen wurden etwas kleiner, der gestresst zusammengepresste Mund entspannte sich ganz leicht. Er war froh über ihre Hilfe. Vielleicht zu froh. Nora war sich nämlich nicht ganz sicher, wie Viola es sah, wenn sie sich einmischte.

Aber es wäre ja eh nicht von Dauer. Nora konnte nicht lange bleiben. Unmöglich. Die Arbeit in Köln wartete auf sie, und auf der Plantage hatte sie keinen Platz mehr. Das hatte Viola hinreichend klargestellt. Und doch spürte Nora ganz deutlich, wie sie das Apfelfieber gepackt hatte. Wie sehr hatte sie die Arbeit in der freien Natur vermisst. Das hier war etwas, in dem sie richtig gut gewesen war. Sie hatte ein Gespür für die Spalierbäume entwickelt, das beinahe an das Fachwissen ihres Vaters heranreichte. Ein Wissen, das während ihrer Arbeit als Buchhalterin tief geschlummert hatte. Es machte ihr Spaß, es nun wieder aufzuwecken.

Diese Bäume konnten gerettet werden. Mit ein wenig Liebe, viel Fürsorge und natürlich ganz viel Arbeit. Doch das ging nicht an einem Wochenende. So etwas brauchte Zeit.

»Bleibst du noch etwas bei uns?«, fragte Ben, als hätte er ihre Gedanken gelesen.

Nora wollte im ersten Moment verneinen, aber das kam ihr dann doch nicht über die Lippen. Sie nickte schweigend und sah genau, wie die Hoffnung noch deutlicher in Bens Augen aufblitzte. Sie waren schon immer ein gutes Team gewesen. Eingespielt, aber nicht komplett abhängig voneinander. Sie hatten bereits als Jugendliche unterschiedliche Meinungen über den Obstanbau gehabt und reichlich darüber diskutiert. Ihr Vater hatte das immer unterstützt, denn letztlich war der Kompromiss meist die beste Lösung.

»Ich helfe dir«, versprach sie feierlich. Ihr Herz jubelte, während sich in ihrem Magen ein gigantischer Knoten formte. Wie sollten Ben und sie miteinander umgehen, wenn so viel zwischen ihnen stand? Noch mehr, als Ben ahnte.

Doch egal, wie sie es drehte und wendete: Letztlich hatte sie sich bereits entschieden. Sie wollte helfen.

Sie verbrachten die nächsten Stunden damit, die Plantage in Augenschein zu nehmen. Dabei umfuhren sie den alten Bauernhof möglichst großräumig, um nur ja nicht Viola zu begegnen.

»Sie hat das Café in den letzten Wochen geschlossen«, erzählte Ben unvermittelt. »Der Tod eures Vaters hat sie tief in die Krise gerissen. Sie ist tagelang nicht aufgestanden.«

»Viola?«, fragte Nora ungläubig. »Sprechen wir hier von meiner Schwester?«

Ben nickte bestätigend. »Ich dachte mir, du solltest das wissen. Um sie besser einzuschätzen. Und um solche … äh … Machtkämpfe wie heute Morgen zu vermeiden. Violas Nerven sind zurzeit derart angespannt, dass sie bei der kleinsten Kleinigkeit völlig ausflippt. Ich will damit ihr Handeln nicht entschuldigen, aber zumindest erklären. Ich glaube, sie kämpft mit Panikattacken. Ihr ist klar geworden, dass die Verantwortung für den Familienbetrieb jetzt auf ihren Schultern lastet. Daher geht sie den sicheren Weg und sperrt sich gegen Veränderungen. Sobald man ihr mit Neuerungen kommt, wird sie biestig. All das macht es natürlich nicht leichter.« Er warf ihr einen kurzen Blick zu. »Ich bin froh, dass du zurück bist.«

Noras Herz machte einen kleinen Sprung.

Sie stoppten an der hinteren Lagerhalle und stiegen aus. Hier stapelten sich leere Apfelkisten bis zum Dach und warteten darauf, im Herbst gefüllt zu werden. Daneben stand der Vorratsschuppen und zwischen den Gebäuden der Wagen für den Wochenmarkt. Er wirkte viel kleiner als in ihren Erinnerungen. Und viel dreckiger. Der sonst so leuchtend fröhliche Schriftzug *Mit Liebe hausgemacht* wirkte kraftlos und grau. Als sei die Trauer der Familie auch darauf übergegangen. Aber nicht nur das!

Nora rümpfte die Nase, als sie die vielen Einmachgläser im Vorratsschuppen begutachtete. »Die Etiketten kann man kaum lesen, und wo sind die süßen rot-weiß gestreiften Häubchen auf dem Deckel? Das sah immer so hübsch aus und war unser Markenzeichen mit dem Bändchen drum.«

»Das hat Viola vor etwa einem Jahr abgeschafft. Wir hatten keine Zeit mehr dafür.«

Nora riss entsetzt die Augen auf. »Ernsthaft? Aber gerade diese Kleinigkeiten haben unsere Angebote doch so besonders gemacht.« Kaum hatte sie das gesagt, hätte sie es gerne zurückgenommen.

»Ich weiß, ich weiß«, sagte er harsch. »Wie konnten wir nur? Wir mussten nur leider so viele Dinge, die früher mit Liebe gemacht worden waren, auf die Schnelle erledigen. Da sind deine heißgeliebte Handwerkskunst und dein Verschönerungswahn auf der Strecke geblieben. Auf den ersten Blick ist es leicht für dich, das zu kritisieren. Aber ganz ehrlich, Nora? Uns ist nichts anderes übrig geblieben.«

Hastig hob Nora die Hände. »Schon gut«, sagte sie beruhigend. »Ich wollte dir keine Vorwürfe machen. Aber weißt du was? Deine heftige Reaktion entlarvt dich: Dir passt diese Veränderung auch nicht.«

Mit einem Ruck öffnete Ben die Ladeklappe des Marktautos. Jede seiner Bewegungen zeigte seine Verärgerung. »Natürlich gefällt mir das nicht«, sagte er nach einer Weile. »Aber man kann nicht alles gleichzeitig schaffen, also verschone mich mit deinem Perfektionswahn. Wenn uns die Bäume wegfaulen, weil ich hübsche Häubchen auf Einmachgläser stülpe, bringt uns das langfristig überhaupt nichts.«

»Aber wenn sich das Kompott nicht mehr verkauft, brauchen wir auch keine Riesenernte«, entgegnete Nora genauso scharf. Sie trat dicht neben ihn und legte ihm eine Hand auf den Arm. Ben erstarrte, als hätte sie ihn geschlagen. Wenigstens hörte er auf, wie ein Wahnsinniger Kartons in den Van einzuladen. »Atme mal tief durch und schau dich um, Ben. Mach dir die Kleinigkeiten bewusst. Die nackten Einmachgläser sind für dich zur Normalität geworden, doch sie wirken traurig und weinen leise vor sich hin. ›Mach mich wieder hübsch‹, rufen sie. ›Ich brauche meinen Hut‹, weinen sie.«

»›Nora spricht mit Einmachgläsern und ist verrückt‹, heulen sie«, spottete Ben.

Nora blieb ernst und hielt ihm vorwurfsvoll ein Weckglas unter die Nase. »Ich habe die Zahlen vom Markt gesehen. Der lohnt sich so überhaupt nicht mehr.«

»Das ist ein gängiges Problem. Die Leute gehen lieber in Supermärkte und kaufen da. Der Wochenmarkt ist zu unsexy für die jüngere Generation geworden.«

»Was unsexy ist, das sind diese hässlichen Einmachgläser. Stehen die so auch im Hofladen? Kein Wunder, dass der Miese einfährt.«

Das Glitzern in Bens Augen wurde gefährlich. »Es ist doch total egal, wie die Einmachgläser aussehen. Die Leute wissen, dass unser Apfelmus das beste ist. Egal, in welcher Verpackung es daherkommt.«

»Eben nicht! Dieses Mus sagt mehr als deutlich, dass es hastig ins Glas geklatscht worden ist. Deckel drauf, auf zum Markt. Die Leute spüren so etwas! Vielleicht haben die Kunden unbewusst bemerkt, dass die Liebe fehlt, und sind deswegen fortgeblieben. Sie haben bemerkt, dass ihr sie belügt, denn der Slogan ›Mit Liebe hausgemacht‹ ist ein Betrug.«

Ben verdrehte die Augen. »So können nur Frauen denken.«

»Das ist das Problem: So DENKEN Frauen, und so kaufen sie auch ein. Und da nun mal die meisten unserer Kunden weiblich sind, sollten wir so etwas nicht außer Acht lassen.«

Das war zu viel. Ben riss sich von ihr los und stapfte zum vordersten Karton voller Einmachgläser. Nora kam nicht umhin, seine Bewegungen zu bewundern. Beinahe mühelos hob er ihn an und trug ihn in den Wagen. Nora blieb nichts übrig, als zur Seite zu treten und ihn machen zu lassen.

»Ich habe dich mitgenommen, damit du mir hilfst. Nicht, damit du mir noch mehr Arbeit aufbrummst.«

»Wer sagt denn, dass ich dir Arbeit aufbrumme?«

Ben seufzte und stemmte gleichzeitig die Arme in die Seiten. »Ich kenne diesen Blick, Nora. Du hast bereits einen Plan in deinem kleinen

Köpfchen zusammengezimmert, der mir nicht gefallen wird. Und das bedeutet definitiv mehr Arbeit als zuvor. Du sollst mich entlasten!«

»Ich habe gesagt, dass ich dir helfe, diese Plantage auf Vordermann zu bringen. Und genau das mache ich. Du brauchst mich gar nicht zu beachten.« Mit diesen Worten war sie bereits in den Schuppen gewuselt und suchte dort nach einem ganz bestimmten Karton. Da war er nicht. Da nicht. Da auch nicht …

»Ich hab die Kiste oben ins Regal gestellt«, rief Ben ihr zu.

Der Mann konnte echt Gedanken lesen. Sie hob den Kopf und fand schon bald das Gesuchte. Er war sogar noch von ihr persönlich beschriftet. *Hübsche Karodeckchen* stand darauf. Sie streckte sich, kam aber nicht ran. Sofort sah sie sich nach einer Trittmöglichkeit um, wurde aber gleich darauf von Ben zur Seite gedrängt. So heftig, dass sie beinahe in einen Karton voller selbstgemachter Apfelchips gefallen wäre.

Sie quietschte entsetzt auf, als es unter ihren Händen knisterte. »Ben! Die sind in Plastik eingeschweißt.«

Ben antwortete erst, nachdem er mühsam den Karton mit den Deckchen vom Regal gezogen hatte. Sein Blick war finster. »Wir haben eine Kooperation mit den anderen Hofläden hier. Unsere Apfelchips werden jetzt zusammen mit den anderen produziert und kommen eingeschweißt zu uns. Das ist günstiger als die Weckgläser.«

Bevor Ben sie aufhalten konnte, hatte sie eine Tüte aufgerissen und sich zwei Chips in den Mund geschoben. Sie verzog das Gesicht. »Das schmeckt wie das billige Zeug aus dem Discounter. Ben! Ganz oder gar nicht. Diese Apfelchips haben keine Seele.«

»Zum Glück, sonst hätte ich echte Skrupel, sie zu essen.« Er bemerkte ihren bösen Blick. »Schon gut, ich weiß, was du meinst. Aber uns fehlt einfach die Kapazität, um das auch noch zu schaffen. Nimmst du sie bitte trotzdem mit? Die Dinger verkaufen sich, ob mit oder ohne Seele, ganz gut.«

Nora wollte sich im ersten Moment weigern, gab dann aber nach. Es brachte nichts, Veränderungen übers Knie zu brechen. Ob es wohl eine Verkaufsauswertung gab? Es wäre gut zu wissen, was wie wo gut lief. Nora notierte sich das in Gedanken und folgte Ben nach draußen. Der schob den Karton mit den Deckchen auf die Ladefläche und sah sie fragend an.

»Ich gehe davon aus, dass du die Einmachgläser sofort optimieren möchtest?«

»Aber natürlich! Es ist einfach unmöglich für mich, sie so zu verkaufen.«

»Dachte ich mir. Aber tu mir bitte den Gefallen: Ändere erst mal nur das. Mir wird es angst und bange, wenn ich an all die anderen Baustellen denke. Lass es langsam angehen!« Die beiden maßen sich mit Blicken. Diesmal gewann Ben.

Nora gab nach und nickte. »In Ordnung. Aber wir müssen vor der Fahrt zum Markt noch kurz an Omas Baum vorbei. Vertrau mir!«

Ben wollte protestieren, verkniff es sich dann aber. Ihnen fehlte schlicht die Zeit. Sobald der Wagen beladen war, ging es los.

Nora war nervös und unruhig. Sie hatte keine große Lust, sich den Jorker Bürgern zu stellen. Stattdessen hätte sie viel lieber weiter die Plantage erkundet. Aber sie sah ein, dass sie Ben helfen musste. Selbst wenn der das vermutlich schon bereute.

Obwohl sie es nicht erwartet hatte, fuhr Ben tatsächlich so nah an Omas Baum heran wie möglich. Dann stellte er den Motor ab und sah Nora fragend an. »Und jetzt?«

»Jetzt geben wir Oma was zu tun.«

Entschlossen sprang Nora aus dem Auto, öffnete die Ladetür und zog den Karton mit den Deckchen heraus. Eine Handvoll Deckchen warf sie auf den Beifahrersitz. Den Rest trug sie über die Wiese. »Bringst du einen Karton Einmachgläser mit?«, rief sie Ben zu.

Oma hatte sie natürlich längst bemerkt und lehnte über der Balustrade. »Was bringst du mir denn da Schönes?«, fragte sie neugierig.

»Nichts Schönes. Eher was Hässliches. Du musst es aufhübschen. Los! Wirf mal dein Seil runter.«

Wie Nora vermutet hatte, freute sich Oma über die Aufgabe. Eifrig zog sie Eimer um Eimer mit den Gläsern in die Höhe, die Ben hergetragen hatte, und musterte sie empört. »Die sind ja nackt! Meine Güte. Die Armen. Sie frieren bestimmt.«

»Sag bloß, das hast du nicht gewusst.« Nora stopfte nun die karierten Deckchen in den Eimer, und Enne zog diese auch nach oben.

»Nein. Ich durfte zum Schluss nicht mehr in die Küche kommen, weil ich immer am Geschmack des Apfelmuses rumgemeckert habe.

Vera und Viola konnten es nicht mehr hören und haben mir Hausverbot erteilt.«

Nora konnte ihre Schwester in dem Punkt sogar verstehen. »Oma«, sagte sie streng. »Du darfst den Leuten nicht immer so auf den Geist gehen. Das macht sonst alles nur schlimmer.«

»Das Gleiche könnte ich auch zu dir sagen«, rief Ben Nora zu.

Oma überging die Spitze von beiden. »Ich werde die Gläser so verschönern, dass ihr sie kaum noch wiedererkennt«, versprach sie feierlich.

Nora nickte ihr zu und kehrte dann zu Ben zurück. Während der Fahrt stülpte sie die Deckchen, die sie im Wagen deponiert hatte, auf die Weckgläser, was beim Ruckeln im Wagen gar nicht so einfach war. Es sah auch nicht so perfekt wie sonst aus, aber für den Moment musste es genügen.

Um die Stille zwischen Ben und ihr zu füllen, plapperte Nora vor sich hin. Sie erzählte von ihrer Arbeit und ihrer neuen Welt in Köln. Das Leben in der Stadt war so anders als hier, von der Bürotätigkeit ganz zu schweigen. Es war ihr wichtig, ihm klarzumachen, dass sie zufrieden war. Sie hatte sich ein ganz neues Leben aufgebaut, in dem sie glücklich war. Daher erzählte sie viel von ihren Arbeitskollegen, den Freunden im Fitnessstudio und der Clique aus ihrem Stamm-Tanzcafé. Eine andere Welt. Noch vor Kurzem hatte sie liebevoll Steuererklärungen abgeheftet. Heute setzte sie während der Autofahrt Weckgläsern kleine rot-weiß karierte Deckchen auf.

Das letzte war schief geworden. Sie nestelte eine Weile daran herum, aber besser gelang es ihr nicht. Es ging ihr gegen den Strich, es so zu lassen, doch leider waren sie angekommen.

Ben parkte an der üblichen Stelle und begann mit geübten Griffen damit, den Stand herzurichten. Eine bunte Plane über ihren Köpfen schützte sie vor dem einsetzenden Nieselregen, sodass sie relativ trocken blieben. Anders als die anderen Marktbeschicker boten sie nur eine kleine Auswahl an Äpfeln an. Stattdessen konzentrierten sie sich auf bereits verarbeitete Produkte: Kompott, Mus, Saft, Tee, Apfelchips, Essig, Likör und natürlich Oma Ennes Apfelgelee. Aus dem Produkt Apfel ließ sich allerhand zaubern, nur die Verpackungen gefielen Nora gar nicht.

»Vielleicht sollten wir den Markt ganz bleiben lassen«, überlegte sie und musterte den verregneten Platz um sie herum. Es war nicht viel los.

»Lass das nicht deine Mama oder Viola hören. Sie sind der Meinung, dass es zum guten Ton gehört, hier zu sein. Und während der Apfelblütezeit ist es tatsächlich sinnvoll. Da sind genug Touristen hier. Jetzt hör auf zu motzen und hilf mir lieber. Hier. Die Schürze«, entgegnete Ben.

Nora nahm die altmodische Kleidung widerspruchslos an sich, war in Gedanken aber noch immer mit dem leeren Marktplatz beschäftigt.

Ben beobachtete sie augenverdrehend, während er in Windeseile den Stand zu Ende aufbaute. Es war faszinierend, wie geübt er darin war. Seine Bewegungen waren geschmeidig und wirklich hübsch anzusehen. Allerdings hatte er keine Ahnung davon, wie man eine Verkaufsfläche dekorierte.

»Du musst die Kunden mit was Schönem locken«, sagte Nora. Wie gut, dass sie vorgesorgt hatte. Sie hatte Blütenzweige mitgebracht und legte sie als hübsche Trenner zwischen die einzelnen Produkte. Sofort sah alles viel fröhlicher aus. Ein bunter Fleck inmitten des strömenden Regens.

Kaum war der Stand aufgehübscht, konzentrierte sie sich wieder auf die eigentlichen Probleme: die bedrohten Bäume. Sie zog ihren Notizblock hervor und studierte ihn. Ja, so konnte das funktionieren. Hastig entwarf sie einen Zeitplan und bekam dadurch die ersten zwei Kunden überhaupt nicht mit. Sie grunzte lediglich zur Begrüßung horchte erst auf, als sich ein paar Passanten mit Ben unterhielten. Sie kauften nichts, sondern fragten lediglich nach Oma Enne.

»Gibst du ihr das, mein Junge? Hab ich ihr extra gestrickt gegen kalte Füße.« Eine zahnlose Dame überreichte Ben dicke Wollsocken, auf denen liebevoll der Schriftzug *Bleib stur* eingestrickt war. Ben sah so verdutzt aus, dass Nora unwillkürlich lächeln musste.

»Die Socken werden ihr gefallen. Danke«, sagte er mit zweifelndem Unterton und legte sie in einen Extrakarton. Hier stapelten sich bereits Klatschzeitschriften, Likörkugeln, Trockenshampoo und andere Seltsamkeiten. Die Leute nahmen wirklich Anteil an Oma Ennes Schicksal. Gleich darauf erstarrte Ben. »Häkelverein auf drei Uhr. Achtung, Achtung! Häkelverein auf drei Uhr«, zischte er Nora zu.

Die sah prompt in die falsche Richtung und entdeckte nur eine große schlanke Frau mit viel zu großen Brüsten in einem viel zu engen Mantel.

»Das andere drei Uhr, Nora. Zu spät. Um zu fliehen, ist jetzt keine Zeit mehr.«

Endlich entdeckte Nora drei ältere Damen, die auf sie zugeeilt kamen – zumindest so schnell, wie sie eben konnten. Eine hatte einen Krückstock, die andere einen Rollator. Die einzige ohne Gehhilfe schwankte am heftigsten. Sie wühlte wild in ihrer überdimensionalen Tasche herum und holte etwas heraus, das Nora nicht genau erkennen konnte.

»Oh, nein! Auch noch die drei angehenden Vorsitzenden, Oma Ennes beste Freundinnen oder, je nach Lebenslage, auch mal die Erzrivalinnen. Die Position der Vorsitzenden ist zwischen den vieren heiß umkämpft, wobei der Club nur aus sechs Damen besteht«, raunte Ben ihr zu.

Nora kannte die drei Frauen nur zu gut und bemühte sich um ein freundliches Lächeln.

»Ben, mein Lieber«, sagte die mit dem Krückstock, als sie den Stand erreichte, und beachtete Nora gar nicht. »Gut, dass wir dich hier treffen. Wir haben das Punktesystem fertig, nach dem Enne gefragt hatte. Jedes Mitglied hat das neue Garn bewertet und aufgeschrieben, was gut war und was nicht. Sie sagte, sie bräuchte das dringend für ihren nächsten Beitrag. Vergiss nicht, ihr den Zettel zu geben. Er ist wichtig.«

Ben schien derart Merkwürdiges bereits gewohnt zu sein. Mechanisch nahm er den Zettel und legte ihn zu den anderen Dingen in den Karton. *Wieso bewertet der Strick- und Häkelverein Garn?* fragte sich Nora unwillkürlich. *Haben die nichts Besseres zu tun?*

Der Gedanke zerplatzte, weil eine der Damen sie erkannte. »Nora?«, rief sie mit weit aufgerissenen Augen. »Bist du es wirklich?«

»Leibhaftig«, bestätigte Nora gequält und warf Ben einen verzweifelten Blick zu. *Jetzt geht es los*, sagte sie ihm lautlos. So, wie die drei Frauen sie musterten, wurde es ihr ganz unheimlich. Als hätte sie etwas verbrochen, wovon sie nichts wusste.

Was war hier bloß los?

Ben

Die drei alten Damen nahmen Nora sofort ins Kreuzfeuer. Beinahe hätte Ben Mitleid mit ihr gehabt, aber nur beinahe.

»Wo bist du denn gewesen?«, fragte die mit dem Krückstock.

»Und wieso hast du keine Nachricht hinterlassen?«, hakte die mit dem Rollator nach.

»Kind, du siehst blass aus. Isst du denn auch genug?«, erkundigte sich die ohne Gehhilfe und hielt sich schwankend am Stand fest.

Nora kam nicht zu Wort. Die Fragen schienen wichtiger als die Antworten zu sein, zumal sich die Alten jetzt untereinander unterhielten, als sei sie gar nicht da.

»Unglaublich, dass Nora wirklich gekommen ist. Da hat Enne ja Erfolg gehabt«, sagte die mit dem Rollator.

»Heißt das, Enne ist wieder runter vom Baum? Hoffentlich haben sich die Graf-Frauen wieder vertragen. Das wurde auch wirklich mal Zeit.«

»Stimmt. Man konnte ja nicht mehr mitansehen, wie Viola sich gequält hat. Und dann die arme Vera! Sie ist nur noch ein Schatten ihrer Selbst, seit der liebe Werner von uns gegangen ist. Ach, es ist ein Jammer …«

»Ich stehe neben Ihnen«, warf Nora ein.

»Einfach ohne Nachricht fortzugehen. So was macht man auch wirklich nicht«, erklärte die mit dem Rollator.

Ben begann zu ahnen, dass es ein Fehler gewesen war, Nora mit hierherzunehmen. Aber vielleicht zeigte es die gleiche Wirkung wie das Abreißen eines Pflasters: schmerzhaft, aber heilsam. Auf diese Weise sprach sich ihre Rückkehr blitzschnell rum, und sie konnten hoffentlich zur Normalität zurückkehren. Sofern das mit einer Oma im Baum möglich war.

Nun erschien der Leiter der freiwilligen Feuerwehr an ihrem Stand und rettete sie, indem er die Aufmerksamkeit auf sich zog. Allerdings ahnte Ben bereits, dass er nur weiteren Ärger bringen würde.

»Wir machen uns große Sorgen um die Sicherheit deiner Großmutter«, sagte der Feuerwehrmann ernst zu Nora. »Das geht so nicht!« Kaum hatte er das ausgesprochen, gesellte sich ein Kollege hinzu, um das noch einmal zu bekräftigen. »Sie geht mit schlechtem Beispiel voran. Wenn noch mehr Leute so was nachmachen … undenkbar!«

»Die Enne tut wenigstens was! Sie sorgt sich um ihre Familie«, mischte sich die alte Dame mit dem Rollator ein. Sekunden später gab es ein wildes Wortgefecht zwischen den Feuerwehrleuten und dem Strickclub.

Nora und Ben sahen ihnen schweigend zu. »Das nächste Mal lasse ich dich zu Hause«, raunte Ben ihr zu.

»Ja, bitte«, erwiderte Nora.

In der Sekunde hörten sie eine ihnen nur zu bekannte Stimme über den Lärm hinweg rufen: »Gertrude! Du musst mich andersherum halten! Ihr seid alle auf dem Kopf. So seh ich doch nichts.«

Automatisch wurde es still am Stand. Alle sahen sich suchend um. »Das andere Andersrum«, erklang die Stimme erneut. »Jetzt sehe ich nur noch dein Gebiss. Gertrude. Du musst dringend zum Zahnarzt!«

Oma. Das war eindeutig Oma Enne. Doch wer war Gertrude? Dann erinnerte sich Ben an die Dame ohne Krückstock, die etwas aus ihrer Tasche geholt hatte. Gertrude. Sie stand noch immer schwankend vor ihrem Stand und hielt nun ein Tablet in die Höhe. Da sie gerade den Bildschirm auf ihn richtete, sah Ben Oma Ennes Gesicht auf dem Display auftauchen. Sie zwinkerte ihm zu, wobei sie auf dem Kopf stand.

»Ben! Wie gut, dich zu sehen. Kannst du Gertrude mal helfen? Die klickt wild rum, und ich bin schon ganz seekrank. Schlimmer, als bei Sturm auf der Elbe rumzuschippern. Oh! Der Stand sieht aber hübsch aus. War das Nora?«

»Oma?«, brachte Nora schwach hervor. »Was … was tust du da?«

»Mit euch zum Markt kommen. Was sonst? Mein Strickclub sorgt dafür, dass ich dabei sein kann. Hab ich nicht tolle Freundinnen?«

Die drei Angesprochenen nickten synchron mit ernsten Mienen und sahen Nora und Ben herausfordernd an. Als ob sie beide es wagen würden, etwas anderes zu behaupten.

Nora winkte gequält in Richtung Tablet. »Hallo, Oma. Äh … schön, dass du live dabei bist. Allerdings …« Omas Gesicht verschwand plötzlich. Der Bildschirm wurde schwarz.

»Sie hört euch nicht mehr«, unterbrach die schwankende Frau. »Ich hab irgendwo draufgeklickt. Jetzt ist sie weg.«

»Gott sei Dank«, murmelte Ben. Er kam hinter dem Stand hervor und tat so, als wolle er Gertrude helfen. In Wirklichkeit installierte er ein sehr, sehr langes Update. Oma hatte jetzt Sendepause!

Wenigstens verkauften sie mittlerweile gut. Die Menschentraube um ihren Stand lockte Touristen herbei. Die fragten wenigstens nicht nach Oma Enne, sondern nach dem Gelee und den Äpfeln. Nora stürzte sich regelrecht auf die Kundschaft und erzählte mit so viel Feuereifer über Apfelkompott, die Verarbeitung von Mus und die Unterschiede zwischen den einzelnen Apfelsorten, dass sie tatsächlich so viel verkauften wie noch nie.

Endlich zog auch der Häkel- und Strickclub ab, um das Tablet aufzuladen. Die drei Damen waren sich einig, dass die Fehlfunktion daran liegen musste. Ben ließ sie in dem Glauben, vor allem, weil er alle Hände voll zu tun hatte.

Staunend beobachtete er Nora beim Verkaufen. Hatte sie etwa tatsächlich recht? Hatte das Herz gefehlt? Die Liebe? Er konnte sich einfach nicht vorstellen, dass es so einfach gewesen sein sollte. Nora sortierte indes die Einmachgläser in exakt gleiche Reihen mit exakt dem gleichen Abstand. Sie war definitiv in ihrem Element.

»Ben?«

Nein! Mist! Verdammt! Er war unachtsam gewesen und hatte zu sehr auf Nora geachtet. Es gab nur eine Person, die seinen Namen derart unanständig aussprechen konnte.

Erschrocken blickte er auf und sah in dunkelbraune Augen in einem perfekt geschminkten Gesicht. Kathrin. Sie klimperte ihm lasziv zu und formte einen dunkelrot geschminkten Schmollmund. »Du hast vergessen, mich zurückzurufen«, erklärte sie vorwurfsvoll.

Nicht vergessen. Absichtlich nicht getan. Das mit Kathrin war ihm zu heikel geworden. Sie hatte sich in die fixe Idee verrannt, ihn ›heilen‹ zu müssen. Ein Vorhaben, das schon zahlreiche andere Frauen vor ihr versucht hatten. Das war dann meist der Moment, wo er die Liaison beendete.

Seine bevorzugte Art, Schluss zu machen, bestand darin, sich einfach nicht mehr zu melden. Bei den meisten Frauen funktionierte das sehr gut. Nur bei Kathrin war die Botschaft offenbar nicht angekommen – oder sie hatte sie schlicht ignoriert.

»Hatte viel zu tun«, sagte er wortkarg. Dann deutete er auf seine Produkte. »Möchtest du was kaufen?« Zugegeben, nicht sehr innovativ, aber ein eindeutiger Wink mit dem Zaunpfahl, dass er das Thema beenden wollte.

Kathrin musterte die mit karierten Deckchen dekorierten Einmachgläser für etwa zwei Sekunden, dann blickte sie hoch und nahm Bens

Begleiterin in Augenschein. »Ich bin Kathrin«, sagte sie und reichte Nora eine reichlich beringte Hand.

»Ich bin Nora«, stellte die sich nach einer kurzen Pause vor und fügte genüsslich hinzu: »Eine alte Freundin von Ben. Rein platonisch.«

Kathrin nickte langsam. Genau diese Information hatte sie haben wollen. Sofort nahm sie Ben wieder ins Visier. »Ruf an«, sagte sie in beinahe drohendem Tonfall. Ein eindeutiger Befehl.

Ben zuckte mit keinem Muskel, sagte weder Ja noch nickte er. Erst als sie längst gegangen war, hob er kurz die Hand zum Abschied. Gleich darauf bohrte sich ein spitzer Ellbogen in seine Rippen. »Jetzt sag mir nicht, dass das gerade deine Art war, mit ihr Schluss zu machen«, sagte Nora scharf.

»Wieso Schluss machen? Das muss ich gar nicht. Wir waren nie zusammen.«

»Weiß sie das auch?«

»Klar! Ich hab ihr nie etwas versprochen. Es ging um Sex. Mehr nicht. Ich will keine Beziehung. Das habe ich deutlich gemacht.«

Nora zog eine Augenbraue so hoch, dass sie beinahe unter ihrem Pony verschwand. »Das sieht sie eindeutig anders.«

»Da kann ich doch nichts für. Die Frauen neigen leider dazu, sich nach einiger Zeit in mich zu verlieben. Das ist sehr lästig.«

Er hatte es absichtlich so überheblich gesagt, um Nora wieder auf Abstand zu bringen. Er wusste, dass sie Angeber nicht leiden konnte. Leider durchschaute sie sein Manöver sofort. Sie lachte ihn schamlos aus. »Bist du jetzt etwa der Möchtegern-Casanova von Jork? Der Frauenschwarm des Alten Landes?« Oh, Mann! Dieses Gespräch wurde immer unangenehmer. Der Zusammenprall mit Kathrin war schon oberpeinlich gewesen. Er war im Allgemeinen sehr diskret, was seine Frauengeschichten anging. Noch nie hatte er parallel etwas laufen gehabt, nie etwas versprochen, das er nicht zu halten bereit war. Kathrin hatte er eigentlich für Geschichte gehalten, genau wie Rieke. Blöd nur, dass die das anders sahen.

Vielleicht war seine Methode, sich einfach nicht mehr zu melden, doch nicht so effektiv wie gedacht.

Weil er nicht auf Noras Spott reagierte, bekam er prompt einen weiteren Ellbogen in die Rippen. »Sag bloß, du pflegst hier ein Bad-Boy-Image?«, hakte Nora unbarmherzig nach. »Der verkorkste Typ mit den hübschen Muckis durch die harte Arbeit auf der Plantage, der von seiner ersten großen Liebe schwer enttäuscht wurde und seitdem bindungsunfähig ist. Er ist der einsame Wolf, der über die Jorker Ebene zieht, sich niemals bindet und doch von allen begehrt wird. Jede Frau will den harten Panzer um sein verkümmertes Herz durchbrechen, versagt jedoch kläglich. Und so zieht der einsame Wolf weiter seine Kreise auf der verzweifelten Suche nach der Seelenpartnerin.«

Ben starrte Nora ein paar Sekunden lang schweigend an und überlegte, was er darauf erwidern sollte. »Ich bin kein Wolf«, stellte er schließlich richtig. »Nur ein Kerl, der Single bleiben will. Beziehungen sind nichts für mich.«

»Seit wann das denn?«

»Seitdem du fortgegangen bist? Seitdem meine Eltern sich nur noch zoffen?«

Der Satz ernüchterte Nora, allerdings nur kurz. »Ist es wieder schlimmer geworden?«, fragte sie besorgt.

»Die Beziehung meiner Eltern? Die war nie gut. An manchen Tagen habe ich gehofft, dass sie sich endlich scheiden lassen, aber sie wollten das wegen Julia nicht tun. Ihre Tochter hält sie zusammen, obwohl das für niemanden gesund ist. Ich schwöre dir: Das wird mir nie passieren. Dann lieber gar keine Beziehung, als sich das Leben zu verkorksen. So was wie unendliche Liebe gibt es nicht. Liebe ist vergänglich. Immer. Wir zwei sind das beste Beispiel. Kurze Affären hingegen sind genau mein Ding.«

Nora stöhnte laut auf. »Ich hatte recht«, rief sie, die Hände gen Himmel werfend. »Du hältst dich wirklich für den sexy Bad Boy von Jork!«

»Was kann ich denn dafür, dass die Frauen ein so verqueres Männerbild haben? Kaum ist jemand Single und will nicht über seine Verflossene, sein Liebesleben oder seine Gefühle reden, schon wittern alle Frauen die große Lovestory. Ich sag dir: Da sind all die neuen Liebesromane dran schuld. Sie suggerieren, dass jeder schweigsame Kerl mit Muskeln gerettet werden muss.«

»Ernsthaft? Vergleichst du dich gerade mit den sexy Helden in Liebesromanen?«

»Hast du schon mal so einen gelesen? Ich passe genau ins Bild: von der Jugendliebe verschmäht, entwurzelt zurückgelassen, ein zerrüttetes

Elternhaus, schweigsam. Die Frauen wittern das förmlich. Sie wollen mich unbedingt heilen, dabei will ich eigentlich nur in Ruhe gelassen werden.« Kaum hatte er das gesagt, wollte er seine Worte sofort zurücknehmen. Wie peinlich war er denn drauf?

Nora starrte ihn auch entsprechend sprachlos an. »Von der Jugendliebe verschmäht? So siehst du unsere Geschichte? Ben! Du hast fremdgeküsst.«

Ging das schon wieder los? Er war nicht gewillt, diese Diskussion erneut zu führen. Daher lenkte er sofort davon ab. »Hör zu: Ich hab nach deinem Weggang ein paar Dinge getan, auf die ich nicht stolz bin. Das hat aber in Jork die Runde gemacht. Seitdem sieht mich die Damenwelt mit etwas anderen Augen. Den netten Sunnyboy, den sich jede Mama als Schwiegersohn wünschte, gibt es nicht mehr. Ich … ach, vergiss es.« Ben wandte sich von Nora ab, damit diese Diskussion nicht noch unangenehmer wurde.

Dabei fiel sein Blick auf eine weitere Frau, die er hier lieber nicht sehen wollte. Sofort ging er in Deckung und duckte sich hinter die Verkaufstheke.

»Jetzt sag nicht, da ist noch eine Verflossene«, rief Nora prompt.

Er schnappte sich ihren Jackenzipfel und zog sie mit einem Ruck zu sich herunter. Sie landete auf allen vieren und schnaufte empört. »Ben! Das kannst du doch nicht ernst meinen«, zischte sie ihn an. Ihre Augen funkelten bedrohlich nah an seinem Gesicht. »So viele Verflossene sind doch nicht normal.«

Ben hatte keine Lust, mit ihr darüber zu diskutieren. *Bitte*, dachte er, *lass sie einfach vorbeigehen*. Doch heute war ihm Fortuna nicht hold.

Unter dem Rand der Tischdecke konnte er genau sehen, wie sich zwei dunkelblaue Turnschuhe näherten und schließlich direkt vor dem Stand stehen blieben. Er starrte die Schnürsenkel einen Moment trübsinnig an und verfluchte sich und sein verdammtes Pech. Und jetzt?

»Ben? Hast du was verloren?«, fragte die Frau mit freundlicher Stimme.

»Du bleibst unten«, raunte Ben Nora zu, dann erst kam er auf die Beine und bemühte sich um ein Lächeln. »Nein, alles gut. Was kann ich für dich tun?«

»Ich …« Weiter kam die Frau nicht.

Nora schoss nach oben wie ein Haifisch aus dem Meer und musterte die Frau aus vor Wut funkelnden Augen.

Helen stand vor ihnen.

Die Helen, die er vor acht Jahren am Lagerfeuer geküsst hatte. Die Helen, die das ganze Drama ausgelöst hatte.

Ja, dachte Ben. *Es ist ein Fehler gewesen, Nora mit zum Markt mitzunehmen. Ein Riesenfehler.*

#zungeverboten

Küssen Sie nur solche Männer, die Sie auch leiden können.
(Aus: Nein! Bad Boys können Sie nicht ändern!
Untertitel: Wie ein neues Genre eine Frauengeneration (ver)prägte)

Nora

Dass Helen derart unvermittelt vor ihr auftauchte, fühlte sich ein wenig so an, als habe Nora jemand mit der Faust in den Magen geschlagen. Natürlich hatte sie gewusst, dass ihre ehemalige beste Freundin noch in der Heimat lebte. Jetzt stand sie aber direkt vor ihr und starrte sie an.

Die Welt schien mit einem Ruck anzuhalten. Nora vergaß die Kunden um sie herum, das seltsame Gespräch mit Ben und sein merkwürdiges Benehmen danach. Stattdessen konzentrierte sie sich lediglich auf die Frau, die ihr Leben verändert hatte.

»Helen«, brachte sie schwach hervor. Irritiert bemerkte sie, dass die glühend heiße Wut plötzlich erloschen schien. Acht Jahre hatte sie sich vorgestellt, was sie zu Helen sagen würde. Doch ausgerechnet jetzt verpuffte ihr Groll gegen sie. Zumindest für den Moment.

»Hallo, Nora«, sagte Helen vorsichtig und brachte ein gequältes Lächeln hervor. »Willkommen zurück.«

Sie schwiegen einander an. Noras Kopf war leer. Sie hatte keine Idee, was sie sagen oder tun könnte. Dazu war sie zu überrascht. Ben räusperte sich neben ihnen und riss das Gespräch an sich, um die Stille zu füllen. Nora hörte nicht zu. Am Rande bemerkte sie, dass sich die Kundschaft verzogen hatte. Es regnete jetzt stärker, sodass sich die Plastikplane über ihren Köpfen bereits beulte. Das Wasser sammelte sich darin.

Helen riss sie aus ihren Gedanken, indem sie sich direkt an sie wandte. »Können wir vielleicht mal reden, Nora? Wenn du länger hierbleibst, sollten wir das zwischen uns mal klären. Allmählich ist das doch albern!«

Albern?, dachte Nora ungläubig, und die Ruhe in ihrem Inneren zerriss mit einem Ritsch. In ihrem Magen begann es zu brodeln. So heiß und sengend wie in den letzten Jahren. Ihre Finger ballten sich zur Faust, und sie spürte, dass sie genau wie bei Viola kurz davor war auszurasten.

Tief durchatmen, ermahnte sich Nora, aber als sie in Helens braune Bernhardineraugen blickte, zerplatzte der Gedanke. Noch immer sah die junge Frau aus, als könnte sie kein Wässerchen trüben. So unschuldig. So lieb und nett. Aber das war sie ganz und gar nicht. Sie war eine elende Betrügerin.

Im Nachhinein konnte Nora nicht mehr sagen, warum sie das tat, was sie tat. Es war, als sei ihr Körper fremdgesteuert.

Sie trat hinter dem Stand hervor, woraufhin sich sowohl Ben als auch Helen anspannten. Helen beobachte sie wie die Beute den Jäger, ließ sie nicht aus den Augen. Nora breitete die Arme aus, als wolle sie Helen freundschaftlich an sich drücken. Stattdessen griff sie nach der Stange, die die Plane über ihren Köpfen aufrecht hielt und mit dem Wagen verband.

Eine letzte Bewegung. Ein Schubser – schon hatte sie ebenjene Stange umgerissen. Sie polterte zu Boden und riss die Plane mit sich. Prompt ergoss sich all der gesammelte Regen in einem schauerlichen Schwall auf Helens Kopf. Nora, die den Wasserfall bereits hatte kommen sehen, sprang behände zur Seite und bekam lediglich ein paar Spritzer ab.

Helen quiekte erschrocken auf, als ihr das Wasser auf die Haare, in den Nacken und über die Jacke spritzte. Auch sie machte einen Hüpfer fort vom Stand. Anders als Nora sah sie jetzt aber aus wie ein begossener Pudel.

»Nein, wie ungeschickt von mir«, rief Nora und hob gespielt erschrocken die Hände vor den Mund. Pflichtschuldig riss sie die Augen auf.

Helen stand mit abgespreizten Armen da und starrte Nora ungläubig an. Die Haare pappten ihr am Schädel, klebten ihr im Gesicht und im Nacken. »Das hast du doch absichtlich gemacht«, sagte sie fassungslos.

»Ich? Wie kommst du denn auf so was?«, erwiderte Nora ungerührt. »Das würde ich doch nie tun.«

Sie hörte Ben hinter dem Stand seufzen. Auch er war nass geworden, als die Plane so unvermittelt über seinem Kopf eingebrochen war. Allerdings hatte Helen das meiste Wasser abbekommen. Nora bemühte sich, nicht zu Ben hinüberzusehen, denn sie wollte seinen finsteren Blick lieber nicht sehen. Aus dem Augenwinkel bemerkte sie jedoch, dass er sich inzwischen unter der Plane hervorgewühlt hatte und sich nach der Stange bückte.

Helen funkelte sie indes böse an. »Du … du bist so fies«, sagte sie mit bebender Stimme. Waren das Tränen in ihren Augen? Die beiden taxierten sich. Helen verlor das Blickduell. Fluchend schüttelte sie ihre Jacke aus und stapfte dann davon, um in einem kleinen Gasthaus zu verschwinden. An Markttagen durften hier die Standbetreuer auf die Toilette gehen.

Nora sah ihr reglos hinterher und wartete auf das Hochgefühl. Auf Triumph. Doch da kam nichts. Stattdessen fühlte sie sich leer und müde.

»War das wirklich nötig?«, fragte Ben von der Seite. Er hatte die Plane jetzt wieder befestigt und trocknete den nass gewordenen Ablagetisch mit einem Tuch ab.

»Sie hat gesagt, ich sei albern.«

»Und du hast mit deiner Aktion nur bewiesen: Du benimmst dich albern. Komm mal wieder runter, Nora! Das Ganze ist acht Jahre her.«

Langsam drehte sich Nora zu ihm um und stemmte die Hände in die Hüften. »Das sagt der Richtige. Wer macht denn einen auf Bad Boy, weil er seiner Jugendliebe hinterhertrauert?«

»Ich trauere dir nicht hinterher!«

»Ach, nein? Und warum hast du mich dann so dramatisch zurückgeholt?«

»Weil deine Oma auf einem verdammten Apfelbaum sitzstreikt! Weil du nicht zur Beerdigung von deinem eigenen Vater gehen willst. Und weil … weil …«

»… und weil ich dir noch immer wichtig bin.«

»Bist du mir nicht.«

»Bin ich dir doch!«

Ben warf kommentarlos den nassen Lappen nach ihr. Er blieb in ihrem Gesicht pappen und fühlte sich kalt und unangenehm an. Quietschend schmiss sie ihn zurück, verfehlte Ben aber um Längen. Sie war wirklich eingerostet, was Sport anging. Früher war sie eine der besten Werferinnen der Schule gewesen.

»Ich gebe zu, dass ich tatsächlich mit dir reden wollte. Um einen Abschluss zu finden.« Er deutete auf das Gasthaus, in dem Helen verschwunden war. »Allerdings hatte ich mir die Aussprache mit dir etwas zivilisierter vorgestellt. Die arme Helen!«

Erst wollte Nora wieder diskutieren, aber dann gab sie auf. Ihr Zorn auf Helen war ohnehin verraucht. Die kleine Racheaktion hatte ihr viel weniger gutgetan als erwartet. Außerdem meldete sich ihr schlechtes Gewissen. Sie waren jahrelang beste Freundinnen gewesen. Das hatte den Verrat noch schmerzhafter gemacht, doch so ganz unrecht hatte Ben nicht: Es war acht Jahre her.

»Ich muss mich entschuldigen, oder?«, sagte sie leise.

Ben lachte. »Definitiv! Bei der Gelegenheit könntest du dich vielleicht auch mit ihr aussprechen. Helen ist nett.«

»Klar ist sie nett. Deswegen hast du sie ja geküsst.«

»Nora! Jetzt interpretier nicht so viel in meine Worte rein. Helen und ich sind Freunde geworden, nachdem du weggegangen bist und ein heilloses Chaos hinterlassen hast. Sie hatte es wirklich schwer in dieser Zeit.«

»Sie hatte es schwer?«, hakte sie nach.

Ben blieb gelassen. Er sortierte die nass gewordenen Marmeladengläser aus und begann sie abzutupfen. Dabei nickte er. »Die Leute haben ihr die Schuld gegeben, dass du gegangen bist. Viola hat überall rumerzählt, dass Helen mich geküsst hat und du mich verlassen musstest. Das hat sie zu einem bösen Flittchen gemacht. Du bist beliebt im Ort, Nora. Alle haben mit dir gelitten. Helen wurde dadurch zur Aussätzigen und galt als Verführerin und leichtes Mädchen. Ich weiß, ich weiß … du siehst das genauso. Aber jetzt mal ehrlich: Es war nur ein Kuss an einem Lagerfeuer. Solch eine Hexenjagd hatte sie wirklich nicht verdient.«

Nein, dachte Nora. *Das hatte sie nicht.* Traurig ließ sie die Schultern hängen. »Das hab ich nicht gewusst«, gab sie zu. »Ach, verdammt. Jetzt hab ich sie auch noch in aller Öffentlichkeit erniedrigt. Der ganze Ort wird davon reden und die alte Geschichte neu aufwärmen.«

Ben nickte bestätigend. »Und die Einzige, die Helen jetzt helfen kann, bist du.«

Genau das hatte sie gerade ebenfalls gedacht. Also lief sie los, um Helen zu suchen. Ausgerechnet sie! Diese Rückkehr verlief wirklich ganz und gar nicht so, wie sie es sich in all den Jahren ausgemalt hatte. In ihren Gedanken hatte sie Helen so richtig eins ausgewischt und über sie triumphiert. Allerdings hatte sich das in ihren Träumen viel besser angefühlt als jetzt. Gerade war ihr vielmehr nach Heulen zumute. Offenbar war sie als Rachegöttin völlig unbegabt.

Sie fand Helen in dem kleinen Toilettenvorraum des Gasthauses, wo sie sich mit Papiertüchern den Nacken und die Haare abtupfte. Sie weinte.

Verdammtes schlechtes Gewissen, fluchte Nora und rang mit ihren eigenen Gefühlen.

»Es tut mir leid«, sagte sie und trat auf Helen zu.

Diese tupfte noch etwas wütender an ihrem Nacken herum, ehe sie sich vom Spiegel abwandte und Nora ins Visier nahm. Weitere Tränen rannen ihr über das Gesicht. »Ich finde, ich bin genug bestraft worden«, sagte sie mit zitternder Stimme. »Die Leute verachten mich auch so genug. Das musst du nicht noch anheizen.«

Da tat Nora etwas, das sie noch vor fünf Minuten für völlig unmöglich gehalten hatte: Sie nahm Helen in die Arme. Fest und vollkommen aufrichtig. »Es tut mir wirklich leid«, flüsterte sie ihr in die noch immer feuchten Ohren. »Das war voll daneben von mir. Du hast nur leider ein paar wunde Punkte getroffen, und ich bin einfach ausgerastet. Das passiert mir seit meiner Rückkehr ständig. Ich habe mich sogar mit Viola im Schlamm gewälzt und ihr an den Haaren gezogen. Allmählich bekomme ich Angst vor mir selbst.«

»Wirklich? Ihr habt Schlammcatchen betrieben? Dann hab ich ja noch mal Glück gehabt.«

»Hast du. Und trotzdem bin ich über das Ziel hinausgeschossen. Ben hat mir erzählt, was passiert ist.«

Helen schniefte und löste sich dabei von Nora. Unter ihren Augen lagen tiefe Ringe, und ihre Lippen zitterten, als sei ihr schrecklich kalt. Sie sah mitgenommen aus. »Ben war der Einzige, der zu mir gehalten hat. Ausgerechnet er! Er hat überall rumerzählt, dass er mich geküsst hat und mich keine Schuld treffen würde, aber da hat er gelogen.«

Nora spürte, wie ihr Herz schneller zu schlagen begann. Sie wollte das nicht hören. Es war Vergangenheit. Doch sie wusste auch, dass sie nur damit abschließen konnte, wenn sie alles wusste.

»Ich war, schon seit ich fünfzehn war, hinter Ben her«, gab Helen leise zu und schniefte laut. Das Geräusch echote in dem gekachelten Raum seltsam hin und her. »Mir war klar, dass ich keine Chance haben würde. Er hatte nur Augen für dich. Doch dann bröckelte euer Zusammenhalt. Keiner wusste, warum, aber jeder konnte es sehen. Ben kam plötzlich allein zu Partys und hat über dich kein Wort verloren. An dem Tag am See war das genauso. Im Nachhinein glaube ich nicht, dass er wirklich mit mir geflirtet hat. Er war einfach nur nett. Aber in meinem pubertären Gehirn kam das anders an. Ich war mir so sicher, dass er auf mich stand. Und als wir nebeneinandersaßen und ins Feuer starrten, da … da habe ich einfach alles auf eine Karte gesetzt. Ich habe mein Glück versucht und ihn geküsst.«

Helen rückte etwas von Nora ab. Die Tränenspuren auf ihren Wangen waren noch deutlich zu sehen, aber es kamen keine neue hinzu. Stattdessen blickte sie Nora so eindringlich an, dass sich deren Magen vor Schreck zusammenzog. Was kam jetzt?

»Ich weiß, was Viola dir erzählt hat. Sie hat es reichlich ausgeschmückt und überall verbreitet. Dass wir rumgeknutscht hätten. So richtig. Eng umschlungen, seufzend, mit Zunge. Das volle Programm. Aber so war es nicht. Es war eher ein schnelles Lippen-auf-Lippen-pressen. Ben war so überrascht, dass er den Kuss für etwa einen Lidschlag erwidert hat, dann hat er mich schon von sich geschoben, ist wortlos aufgestanden und gegangen. Das war es auch schon.«

Nora starrte Helen entsetzt an. »Das war es?«, echote sie.

Helen nickte. »Ich weiß, was du gedacht haben musst. Aus Violas Mund hörte es sich an, als ob wir uns dringend ein Zimmer hätten nehmen müssen. Aber das ist völlig überzogen. Es war lediglich ein kurzer Moment, der schneller vorbei war, als ich es verstehen konnte. Mir war das alles so peinlich! Was hatte ich mir nur dabei gedacht? Aber was dann daraus geworden ist … Das war alles nur noch schrecklich.«

Noras Knie gaben unter ihr nach. Ungeachtet ihrer Umgebung sank sie zu Boden. Helen quiekte erschrocken auf, packte sie am Arm und sorgte dafür, dass sie nicht allzu hart auf den Boden prallte.

»Fällst du etwa in Ohnmacht?«, rief sie entsetzt.

Ganz so schlimm war es nicht, aber Nora war speiübel, und ihre Beine fühlten sich butterweich an. In ihrem Kopf überschlugen sich die Gedanken, übertönten einander gegenseitig, lauter und lauter und lauter. Konnte es wirklich sein? Hatte Viola die Geschichte derart ausgeschmückt und aus einer Mücke einen Elefanten gemacht? Nora hatte die Worte ihrer Schwester niemals infrage gestellt, sondern war direkt zu Ben gefahren und hatte ihn mit ihren Vorwürfen konfrontiert. Verzweifelt versuchte sie, sich zu erinnern. Was genau hatte er damals zu seiner Verteidigung gesagt?

Gar nichts. Er hatte lediglich den Kuss zugegeben und vor Scham zu Boden geguckt. Nora war so verletzt gewesen, dass sie nicht weiter nachgebohrt hatte. Sie war einfach gegangen. Ihr Zusammentreffen konnte nicht länger als fünf Minuten gedauert haben. Wenn überhaupt. Nicht viel Zeit, um sich zu verteidigen.

»Ich … ich hab das wirklich anders gehört«, brachte Nora schwach hervor. Eine Gänsehaut jagte über ihren Körper. »Heißt das, ich habe Ben unrecht getan?«

»Sagen wir so: Ich habe nie verstanden, warum du so ausgerastet bist. Aber bevor ich mit dir reden konnte, warst du bereits verschwunden. Die ganze Gemeinde war in Aufruhr, und alles, was ich zu meiner Verteidigung hätte vorbringen können, wäre im Wind verpufft. Es hätte sich wie eine faule Ausrede angehört.«

Nora hob die Hände vors Gesicht und stöhnte laut. »Das ist ja grässlich«, brachte sie hervor. Dann schob sich ein Name in den Vordergrund: Viola. Nora kam hoch und bebte vor Wut. Viola! Diese … diese hinterhältige Schlange!

Impulsiv beugte sie sich zu Helen herab und umarmte sie fest. »Ich kläre das, Helen. Versprochen!« Dann drehte sie sich um, rannte raus aus dem Toilettenraum, die Treppe hoch, quer durch den Gastraum und in den Regen raus. Mit großen Sprüngen lief sie zum Wochenmarkt zurück. Ben verstaute gerade die letzten Gläser im Auto.

Nora blieb keuchend vor ihm stehen. »Warum hast du nie etwas gesagt?«, fragte sie nach Luft ringend.

»Warum hast du nie gefragt?«, entgegnete Ben. Er musste gar nicht nachhaken, was sie meinte. Es war offensichtlich.

Sie maßen sich mit Blicken, bemerkten dann aber die neugierigen Marktbeschicker um sie herum. Alle guckten zu ihnen herüber und brannten auf eine weitere öffentliche Szene. Nora seufzte und hielt Ben die offene Handfläche hin. »Gib mir bitte den Autoschlüssel. Ich muss jemanden umbringen.«

Sofort veränderte sich Bens Miene. Er wurde wachsam. »Wen?«

»Viola.«

Ben nickte. »Dachte ich mir. Und deswegen bekommst du auch nicht den Autoschlüssel. Vergiss es.«

»Her mit dem Autoschlüssel. Sonst hole ich ihn mir.«

»Wenn du Viola umbringst, werde ich arbeitslos, und das wäre schade. Du wanderst in den Knast, deine Mama vergräbt sich im Bett, und deine Oma springt vom Baum. Vergiss es. Du bekommst die Schlüssel nicht. Bleib lieber noch etwas im Regen stehen und kühl dein hitziges Gemüt ab.«

»Du musst gleich was ganz anderes kühlen, wenn du mir nicht die verdammten Schlüssel gibst.«

Doch Ben rührte sich nicht. Er erwiderte ihren Blick kampfeslustig und ignorierte dabei, dass sie beide bis auf die Klamotten nass wurden. Der Regen rann ihm an den Wangen entlang, tropfte von seinem Kinn. Nicht zum ersten Mal bemerkte Nora, wie kantig sein Gesicht geworden war. Männlich. Nicht die Sorte Schlägertyp, sondern einfach markant und interessant.

Sie trat einen Schritt zurück, um wieder klarer denken zu können. Dann machte sie einen Satz vor, so schnell, dass Ben nicht rechtzeitig reagierte. Sie griff in seine rechte Hosentasche und zog blitzschnell den Schlüssel hervor. Schon rannte sie um den Wagen herum und warf sich auf den Fahrersitz. Bevor sie jedoch den Gang einlegen konnte, war Ben bereits auf den Beifahrersitz gesprungen.

»Mach dich nicht unglücklich«, flehte er.

»Ich will nur mit ihr reden und sie vielleicht ein bisschen schütteln.«

»Deine Art, Viola zu schütteln, habe ich bereits erlebt. Glaub mir. Ich bin nicht scharf auf eine Wiederholung. Einmal hat mir gereicht. Ich meine, ich mag Damencatchen, aber bitte nur im Fernsehen!«

Nora rammte den ersten Gang rein und gab Gas. *Ignorier ihn einfach*, dachte sie. Beinahe hätte sie einem Lastwagen die Vorfahrt genommen.

Sie kam mit quietschenden Reifen zum Stehen und spürte Bens eindringlichen Blick auf ihr. Er versuchte, sie durch pures Starren zur Umkehr zu bewegen. Daraufhin atmete sie erst einmal ein und aus, dann fuhr sie genauso wütend weiter.

»Vera? Hier ist Ben«, hörte sie ihren Beifahrer.

Vor lauter Zorn hatte Nora gar nicht bemerkt, dass Ben sein Handy gezückt und jemanden angerufen hatte. »Ist Viola bei dir? Ja? Dann tu mir den Gefallen und bring sie zu Oma Enne auf den Baum. Frag nicht. Tu es einfach!«

»Das wird ihr nichts nützen«, schrie Nora dazwischen. »Wenn ich die erwische!«

Ben lauschte kurz Veras Antwort, dann legte er grußlos auf. »Fahr langsamer«, sagte er gepresst. »Wenn du uns vorher umbringst, wirst du die Wahrheit nie erfahren.«

Nora trat auf die Bremse und hielt mitten im Kreisel von Jork an. Ben gab einen keuchenden Laut von sich, als er in die Gurte gepresst wurde. Der Hintermann stoppte in letzter Sekunde und hupte empört.

»Viola hat gelogen«, sagte sie vor Wut bebend. »Sie hat mir eine ganz andere Geschichte über dich und Helen erzählt.«

Wieder hupte jemand. Diesmal war es ein Fahrer, der in den Kreisel einbiegen wollte.

»Könntest du bitte weiterfahren?«, brachte Ben schwach hervor. Er klammerte sich mittlerweile an dem Türgriff fest. »Bevor uns noch jemand rammt?«

Nora tat ihm den Gefallen und fuhr los, allerdings nur ein Stück. Sie bemerkte die Einfahrt in den Wirtschaftsweg ihrer Plantage und lenkte spontan hinein. Da sie etwas zu schnell war, brach das Heck des Wagens aus und der Anhänger dahinter kam ins Schlingern. Ben gab einen weiteren erstickten Laut von sich, während Nora wild kurbelte und das Gespann wieder unter Kontrolle brachte.

»Wo willst du hin?«, fragte er.

Nora antwortete nicht. Sie fuhr ein ganzes Stück in die Plantage, ehe sie abrupt anhielt und sich Ben zuwandte. »Ich hab es vermasselt«, sagte sie. »Anstatt mit dir über alles zu reden, bin ich einfach abgehauen und habe dich aus meinem Leben verbannt. Ich hab unsere Liebe verraten.«

Ben starrte sie über die Mittelkonsole hinweg überrascht an. Mit dieser Wendung hatte er eindeutig nicht gerechnet. Der angespannte Ausdruck auf seinem Gesicht verschwand. Stattdessen wirkte er … liebevoll.

»Schau mich bitte nicht so an«, bat Nora unvermittelt. »Schrei mich lieber an. Mach mir Vorwürfe!«

»Warum sollte ich? Ich warte einfach ab, bis du deine Argumente selbst mit dir ausgetauscht hast, und bin gespannt, wer gewinnt.«

Nora schnallte sich abrupt ab und drehte sich zum Türgriff, wollte aus dem Auto heraus. Ben hielt sie auf, indem er sich quer über sie hinweg lehnte und die Tür zuhielt. »Wag es nicht, schon wieder abzuhauen. Seit wann gehst du Konfrontationen einfach aus dem Weg? Das hab ich damals schon nicht verstanden. Du diskutierst so gerne. Warum in diesem Fall nicht? Wieso fliehst du, statt zu reden?«

Nora konnte nicht denken. Nicht atmen. Wagte nicht einmal zu fühlen. Das wäre zu viel gewesen. Ben so nah zu sein, brachte alles in ihr in Schwingungen. Sie war durcheinander und verwirrt. Die unterschiedlichsten Empfindungen rangen mit ihrem Verstand. Sie war so böse auf Viola und konnte den Verrat gleichzeitig kaum erfassen. Wieso hatte ihre Schwester das getan? Und wieso hatte sie Ben kampflos aufgegeben und ihn all die Jahre so derart hassen wollen?

Weil du verzweifelt gewesen bist, dachte sie dumpf.

»Ich musste dich gehen lassen.« Dieser Satz gärte schon lange in ihrem Herzen. Er war die reine Wahrheit. Sie hatte schon vor dem Kuss gewusst, dass sie mit Ben Schluss machen musste. Die Sache mit ihrer Familie war völlig aus den Fugen geraten.

Sie sah in Bens Gesicht, das jetzt so anders und gleichzeitig so vertraut aussah. Die kleine Narbe zwischen seinen Augenbrauen war ihre Schuld. Sie hatte ihn beim Badminton versehentlich mit dem Schläger erwischt. Da sie so fest zugeschlagen hatte, wie sie konnte, hatte die Platzwunde mit drei Stichen genäht werden müssen. Alles an ihm erinnerte sie an die Vergangenheit. Er war älter geworden, doch ihre gemeinsame Kindheit hatte überall Spuren hinterlassen.

Besonders in ihrem Herzen.

Doch da waren auch neue Narben, die sie nicht kannte. Die an der Wange zum Beispiel. Was da wohl passiert war? Oder die jetzt leicht gekrümmte Nase, als sei sie mal gebrochen worden. Diesen Teil von Ben kannte sie nicht. Er faszinierte sie, war spannend und geheimnisvoll. Und ein wenig beunruhigend.

Ben ließ langsam den Türgriff los und wandte sich ihr zu, fixierte ihren Blick. Auch er wirkte mitgenommen und emotional aufgewühlt. Vorsichtig berührte er sie an der Hand, fasste aber nicht zu.

»Warum musstest du mich gehen lassen?«, fragte er in die entstandene Stille.

Nora wollte es sagen. Wollte erklären, warum sie sich in den letzten Wochen vor ihrer Trennung immer mehr von ihm zurückgezogen hatte. Doch sie konnte nicht. Sie durfte nicht. Das hatte sie ihrer Familie versprochen.

Verzweifelt wandte sie ihren Blick ab, doch Ben legte eine warme Hand an ihre Wange und zwang sie, ihn wieder anzusehen.

Der Ausdruck in seinem Gesicht ließ die Glühwürmchen in ihrem Inneren aufleuchten. Sie entfalteten ihre Flügel, streckten sich und wollten losfliegen. Bens Blick befeuerte sie noch darin. Wie konnte jemand nur so liebevoll und gleichzeitig so aufbrausend sein? So hilfsbereit und dominant zugleich?

»Erzähl es mir«, flüsterte er und zog sie noch näher an sich. »Sag mir, was los ist.«

Ihre Nasenspitzen berührten sich. Nur für einen winzigen Moment, doch es reichte, um Noras Gegenwehr komplett zu zerschlagen. Sie folgte dem Druck seiner Hände und legte ihre Stirn gegen seine. Ließ sich fallen. Er umarmte sie daraufhin, was in der Enge des Autos etwas schwierig war, legte die Arme wie einen schützenden Kokon um sie. Finger strichen ihr über die Haut, über ihre Haare.

Sie schloss die Augen, um dieses Gefühl auszukosten. Dort, wo seine Haut auf ihre traf, schien sie zu glühen. Das war schon immer so gewesen.

»Ich habe dich vermisst«, sagte Ben unvermittelt. »Meine sture, wilde Nora.«

Mit diesen Worten wollte er sie küssen. Ernsthaft küssen! Doch kurz bevor ihre Lippen sich berühren konnten, drehte Nora hastig den Kopf, fort von ihm und seinem verführerischen Mund.

»Bist du verrückt geworden?«, rief sie entsetzt.

Ben runzelte die Stirn. »Eigentlich weiß ich ganz gut, was ich hier mache.«

»Das macht es nur noch schlimmer. Du kannst mich doch nicht einfach küssen – als wäre nie was geschehen.«

»Wir könnten gucken, ob das alte Feuer noch da ist. Ist es erloschen, brauchen wir uns keinen Kopf mehr darüber zu machen, was das zwischen uns ist. Ich merke doch, wie du mich ansiehst. Wir sollten herausfinden, was von der Vergangenheit noch übrig geblieben ist, aber dafür müssen wir sie erst einmal verstehen. Warum bist du Wochen vor deinem Weggang so komisch zu mir geworden? Hab ich was falsch gemacht? Ich rätsel schon so lange. Meinst du nicht, du solltest mir mal eine Antwort geben?«

»Ich … Ben … ich kann dir das nicht sagen. Vertraust du mir?«

Er nickte.

»Dann glaube mir: Rühr die Geschichte nicht an.« Sie sah ihn so ernst wie noch nie an und hielt seinen Blick fest, sorgte dafür, dass er die Botschaft verstand. Was das anging, würde sie schweigen. Egal, wie oft er fragte.

Als sie bemerkte, dass er sich erneut etwas zu sehr auf ihre Lippen konzentrierte, reagierte sie automatisch. Sie legte den Gang rein und setzte das Auto mit durchdrehenden Reifen zurück. Immerhin hatte sie noch eine Mission zu erledigen: ihre Schwester zur Rede stellen.

Ben

Das Gespräch endete so abrupt, wie es begonnen hatte. Bei Noras wilder Fahrweise blieb ihm nichts anderes übrig, als sich wieder gerade hinzusetzen und sich hastig anzuschnallen. »Viola ist nicht an allem schuld«, sagte er spontan.

»Wenn du wüsstest«, brummte Nora kryptisch. Sie lenkte den Wagen bereits in die Hofeinfahrt neben dem wunderschön bemalten Prunkbogen. Früher einmal war er der Eingang zum Haus gewesen, doch Autos passten im Gegensatz zu schmalen Pferdefuhrwerken nicht hindurch. Daher gab es noch eine gepflasterte Einfahrt direkt daneben.

Nora parkte einfach quer zu den anderen Autos, sprang aus dem Wagen und stapfte Richtung Streuobstwiese. Jemand hatte die Liegestühle zusammengelegt und in den Schuppen gebracht, um sie vor dem Dauerregen zu schützen. Vermutlich Vera.

Ein Stich ging durch Bens Herz, als er an die viele Arbeit auf dem Hof dachte. Sie hatten Dringenderes zu tun, als sich zu streiten. Doch bevor das hier nicht ausgestanden war, konnten die Graf-Frauen nicht nach vorn blicken. Genauso wenig wie er. Es blockierte sie alle.

Ben folgte Nora mit reichlich Abstand und entdeckte ihre Mutter am äußeren Rand der Wiese. Sie schob gerade zwei dicke Holzstämme, die als schlichte Tische fungierten, unter einen Regenschutz. Als sie ihre Tochter entdeckte, richtete sie sich auf. »Vertragt euch endlich«, rief sie mahnend.

Nora hob lediglich die Hand zum Gruß und blieb vor Omas Apfelbaum stehen. »Komm runter, Viola! Ben mag dich in Sicherheit gebracht haben, aber das nützt dir gar nichts. Wir müssen reden.«

Omas weißer Lockenschopf erschien am Fenster, dann trat die alte Dame auf die Baumhausveranda. »Ich lasse dir gerne die Strickleiter runter, wenn du meine Bedingungen akzeptierst. Das Baumhaus ist die Schweiz. Keine Handgreiflichkeiten, keine Schimpfwörter, kein Geheule. Und wir haben ein Safe-Wort. Sag ich das, müsst ihr sofort den Mund halten. Ignoriert ihr das, müsst ihr ein Pinnchen von meinem soeben fertig gewordenen Apfelschnaps trinken. Akzeptierst du meine Bedingungen, so antworte mit ›Ja, ich will‹.«

»Oma, ich liebe dich. Aber du hast manchmal echt 'ne Meise. Viola! Komm raus!«

Ben war mittlerweile neben Nora getreten und blickte ebenfalls nach oben. Oma Ennes und sein Blick begegneten sich. Sie sah ihn fragend an, woraufhin er mit den Schultern zuckte. »Nora hat sich mit Helen vertragen.«

»Na, Gott sei Dank. Dann gibt es noch Hoffnung für uns alle.«

»Oma, ich stehe direkt neben Ben und höre dich«, knurrte Nora dazwischen.

Oma ignorierte sie und sprach weiter mit Ben. »Was machen wir denn jetzt mit den zwei Streithähnen?«

Das war eine gute Frage, die Ben auch nicht wirklich beantworten konnte. Wenn Nora weiterhin so unversöhnlich blieb, hatten sie ein

Problem. Er hatte schon lange gewusst, dass Viola falsche Informationen in Umlauf gebracht hatte. Damals war er aber zu verletzt gewesen, um sich gegen sie zu behaupten. Nora war fort. Alles andere war in seinen Augen unwichtig gewesen. Warum sich mit Viola streiten?

Als Werner ihn auf die Apfelplantage geholt hatte, konnte er sich nicht mehr mit Viola über diese alte Sache auseinandersetzen. Sie war sein Boss, und er erledigte seine Arbeit. Sich mit ihr anzulegen, war ihm unpassend erschienen. Außerdem hätte es ohnehin nichts geändert. Nora war verschwunden. So oder so. Jetzt jedoch sah die Sache anders aus.

»Viola«, rief er hinauf. »Wir zwei haben auch noch ein Hühnchen miteinander zu rupfen, aber weißt du was? Ich verzeihe dir! Lass uns das Kriegsbeil begraben und Frieden schließen.«

»Amen«, rief Oma begeistert und klatschte in die Hände.

Nora ignorierte sie beide. »Wieso hast du überall rumerzählt, dass Ben mit Helen wild rumgeknutscht hat, obwohl es nur ein kurzer Kuss war? Wieso wolltest du mir derart wehtun? Ich bin deine Schwester. Schwestern sollten zusammenhalten und sich nicht bekriegen. Also komm raus und stell dich mir wie eine echte Graf-Frau. Verstecken gilt nicht.«

In dieser Sekunde sah Nora so aus, wie er sie in Erinnerung hatte. Wild und voller Feuer. Die Wangen vor Aufregung gerötet, die Stirn konzentriert gerunzelt. Ben starrte sie an und versuchte verzweifelt, seinen alten Groll auf sie heraufzubeschwören. Er spürte nämlich, dass er auf eine Katastrophe zusteuerte. Eine Katastrophe, die sein Herz vollkommen in Stücke zerschmettern konnte. Der Versuch, sie eben zu küssen, war kein Versehen gewesen. Er war eine Verzweiflungstat.

Denn unter dem Groll und der Wut auf Nora brodelte etwas anderes. Und je weniger wütend er auf sie war, desto deutlicher kam es zutage. Er hatte sie vermisst. Diese ungestüme, freiheitsliebende Nora. Und jetzt, wo sie wieder da war, hatte er ein ernstes Problem.

Wenn er nicht gut aufpasste, konnte sie sein Herz erneut stehlen. Um nicht wieder als Vollpfosten zu enden, durften solche Sachen wie heute in der Plantage nicht wieder geschehen.

Abstand war das Einzige, was hier noch half.

#frieden

Wenn Sie das Kriegsbeil begraben, merken Sie sich die Stelle für eventuelle Notfälle. (Aus: Friedenspakt für Weicheier)

Nora

Endlich zeigte sich Viola. Sie trat wie die Julia aus Shakespeares Stück auf die Baumhausveranda und blickte wie eine königliche Hoheit auf sie herab. Nora durchschaute sie jedoch sofort. Sie bemühte sich zwar um einen hochmütigen Ausdruck, in Wirklichkeit war ihr die ganze Situation aber unangenehm.

Oma übernahm hastig das Gespräch, bevor Viola etwas Falsches sagen konnte. Sie wandte sich direkt an sie. »Lass uns einen Waffenstillstand aushandeln, damit wir reden können. Bis zur Beerdigung eures Vaters lassen wir den Zorn ruhen, und wann immer er aufkommt, rufen wir unser Safe-Wort, um wieder zur Ruhe zu finden.«

»Und welches Wort wäre das?«, fragte Viola zögernd.

»Achterrutpettstopper.«

»Achterru… was?«

»Das ist platt und heißt Rücktrittsbremse. Frag nicht. Hab ich letztens im Kreuzworträtsel gehabt und fand es drollig. Ich finde, wir könnten alle mal ein bisschen auf die Bremse treten. Ein Zeichen des Himmels, meinst du nicht?«

»Eher ein Zeichen deines Wahnsinns. Aber … okay … wenn Nora schwört, dass sie sich dran hält, werde ich es auch tun.« Viola lehnte sich nach vorne, um hinunterzuschauen.

Nora zögerte. Sollte sie über ihren Schatten springen und ihr Einverständnis geben? So, wie es jetzt war, konnte es definitiv nicht bleiben.

Sie mussten sich aussprechen, sonst wurde alles nur noch schlimmer. »In Ordnung. Ich halte mich an die Friedensvereinbarung. Achterrutpettirgendwas.«

Oma war zufrieden mit dieser Aussage und warf beinahe feierlich die Strickleiter nach unten. »Komm rauf und lass uns endlich reden.«

Nora wollte gerade die Leiter ergreifen, da schob sich ihre Mutter unerwartet an ihr vorbei. »Wehe, ihr lasst mich hier unten allein. Ich bin ebenfalls Teil dieser Familie und habe mir dieses Theater schon viel zu lange angesehen. Schweigend. Ich will auch wissen, was los ist. Bloß, weil ich nicht auf Bäume klettere, heißt das nicht, dass mir das alles egal ist.«

Hastig trat Nora zur Seite, um ihre Mutter vorausklettern zu lassen. Dabei hielt sie ihr fürsorglich die Leiter fest und achtete darauf, dass sie nicht zu sehr schwankte. Sie spürte Ben, der dicht neben ihr stand und genau wie sie Veras Kletterei beobachtete. Seine Anwesenheit beruhigte und verunsicherte sie zugleich.

»Wir zwei müssen später miteinander reden«, sagte sie leise zu ihm.

Ben warf ihr einen Blick zu, den sie nicht recht enträtseln konnte. Als ob er sauer auf sie war – oder auf sich selbst?

Dann nickte er ihr zu, als sei nichts gewesen. »Ich bleibe unten und sorge dafür, dass euch niemand stört. Ihr erreicht mich über Walkie-Talkie. Und, Nora … du schaffst das! Bleib ruhig und hör dir die Erklärung an, ehe du Viola vom Baum schubst.«

Guter Hinweis. »Das mache ich«, versprach sie und löste sich nur mühsam aus seinem hypnotischen Blick. Rasch kletterte sie ihrer Mutter hinterher. Oben angekommen, half ihr Oma auf die Beine.

»Was war denn das gerade?«, fragte die Alte mit einem zahnlosen, sehr breiten Grinsen.

»Was war was?«, entgegnete Nora möglichst unschuldig. *Gib ja nichts zu*, dachte sie in der gleichen Sekunde panisch. *Sonst hören alle Anwesenden sofort die Hochzeitsglocken läuten!*

»Das hat zwischen euch lauter geknistert als zwischen Bella und Edward aus *Twilight*«, erklärte Oma süffisant.

Nora zog eine Augenbraue in die Höhe. »Du kennst *Twilight*?«

»Natürlich. Ich muss schließlich auf Zack sein, um mich mit meinen Followern auf meinem Soziales-Medium-Kanal auszutauschen. Obwohl sich die Diskussion um Glitzervampire schon ziemlich abgenutzt hat.

Damit bekommt man kaum noch Klickzahlen. Aber egal … Vera! Rück mal zur Seite, damit sich Nora neben dich setzen kann. Ich will nicht, dass Viola und sie zu nahe beieinander sind.«

Vera quetschte sich wie gewünscht auf der schmalen Bank ganz an den Rand der Hütte, sodass sich Nora mühsam neben sie setzen konnte.

Viola saß damit ihrer Mutter gegenüber. Sie sah recht mitgenommen aus: blass, mit dunklen Ringen unter den Augen. Ihre Arme hatte sie überkreuzt. Eine eindeutige Abwehrhaltung. Nora legte absichtlich die offenen Handflächen auf den Tisch und wartete, bis sich Oma gesetzt hatte. Dann sagte sie ruhig und möglichst sachlich: »Ich habe Helen in Jork getroffen. Sie hat mir erzählt, dass sie es gewesen ist, die Ben geküsst hat. Nur ein Mal. Nur ganz kurz. Eher keusch. Ben hat sie fortgedrückt und ist gegangen. Viola hat die Szene gesehen und daraus regelrecht eine erotische Geschichte gestrickt. Dabei war sie gründlich: Es gab wohl niemanden in ganz Jork, der nichts von Bens Knutscherei wusste. Also, Viola? Warum hast du gelogen?«

Alle Blicke wandten sich Viola zu, die ihre Arme noch fester ineinander verschränkte und einen störrischen Gesichtsausdruck aufsetzte. Bevor sie etwas Schnippisches antworten konnte, knallte Oma drei Pinnchen auf den Tisch. Eine Flasche Apfellikör folgte.

»Wir stoßen jetzt erst mal darauf an, dass wir vier Frauen wieder vereint sind«, sagte sie.

»Vereint? Verfeindet meinst du wohl«, sagte Nora bitter.

Oma sah sie böse an. »Achterrutpettstopper. Du erinnerst dich? Also sei nett!«

»Ich bin nett! Viola wollte gerade Streit anfangen. Ich habe lediglich die Fakten auf den Tisch gelegt.«

»Und ich lege jetzt den Schnaps auf den Tisch. Hier. Wir stoßen an!«

Oma drückte jeder von ihnen ein Pinnchen in die Hand und hob ihres in die Höhe. »Sturm ist erst, wenn die Schafe keine Locken mehr haben«, sagte sie feierlich und stieß mit jeder Einzelnen an. »Unsere Schafe haben noch Locken. Es ist also nicht alles verloren.«

»Aber wir haben gar keine Schafe«, protestierte Vera, fing sich von Oma aber nur einen bösen Blick ein.

»Wir vier sind die Schafe. Wir müssen als Herde nur wieder enger zusammenrücken, dann kann uns dieser richtig fiese Sturm nichts anhaben. Wichtig ist aber, die Köpfe zusammenzustecken, damit uns der Wind nicht das Gehirn durchpusten kann. Ihr versteht?«

Nora verdrehte anstatt einer Antwort die Augen und trank mit einem Ruck ihr Schnapsglas aus. Bäääääh! Sie schüttelte sich angewidert. »Oma! Was zur Hölle ist das? Schmeckt wie reiner Alkohol, in den für zwei Sekunden ein Apfel reingetunkt worden ist.«

»Das ist meine Medizin für besonders verhärtete Fronten. Das Zeug brennt euch hoffentlich euren Groll weg.«

»Das brennt uns höchstens ein Loch in die Kehle«, mischte sich Viola ein und schob ihr nur halb leeres Pinnchen von sich fort.

Oma schob es vehement zurück. »Trink, danach erzähle ich euch die nächsten Regeln des Tages.«

Nora hätte schwören können, dass sich Viola weigern würde. Doch ihre Schwester gehorchte grummelnd und wartete dann genauso gespannt wie alle anderen auf Omas Ausführungen.

»Wir bleiben jetzt hier sitzen, bis wir uns vertragen haben oder die Flasche leer ist. Ihr habt es also in der Hand: Entscheidet ihr euch für Frieden oder für eure Gesundheit? Ich bin mir nämlich nicht ganz sicher, wie gefährlich dieser Schnaps für eure Leber ist. Wir fangen mit einer Runde Wahrheit oder Pflicht an. Pflicht ist, das Pinnchen zu leeren.«

Sie goss ein Glas bis zum Rand und schob es Viola mit ernster Miene zu. Die hob verärgert eine Augenbraue. »Du willst ernsthaft ein Trinkspiel mit uns spielen?«

»Nein. Ich will das nicht. Alkohol schmeckt mir nicht, und ich halte ihn für die völlig falsche Wahl, um ernste Gespräche zu führen. Aber ich denke, dass wir an einem Punkt angelangt sind, an dem wir zu drastischeren Mitteln greifen müssen. Unsere letzten Aussprachen haben mit Noras Fortgang und eurem Schlammcatchen geendet. Da ist dieser Schnaps noch das kleinere Übel. Also, liebe Viola: Wie geht es dir?«

Alle blinzelten überrascht in die Runde. Nora hatte mit einer ganz anderen Frage gerechnet. Sie sah, wie sich Viola langsam entspannte, das Glas in die Hand nahm und tief durch atmete. »Ich bin sehr traurig und durcheinander. Seit Papas Tod habe ich das Gefühl, dass wir gegen Windmühlen ankämpfen. Das Wetter wird einfach nicht besser, die Ernte geht vor die Hunde, und es kommt mir vor, als würde ich ertrinken. Du sagst doch immer: ›Regen ist erst, wenn die Heringe auf

Augenhöhe vorbeischwimmen.‹ Weißt du was? Bei mir ist es schon so weit. Ich ertrinke, und niemand wirft mir einen Rettungsring zu.«

Viola hatte ihre Ausführung recht tonlos heruntergeleiert. Dadurch waren ihre Worte aber nicht weniger bewegend. Vor allem, weil sich Tränen in ihren Augen ansammelten.

Bevor Nora darauf etwas sagen konnte, schob ihre Schwester das unangerührte Pinnchen zu Oma rüber. »Wirst du am Montag zur Beerdigung kommen? Jetzt, wo wir hier alle versammelt sind?«

Oma Enne nahm das Glas und starrte nachdenklich hinein. »Ich weiß es noch nicht«, seufzte sie. »Das kommt wohl auf den Ausgang dieses Gesprächs an. Ich möchte einerseits unbedingt zu Werners Beerdigung, andererseits habe ich auch Angst davor. Es wird ein schwerer, trauriger letzter Gang.«

»Du solltest mitkommen«, sagte Vera sanft. »Sei kein sturer Esel, sondern eine kluge Katze. Die machen auch nur das, was sie wollen!«

Oma nickte und wackelte gleichzeitig mit dem Kopf. Dann schob sie Nora das Pinnchen zu. »Liebst du Ben noch immer?«, fragte sie mit einem breiten Grinsen.

»Hey«, protestierte Nora. »Die anderen Fragen waren viel weniger verfänglich als die hier!«

»Die anderen Fragen waren zum Aufwärmen. Langsam gehen wir in die Tiefe. Also?«

Nora starrte erst Oma, dann ihre amüsiert wirkende Schwester an. Tatsache. Viola lächelte beinahe. Sie lächelte! Dadurch wirkte sie viel weniger gemein und erinnerte sie schmerzhaft an ihren Vater. Die Grübchen. Der schiefe Vorderzahn, die grünen Augen und die gesamte Mundpartie. Das war eins zu eins Werner.

Sie wartete, bis Viola ihr ins Gesicht sah. Dann prostete sie ihr zu. »Auf den Weltfrieden«, sagte sie feierlich und trank das Pinnchen aus. Der Rest am Tisch stöhnte traurig auf. Die Antwort auf diese Frage hätte alle Anwesenden brennend interessiert.

Nora wartete, bis Oma das Pinnchen wieder gefüllt hatte, und schob es dann ihrer Mutter zu. »Es tut mir leid, dass ich einfach ohne ein Wort fortgegangen bin. Wenn ich könnte, würde ich die Zeit zurückdrehen und dir zumindest einen Brief hinterlassen. Du musst dir schrecklich Sorgen gemacht haben. Wie sauer bist du deswegen wirklich auf mich?«

Vera nahm das Pinnchen und damit die Frage an und drehte das Glas zwischen den Händen. »Ich habe deinetwegen viele, viele Tränen vergossen«, sagte sie zögerlich. »Und ich hätte mich beinahe deswegen von Werner getrennt. Euer seltsamer Streit kurz vor deinem Fortgang hat mich misstrauisch gemacht. Er sagte, er habe dich zur Vernunft bringen wollen und ihr hättet euch wegen Ben gestritten. Ich war ihm deshalb so böse, denn wenn ich mitdiskutiert hätte, wärst du bestimmt gar nicht erst gegangen. Und Viola hat da auch noch ihren Senf dazu beigetragen. Sie war oft so fies zu dir. Kurz gesagt: Nein. Ich bin dir nicht böse. Den Zurückgebliebenen dafür umso mehr.«

Nach dieser Eröffnung herrschte zunächst betroffenes Schweigen. Alle starrten Vera entsetzt an. »Du hättest dich beinahe von Papa getrennt?«, fragte Nora vorsichtig.

Vera nickte. »Ich konnte ihm nicht verzeihen, dass er eine unserer Töchter in die Flucht geschlagen hat. Und Viola …« Ihre Mutter hob den Blick und sah ihre älteste Tochter streng an. »Ich habe dich spüren lassen, wie böse ich auf dich war. Ganz ohne, dass ich es ausgesprochen habe. Das tut mir im Nachhinein sehr leid. Ich bin einfach nicht gut darin, meinen Ärger in Worte zu fassen.«

»Du warst so kalt«, flüsterte Viola tonlos. »So abweisend.«

»Ich weiß. Ich … ich hätte mit dir reden müssen. Vielleicht wärst du dann nicht noch verbitterter geworden. Es war meine Art, dich für den Fortgang deiner Schwester zu bestrafen. Das tut mir leid.«

Jetzt weinten beide: Viola und Vera. Ihre Mutter hob die Hand und reichte sie ihrer Tochter. Diese nahm sie und drückte sie fest.

Auch Oma hatte Tränen in den Augen. Nora hatte sie eindeutig gesehen. Um davon abzulenken, bückte Enne sich und kramte unterhalb des Regals herum. Sie förderte ein Einmachglas mit vier Löffeln hervor. Feierlich stellte sie ihren Fund in die Mitte des Tisches.

»Die erste Runde haben wir hinter uns. Zeit, uns zu stärken. Jede von uns nimmt jetzt einen Löffel. Erst aus diesem Glas hier – und danach aus diesem hier.« Sie stellte ein weiteres Weckglas hinzu, das beinahe genauso aussah wie das andere.

Auch Nora wischte sich möglichst unauffällig über die Augen und nahm sich einen Löffel. Schweigend probierte jeder für sich erst das Apfelmus in dem einen, danach das in dem anderen Glas.

»Das rechts schmeckt mies. Das links ist phänomenal«, stellte Nora nach einer Weile fest. Die anderen nickten bestätigend.

Omas Gesichtsausdruck war triumphierend. Man konnte es nicht anders sagen. »Sag ich doch die ganze Zeit«, rief sie und deutete aufgebracht auf das Glas mit dem wohlschmeckenden Inhalt. »Das hier ist das älteste Einmachglas, das ich verwahrt habe. Das Mus muss etwa vor einem Jahr hergestellt worden sein. Nora war zwar schon lange fort, aber Werner ging es zu diesem Zeitpunkt noch gut. Doch die letzte Herstellung – da ist was schiefgelaufen. Wisst ihr, was ihr in dem schlechten Mus schmeckt?«

Alle schüttelten pflichtschuldig die Köpfe.

»Euer schlechtes Gewissen. Eure Lügen und Geheimnisse. Dieses Mus wurde ohne Herz und Liebe gekocht. Es ist fad und langweilig. Wenn wir diesen Hof retten wollen, müssen wir uns wieder auf unsere Familienrezepte besinnen. Keine schnelleren Prozesse, noch größere Töpfe oder sonstigen technischen Schnickschnack. Wir reden hier über unsere Existenzgrundlage. Dieses Mus …« Oma hob das Glas wie den Heiligen Gral in die Höhe. »… muss wieder so gut werden wie früher.«

In der gleichen Bewegung, wie sie das Glas auf den Tisch stellte, schob sie Viola das volle Pinnchen zu. »Also, Viola? Warum hast du überall Lügen über Ben und Helen rumerzählt?«

Jetzt geht es los, dachte Nora erschrocken. *Jetzt fangen wir an zu streiten.*

Viola wirkte ein wenig verdutzt über die unerwartete Frage. Für einen Moment befürchtete Nora, dass sie die Pflicht statt die Wahrheit wählte, aber dann erzählte sie doch. »In meiner Kindheit stand ich immer im Schatten meiner kleinen Schwester. Das war erniedrigend. Sie brachte die besseren Noten nach Hause, kannte sich wie ein Vollprofi mit Äpfeln aus, hatte den netteren und hübscheren Freund und war überall furchtbar beliebt. Ich war immer nur ›Ach, du bist Noras große Schwester‹? Das hat schon sehr lange in mir gegärt. Dabei habe ich genauso viele Opfer für die Familie gebracht wie Nora. Ich habe genauso viel mitgearbeitet, habe genauso viel gelernt, war in Vereinen engagiert und habe mich für Äpfel interessiert, obwohl mir immer der Mund wehtut, wenn ich einen esse. Und trotzdem war es nie genug. Dann auf einmal wendete sich das Blatt. Ich habe die Geschichte rumerzählt, um unser Goldkind in die Schranken zu weisen. Um ihr zu zeigen, dass es nicht immer nur eitel Sonnenschein gibt, sondern auch tiefe Täler. Wenn ich allerdings gewusst hätte, zu welch drastischen Maßnahmen sie greifen würde, hätte ich es nicht getan. Ich wollte ihr eins auswischen. Aus jugendlicher, fieser Eifersucht heraus und mit einem edlen Motiv als Ausrede. Mein Plan ging jedoch nach hinten los. Durch Noras Fortgang wurde sie quasi unsterblich im Ort. Sie wurde zu einer Art Heiligen, deren Fehler komplett ignoriert wurden. Das hat mich noch wütender gemacht. Und verzweifelt. Hinzu kam Mamas eisige Aura und Papas verzweifelte Blicke. Er wusste, dass er seine Schuld am ganzen Debakel trug, und litt darunter. Aber was hätten wir tun können? Nora war weg. Ich habe sogar einen Privatdetektiv beauftragt, so verzweifelt war ich. Der hat sie allerdings erst kurz nach Papas Tod gefunden. Da war es schon zu spät.«

Oma Enne richtete sich interessiert auf. »Du hast sie gefunden?«

»Ja. Ich habe ihr eine Karte und die Todesanzeige aus der Zeitung geschickt, um sie zu informieren. Sie hat nie geantwortet. Bis Oma in den Baum geklettert ist und Ben aktiv wurde.«

Nora starrte ihre Schwester an und konnte kaum glauben, was sie hörte. Ausgerechnet Viola hatte sie so verzweifelt gesucht? »Aber … ich dachte immer, du wolltest mich auf keinen Fall hier haben! Und die Karte kam doch angeblich von Mama.«

»Das hab ich nur draufgeschrieben, weil mir das alles so peinlich war. Mir war klar, dass Mama und du niemals drüber reden würdet, also ging ich kein Risiko ein.«

»Wieso sollten Nora und ich nicht über den Brief reden?«, fragte Vera irritiert nach.

»Mama! Du redest nie über irgendwas. Hauptsache, alle sind immer freundlich zueinander. Um ehrlich zu diskutieren, hast du viel zu viel Angst vor Streit.« Viola hatte es sanft und liebevoll gesagt, doch ihre Worte taten selbst Nora weh. Sie waren wahr, allerdings unangenehm.

»Ich habe nur Angst vor Streit, weil genau solch ein Streit unsere ganze Familie zerfetzt hat«, erklärte Vera für ihre Verhältnisse erstaunlich scharf. »Kurz vor Noras Fortgang hatte ich den Eindruck, bei jeder Frage in ein Wespennest zu stechen. Ihr wart alle so angespannt und habt euch gegenseitig belauert. Als würde jederzeit eine riesengroße Bombe explodieren. Das war schrecklich und sehr, sehr ermüdend.«

»Was uns zu der Frage aller Fragen führt«, mischte sich Oma ein. Sie goss schwungvoll ein zweites Pinnchen voll und schob jeweils eins zu Viola und zu Nora. »Worüber habt ihr zwei mit eurem Vater gestritten? Ging es wirklich nur um Ben und seinen Kuss?«

Viola und Nora sahen sich an. Nora nickte ganz leicht, kaum merklich. Viola erwiderte es mit todernster Miene. Zum ersten Mal seit ihrer Ankunft waren sie sich einig. Sie nahmen gleichzeitig das Pinnchen und tranken es aus.

So langsam spürte Nora den Alkohol in ihrem Inneren. Er rumorte und sorgte für heiße, unangenehme Schübe im Magen. Nora mochte das unausweichliche Schwindelgefühl ganz und gar nicht. Kontrollverlust war ihr schon immer ein Graus gewesen, daher mied sie Alkohol für gewöhnlich. Er schmeckte ihr nicht mal besonders gut. Schmerz zu ertränken, war noch niemals eine gute Idee gewesen. Doch sie verstand Omas Grundidee. Der Schnaps benebelte ihre Sinne, machte sie träger und müde. Anders als bei so manchem Mal wurden sie nicht streitlustig, sondern ruhiger. Oma und Vera tauschten untereinander einen ähnlich wissenden Blick wie Viola und Nora. Sie lehnten sich zurück und wirkten ernst und traurig.

»Ihr werdet es uns nie verraten, nicht wahr?«, sagte Vera bitter.

»Wir können nicht«, erklärte Viola.

»Wir dürfen nicht«, sagte Nora. Sie atmete tief ein und versuchte, gegen das Schwindelgefühl anzugehen. Wie sollte sie nur jemals wieder von diesem Baum runterkommen? Ihre Zunge fühlte sich wie ein Gummischlauch an. Die Worte kamen nur mit viel Mühe über ihre Lippen. »Es ist auch eigentlich egal. Der Drops ist gelutscht. Das Geheimnis hat sich selbst überholt.«

»Dann könnt ihr es uns auch sagen.«

Nora und Viola schüttelten gleichzeitig den Kopf. »Ein Schwur ist ein Schwur. Ich hätte ihn nicht gebrochen.« Der letzte Satz war für Viola bestimmt gewesen.

»Ein Schwur?«, rief Oma. »Welcher Schwur? Davon höre ich zum ersten Mal!«

»Der Schwur ist total egal, Oma. Genau wie der Familienstreit kurz vor meinem Weggang. Viola.« Nora sah ihre Schwester so ernst an, wie sie es mit ihren benebelten Sinnen noch so gerade eben schaffte. »Ich weiß, dass du dachtest, ich sei kurz davor, den Schwur zu brechen. Aber ich hatte das nie vor. Du hättest mich gar nicht zwingen müssen, mit Ben Schluss zu machen. Ich hätte ihm nie was verraten!«

Viola sah sie aus schweren Lidern an und hickste leise. »Weißischjetz«, murmelte sie unverständlich. Ein weiteres Hicksen folgte.

»Hilfe«, merkte Oma Enne an. »Ihr zwei seid schon völlig betrunken! Nach zwei Pinnchen?«

»Drei«, korrigierte Nora. Sie legte den Kopf auf den Tisch und seufzte tief. »Ich geh zur Beerdigung«, murmelte sie völlig ohne Zusammenhang, woraufhin sich ihre Mutter regelrecht auf sie warf und sie fest umarmte.

»Du weißt gar nicht, wie froh ich über deine Entscheidung bin«, flüsterte sie ihr ins Ohr.

»Ich geh hauptsächlich deinetwegen, Mama. Und Oma? Du musst auch mitkommen. So was von!«

Doch Oma schüttelte den Kopf. »Die Plantage ist nicht gerettet. Wenn ich von diesem Baum runterklettere, packst du nächste Woche schon deine Sachen zusammen. Das kann ich nicht zulassen. Und solange ihr mir nicht erzählt, was damals los gewesen ist, bleibe ich hier oben.«

Viola und Nora stöhnten laut auf. »Das ist doch nicht dein Ernst, Oma! Willst du ernsthaft herausfinden, wer sturer ist? Das Spiel verlierst du«, prophezeite Nora. Viola nickte lediglich mit geschlossenen Augen. Sie schien zu dösen.

»Das werden wir ja sehen.« Oma kramte erneut unter ihrer Bank und zog diesmal ein Tablet hervor. Es war größer und neuer als das alte. »Hier! Die Wetterprognosen für die nächsten Tage. Ab morgen hört dieser ewige Regen auf, und es wird schön. Nur Montagmorgen regnet es noch mal – passend zur Beerdigung. Das heißt aber für uns, dass wir unsere vor Schock erstarrten Hintern bewegen müssen. Das Café muss geöffnet werden. Ben sollte sich auf die Plantage konzentrieren statt auf unser Familiendrama, und Vera hat mit mehr Hingabe zu kochen.«

»Hey«, protestierte Vera. »Du musst vor allem vom Baum runterkommen und mit anpacken.«

»Ich tue schon meinen Teil der Arbeit.« Oma grinste. »Einige Mitglieder meines Kirchenchors werden mich besuchen kommen. Sie wollen sich den Hof genauer ansehen. Ohne Dirigentin ist es eben schwer, ein

Konzert zu halten, und da die Dirigentin nun einmal im Baum sitzt, muss der Chor zu ihr kommen. Der Pfarrer war einverstanden: Das Frühjahrskonzert der Kirche wird am Samstag auf unserem Hof stattfinden.«

Oma wandte den Blick von Vera zu Viola. »Das heißt, dass du hier einiges herrichten musst. Du musst dich wieder fangen, Viola! Ohne dich können wir das Café nicht wiedereröffnen. Und Vera: Deine Kuchen müssen wieder besser schmecken. Weniger salzige Tränen, mehr Zucker! Gemeinsam können wir es schaffen. Ich spüre es. Das heute Abend war schon mal ein guter Anfang. Jetzt müssen wir auf dieser Welle des Zusammenhalts weiterschwimmen.«

»Erst mal müssen wir hier wieder runterkommen«, murmelte Nora und schloss die Augen. Ihr war schlecht. Vom Alkohol, aber auch vor Sorge vor dem, was ihr bevorstand. Sie würde tatsächlich auf diese Beerdigung gehen. Allein bei dem Gedanken drehte sich ihr vor Angst der Magen um.

Ben

»Ben, hier Oma Enne, bitte kommen.«

»Ben hört. Bitte kommen.«

»Du müsstest eine Schnapsleiche vom Baum pflücken. Die eine hat sich zusammengerollt und schläft. Die bleibt am Baum hängen. Die andere will runter und duschen. Sie jammert mir zu viel. Die Jugend verträgt echt nix mehr. Kommen.«

»Ich steh schon unterm Baum. Kommen.«

Ben wartete mit klopfendem Herzen darauf, dass die Frauen aus dem Häuschen kamen. Er sah undeutlich Schatten und Schemen. Omas Hintern war als Erstes zu erkennen.

Enne führte eine dezent taumelnde Nora an der Hand.

»Isch kanndat uch ’lein«, nuschelte sie.

Au weia.

»Soll ich einen Sicherungsstrick besorgen?«, rief Ben besorgt hinauf. Auf keinen Fall wollte er riskieren, dass sich Nora den Hals brach.

»Ich hab hier einen oben. Warte.« Oma hantierte eine ganze Weile herum, während Nora einfach nur dastand und blicklos vor sich hin starrte. Sie schwankte dabei leicht, als schunkelte sie zu einer Melodie, die nur sie vernehmen konnte. »So. Fertig. Kann losgehen. Ich lasse jetzt mal unser besoffenes Küken zu Boden. Aaaaachtung!«

Ben kletterte Nora ein Stück entgegen, während Oma sie vorsichtig zur Leiter dirigierte. Wie sich schnell herausstellte, waren ihre Ängste vollkommen unbegründet. Nora mochte zwar schwanken, aber auf ihre Kletterfähigkeiten war selbst im besoffenen Zustand Verlass. Dennoch war Ben schweißgebadet, als Nora unten am Boden angekommen war.

»Ein Besäufnis in einem Baumhaus war noch nie eine gute Idee«, rief er verärgert zu Oma hinauf. »Was ist mit Vera und Viola?«

»Die bleiben hier oben. Viola schnarcht schon, und Vera ist im Sitzen auf der Bank eingeschlafen.«

»Und du? Wo legst du dich hin?«

»Ich? Ich fahre jetzt noch eine Runde Fahrrad, um meine Kanäle bespielen zu können. Man hat so seine Verpflichtungen. Danach leg ich mich mit meinem Schlafsack auf die Veranda. Wird schon gehen. Mach dir keinen Kopp. Ich bin zäh wie Leder. Aber unsere Schnapsdrossel hier muss dringend unter die Dusche. Habt ihr euch schon wieder im Schlamm gewälzt? Was ist denn los mit euch jungen Leuten? Schon mal was von einem romantischen Dinner im Sternerestaurant gehört? Das ist angenehmer, als sich im Regen zu streiten.«

Ben ignorierte die letzten Fragen und dirigierte Nora bereits Richtung Stall. Sie schlurfte neben ihm her. Er war einigermaßen überrascht, als sie ihm die Hand reichte. Schweigend nahm er sie und stabilisierte sie, sobald sie stolperte.

»Ich mag diesen Teil des Hofes sooooo gerne«, brummte Nora. »Aber diese Maulwürfe sind 'ne Plage. Bei den Löchern hier könnte man bis zum Erdkern versinken.«

Ben verzichtete auf den Hinweis, dass es hier keine Maulwürfe gab und die Löcher eher in Noras Hirn waren. Kopfschüttelnd zog er sie weiter, doch sie war stehen geblieben und sah nach oben.

»So schöne Sterne«, flüsterte sie.

»Es ist erst neunzehn Uhr, Nora! Was du siehst, sind die Sternchen kurz vor der Ohnmacht. Wie viel hast du denn getrunken? Du weißt doch, dass du nichts verträgst.«

Nora setzte sich wieder in Gang, diesmal mit gesenktem Kopf. »Wir haben Wahrheit oder Pflicht gespielt«, erzählte sie im Schneckentempo. »Oma ist gemein.« Sie blieb stehen und schwankte jetzt stärker. Ben packte hastig ihre Hand ein wenig fester. Aus großen Augen musterte sie ihn. »Hab ihnen aber nix von deinem Kussversuch erzählt. Meine Lippen sind versiegelt«, sagte sie und fuhr sich dramatisch mit der Hand über den Mund. »Dabei war es ein sehr schöner Fast-Kuss. Prickelnd. Du küsst beinahe gut. Hast du geübt?«

Ben lachte und zog sie weiter. »Ein echter Gentleman äußert sich zu solchen indiskreten Fragen nicht«, erklärte er und erinnerte sich an seinen Schwur, gut auf sein Herz aufzupassen. Dieser Kussversuch war völlig bescheuert gewesen und würde sich nicht wiederholen. Nora wusste selbst nicht, was sie wollte. Gewiss war es nicht ihre Absicht, ihm wehzutun, aber es lag durchaus im Bereich der Möglichkeiten, dass genau das geschah. Wenn sie wieder nach Köln gehen wollte, konnte er sie schlecht davon abhalten.

Aber noch ist sie da, dachte er. *Also pass auf, was du tust und sagst.*

»Ich geh zur Beerdigung«, sagte Nora unvermittelt. »Aber erst mal geh ich unter die Dusche.«

Ben sah Nora überrascht an, blieb sogar stehen. Kaum zu glauben! Nora ging zur Beerdigung. Dass er das noch erleben durfte. Dann hatte er endlich sein Ziel erreicht. Na ja. Zumindest fast. Fehlte noch, dass sie über die Vergangenheit sprachen und … nein. Das mit der Beerdigung war schon mal ein Fortschritt.

Er half ihr zuvorkommend ins Haus, danach die Treppe hoch ins Bad. »Bist du sicher, dass du am Montag zur Beerdigung gehen kannst und willst? Ich freue mich natürlich über diese Entscheidung, aber lass dich nicht drängen. Wenn du absolut nicht willst, dann musst du auch nicht.«

Nora blickte ihn aus schweren Lidern an und zog sich gleichzeitig ihre nasse Jacke aus. Als sie Anstalten machte, sich den Pullover über den Kopf zu ziehen, drehte sich Ben hastig um. Natürlich hatte er sie schon unzählige Male nackt gesehen. Damals. Als sie ihre erste

Liebe in vollen Zügen ausgekostet hatten. Sie hatten ihr erstes Mal miteinander geteilt. Sich aneinander ausprobiert. Aber das war schon lange her. Sehr lange.

Er bemühte sich verzweifelt, seinen rebellierenden Körper wieder unter Kontrolle zu bekommen. Das Wissen, dass sich Nora gerade hinter ihm auszog, brachte in ihm alles ins Schwingen. Sein Magen zog sich zu einem festen, harten Ball zusammen, in dessen Innerem es eifrig kribbelte und krabbelte. Selbst seine Atmung hatte sich beschleunigt.

»Ischgeh zur Beerdigung«, nuschelte Nora undeutlich. Sie musste das Wasser der Dusche angestellt haben, denn es rauschte hinter seinem Rücken. Ben ballte die Finger zur Faust und atmete tief durch. »Du kommst klar?«, fragte er.

»Klar, komm ich klar. Bis gleich.«

Das kam einem Rausschmiss schon ziemlich nahe. Ben nickte und hielt auf die Tür zu, war froh und traurig zugleich, Nora hinter sich zu lassen. Das zwischen ihnen musste aufhören! Das war ungesund für beide Parteien.

Seine Überlegungen wurden von der Türklingel unterbrochen. Dankbar lief er nun schneller aus dem Raum, flüchtete regelrecht. Das Rauschen der Dusche wurde leiser und leiser, während er die Treppe runterpolterte und wenig später die Haustür aufriss.

Seine Schwester Julia stand davor und grinste breit. »Hey, großer Bruder. Gibst du mir Obdach für diese Nacht?«

»Wie kommt's?«, fragte Ben überrascht und fragte sich gleichzeitig, ob er ein Hostel betrieb, ohne es zu wissen. Wieso wollten neuerdings alle bei ihm schlafen?

Julia verdrehte ganz jugendmäßig die Augen und drängte sich an ihm vorüber. Sie hatte eine Sporttasche über die Schulter geschwungen und bereits ihren Schlafanzug an. Erst jetzt bemerkte Ben den müden Ausdruck in ihrem Gesicht. Die Zehnjährige wirkte bedrückt. Sofort war er alarmiert.

»Julia?«, fragte er jetzt schärfer.

Seine Schwester ignorierte ihn zunächst, warf achtlos ihr Gepäck auf die Couch, schüttelte sich die Sneaker von den Füßen und tappte zum Kühlschrank, um sich dort eine Milchtüte herauszunehmen. Sie trank im Stehen direkt aus der Packung.

»Mama und Papa haben sich wieder fürchterlich gestritten. So sehr, dass Mama sich oben im Schlafzimmer eingeschlossen hat. Papa sitzt seitdem im Wohnzimmer und guckt so laut Fußball, dass mir die Ohren geklingelt haben. Weil niemand mit mir geredet hat, bin ich schließlich abgehauen. Keine Sorge: Ich hab eine Nachricht hinterlassen, wo ich bin. Hmmm … diese Couch sieht besetzt aus.« Sie lauschte, woraufhin Ben in Gedanken tief seufzte. »Duscht da etwa jemand?«

»Nora übernachtet noch mal hier. Sie … hatte auch einen harten Abend und duscht sich gerade den Kopf klar. Du kannst gerne hierbleiben. Aber nur, wenn du die Luftmatratze nimmst.«

»Ich dachte immer, du bist ein Gentleman?«

»Das bin ich nur zu Frauen, nicht zu naseweisen kleinen Schwestern. Die Luftmatratze ist drüben im Schrank, zusammen mit der Luftpumpe. Viel Vergnügen.«

Ben hatte bereits sein Handy in der Hand und wählte die Nummer seiner Mutter. Dass sich seine Eltern stritten, war wirklich nichts Neues. Das hatten sie schon in seiner Kindheit getan. Nach Julias Geburt war es etwas besser geworden, aber dann war die Sache mit Nora passiert, und Ben war in seine eigene Finsternis abgedriftet. Das hatte erneut zu Eheproblemen bei seinen Eltern geführt. In den letzten Jahren war es wieder etwas ruhiger geworden. Bis heute.

Seine Mutter nahm nicht ab, daher sprach Ben auf die Mailbox. »Mama? Julia ist hier bei mir. Sie bleibt über Nacht. Ruf mich bitte zurück. Ich hoffe, es ist alles okay bei dir. So oder so … meld dich!«

Julia pumpte in der Zwischenzeit fleißig und beobachtete ihren Bruder beim Sprechen. Sobald er aufgelegt hatte, verzog sie das Gesicht und deutete mit dem Kinn die Treppe rauf. »Habt ihr wieder was miteinander?«

»Das, mein süßes Schwesterherz, geht dich rein gar nichts an. Aber nein. Wir haben nichts miteinander, also entspann dich.«

»Warum läuft sie dann in deinen Boxershorts und einem Shirt von dir in dein Bett?«, fragte Julia süffisant.

Ben drehte sich automatisch um und blickte hoch. Tatsache. Nora krabbelte soeben ins Bett, wühlte sich in die Kissen und verschwand damit aus seinem Blickfeld. »Ich hasse Schnaps«, rief sie ihm zu.

Ben seufzte tief. »Ich bring ihr mal direkt eine Kopfschmerztablette und Wasser. Sie muss morgen fit sein. Schließlich haben wir eine Plantage zu retten.« Er musterte seine Schwester. »Wie bist du überhaupt hierhergekommen? Im Schlafanzug auf deinem Fahrrad?«

»Helen hat mich aufgegabelt und hergebracht. Jetzt mach dir mal nicht ins Hemd. Die Gegend ist komplett ungefährlich, mal abgesehen von Autofahrern, die besoffen in den Wettern landen.«

Das stimmte. So mancher Wagen war in die Gräben geplumpst und versunken. Ansonsten ging die Verbrechensrate in Jork gegen null.

Ben beschloss, seinen ungebetenen Gast zunächst zu ignorieren. Er goss ein großes Glas mit Wasser voll, suchte nach einer Kopfschmerztablette und schlich damit bewaffnet hoch zu Nora. Die hatte sich das Kissen über den Kopf gezogen und grummelte vor sich hin.

»Omas Schnaps hat es in sich, nicht wahr?«, fragte er und ärgerte sich über die Wärme in seiner Stimme. *Sei cool. Unnahbar. Denk an den einsamen Wolf und deinen Entschluss, Single zu bleiben.* Mit einem Mal war er dankbar für die Anwesenheit seiner Schwester. Seine Anstandsdame.

Noras Stöhnen riss ihn aus seinen Grübeleien. »Ich mag es gar nicht, wenn sich der Raum dreht.« Wenigstens klang sie wieder halbwegs normal. Vielleicht hatte sie noch mal Glück gehabt.

Ben wartete, bis sie das Kissen fortgezogen hatte und daran vorbei zu ihm hoch linste. »Hast du Schokolade? Und einen Ratgeber gegen dummes Verhalten?«

»Ich kann dir gerne einen von deinen komischen Schinken aus dem Regal holen. Da stehen genug. Hier. Trink erst mal, danach geht es dir besser.« Er drückte ihr das Glas in die Hand. »Habt ihr euch ausgesprochen? Du und deine Schwester?«, fragte er.

Nora nickte. »Wir haben uns zwar nicht weinend in den Armen gelegen, aber uns zumindest wohlwollend zugenickt. Wir brauchten nicht mal Omas komisches Friedenswort. Ein Fortschritt.« Stöhnend presste sie sich das kühle Glas gegen die Stirn. »Mein Gott! Ich bekomme jetzt schon einen Kater. Schokolade! Ich brauche Schokolade!«

Ehe er sie aufhalten konnte, war sie schon aus dem Bett gekrabbelt und an der Treppe. Sie trug wirklich seine Boxershorts! Dazu eines seiner Hemden, das an ihr wie ein Nachthemd aussah. Die Wirkung des Alkohols war aber wohl noch lange nicht verflogen, denn sie schwankte bedrohlich die Stufen hinunter. Auf der Mitte blieb sie stehen und sah Julia überrascht an.

»Nanu. Wo kommst du denn her?«, fragte sie irritiert. Ohne die Antwort abzuwarten, winkte sie ab. »Geht mich nix an. Hallo, Julia. Was du hier siehst, ist das Ergebnis von Omas Friedensverhandlungen. Nimm dir bitte kein Beispiel an mir. Trinken ist doof. Trinken tut weh!«

Damit stapfte sie die letzten Stufen runter und begann, Bens Schränke zu durchwühlen. Sie fand mit tödlicher Genauigkeit seine alte Weihnachtsschokolade, die seit Langem ignorierten Pralinenschachteln und eine riesige Dose voller Kekse. Julia sah ihr staunend zu und lachte schließlich.

»Ich beginne zu ahnen, was du an ihr findest«, sagte sie zu Ben. »Eigentlich hatte ich vorgehabt, sie weiter zu hassen. Aber momentan ist sie ganz niedlich. Sollen wir sie nicht doch für eine Weile behalten?«

Der konnte vor Schock nicht antworten. Wie Nora da kekskrümelnd auf seinem Boden hockte, inmitten eines halb angebissenen Weihnachtsschokomanns, war ihm mit einem Schlag eine Sache ganz klar geworden:

Er liebte sie noch immer. Sogar noch mehr als zuvor.

#belauschteKüsse

Für eine optimale Observation kommen Sie um technisches Rüstzeug nicht herum. (Aus: Stalken am Rande der Legalität)

Nora

Sie erwachte vom Klingeln ihres Handys und dem Dröhnen ihres Schädels. Stöhnend wälzte Nora sich auf die Seite und suchte mit halb geschlossenen Augen nach dem lärmenden Ding an ihrer Seite. Nie wieder Alkohol, schwor sie sich.

Blinzelnd versuchte sie, die Nachricht zu lesen. Ihre beste Freundin von der Arbeit hatte geschrieben. Annabelle.

Lebst du noch? Wird Zeit, dass du zurückkommst. Chef hat mich gefragt, wer eigentlich die Frau Graf sei. Aus den Augen, aus dem Sinn.

Die Arbeit! Sie hatte den Gedanken daran vollständig verdrängt. Wenn sie noch länger im Alten Land blieb, wonach es jetzt definitiv aussah, würde das ihre Position in der Firma bedrohen. Und das, wo sie so lange und hart dafür gearbeitet hatte.

Nora antwortete kurz und knapp: *Ich brauche noch Zeit. Ist es brenzlig?*

Die Antwort kam prompt, obwohl es erst früh am Morgen war.

Wenn dir dieses Steuerberaterbüro ungefähr so egal ist wie mir, dann bleib ruhig noch weg. Wenn du aber weiter so tun willst, als ob du hier Karriere machen kannst und die Bilanzen kleiner 0815-Unternehmen die Erfüllung deines Lebens sind, dann komm lieber zurück.

Nora stöhnte leise. Auch das noch! Zu einer Antwort kam sie aber nicht mehr, denn Ben war bereits wach. »Kaffee?«, rief er ihr zu.

»Ja«, brüllten sowohl Nora als auch Julia.

»Du bekommst bestimmt keinen Kaffee«, sagte Ben zu seiner kleinen Schwester, während Nora an die Decke starrte. Verdammt! Wenn sie ihren Job behalten wollte, musste sie sich etwas einfallen lassen.

Der Geruch von ihrem Lieblingsgetränk trieb sie aus dem Bett. Sie hielt sich kurz am Bettpfosten fest, bis die Welt sich nicht mehr drehte, dann tapste sie barfuß die Stufen hinunter.

Wow. Hier war ein Schokoladenmassaker passiert. Im ersten Moment wollte sie Ben deswegen aufziehen, dann sah sie den aufgeschlagenen Ratgeber inmitten der Krümel liegen. Eindeutig ein Indiz für ihre Wenigkeit. Dunkel erinnerte sie sich an einen Schokoflash und an ein Mädchen, das amüsiert neben ihr gesessen und sie mit Pralinen gefüttert hatte.

Mit zusammengekniffenen Augen musterte Nora das Bücherregal. Die eine Hälfte war neu sortiert. Die bunten Bücher bildeten einen Regenbogen. Die dunklen waren die Umrandung. Auch das war eindeutig sie gewesen.

»Guten Morgen, kleine Schnapsdrossel. Schon so früh am Würmerpicken?«, fragte Ben mit einem so breiten Grinsen, dass es beinahe von einem Ohr zum anderen reichte.

Hinter der Couchlehne kam ein strubbeliger Kinderkopf hervor. Julia, die genauso belustigt aussah wie ihr großer Bruder. Selbst Katerchen schien sich über Nora zu amüsieren. Er lag oben auf der Lehne und gähnte herzhaft. Wie war er nur wieder hier hereingekommen? Seltsam!

»Macht ruhig eure Witze über meinen armen Schädel.« Nora wollte noch etwas hinzufügen, allerdings ging auf dem Tablet an der Wand ein Anruf per Skype ein. »Wehe, du nimmst Oma an«, drohte sie Ben, doch zu spät.

Omas Auge erfüllte den Bildschirm. »Hallo, meine Lieben«, sagte sie feierlich. »Ich wollte euch nur darüber informieren, dass meine Baumhausgäste soeben in das Haupthaus umgezogen sind. Sobald die Beerdigung am Montag rum ist, sollten wir uns Gedanken über Operation Plantagenrettung machen. Ich denke … Hilfe, Nora! Du siehst schrecklich aus! Noch schlimmer als Viola.«

Nora brachte lediglich ein Grunzen zustande und zog sich mit letzter Kraft auf den Barhocker. Ben stellte ihr rasch eine dampfende Kaffeetasse vor die Nase. »Weiß Viola wenigstens noch, dass wir uns vertragen haben?«, fragte Nora Enne.

»Das hoffe ich doch sehr! Noch so einen Abend vertragen wir alle nicht.« Erst jetzt bemerkte Nora, dass sich hinter ihrer Oma Einmachgläser mit Spitzendeckchen stapelten. Offenbar war sie fleißig gewesen. Müde nahm sich Nora den Kaffee, schlurfte zur Couch und ließ sich wie eine alte Frau neben Julia in die Kissen sinken. Katerchen rieb seinen Kopf an ihrem Ohr und schnüffelte dabei.

»Ich weiß, ich stinke wie eine Bar«, brummte Nora. Vorsichtig nippte sie am Kaffee und horchte in sich, wie es ihrem Magen ging. Eigentlich überraschend gut. »Wie kommst du überhaupt in die Wohnung?«

»Ich glaube ja, er kann durch Wände gehen«, sagte Julia. Sie zog den Kater von der Lehne und setzte ihn auf ihren Schoß. Nora bewunderte ihren Mut, aber das Tier blieb tatsächlich ruhig. Wenn Ben das gemacht hätte, wäre die Hölle ausgebrochen.

»Alles klar bei euch zu Hause?«, fragte Nora. Sie wusste aus Erfahrung, dass Bens Eltern ständig Zoff miteinander hatten. Er hatte dann früher meist bei ihr übernachtet. Julias Aktion erinnerte sie schwer an die Vergangenheit.

»Klar«, log Julia ganz eindeutig.

»Papa hat mal wieder rumgestresst«, mischte sich Ben ein. Er setzte sich ihnen gegenüber in einen Lesesessel und legte die Füße auf den Couchtisch. »Aber du kennst das ja: Die kriegen sich schon wieder ein.«

Nora nickte. Sie hatte sich schon lange gefragt, warum Bens Mutter nicht einfach die Beziehung beendete. Aber wenn Kinder im Spiel waren, wurde es kompliziert. Versuchten sie noch immer, wegen Julia zusammenzubleiben? Die Frage war, ob sie dem Kind damit einen Gefallen taten.

Nora sah die Sorge in Bens Augen. An der Art, wie er seine kleine Schwester musterte, erkannte sie seine Gedanken. Er überlegte gerade genau dasselbe wie sie. Kein Wunder. Die Streitereien liefen jetzt schon seit Jahren.

»Wir müssen übrigens mal über deine künstlerischen Ausführungen reden«, sagte Nora zu dem Mädchen und deutete dabei auf die Wand mit den Fotos.

Julia hatte den Anstand, leicht rot zu werden. Dann reckte sie kampfeslustig das Kinn. »Es war meine schwesterliche Pflicht, dir die Aufkleber zu verpassen«, erklärte sie. »Und als Bens Schwester muss ich dich warnen: Wenn du ihm noch mal so wehtust, dann schnippel ich höchstpersönlich jedes Gesicht von dir aus und verbrenne es feierlich.«

»Ob ich jetzt einen Aufkleber auf dem Gesicht habe oder ausgeschnitten zu Asche werde – das kommt aufs Gleiche hinaus. Ich erkenne allerdings deine schwesterliche Fürsorge an und versichere dir, dass so etwas nicht noch mal vorkommt. Du kannst deine Schere stecken lassen.«

Julia nickte zufrieden. »Dann ist ja gut, und ich kann duschen gehen.« Sie stand auf und trippelte beinahe lautlos die Treppe hinauf. Der Kater folgte ihr mit gestrecktem Schwanz.

»Sie erinnert mich sehr an dich«, sagte Ben. »Der Kater denkt das auch und folgt ihr genau wie dir überall hin. Ich glaube, er hält sie für dich.«

»Hoffentlich nicht! Noch eine verkopfte Buchhalterin kann dieser Hof nicht gebrauchen.« Nora räusperte sich. »Und wie geht es jetzt weiter?«

»Hast du doch gehört: Wir starten Operation Plantagenrettung. Du darfst heute also nach Herzenslust Listen schreiben und die Arbeit mir aufs Auge drücken. Allerdings wirst du mit Viola klarkommen müssen. Apropos Viola. Die hat mir gerade eine Nachricht geschrieben. Sie sagt, etwas stimme mit dem Online-Shop nicht. Da sind merkwürdige Bestellungen reingekommen.«

»Besser merkwürdige als gar keine.« Nora runzelte die Stirn. »Was genau meint sie?«

»Sie sagt, es wären zu viele. Das rieche nach Fake-Bestellungen.« Ben seufzte. »Ich bin kein großer Programmierer. Kannst du dir das mal ansehen?«

»Klar. Mache ich«, versprach Nora.

»Gut. Dann kann ich das von meiner Aufgabenliste streichen. Ich ziehe mich noch schnell um, dann kann es losgehen.«

Nora blieb sitzen und drehte versonnen die Tasse in den Händen, während sie Bens Schritten lauschte. Er lief nach oben, um sich seinen Arbeitsoverall zu holen.

Ein seltsamer Morgen, dachte Nora. Sie linste kurz hinauf und bemerkte, dass er sich das Shirt ausgezogen hatte. Da er mit dem Rücken zu ihr stand, hatte sie eine gute Aussicht auf sein Hinterteil und das Spiel seiner Muskeln, während er ein einfaches Unterhemd überzog. Noras Mund wurde trocken. Sie hatte gewusst, dass er gut gebaut war. Aber aus dem schlaksigen, hübschen Jungen war ein echter Mann geworden.

»Ich hab Jonas gefragt, ob er was über Werners mysteriösen Geldumschlag weiß«, rief Ben ihr zu und riss Nora aus ihren Gedanken über seinen schönen Rücken.

»Und? Was hat er gesagt?«

»Er hat mich ans Postgeheimnis erinnert, aber so wie er geguckt hat, weiß er mehr. Ich hab nur leider kein weiteres Wort aus ihm herausquetschen können.«

Es rumpelte, und Ben erschien auf dem oberen Treppenabsatz. Er zog sich soeben ein schlichtes graues Hemd über. Mit den verstrubbelten Haaren sah er einfach verboten gut aus. Sexy.

Nora räusperte sich. »Soll ich es mal versuchen?«

»Ich dachte da eher an eine Oma-Falle. Wenn sie Jonas oben im Baumhaus hat, wird sie alles aus ihm herauspressen können.«

Die beiden tauschten ein diabolisches Grinsen. Ben verschwand danach kurz aus Noras Blickfeld. Wahrscheinlich zog er sich jetzt eine Hose an.

»Reden wir eigentlich über gestern oder schweigen wir es tot?«, rief er ihr in diesem Moment zu.

»Du wolltest mich küssen. Ich hab dich gestoppt. Mehr ist nicht zu sagen«, rief Nora zurück und wusste gleichzeitig, dass das noch lange nicht alles war.

»Du hast Nora küssen wollen?«, kreischte da Oma dazwischen.

Nora verschluckte sich an ihrem Kaffee. Sie hatte komplett vergessen, dass Enne noch auf Skype zugeschaltet war.

Oben wurde es verdächtig still. Dann erschien Ben in Boxershorts und mit einer Hose in der Hand auf der Treppe. Ihre Blicke begegneten sich, woraufhin sich alles in Noras Magen zusammenzog. Seine Augen funkelten amüsiert. Ihm schien die Situation weniger unangenehm zu sein als ihr.

»Das Wetter wird gut«, sagte er völlig ohne Zusammenhang. »Es ist Sonnenschein angesagt. Und wisst ihr, was das heißt? Wir müssen uns beeilen und das Zeitfenster nutzen.«

Er lächelte so charmant, dass Noras Beine weicher wurden. Charmant und beruhigend. Als wolle er ihr damit mitteilen, dass Oma die Sache mit dem Kuss auf sich beruhen lassen oder für sich behalten würde. Als ob …

»Lenkt nicht ab. Wann wolltet ihr euch küssen? Wo? Und was bedeutet das für uns alle?«, hakte Oma unbarmherzig nach. Ihr Auge wurde jetzt so riesig, dass es den gesamten Bildschirm ausfüllte. Offenbar war sie möglichst nah ans Display getreten, um mehr zu sehen.

»Oma, das geht dich gar nichts an«, sagte Nora bestimmt. Sie stand auf und näherte sich dem Tablet, woraufhin Oma zu kreischen begann.

»Wehe, du drückst mich jetzt weg! Das ist gemein. Ich brauche mehr Informationen!«

»Wenn du vom Baum kletterst und mit uns zur Beerdigung fährst, dann erzähle ich dir vom Kuss«, sagte Nora einer Eingebung folgend.

»Das ist Erpressung!«

»Ich schlage dich lediglich mit deinen eigenen Worten. Also überleg es dir. Was ist stärker: deine Sturheit oder deine Neugierde? Du hast es in der Hand.«

Hastig drückte Nora Oma weg und atmete tief durch, ehe sie sich zu Ben umdrehte. Der stand noch immer in Boxershorts da und starrte sie an.

»Deine Oma wird die Neuigkeit überall verbreiten«, sagte er besorgt. »Wir sollten vorher miteinander geredet haben. Über den beinahe geschehenen Kuss.«

»Haben wir das nicht bereits? Er war ein Ausrutscher. Ein Unfall.« Nora kniff angestrengt die Augen zusammen und bemühte sich, ihre Worte selbst zu glauben. *Du musst weiter stur sein*, ermahnte sie sich. *Zwischen Ben und dir wird niemals wieder etwas sein. Nicht, wenn du ihm nicht alles erzählen willst. Und das darfst du nicht tun.*

Ich brauche einen Ratgeber, schoss ihr dann in den Kopf. Einen richtig dicken über aufkeimende Gefühle und wie man sie unterdrücken konnte. Am liebsten von ihrer Lieblingsautorin Tamara Winter. Ohne ihre Mut machenden Bücher wäre sie schon längst verzweifelt. Alternativ wollte sie das Bücherregal neu sortieren. Diesmal nach dem Alphabet. Oder nach der Dicke der Buchrücken.

Ben kam zu ihr herunter und bewegte sich dabei langsam und ruhig. Geschmeidig. Nora stand reglos vor dem Tresen zur Küche und konnte sich nicht rühren. Ihr einziger Gedanke war: *Was tust du, wenn er es wieder versucht? Wenn er dich wieder küssen will?*

Kurz vor ihr blieb er stehen und nahm ihre Hand in seine. Sie war warm und weich. Vertraut. Sein Blick fing ihren ein, so intensiv, dass sie das Knistern zwischen sich zu hören meinte.

In der Sekunde wollte Nora es genauso sehr. Ein Kuss zwischen ihnen, um Klarheit zu gewinnen. Doch das Schicksal sah das anders.

»Bin fertig im Bad. Ben, du kannst jetzt rein«, schrie Julia dazwischen und kam Sekunden später die Treppe runtergedonnert, woraufhin Ben hastig einen großen Schritt zurück trat und sich von ihr abwandte, als sei nichts passiert. Wortlos verschwand er im oberen Bad und ließ Nora atemlos und völlig aufgewühlt zurück. Sie sah ihm einen Moment hinterher, zwang sich dann aber fortzusehen – und blickte direkt in die stahlharten Augen seiner kleinen Schwester.

»Wehe, du tust ihm wieder so weh wie beim letzten Mal«, wiederholte diese ihre Drohung von vorhin mit zornfunkelndem Blick. »Lass gefälligst die Finger von ihm. Er war gerade richtig zufrieden, aber seitdem du aufgetaucht bist, gerät alles durcheinander. Mama und Papa zanken sich nur noch, Oma Enne sitzt im Baum, und Ben hat diesen komischen Ausdruck im Gesicht. Er mag dich noch immer viel zu sehr. Warum auch immer. Ich sehe zwar nicht so aus, aber ich bin nicht nur klein und niedlich. Ich kann dir dein Leben zur Hölle machen. Glaub mir. Also Finger weg von meinem Bruder!«

Mit diesen Worten drehte sie sich dramatisch um, schnappte sich ihren Jutebeutel und stürmte zum Ausgang. Mit einem lauten Krachen fiel die Tür hinter ihr zu. Nora sah ihr mit offenem Mund hinterher und konnte nicht fassen, was gerade passiert war. Jetzt bedrohte sie schon eine Zehnjährige! Doch das Schlimmste an allem war, dass sie auch noch recht hatte. Ben und sie waren nicht gut füreinander.

Ben

Irgendetwas Seltsames war geschehen, während er geduscht hatte. Nora war so merkwürdig still. Bedrückt.

Er hatte sie zu ihrer Mutter ins Haupthaus gebracht und war dann zu seinen Eltern gefahren, um noch vor der Arbeit nach dem Rechten zu sehen. Auch seine Schwester schien vollkommen außer Rand und Band zu sein. Waren alle verrückt geworden?

Die Antwort lag auf der Hand: Ja, sie waren alle verrückt geworden. Anders war es auch nicht zu erklären, dass er Nora hatte küssen wollen.

Gerade parkte Ben vor seinem Elternhaus, als sein Handy klingelte. Im ersten Moment wollte er den Anrufer ignorieren, letztlich gab er sich aber doch einen Ruck und ging ran.

»Hallo, Robert. Es ist gerade wirklich schlecht«, begrüßte er seinen alten Kumpel aus Studienzeiten.

»Ignorierst du deshalb erst unseren Brief und danach meine Mail?«, entgegnete Robert in tadelndem Ton.

»Was das angeht … ich hätte mich Dienstag bei euch gemeldet. Wirklich. Aber Montag ist die Beerdigung von Werner Graf. Die letzten Tage waren daher recht seltsam.«

Robert schwieg einen Moment betroffen. »Entschuldige. Das war mir nicht klar. Ich weiß, wie viel dir der Mann bedeutet hat. Das Problem ist nur, dass meine Chefs wissen wollen, was jetzt mit dem Angebot ist. Du warst nicht der einzige Bewerber, und ich habe meine Beziehungen spielen lassen, damit du die erste Wahl wirst. Es wäre mir unangenehm, wenn jetzt nichts draus wird.«

Ben seufzte tief, lehnte den Kopf gegen die Lehne und schloss erschöpft die Augen. Seit Jahren träumte er von solch einer Chance. Jetzt war sie da, und sein Bauchgefühl warnte ihn davor, es anzunehmen. *Wegen Nora*, dachte er bitter. *Einzig und allein wegen Nora.* »Gibst du mir noch bis Ende der Woche?«, fragte er vorsichtig.

Robert atmete tief ein. »Das geht nicht. Bis Mittwoch brauchen wir deine feste Zusage. Sorry, aber ich hänge da mit dir drin. Lass mich jetzt nicht im Stich. Ich zähle auf dich. Meld dich einfach so schnell wie möglich, okay? Erst die Beerdigung, dann siehst du wieder klarer. Das ist deine Chance. Du musst sie ergreifen! Jetzt! Dir läuft nämlich die Zeit weg.«

»Ich hab verstanden. Bis dann, Robert.« Ben legte auf, starrte einen Moment aufs Handy und spürte, wie kalte Wut in seinem Inneren hochkochte. Erst stemmte er sich gegen das Gefühl, kämpfte dagegen an. Dann gab er nach und hieb, so fest er konnte, auf das Lenkrad ein. Fester, noch fester, noch mal! Er kannte diesen Jähzorn aus der Zeit, als Nora gegangen war. Da war er ständig wütend gewesen, hatte gegen Häuserwände geschlagen, sich geprügelt, sich betrunken und gepöbelt. Auch sein Studium hatte er sausen lassen.

Es war Werner gewesen, der ihn wieder eingefangen hatte. Er hatte ihm Arbeit auf dem Hof gegeben und ihn Tag und Nacht beschäftigt. Statt ihn wie all die anderen mit Fragen zu löchern, mit ihm zu schimpfen oder ihm gute Ratschläge zu geben, hatte er ihm stumm das geboten, was Ben brauchte: eine Aufgabe, um weitermachen zu können.

Bei dem Gedanken an Werner wurde Ben ruhiger. Er atmete tief durch und zählte mehrere Male hintereinander bis zehn. Dabei umklammerte er das Lenkrad nur noch, anstatt darauf einzuprügeln. Mit geschlossenen Augen versuchte er, sein Gleichgewicht zurückzugewinnen.

Als jemand an seine Fensterscheibe klopfte, erschrak er entsprechend heftig. Es war seine Mutter Sarah, die noch ihren Morgenmantel trug.

»Kommst du heute noch rein?«, fragte sie durch die geschlossene Fensterscheibe. Ihr besorgter Blick erinnerte Ben an dunklere Zeiten. Damals hatte sie ihn oft auf diese Weise angesehen. Sie hatte Angst um ihn gehabt. Große Angst.

»Klar«, sagte Ben. Er zwang sich, das Lenkrad loszulassen. Dann schnallte er sich ab und stieg aus. Da seine Mutter nur einen kleinen Schritt vom Auto fortgemacht hatte, berührten sie sich bei dieser Bewegung. Ben drehte sich zu ihr und sah sie ernst an. »Mach dir keine Sorgen, Mama.«

»Das, was ich da gerade gesehen habe, macht mir große Sorgen«, erwiderte sie.

Mist! Sie hatte seinen Wutanfall beobachtet. »Ich hab mich im Griff. Versprochen«, setzte er hinzu.

Seine Mutter glaubte ihm kein Wort. Sie stand noch immer starr vor ihm und sah ihn aus riesigen Augen an. Mit Entsetzen stellte Ben fest, dass sie mit den Tränen kämpfte.

»Ach, Mama«, brachte er hervor und nahm sie fest in die Arme. Sanft strich er ihr über den Rücken. »Es wird alles wieder gut.«

Sarah klammerte sich an ihn und schluchzte laut und trocken auf. »Nein«, protestierte sie. »Das wird es nicht! Diesmal gibt es keinen

Werner, der dich wieder auf Spur bringt. Nora wird wieder fortgehen, Ben! Du musst dich emotional darauf einstellen und dich vorbereiten. Geh auf Distanz, solange du es noch kannst.«

Ben atmete tief ein, kämpfte mit sich und dem Ärger, der sich in seinem Magen formte. »Ich kann nicht auf Distanz gehen. Nicht bei Nora«, sagte er.

»Natürlich kannst du! Du musst!«

»Nein, Mama. Muss ich nicht. Ich will nicht, dass es zwischen uns so wird wie zwischen dir und Papa. Ich will, dass Nora und ich die Sache klären und dann wie zivilisierte Menschen miteinander leben können. Anders als du und Papa. Ihr streitet euch nur noch. Innerlich seid ihr zwei doch schon längst auf Distanz gegangen, nur könnt ihr euch nicht voneinander lösen. Meinst du nicht, es wäre langsam an der Zeit, den nächsten Schritt zu tun?«

Seine Mutter sprang regelrecht von ihm fort und funkelte ihn böse an. »Wag es nicht, so mit mir zu reden! Dein Vater und ich machen gerade eine schwere Zeit durch. Das stimmt. Aber das ist kein Grund, sich sofort voneinander zu trennen. Wir kämpfen für unsere Ehe. Wegrennen tun nur Feiglinge.«

»So wie Nora?«, seufzte Ben. So wie es aussah, war die Meinung seiner Mutter, was Nora anging, vollkommen festgefahren.

Das ernüchterte Sarah. Sie atmete tief durch. »Nein«, sagte sie dann deutlich ruhiger. »Nora ist kein Feigling. Ich mag sie sehr, aber das mit euch … du musst doch sehen, auf was für eine Katastrophe du zusteuerst. Ich habe deine Blicke gesehen und … Julia hat mir von eurem Kuss erzählt.«

Auweia! Hatte denn die ganze Welt ihr Gespräch mitbekommen? Warum nur waren sie nicht vorsichtiger gewesen? Jetzt machten sich vermutlich gleich zwei Familien Sorgen. Er sparte sich den Hinweis, dass es lediglich ein Beinahe-Kuss gewesen war. Letztlich machte das keinen großen Unterschied.

Seine Mutter wartete, bis er seine Aufmerksamkeit wieder auf sie lenkte. Dann trat sie zu ihm und legte ihm eine Hand auf die Wange. So, wie sie es in seiner Kindheit immer getan hatte. »Ich liebe dich, mein Junge. Mütter sind nun einmal dazu da, sich Sorgen um ihre Kinder zu machen. Deswegen muss ich es dir so deutlich sagen: Nora zu küssen, ist wirklich keine gute Idee.«

Das stimmte. Nora zu küssen, war zumindest in diesem Umfeld keine gute Idee. Ihre Vergangenheit stand zwischen ihnen und trennte sie mehr als jemals zuvor. Aber vielleicht war es an der Zeit, das hinter sich zu lassen. Und eine Zukunft ohne Nora konnte sich Ben mittlerweile nicht mehr vor stellen.

#trauerinschwarz

Lachen Sie nie, wenn Sie an einem offenen Grab stehen.
(Aus: Nützliches Wissen über Beerdigungsriten)

Nora

Montag. Der Tag der Beerdigung war gekommen. Viola hatte Nora ein dunkles Kleid geliehen, das ihr eigentlich viel zu groß war. Sie fühlte sich unwohl in ihrer Haut. Das lag nicht nur an der fremden Kleidung, sondern auch an der ganzen Situation. Schon jetzt gingen ihr die neugierigen Blicke der anderen Leute auf den Geist. Sie alle wollten das verlorene Schaf sehen und erhofften sich einen kleinen Skandal.

Ihre Mutter hatte sich einen großen schwarzen Hut mit Schleier aufgesetzt. Auf diese Weise wollte sie eigentlich den Blicken entgehen, zog diese jedoch nur noch mehr an. Genervt hatte sie den Schleier schließlich hochgekrempelt und sich eine Sonnenbrille aufgesetzt. Ihr Gesicht war schon jetzt rot verquollen. Sie sah schrecklich mitgenommen aus.

Fast automatisch rückte Nora näher zu ihrer Mutter, bemerkte dann aber irritiert, dass Viola sie am Ärmel zupfte und leicht zurückzog. »Glaubst du, dass sie auch kommt?«, raunte sie ihr ins Ohr.

Nora runzelte irritiert die Stirn und brauchte ein wenig, um das *Sie* zuzuordnen. »Natürlich kommt sie. Es wäre viel zu auffällig, wenn sie fernbleiben würde«, erwiderte sie und vermied extra, den Namen auszusprechen. Sie wollte keine schlafenden Hunde wecken.

Viola ballte die Finger zur Faust. »Ich werde sie wegschicken«, prophezeite sie düster.

Nora rutschte vor Schreck das Herz in die Knie. Daran hatte sie überhaupt nicht gedacht. Warum nur hatte sie vor der Beerdigung nicht noch mal eindringlich mit Viola gesprochen? Jetzt war es zu spät. Ihre Mutter schritt bereits vor ihnen zur Kapelle und drehte sich immer wieder zu ihnen um, wunderte sich vermutlich darüber, was sie miteinander tuschelten.

»Viola, reiß dich zusammen«, zischte Nora aufgebracht. »Das ist jetzt nicht der Ort für eine Szene!«

Zu spät erkannte sie, dass sie ihrer Schwester niemals einen Befehl erteilen durfte. Nie! Sie hatten sich zwar vertragen, das hieß aber nicht, dass sie sich schon wieder gut verstanden. Nora musste vorsichtig mit ihren Worten umgehen.

Viola machte prompt dicht. Ihre Miene verhärtete sich, sie richtete sich auf, und Nora meinte sogar das Knirschen ihrer Zähne zu hören. Wortlos ließ Viola Nora stehen und wollte sich wie zuvor bei ihrer Mutter einhaken, doch da war bereits besetzt.

Eine verhutzelte Alte hatte ihre Position eingenommen und tätschelte Vera immer wieder sanft den Arm. Sie ging Noras Mama gerade mal bis zur Schulter, was vermutlich an ihrem gewaltigen Buckel lag. Insgesamt wirkte sie windschief. Als hätte sie zu viel Zeit auf einem Deich verbracht und sich beständig gegen den Wind gestemmt.

Viola zögerte nur kurz, dann hakte sie sich an der anderen Seite ihrer Mutter ein.

Nora nutzte den Moment, um durchzuatmen. Viola war wieder auf Kriegsfuß. Aber sie würde bestimmt keine Szene machen. Oder? Sie sah sich um, fand Ben aber nicht in dem kleinen Tross aus Menschen. Sie alle hatten ihre Autos vor der Kirche geparkt, um jetzt in einer lang gezogenen Reihe hineinzupilgern. Dort würde der Pfarrer ein paar Worte sagen, bis sie gemeinsam die Urne zu Grabe trugen.

Nora schluckte. Es waren so viele Menschen gekommen. Ihr Vater war beliebt und gut vernetzt gewesen. Außerdem hatten die Leute genug Zeit gehabt, sich den Termin frei zu halten. Durch Noras Fernbleiben in den letzten Wochen hatte die Familie die Beerdigung so weit nach hinten gelegt, wie es nur ging.

Einzig Oma Enne fehlte. Der Gedanke tat Nora in der Seele weh. Wie sollten sie die Alte jemals vom Baum herunterbekommen? Wenn sie selbst für die Beerdigung ihres Schwiegersohnes nicht nachgab, sah Nora schwarz. Nie im Leben würden Viola und sie die Wahrheit aussprechen können.

Darüber machst du dir später Sorgen, beschloss Nora. Sie rannte ein paar Schritte, bis sie Viola erreichte, und warf der alten Frau direkt neben ihrer Mutter einen irritierten Blick zu. »Wer ist das?«, flüsterte sie leise ihrer Schwester zu.

»Ich hab keine Ahnung! Ich glaube, sie gehört zum Strickclub. Wahrscheinlich will sie nur helfen und bleibt gleich zurück.«

Dem war nicht so. Die Alte blieb stur in ihrer Position. Als sie die Kirche betraten, roch Nora als Erstes die Blumen. Die Urne war hübsch mit rosafarbenen und weißen Rosen umsteckt. Der passende Kranz lag davor am Boden. Drum herum gesellten sich Vasen, Körbe und weitere Gestecke. Einzig ein riesiger Haufen Äpfel auf einer Schubkarre stach hervor. In der Mitte stand kerzengerade ein Apfelbäumchen mit einer kleinen Schleife.

Für meinen Retter. Ich werde dich vermissen. Ben

Noras Beine wollten nicht mehr weitergehen. Sie blieb starr stehen und starrte auf die kleine Karte und das perfekt gewachsene Bäumchen. Ihr Vater hätte über die Blumen gelacht und wegen der Kränze den Kopf geschüttelt. Aber diese Schubkarre mit den Äpfeln – die hätte er richtig gut gefunden.

Eine Hand legte sich von hinten auf ihre Schulter, schob sie nach vorne zur ersten Reihe. »Du schaffst das«, flüsterte ihr eine warme, dunkle Stimme ins Ohr. Ben, der sie endlich gefunden hatte.

Nora wollte erst antworten, ließ es dann aber doch bleiben. Stattdessen drehte sie sich um und nahm seine Hand in ihre. Einfach so. Weil es sich richtig anfühlte. Ben ließ es zu. Da der Gang zu schmal war, um zu fünft nebeneinanderher zu gehen, blieb Nora zurück. Ihre Schulter stieß gegen die von Ben. Ein beruhigendes Gefühl.

»Wer ist die alte Frau?«, fragte Ben leise. »Ich dachte, Werners Mutter sei verstorben.«

»Ist sie auch! Ich habe keine Ahnung. Gehört sie nicht zum Damenkränzchen von Oma Enne?«

Ben überlegte und nickte schließlich. »Das könnte die Frau sein, die immer mit einem tief in die Stirn gezogenen Tuch einen einzigen Apfel am Marktstand kauft. Sie sagt nie etwas.«

Sprachlos sahen sie zu, wie genau diese alte Dame sich jetzt neben Vera in die erste Reihe setzte und feierlich die Arme im Schoß verschränkte. *Okay*, dachte Nora. *Dann kann ich das auch.*

Sie zog Ben einfach mit sich und zwang ihn, sich neben sie zu setzen. Nora bemerkte natürlich Violas skeptischen Blick und die gerunzelte Stirn ihrer Mutter, doch niemand gab einen Kommentar ab.

Die nächste halbe Stunde zog wie ein dunkler Fluss an Nora vorüber. Sie hörte den Worten des Pfarrers zu und verstand doch kein Wort, registrierte den übervollen Raum, hörte das leise Weinen ihrer Mutter und spürte doch nur Bens Hand, die fest ihre umschloss. Ihre Augen blieben trocken, doch ihr Herz weinte, während sie sich an Ben klammerte.

Dabei kam das Schlimmste noch auf sie zu. Der Gang zum Grab. Nora hatte das schon bei ihren Großeltern gehasst.

»Du musst mich jetzt loslassen«, flüsterte ihr Ben ins Ohr. »Ich trage zusammen mit Jonas die Urne.«

Nora gehorchte eher widerwillig. Sie warteten, bis Ben und Jonas sich sortiert hatten, dann folgten sie ihnen in gebührendem Abstand. Erneut waren Nora und Viola nicht schnell genug gewesen. Die Alte hatte sich neben ihre Mutter gesellt und schritt feierlich mit Vera voran.

Nora und Viola folgten direkt dahinter. Sie wechselten einen fragenden Blick untereinander. »Wir können sie doch nicht mit Gewalt von Mamas Arm wegzerren«, sagte Nora leise.

»Genau das überlege ich gerade«, knurrte Viola schlecht gelaunt. Sie durchquerten den Mittelgang und passierten damit die vielen Menschen, die rechts und links in den Reihen warteten. Nora blickte starr geradeaus und wünschte sich ganz weit weg. Weiter! Nur weiter! Dabei half es ihr, über die mysteriöse Frau nachzudenken. Sie lief wirklich wie selbstverständlich neben ihrer Mutter her. Die wandte sich immer mal wieder zu ihnen um und warf ihnen verzweifelte Blicke zu.

Nora zuckte hilflos mit den Schultern und fragte sie lautlos, ob sie eingreifen sollte. Hastig schüttelte Vera den Kopf. Kein Drama auf einer Beerdigung. Okay.

In Jork war es üblich, dass der Trauerzug von der Kirche aus über die Hauptstraße zum Friedhof zog. Der normale Verkehr musste in dieser Zeit einfach warten. Nora war dieser Weg noch nie so lang vorgekommen.

Violas Armumklammerung wurde mit jedem Schritt fester. Sie weinte wieder und zog ihre Schwester dichter an sich.

Ein seltsames Gefühl. All die Jahre waren sie sich derart fremd gewesen. Ja. Sie hatten sich sogar gehasst. Doch der letzte Abend hatte sie verändert. Hatte sie wieder aufeinander eingeschworen.

In genau dem richtigen Moment.

Nora wollte sich gar nicht ausmalen, wie sie sich ohne diesen Zusammenhalt gefühlt hätte. Wenn sie ganz allein und mit Zorn in der Brust hinter der Urne ihres Vaters hätte hergehen müssen. Nein. So war es besser.

Und mit jedem Schritt wuchs auch der eine Gedanke in ihr: Konnte sie ihrem Vater vielleicht auch endlich verzeihen? Damit abschließen? Ein für alle Mal? Denn endlich zogen die Graf-Frauen wieder an einem Strang: Viola, Vera und Nora. Na ja. Und die fremde Frau. Wer immer sie war. Oma Enne fehlte in dieser Sekunde mehr denn je, und Nora schwor sich, sie endlich vom Baum zu holen. Dieser Irrsinn musste aufhören!

Dann endlich waren sie am Grab angekommen. Blicklos wartete Nora, bis die Urne in das kleine Loch abgesenkt war, dann trat ihre Mutter nach vorne, gestützt von der alten Dame.

Viola zappelte nervös herum. »Das reicht langsam. Wir sollten einschreiten«, murmelte sie, doch Nora schüttelte den Kopf.

»Lass uns zu zweit gehen. Mama kommt klar.« Sie beobachteten, wie ihre Mutter sich lautlos und mit gesenktem Kopf von ihrem Mann verabschiedete. Die Alte nickte, als könne sie ihre Worte hören. Dann geleitete sie sie mit feierlicher Miene vom Grab zu einer freien Stelle etwas weiter weg.

Nora atmete tief ein. Jetzt war sie dran! Gemeinsam mit Viola trat sie nach vorne. Dabei klammerten sie sich aneinander wie damals, als ihr Vater ihnen Gruselgeschichten an Halloween erzählt hatte. Zwei Schwestern, die nicht mit-, aber auch nicht ohneeinander auskamen.

Ihre Mutter hatte am Abend zuvor Kirschblüten gepflückt, die nun in einem Korb neben dem Grab standen. Nora und Viola bückten sich und warfen die kleinen weißen und rosafarbenen Blüten hinein.

»Ich wünschte, wir hätten uns vorher vertragen können«, flüsterte Nora fast lautlos. Ihre Schwester musste es dennoch gehört haben, denn sie drückte ihren Arm und nickte ihr fast unmerklich zu.

Gemeinsam gingen sie zurück und gesellten sich zu Vera und der Fremden. Die nächsten waren an der Reihe. Ein endloser Strom von

Papas Freunden, Bekannten, Geschäftspartnern und Mitarbeitern. Ihr Vater war wirklich beliebt gewesen.

Ben trat zusammen mit Julia ans Grab. Mit gesenkten Köpfen warfen sie fast zeitgleich die Blüten hinein und wandten sich ihnen zu. Ben weinte lautlos. Stille, große Tränen flossen ihm die Wangen hinunter. Er umarmte zunächst ihre Mutter, übersprang mit einem kurzen Zögern die mysteriöse Fremde und nahm selbst Viola in den Arm. Schließlich war Nora an der Reihe. Bei ihr blieb er deutlich länger, fand Trost in ihrer Umarmung und gab diesen Trost gleichzeitig zurück. Auch Julia umarmte Vera, gab Viola und Nora jedoch nur flüchtig die Hand. Dabei sah sie ihr nicht mal in die Augen.

Nora seufzte in Gedanken leise. Das konnte heiter werden. Sie hatte es sich mit Julia wohl komplett verscherzt.

Dann jedoch veränderte sich die Atmosphäre. Nora konnte nicht mal sagen, wann genau es geschah. Sie bemerkte als Erstes eine veränderte Körperhaltung bei Viola. Richtig alarmiert war sie, als Viola einen kleinen Schritt nach vorne trat. Richtung Grab. Sie starrte dabei jemanden in Grund und Boden.

So böse, als wolle sie ihn fressen.

Verwirrt sah Nora in Violas Blickrichtung. Ihr wurde eiskalt, und obwohl sie es verhindern wollte, erstarrte sie ähnlich wie ihre Schwester. Vera bemerkte die veränderte Haltung ihrer Töchter und sah sich suchend um, runzelte die Stirn.

Das hätte nicht passieren dürfen, dachte Nora panisch.

Bens Mutter Sarah stand allein am Grab. Ihr Ehemann wartete etwas abseits und starrte grimmig zu Boden, wirkte lediglich körperlich anwesend. Im Gegensatz zu Sarah. Sie hatte den Kopf gesenkt, die Hände vor dem Bauch gefaltet und die Knie ganz leicht gebeugt, um nicht zusammenzubrechen. Dabei weinte sie. Sie weinte, als zerreiße es ihr die Brust. Ihr Schluchzen klang bis zu ihnen herüber, brannte sich in Noras Herz und fachte Violas Zorn noch weiter an, denn ihre Schwester trat einen weiteren Schritt nach vorne. Drohend.

»Ben«, zischte Nora erschrocken. »Hol deine Mama da weg!«

Ben reagierte entsprechend verwirrt. Er hatte sich auf seine Schwester konzentriert und nicht auf seine Mutter geachtet.

Und dann flüsterte Sarah etwas, das sich für immer in Noras Gedächtnis einbrennen sollte. Sie sagte es nur ganz, ganz leise, doch da die gesamte Trauergemeinde schwieg und in genau dieser Sekunde kein Vogel piepste, keine Grille zirpte, kein Wind wehte und keine Bäume raschelten, hätte sie auch genauso gut schreien können.

»Ich werde dich für immer lieben.«

Mehr sagte sie nicht. Doch es reichte aus, um Noras Welt zum Einsturz zu bringen.

Sie wollte Viola zurückziehen, war jedoch zu langsam. Ihre Schwester hatte sich bereits aus ihrem Griff gewunden und trat auf Sarah zu.

»Du solltest gehen«, sagte sie eisig zu ihr. So eisig, wie es Nora noch niemals zuvor gehört hatte.

Nora angelte verzweifelt nach Violas Arm, doch zu spät. Ihre Schwester hatte das Manöver aus dem Augenwinkel gesehen und wich ihr aus, schlug sogar nach ihr. »Sarah! Ich meine es ernst. Verschwinde«, sagte sie gut hörbar für die gesamte Trauergemeinde.

Auf einen Schlag wurde es noch stiller auf dem Friedhof. Sämtliche Trauergäste reckten neugierig die Hälse. Kam jetzt das erwartete Drama?

Sarah drehte sich um und blickte Viola aus tränenverhangenen Augen an. In ihren Händen hielt sie einen zerknitterten Brief, den sie fest zusammenknüllte.

»Wag es nicht«, drohte Viola.

Doch Sarah wagte es. Sie warf, ohne hinzusehen, den Brief ins Grab und hob gleichzeitig die leeren Hände, um sich vor Viola zu schützen. Nora erwischte ihre Schwester zum Glück am Jackenzipfel und riss sie zurück, bevor sie sich auf die andere Frau stürzen konnte. Vera stieß vor Schreck einen spitzen Schrei aus, während sich Ben endlich aus seiner Starre löste und seine Mutter seitlich vom Grab wegzerrte. Sarah wehrte sich zwar nicht, lief aber auch nicht freiwillig mit. Stattdessen drehte sie sich in seinem Griff, um noch zurückzublicken.

Nora kämpfte indes mit Viola, die unbedingt zum Grab wollte. »Lass den blöden Brief drin«, zischte sie aufgebracht.

»Nein! Lass ich nicht! Das sah aus wie ein verdammter Liebesbrief. Sie hat kein Recht darauf, ihm irgendwas Persönliches zu hinterlassen. Für wen hält sie sich?«, schimpfte Viola. Sie wandte sich in Noras Griff um und brüllte Sarah hinterher: »Verschwinde endlich aus unserem Leben!«

Da war er also. Der Moment der Wahrheit. Sarahs unbedachte Worte hatten den Stein ins Rollen gebracht, Viola ließ jetzt den Berg einstürzen. Nora sah genau, wie ihre Mutter eins und eins zusammenzählte. Sie stand zwei Schritte hinter ihnen und blickte abwechselnd ihre Töchter, das Grab und Sarah an, die von Ben Richtung Ausgang gedrängt wurde.

Bens Vater Leonard wirkte vollkommen überrumpelt, eilte dann aber seiner Familie hinterher.

»Was geht hier vor sich?«, fragte Vera scharf und zog damit die Aufmerksamkeit auf sich. Sie packte sowohl Noras als auch Violas Arm und riss sie zu sich herum. »Nein! Sagt es mir später. Jetzt werden wir diese Beerdigung hinter uns bringen. Ohne Skandal, verstanden?«

Nora hatte ihre Mutter noch nie so gesehen. Die Härte in den Augen, die erstarrten Gesichtszüge, der grimmig zusammengepresste Mund. Das alles war neu und erschreckte sie. Auch Viola musste es gesehen haben, denn sie trat ohne Zögern wieder zurück in die Reihe und stand starr und still da.

Ihre Mutter atmete tief durch. Ein Mal. Zwei Mal. Versuchte sich mit aller Kraft zu beruhigen. Vergeblich. Etwa zwei Sekunden hielt Vera es aus, dann rannte sie los. So plötzlich. So unerwartet, dass ihre Töchter sie nicht aufhalten konnten.

»Verdammt«, fluchte Viola und nahm die Verfolgung auf. Nora reagierte etwas langsamer. Sie drehte sich hastig zum verdutzten Pastor um und rief: »Machen Sie ruhig weiter. Wir müssen leider los!« Schon waren sie um den nächsten Busch und damit außer Sichtweite.

Oh nein, dachte Nora verzweifelt. Sie hatte es bereits geahnt und befürchtet. Ihre Mutter rannte hinter Sarah her und hatte sie in diesen Sekunden erreicht.

»Was haben dein Auftritt und die Reaktion meiner Töchter zu bedeuten?«, fragte sie mit hochrotem Kopf.

Viola kam in der gleichen Sekunde keuchend bei ihnen an, während Nora jetzt noch schneller lief, um Schlimmeres zu verhindern. Schließlich standen sich die Familien keuchend gegenüber: Nora, Vera und Viola auf der einen, Sarah, Ben und Julia auf der anderen Seite. *Gleich ziehen wir die Revolver,* schoss es Nora durch den Kopf. Einzig Leonard stand etwas abseits, als ginge ihn das alles nichts an. Und da … nein! Da kam doch tatsächlich die alte Frau zu ihnen gerannt. Wie ein junges Reh. Telefonierend.

Hoffentlich stürzt sie nicht und bricht sich alle Knochen, dachte Nora panisch, dann erinnerte sie sich an das eigentliche Problem. »Das ist nicht der richtige Ort, um so etwas zu klären«, brachte sie verzweifelt hervor. Das war es wirklich nicht! Die ersten Trauergäste folgten bereits der Alten, die in diesen Sekunden neben ihnen ankam und keuchend nach Luft schnappte.

»Was ist los?«, wiederholte Vera und betonte dabei jedes Wort einzeln. Ihre Stimme klang wie ein Donnergrollen.

Das Schweigen zog sich dahin, wurde unangenehmer und schrecklicher. Nora spürte, wie ihr Herzschlag sich beschleunigte. Wie sich das beklemmende Gefühl der Verzweiflung ihre Kehle hinaufwand.

Genauso fühlte sie sich seit Jahren: in einer Falle gefangen, aus der es kein Entrinnen gab. Viola und ihr Vater hatten sie über Monate gedrängt zu schweigen. Sie angefleht. Ihr Argumente vorgelegt. Sie unter Druck gesetzt. Und Viola?

Nora sah sie an, musterte ihre blasse, schlanke Gestalt. In das Gesicht ihrer Schwester war die alte Härte zurückgekehrt. Sie hatte sich wieder gefangen und besann sich auf ihren Schwur ihrem Vater gegenüber. Er hatte seine Töchter versprechen lassen, kein Wort über die Affäre zu sagen.

»Es ist nichts, Mama«, sagte Viola gepresst. »Nichts, worüber du dir Sorgen machen musst.«

Schon wieder eine Lüge. Eine von unzähligen weiteren. Das war zu viel für Nora. Sie hielt es nicht mehr aus. Ertrug die Halbwahrheiten und geschönten Realitäten nicht länger.

»Sarah und Papa hatten eine Affäre«, platzte sie heraus.

Viola drehte sich langsam zu ihr um, starrte sie ungläubig an. Die ganze Zeit hatte sie sich mit diesem Geheimnis herumgequält. Und jetzt verriet sie es? Nora erwiderte diesen Blick hitzig. *Das hast du dir selbst zuzuschreiben*, vermittelte sie ihr.

Ihre Mutter blinzelte überrascht und wurde eine Spur blasser als zuvor. Ein Lid zuckte. Dann blickte sie Sarah ausdruckslos an. »Ist das wahr?«, fragte sie.

Es vergingen zwei, drei Sekunden, bevor die große Frau den Mut aufbrachte zu nicken. Betreten blickte sie zu Boden.

Die Stille breitete sich zwischen ihnen wie ein Leichentuch aus. Alle wirkten wie erstarrt, kaum fähig, sich zu rühren. Nora empfand selbst ihr Atmen als viel zu laut, zu dröhnend.

»Bist du deswegen abgehauen? Weil du dieses Geheimnis für dich behalten musstest?«, wandte sich Vera nach einer Weile an Nora.

Nora wusste nicht recht, ob sie nicken oder den Kopf schütteln sollte. Die Antwort auf diese Frage war nur ein Teil der Wahrheit. Aber ein entscheidender. Schließlich gab sie nach. »Viola und ich haben Papa und Sarah bei einem Kuss gesehen. Sie baten uns, es für uns zu behalten. Es hätte zwei Familien auseinandergerissen. Von der Plantage ganz zu schweigen.«

Sie wagte es kaum, zu Ben zu sehen. Was würde er dazu sagen? War er entsetzt? Enttäuscht? Fühlte er sich gar verraten? Vor Sorge konzentrierte sie sich ganz auf ihre Mutter. Die wirkte seltsam gefasst. Als hätte sie so etwas bereits geahnt.

»Dein Papa hat dich gezwungen, mich anzulügen?«, fragte sie tonlos.

»Nein. Er hat mich gezwungen, nichts zu sagen. So zu tun, als sei alles in bester Ordnung. Doch das war es nicht. Ich konnte weder dir noch Ben in die Augen blicken, geschweige denn ihm oder Sarah. Beide haben geschworen, dass es nur ein Ausrutscher gewesen sei. Eine kleine Tändelei. Sie wollten damit aufhören, aber …«

»… das haben sie nicht«, beendete Vera den Satz.

Nora zog den Kopf ein und nickte bekümmert. »Wir haben sie fast ein Jahr nach dem ersten Kuss erneut gesehen. Es war zwar nicht so eindeutig wie beim letzten Mal, aber ihre Reaktion sprach für sich. Papa wurde noch eindringlicher. Er malte mir aus, was für Konsequenzen folgen würden, wenn ich dir die Wahrheit sagen würde. Wer würde sich im Fall einer Scheidung um die Plantage kümmern? Wo wollten wir denn leben? Und was würde aus Julia werden? Sie war doch noch so jung! Also habe ich geschwiegen, obwohl es mich innerlich zerriss.«

»Deswegen bist du so distanziert zu mir gewesen«, mischte sich jetzt Ben ein. Auch seine Stimme klang tonlos. Fassungslos.

Nora zog den Kopf ein, nickte aber nach einer Weile.

»Ich wusste es.« Das war Leonard, Bens Vater. Nora hatte ihn komplett vergessen, weil er abseits von allen stand und sich bislang zurückgehalten hatte. Jetzt trat er vor und zeigte mit einem Finger auf seine Frau. »Ich wusste die ganze Zeit, dass da was mit Werner und dir nicht stimmte. ›Das bildest du dir ein‹, hast du mir immer und immer wieder gesagt. Von wegen! Du bist eine Lügnerin und eine Betrügerin, eine Ehebrecherin und eine …«

»Papa! Das reicht jetzt«, ging Ben dazwischen. Er hatte sich zwischen seinen Vater und seine Mutter gestellt, da der sich immer drohender vor ihr aufgebaut hatte. Leonards Gesicht war krebsrot vor Zorn, und in seinen Augen funkelte es gefährlich.

Nora trat automatisch einen Schritt von ihm fort. Der Mann war außer sich vor Wut.

»Sag du mir nicht, was ich tun oder lassen soll«, fauchte Leonard seinen Sohn an.

Ben zuckte mit keiner Wimper. »Wir sollten uns jetzt beruhigen und die Sache an einem anderen Ort klären«, schlug er vor.

»Die Sache?«, rief jetzt auch Vera erbost. »Das ist keine Kleinigkeit, Ben! Das ist … das ist … mir fehlen die Worte.« Jetzt wandte sie sich wieder Sarah zu. Mit Schrecken bemerkte Nora, wie nahe die Frauen sich standen. Wenn Vera auch nur einen Hauch von dem Temperament ihrer Töchter hatte, konnte das gefährlich werden. »Wie lange?«, fragte sie scharf.

»Vera, es tut mir wirklich …«, hob Sarah an.

»Wie lange?«, überbrüllte Vera sie. Nora erkannte ihre Mutter kaum wieder. Was war aus ihrer friedlichen, niemals streitenden Mama geworden?

»Ein paar Wochen. Monate. Vielleicht ein Jahr. Du weißt doch, was geschehen ist, Vera. Was Leonards Vater getan hat …«

»Das rechtfertigt noch lange keinen Ehebruch«, erwiderte Vera ruppig, während Leonard schrie: »Ein Jahr?«

Er stürmte voran, rempelte gegen Ben. Der strauchelte, hielt seinen Vater aber auf. Nora zog ihre Mutter aus der Gefahrenzone, und in all dem Trubel erklang plötzlich eine krächzende Stimme: »Oma Enne sagt, ihr sollt euch vertragen!«

Nora hielt noch immer den Arm ihrer Mutter fest, drehte sich aber bereits zur Sprecherin um.

Die verhutzelte alte Frau mit dem gigantischen Buckel hatte sich erstaunlich gerade aufgerichtet. In ihrem faltigen Gesicht glänzten zwei hellwache Augen, die entschlossen jeden Einzelnen nacheinander taxierten.

»Ich bin die Augen und die Ohren eurer Großmutter«, sagte sie mit der feierlichen Stimme eines Orakels. »Sie ist jetzt auf Lautsprecher.«

Sie hielt ihnen ein riesiges Handy entgegen. Vermutlich war es extra für ältere Leute konzipiert worden. »Enne? Du kannst jetzt sprechen. Deine Familie hört zu.«

Es knackte in der Leitung, bevor Oma Ennes Stimme gut verständlich zu ihnen drang. »Kinder, vertragt euch«, sagte sie. »Ich weiß nicht, was geschehen ist. Aber was immer es ist: Es kann nicht so schlimm sein, um eine Beerdigung zu sprengen.«

Das war zu viel für die Nerven ihrer Mutter. Vera explodierte einfach. »Du wagst es, mir was vorzuschreiben?«, brüllte sie. »Wer sprengt denn hier die Beerdigung? Wer ist nicht dabei, weil er unbedingt vollkommen exzentrisch auf einem Baum hocken muss, um all die Aufmerksamkeit auf sich zu ziehen? Wer meint, sich in alles einmischen zu dürfen und andere erpressen zu können? Und wer zur Hölle noch mal kommt auf die Idee und schickt eine mysteriöse Alte zu einer Beerdigung, statt selbst zu erscheinen? Ich hab die ganze Zeit gedacht, ich müsste deine Kumpanin kennen! Wag es jetzt nicht, einen auf Vermittlerin zu machen – und schon gar nicht mithilfe deiner unheimlichen Hexe!«

»Vera, Liebchen, ich weiß, dass bei dir die Emotionen gerade hochkochen. Glaube mir, das verstehe ich nur zu gut. Aber das hier ist nicht der rechte Ort, um solche Familiensachen zu diskutieren. Mich haben bereits fünfzehn Mitglieder meines Häkelclubs angesimst oder angerufen. Sie alle haben euren Abgang an Werners Grab miterlebt. Meint ihr nicht, das war etwas übertrieben dramatisch?«

Okay. Nora gab zu, dass Oma Enne taktvoller hätte sein können. Dezenter. Wer im Glashaus saß, sollte nicht mit Steinen werfen. Vor allem, wenn der Gesprächspartner gerade vollkommen von Sinnen war.

Vera riss sich so schnell los, dass Nora nicht reagieren konnte. »Mit dir bin ich noch lange nicht fertig«, zischte sie Sarah zu. »Und Sie«, schrie sie die alte Frau an, »bleiben mir gefälligst vom Leib. Ich kenne Sie überhaupt nicht.« Dann war sie bereits an Nora vorübergelaufen und rannte zum Parkplatz.

»Wo willst du denn hin?«, rief ihr Viola hinterher.

»Ich beende das, was du nicht getan hast! Ich hole Oma vom Baum! Es reicht!«

Viola und Nora waren einen Moment zu verblüfft, um zu reagieren. Dann zog Viola ihre Schwester voran. »Schnell! Die meint das ernst!«

»Aber Oma ist doch gar nicht das Problem«, sagte Nora völlig verwirrt, ließ sich aber mitziehen.

»Das ist in diesem Moment egal. Mama projiziert ihre Wut auf Oma.«

»Seid ihr jetzt fertig mit Freud?« Ben rannte an ihnen vorbei, versuchte, Vera den Weg abzuschneiden. Doch zu spät.

Sie fuhr bereits mit quietschenden Reifen los.

Von hinten hörten sie die Alte in ihr Handy brüllen: »Mayday, Mayday, Mayday. Vera verlässt die Beerdigung.«

Ben hatte seinen Wagen bereits entriegelt und warf Nora den Schlüssel zu. »Ich muss bei meinen Eltern bleiben, damit die sich nicht lynchen. Kümmert ihr euch um eure Mama!«

Nora nickte und saß schon hinterm Steuer, bevor Viola überhaupt um das Auto herumgehastet war. Mit einem Krachen legte sie den Rückwärtsgang ein. Kaum war ihre Schwester im Wagen, fuhr sie auch schon los.

»Diese Beerdigung war noch schlimmer als befürchtet«, keuchte Viola. Quiekend hielt sie sich am Haltegriff fest, als Nora um die Ecken raste.

»Da hast du definitiv deinen Teil zu beigetragen«, erwiderte Nora gereizt. »Warum bist du Sarah am Grab so angegangen? Hättest du das nicht einfach ignorieren können? Dann wäre all das nie herausgekommen.«

»Ich war nicht Herrin meiner Sinne. Und wer bitte hat letztlich das Geheimnis verraten?«

Nora knirschte mit den Zähnen. Später. Darüber mussten sie später diskutieren. Jetzt hatten sie erst einmal eine Mama aufzuhalten.

Sie kamen gerade am Hof an, als Vera mit etwas in den Händen aus dem Schuppen kam. Bitte nicht wieder die Axt, dachte Nora. Doch dafür war es zu lang.

»Verdammt«, fluchte Viola und sprang in der gleichen Sekunde aus dem Auto. »Das ist eine Kettensäge.«

Da wäre mir die Axt lieber gewesen, schoss es Nora durch den Kopf.

Ben

»Papa, lass es jetzt sein. Hier! Fahr mit deinem Auto nach Hause. Wir kommen nach.« Diesen Satz hatte Ben jetzt bestimmt schon zehnmal gesagt, doch sein Vater war völlig außer sich und für Argumente nicht zugänglich. So hatte er ihn noch niemals erlebt.

Bens Verzweiflung wuchs ins Unermessliche. Was sollte er nur tun? Julia klammerte sich an ihre Mutter wie eine Ertrinkende und sah ihren Vater aus großen verletzten Augen an. Für sie musste gerade eine Welt untergehen. Wenigstens hielt sie noch zu ihrer Mutter. Ben war sich nicht sicher, auf wessen Seite er stehen sollte.

Nein. Er stand auf keiner Seite. Eigentlich wollte er nur, dass diese Situation nicht völlig eskalierte. Auf keinen Fall durfte er seinen Vater berühren. Dann war er sich nicht sicher, was geschehen würde. Vermutlich würde Leonard einfach zuschlagen.

In dieser Sekunde drängelte sich die alte Frau zwischen sie und baute sich vor seinem Vater auf. »Leonard«, hob sie an.

»Du atmest jetzt mal tief durch. Tu nichts Unüberlegtes. Ben? Fahr du mit deiner Mama und deiner Schwester zu dir. Hier hast du meine Autoschlüssel. Es ist der dunkelblaue Ford Mustang. Wir kümmern uns um Leonard.«

Ben nahm den Vorschlag nur allzu gerne an. Hastig zog er seine Mutter hinter sich her und entdeckte einen winzigen vollkommen zerbeulten Wagen. Er hatte Sportfahrwerk, Heckspoiler und Rallyestreifen an den Seiten. Das Auto rundete diesen vollkommen verrückten Tag noch hinreichend ab, fand Ben. Welche alte Dame fuhr solch einen Wagen?

Seine Mutter und seine Schwester setzten sich nach hinten, während Ben sich beeilte, vom Friedhof fortzukommen.

Erst als er auf den Hof einbog, wurde ihm bewusst, was er hier tat. Seine Mama zum Ort des Geschehens zu bringen, war vermutlich nicht besonders clever. Aber er wohnte hier! Er konnte sie unmöglich nach Hause bringen. Nachher tauchte da sein Vater auf.

Ben seufzte tief.

Sein Vater. Das war ohnehin so eine Sache. Leonard und er hatten schon immer ein schwieriges Verhältnis gehabt. Als Banker hatte er kaum Verständnis für Bens Berufswahl gehabt. Das galt leider auch für sein Denken. Die beiden gingen an Probleme grundverschieden heran: Während sich Leonard beleidigt zurückzog, darüber nachdachte und anschließend mit Argumenten zurückkam, diskutierte Ben direkt los. Er hatte mit der Eigenart seines Vaters, ständig den Raum zu verlassen, nie etwas anfangen können.

Aber nun verstand Ben endlich, warum Leonard das tat: Offenbar hatte er eine jähzornige Seite in sich. Wenn er der Situation nicht entkommen konnte, wurde er laut und sehr, sehr wütend. Ein Charakterzug, den er so noch nie an seinem Vater erlebt hatte.

Ben parkte an seinem üblichen Platz und würgte den Motor einfach ab. Dann saßen sie eine Weile schweigend im Auto und starrten vor sich hin, ließen die Stille wirken.

War das eine Kettensäge, die er da hörte? Seltsam. Vermutlich spielten ihm seine Sinne Streiche. Sein eigener Wagen stand direkt neben dem Haupthaus. Nora musste ihn dort geparkt haben. Beide Türen standen offen. Als seien die Insassinnen in großer Eile rausgesprungen und losgelaufen.

Ein ungutes Gefühl beschlich Ben. Beunruhigt lehnte er sich vor, musterte das stumm daliegende Haus und lauschte.

Definitiv eine Kettensäge.

»Ich muss mal was überprüfen«, sagte er und wollte aussteigen, doch seine Mutter war schneller. Sie legte ihm die Hand auf die Schulter und zog ihn zurück in den Sitz.

»Geh nicht zu ihnen«, sagte sie mit finsterer Stimme. »Die Graf-Familie hat die Eigenart, einen komplett zu vereinnahmen. Sie machen ihre Probleme zu deinen, aber glaube mir: Sie müssen damit selbst klarkommen. Du solltest hierbleiben. Bei deiner Familie. Wir haben genug eigene Probleme.«

Ben drehte sich im Sitz herum, um seine Mutter ansehen zu können. Sie sah wirklich schlimm aus: Die Augen waren rot umrandet und verquollen, die Wangen von Tränenspuren gezeichnet. Sie wirkte blass und kränklich. Verzweifelt.

Ben wog kurz seine Möglichkeiten ab, dann entschied er sich. Seine Mutter hatte recht. Sie mussten dringend miteinander sprechen. Nora kam schon klar.

Er nickte, schnallte sich ab und half seiner Schwester aus dem tiefer gelegten Wagen. Auch Julia sah mitgenommen aus. Wie in Trance hielt sie sich an ihm fest und flüsterte ihm zu: »Heißt das, wir sind bald Scheidungskinder?« Die Panik in ihren Augen ging ihm bis tief in die Knochen. Er wollte nicht, dass sie litt. Am liebsten hätte er sämtliche Probleme dieser Welt von ihr ferngehalten. Doch das lag außerhalb seiner Möglichkeiten.

»Warten wir erst mal ab, wie sich das alles entwickelt«, sagte er ebenso leise. Nebeneinander liefen sie zum alten Pferdestall. Im Inneren angekommen, ließen sich die Frauen auf der Couch nieder, während Ben Kaffee und Tee kochte. Erst dann setzte er sich zu ihnen und starrte seine Mutter nachdenklich an.

»Ich habe immer gedacht, dass Papa eine Affäre hat. Dass du die Fremdgängerin bist, kam überraschend«, sagte er. Das war jetzt nicht der tollste Einstieg ins Gespräch, aber es musste raus.

Seine Mutter zog den Kopf ein und schluckte. »Das mit Werner hat schon vor deinem Vater angefangen. Werner und ich waren wie du und Nora: das niedliche Paar der Gemeinde. Wir sind mit sechzehn zusammengekommen. Werner war der Sohn des Plantagenbesitzers, ich eine einfache Apfelpflückerin. Das konnte nicht gut gehen. Sein Großvater hat sich mit aller Macht quergestellt. Er hat Werner die Hölle heiß gemacht, weil ich unter seiner Würde war. Schließlich ist er eingeknickt. Wir haben uns getrennt, uns aber nie aus den Augen verloren. Wir haben einfach nebeneinanderher gelebt. Werner hat Vera geheiratet, ich deinen Vater. Das ging auch viele Jahre gut, aber dann …« Sie verstummte und senkte den Blick.

Ben bemerkte durchaus, dass seine Schwester von ihrer Mutter abrückte. Sich stumm von ihr distanzierte. Beide hatten die Lippen fest aufeinandergepresst und die Arme vor der Brust verschränkt. Ein klares Zeichen ihrer inneren Ablehnung. Niemand wollte dieses Gespräch führen, aber es musste sein.

»… aber dann seid ihr euch wieder nähergekommen?«, half Ben seiner Mutter auf die Sprünge.

»Ja. Wir wollten das nicht. Wirklich nicht! Aber Nora und du, ihr wart so ein hübsches Paar, und durch eure Verbindung hatten wir auf einmal wieder ganz viele Berührungspunkte. Ich habe dich ständig vom Hof abgeholt, und Werner kam zu uns, hat auf dich gewartet. Wir kamen wieder mehr ins Gespräch, und das fühlte sich so schön an. So natürlich.« Seine Mutter schniefte geräuschvoll und tupfte sich mit einem Taschentuch die Tränen aus dem Gesicht. »Leonard wusste natürlich, dass Werner mein Exfreund war. Er hat sich immer fürchterlich aufgeregt, wenn er ihn gesehen hat. Deswegen war er auch so vehement gegen deine Verbindung mit Nora. Er wollte mit dieser Familie nichts zu tun haben.«

Das stimmte. Sein Vater hatte an Nora tatsächlich nie ein gutes Haar gelassen. Aber er hatte immer gedacht, dass er sie schlicht nicht mochte. Dass es in Wirklichkeit mit der Vergangenheit zu tun hatte, war ihm nie in den Sinn gekommen.

Was verschwiegen die Eltern noch?

Ben rutschte etwas nach vorne und wartete, bis seine Mutter ihn wieder ansah. »Wann genau fing die Affäre an?«

Sarah zögerte kurz, überlegte. »Etwa ein halbes Jahr, nachdem ihr ein Paar geworden seid«, sagte sie. »Der Kuss, den Nora und Viola beobachtet haben, war einer der ersten. Sie haben sich fürchterlich aufgeregt und uns angeschrien. Ich habe sofort versichert, dass wir damit aufhören. Dass Werner die Mädchen allerdings unter Druck gesetzt hat … das wusste ich nicht. Das tut mir wirklich sehr, sehr leid. Auch, dass wir unser Wort gebrochen haben. Ich schäme mich so!«

»Inwiefern habt ihr euer Wort gebrochen?« Das war jetzt Julia, die mit piepsiger Stimme nachhakte. Sie verschwand fast in den dicken Kissen der Couch und wirkte einsam und verlassen.

»Werner und ich haben versucht, unsere Gefühle zu unterdrücken. Wir haben uns über Monate nicht gesehen, aber dann … sind wir doch schwach geworden. Leider haben Nora und Viola das bereits befürchtet und haben uns genauer beobachtet als gedacht. Als sie uns erneut erwischten, wollte Nora nicht mehr länger schweigen. So habe ich sie noch nie gesehen! Sie war so völlig außer sich, dass ich wirklich Angst bekommen habe. Erst da ist mir klar geworden, unter welchem Druck sie stehen musste. Sie war immerhin deine Freundin. Unseretwegen hatte sie ein riesiges Geheimnis, das sie von dir forttrieb. Als ich das begriffen hatte, war es aber schon zu spät. Sie hat ihre eigenen Konsequenzen gezogen und ist gegangen.«

Bens Mund klappte auf. Fassungslos starrte er seine Mutter an und spürte, wie ihn Zorn, Erleichterung und der irrationale Wunsch, Nora im Nachhinein beschützen zu wollen, überschwemmte. Das war der Grund für ihre Distanzierung gewesen? Deshalb hatte sie ihn kurz vor ihrer Trennung gemieden? Wegen ihrer Eltern?

»Nicht ich war schuld an Noras Weggang, sondern du«, sagte er tonlos.

Das Schluchzen seiner Mutter verstärkte sich. »Ja«, weinte sie. »Werner und ich waren schuld daran. Wir haben sie in eine unmögliche Situation gebracht. Ich weiß nicht genau, was am Abend ihres Fortgangs passiert ist. Die Mädchen hatten uns morgens zur Rede gestellt. Werner, Viola und Nora müssen sich abends schrecklich deswegen gestritten haben. Und am nächsten Morgen war Nora fort.«

»Und euer Geheimnis war sicher. Bis heute. Aber das heißt …«

Das Bimmeln des Tablets unterbrach seine Überlegungen. Ein Anruf kam rein. Sie blickten alle gleichzeitig zur Wand und starrten die Anruferkennung an. Oma Enne.

Ben wollte sie im ersten Moment ignorieren, aber ein kleines Stimmchen warnte ihn davor. Etwas stimmte nicht. Langsam stand er auf und lief zum Tablet, nahm den Anruf an.

Omas Mund erschien in Großaufnahme. Sobald sie sprach, konnte man bis zu ihren Mandeln sehen. »Ben«, schrie sie aufgeregt. Im Hintergrund war ein seltsames Brummen zu hören. »Ben! Du musst sofort kommen. Vera ist völlig irre geworden. Die steht mit einer Kettensäge vor meinem Baum und … neeeein! Vera! Nicht sägen!«

#Kettensägenmassaker

Ein Gummimesser ist ungeeignet bei einer Schießerei.
(Aus: Selbstverteidigung für Unsportliche)

Nora

Vera setzte die Säge in dem Moment an, in dem Viola und Nora sie erreichten. Aus einem Impuls heraus wollte Nora sie zurückziehen, doch ihre Schwester riss sie im letzten Moment nach hinten.

»Das ist diesmal keine Axt, an der wir rumzerren könnten«, schrie sie aufgebracht. »Du bringst dich noch um. Mama! Mama! Hör auf!«

Doch Vera hörte nicht auf. Späne flogen nach rechts und links, während sich die Kettensäge unbarmherzig ins Holz fraß. Oma brüllte von oben, Viola und Nora von hinten. Nora war sich sicher, dass jetzt alles verloren war.

Doch dann gab die Kettensäge seltsame Laute von sich. Sie ruckte in Veras Händen, kreischte lauter und lauter – und erstarb schließlich. Sie versagte im genau richtigen Moment.

Die Stille danach klingelte umso lauter in Noras Ohren. Alle starrten das Sägeblatt an, das sich etwa zwei Zentimeter ins Holz vorgearbeitet hatte.

»Nehmt ihr die Säge ab«, rief Oma von oben.

Viola trat vor, doch Vera war schneller. Sie riss die Motorsäge so heftig aus dem Baum, dass die Späne flogen. Das Gewicht der Maschine riss sie halb herum. Sie schwankte, blieb aber auf den Beinen. Der irre Blick, mit dem sie ihre Töchter bedachte, erinnerte Nora stark an Viola. Daher hatte ihre Schwester also ihr Temperament. Mama hatte es bisher nur immer gut versteckt.

»Mama, lass uns über alles in Ruhe sprechen. Ohne Motorsäge«, schlug Nora möglichst sanft vor.

»Ich beende das Theater jetzt«, erklärte Vera hitzig. »Oma nimmt sich seit Jahren viel zu wichtig. Das bist du nicht, hörst du? Mama? Du stehst nicht immer im Mittelpunkt!«

»Aber Kindchen! Hier geht es doch nicht um den Wunsch, sich selbst zu profilieren. Ich bin hier hochgeklettert, um euch zur Vernunft zu zwingen. Leider ist das ziemlich nach hinten losgegangen. Was ist denn los?«

»Werner hatte eine Affäre«, brüllte Vera. Vor Schreck flogen selbst die letzten Spatzen aus den entfernten Apfelbäumen davon. Die Kettensäge hatte sie nicht vertrieben, aber die wütende Plantagenbesitzerin schon. »Mit Sarah. Hast du das gewusst? Du musst das gewusst haben! Du weißt doch angeblich immer alles!«

»Nein, das habe ich nicht gewusst«, beteuerte Oma rasch. Aus ihrem Winkel heraus konnte sie Vera vermutlich nicht sehen, da diese sich direkt unter dem Baumhaus befand. Daher sah Enne Nora an. Die glaubte ihr sofort: Oma hatte keine Ahnung gehabt. »Ich dachte, Werner hätte seine Gefühle für Sarah überwunden. Er hat mir mal erzählt, dass sein Vater gegen die Verbindung gewesen ist. Deshalb haben sie sich getrennt.«

Vera lachte trocken auf. Es klang wie eine Mischung aus hysterischem Kichern und verzweifeltem Schluchzen. »Mir war immer schon klar, dass ich seine zweite Wahl war. Aber ich dachte zumindest, ich sei seine einzige Wahl. Stattdessen hat er die Beziehung zu Sarah nur auf Eis gelegt. Wie konnte er mir das antun? Wie konnte er das seinen Töchtern antun? Und ich kann ihn nicht mal anbrüllen. Weil er tot ist. Er ist tot!«

Schluchzend sank Vera in sich zusammen. Sie verlor die Kettensäge aus den Händen, die dumpf auf dem Rasen aufschlug. Viola und Nora rannten gleichzeitig los. Nora ging auf die Knie und umarmte ihre Mutter, während Viola hastig die Säge wegtrug.

»Wir müssen uns unterhalten«, flüsterte Nora ihrer Mama ins Ohr.

Die nickte und drückte ihr tränennasses Gesicht in Noras Kleid. »Ich erkenne mich selbst nicht mehr wieder«, flüsterte sie.

»Das wird schon wieder, Mama. Du bist zurzeit nur völlig aus der Bahn geworfen. Wer wäre das nicht? Lass uns in Ruhe über alles sprechen und versuchen, wieder Boden unter die Füße zu bekommen. Dafür ist Familie schließlich da! Wir müssen aufhören, uns gegenseitig umbringen zu wollen. All das ist so völlig aus den Fugen geraten, weil wir einander angelogen haben. Wir haben unsere Gefühle so lange abgetötet. Jetzt bricht alles aus uns raus. Wenn wir diesen Weg weitergehen, wird diese Familie auseinanderbrechen. Wir werden die Plantage verlieren und unseren gegenseitigen Halt. Das dürfen wir nicht zulassen. Also, Mama? Bist du dabei?« Vera nickte schweigend.

»Und du, Oma? Bist du auch dabei?«, rief Nora nach oben Richtung Baumkrone.

»Aber klar. Kommt rauf. Ich mach uns Tee. Dann reden wir.«

»Komm runter, und ich mach uns Tee«, erwiderte Nora.

»Müssen wir das schon wieder diskutieren? Dieser Baum ist zu unserem Anker geworden, zu unserem Anlaufpunkt in schweren Zeiten. Ich werde ihn nicht verlassen. Also kommt rauf. Jetzt.«

Genau das taten sie dann auch. Nora gehorchte eher widerstrebend, aber sie sah ein, dass sie Oma nicht überzeugen würden. Und vielleicht war es auch ganz gut, wenn ihre Mutter etwas Abstand bekam. Omas Baumhaus war wie ein Versteck vor der Realität. Hoch oben über dem Boden sahen viele Dinge einfach anders aus.

Nora kam als Erstes oben an und wurde von Oma Enne kurz und fest gedrückt. »Wie beschädigt ist der Baum?«, fragte sie leise.

»Nicht sehr schlimm. Der verkraftet das. Die Motorsäge hat im richtigen Moment den Geist aufgegeben.«

»Jaaa, klaaaaar«, sagte Oma gedehnt, was Nora stutzig machte. Irrte sie sich oder sah Enne ein wenig beschämt aus? Sie kam leider nicht dazu nachzufragen. Ihre Mutter erreichte die Plattform. Ihr schwarzer Schleier wehte wie dunkler Rauch im Wind, und der Hut saß schief auf ihrem Kopf.

Wortlos verschwand sie in der kleinen Hütte. Nora half Viola noch nach oben, dann blickten sich die drei übrig Gebliebenen schweigend an.

»Ihr habt viel zu erklären«, sagte Oma. »Wenn wir diesen Tag überstehen wollen, müssen wir offen zueinander sein und …«

»Nora? Oma Enne! Verdammt, wo seid ihr denn alle? Habt ihr euch gegenseitig umgebracht?« Das war Ben. Er stand schräg unter dem Baumhaus und sah sich verzweifelt nach allen Seiten um.

»Oh«, machte Oma. »Den hatte ich ganz vergessen. Ich hab ihn in Panik angerufen und um Hilfe gebeten.« Sie lehnte sich über die Brüstung und rief zu Ben runter: »Alles in Ordnung. Die Graf-Frauen sind oben bei mir. Du kannst wieder gehen.«

»Lass mich zu euch. Ich will ebenfalls hören, was ihr zu besprechen habt. Das geht mich auch was an.«

»Du bist zu schwer. Das Baumhaus kracht zusammen. Deine eigenen Worte. Musst du dich nicht ohnehin um deine Familie kümmern? Richte Sarah aus, dass ich noch ein Hühnchen mit ihr zu rupfen habe.«

»Ich richte meiner Mama gar nichts aus. Nora? Bist du da?«

Nora atmete tief durch und musste all ihren Mut zusammenzunehmen, um nach vorne zu treten. Vorsichtig linste sie hinunter. »Ja, bin ich.«

»Wir zwei müssen dringend miteinander reden! Wieso hast du mir das nicht einfach erzählt? Wieso diese schreckliche Geheimnistuerei? Ich wäre damit klargekommen!«

»Ich habe geschwiegen, damit du nicht lügen musstest. Ich wollte nicht, dass du genauso in der Klemme steckst wie ich. Du hättest es deinem Vater erzählen wollen. Und wenn du das getan hättest, wärest du schuld an der Scheidung deiner Eltern gewesen.«

»Ich? Quatsch! Nicht der Bote ist schuld, sondern der Betrüger.«

Nora blinzelte. So hatte sie das noch nie gesehen. All die Jahre über war sie sich sicher gewesen, dass es ihre Pflicht war zu schweigen. Und jetzt machte Ben diese Ansicht mit einem Satz zunichte.

»Ich musste schweigen«, sagte sie lahm. »Wir … lass uns später darüber reden. Ich muss zu meiner Mama und du zu deiner.«

Ben starrte mit glühenden Augen zu ihr hoch. Wütend und entschlossen zugleich. Seine Finger hatte er fest zur Faust geballt, die Zähne aufeinandergepresst. Alles an ihm zeigte ihr, dass er unbedingt mit ihr sprechen wollte. Aber das ging gerade nicht. Das musste warten.

»Geh«, wiederholte Nora sanft. »Wir sprechen später.«

Tatsächlich ging er, wenn auch widerwillig. Er lief aufgerichtet zurück zum Stall. Jeder Schritt zeugte von seinem Frust.

»Ben ist schon ziemlich heiß«, merkte Oma an. »Wenn ich doch nur jünger wäre …«

»Oma«, ermahnte Nora sie empört, doch die Alte lachte nur dreckig.

»Keine Sorge. Ich spanne ihn dir nicht aus. Der gehört allein dir.«

»Darum geht es doch gar nicht. Ben und ich sind nicht zusammen. Wir … wir …« Nora kam ins Schleudern.

»Ihr küsst euch nur ab und zu mal unterm Apfelbaum«, ergänzte Oma grinsend. Sie klopfte ihrer Enkelin liebevoll auf die Schultern. »Red dir ruhig ein, dass da nichts ist, aber in diesem Fall kann man Feuer nicht mit Feuer bekämpfen. Ihr brennt bereits lichterloh. Doch jetzt lass uns mal zu unserem eigentlichen Problem zurückkommen: diese Familie. Bevor wir das aber angehen, gibt es Tee und Apfelkompott. Das heilt alle Wunden.«

Gesagt, getan. Die nächsten zehn Minuten aßen sie dicht gedrängt und schweigend an Omas kleinem Klapptisch Apfelkompott und tranken dazu Früchtetee. Es tat allen gut, sich zunächst zu beruhigen, den eigenen Gedanken nachzuhängen und durchzuatmen.

»Sollen wir noch mal eine Runde Wahrheit oder Pflicht starten? Das war beim letzten Mal doch sehr erfolgreich?«, fragte Oma schließlich in die Stille.

Alle stöhnten.

»Bloß nicht! Ich erzähle freiwillig«, erklärte Nora schließlich.

»Dann leg mal los«, sagte Oma.

Nora lehnte sich zurück und starrte durch das kleine Fenster die Apfelbaumblüten an. Erst jetzt bemerkte sie, dass das Wetter aufgeklart hatte. Kam da wirklich die angekündigte Warmfront an? Schön wäre es. Der Anblick von Blüten im Sonnenschein gab ihr Mut. Sie atmete tief ein und begann zu erzählen: von dem Moment ihrer Entdeckung und ihrer Fassungslosigkeit. Davon, wie hin- und hergerissen sie gewesen war: Sollte sie ihrer Mutter von Papas Affäre mit Sarah erzählen oder nicht? Sie berichtete, wie Viola und ihr Vater sie überzeugen konnten zu schweigen, und von dem zweiten Verrat.

»Ab dem Moment wusste ich gar nicht mehr, was ich denken sollte. Ben hatte längst bemerkt, dass etwas seltsam war. Er fragte ständig nach. Ich habe mich wie ein Tier im Käfig gefühlt, war hilflos und verzweifelt. Papa machte deutlich, dass er sich auf mein Stillschweigen verließ um des Familienbetriebes willen. Jeder Einzelne hatte hier schließlich seine Aufgabe, und trotzdem war die viele Arbeit kaum zu schaffen. Fiel einer aus, brach alles zusammen. Damit meinte er: Wenn du es Mama erzählst und sie uns verlässt, verlieren wir unsere Lebensgrundlage. Das wollte ich natürlich nicht riskieren. Aber dann hat Ben Helen geküsst, und alles wurde noch schlimmer. Ben war doch die einzige Konstante in meinem Leben! Waren denn alle Männer Fremdgänger? Es wurde mir alles zu viel. Also bin ich abgehauen.«

Endlich war es raus. Nora erwartete, dass es ihr besser ging, doch das Gegenteil war der Fall. Jetzt kam sie sich albern vor. Waren die Gründe groß genug gewesen, um einen so krassen Schnitt zu setzen?

Sie runzelte die Stirn und überlegte. Ihr heutiges Ich würde wahrscheinlich vieles anders machen. Sie ging Konflikten nicht mehr aus dem Weg und kämpfte für ihre Meinung. Sie war aber auch viel unabhängiger geworden und freier in ihren Entscheidungen. Ihr damaliges Ich hingegen war so in die Familieninterna verstrickt gewesen, dass sie mit jedem Tag verzweifelter geworden war. Sie hatte den Eindruck gehabt, an den Geheimnissen zu ersticken. Vermutlich hatte sie damals wirklich keine andere Option gehabt.

»Du hättest mit mir reden müssen«, sagte Vera leise.

Nora musste sich sehr zwingen, von den wunderschönen Blüten fort ins verweinte Gesicht ihrer Mutter zu gucken. »Im Nachhinein denke ich das auch. Vielleicht wäre dann alles nicht so schlimm gekommen. Vielleicht aber sogar noch schlimmer. Schau dir Sarah an. Ihre Ehe ist jetzt am Ende. Ich glaube nicht, dass sich Bens Eltern noch mal zusammenraufen können.«

»Deren Ehe ist schon lange vorbei. Was meinst du, warum Sarah fremdgegangen ist? In einer funktionierenden Partnerschaft passiert so etwas nicht«, mischte sich Oma ein.

Nora zog eine Augenbraue hoch. »Das ist aber eine sehr einfache Weltsicht.«

»Mir sind Bens Eltern völlig egal«, sagte Mama ruppig. »Für Julia tut es mir leid, aber eins kannst du mir glauben: Ich hätte lieber meinen Ehemann verloren als meine Tochter. Nora! Dass du deswegen fortgegangen bist … ich kann es noch immer nicht glauben!«

»Das war es nicht allein. Vielmehr ging es um die Art, wie Viola und Papa mich behandelt haben. Sie haben so getan, als sei ich eine Familienverräterin. Das war das eigentliche Problem. Ich fühlte mich hier nicht mehr wohl und musste ausbrechen. Da kam mir die Sache mit Ben gerade recht.«

»Du musst wirklich dringend mit ihm sprechen.« Oma sah Nora ernst an.

»Ich weiß. Das werde ich auch noch. Versprochen.«

Alle vier schwiegen und schlürften ihren Tee. Nora fühlte sich leer und erschöpft. Noch immer wartete sie auf die Erleichterung. Konnte die nicht endlich kommen?

»Das also meintet ihr mit ›Das Geheimnis hat sich selbst überholt‹«, sinnierte Mama. »Weil euer Vater verstorben ist, scheint sein Verrat weniger Gewicht zu haben. Es tut aber noch immer genauso weh. Ich würde ihn gerne anschreien und schütteln.«

»Du darfst ihn nicht hassen.« Zum ersten Mal meldete sich Viola zu Wort.

Nora verdrehte die Augen. »Du kannst aufhören, dich bei ihm einzuschleimen. Er ist tot, Viola!«

In Violas Augen blitzte es gefährlich auf. »Ich habe damals zum Schutz für die Familie entschieden. Nur deshalb habe ich dich so unter Druck gesetzt. Das hatte nichts mit einschleimen zu tun.«

»Ach, nein? Du kannst nicht leugnen, dass dich Papa wie ein rohes Ei behandelt und dir jeden Wunsch von den Lippen abgelesen hat. Er wollte sein Geheimnis schützen und wusste, das geht nur mit deiner Rückendeckung. Das hat meinen Glauben in die Familie ziemlich erschüttert.«

Viola atmete zischend ein, doch Oma war schneller. »Vertragt euch, Mädels«, ging sie dazwischen. »Sonst packe ich wieder den Schnaps aus.«

Das ernüchterte beide schlagartig. Zu Noras Überraschung reichte ihr Viola eine Hand. »Es tut mir leid«, sagte sie. »Ich war ein Miststück.«

»Ich nehme die Entschuldigung an und entschuldige mich meinerseits. Ich hätte dich hier nicht so allein lassen dürfen.«

Sie standen beide auf und umarmten sich recht unbeholfen über den Tisch hinweg. Mama und Oma schnieften im Duett vor Rührung.

»Ich bin stolz auf euch«, hauchte Oma.

»Das ist gut zu hören. Dann kannst du endlich vom Baum runterkommen«, hieb Nora sofort in die Kerbe ein. Oma schüttelte prompt den Kopf. »Es gibt noch so viele Rätsel. Unter anderem, wer euren Vater erpresst hat. Meint ihr, das hatte mit seiner Affäre mit Sarah zu tun?«

Viola nickte. »Darüber habe ich auch schon nachgedacht. Das könnte durchaus sein. Aber wer wusste sonst noch davon?«

»Vielleicht die unheimlichen Leute, die hier ständig auftauchen und Fotos machen? Die finde ich nach wie vor sehr verdächtig«, überlegte Oma laut.

»Was sollten die mit Papa zu schaffen haben? Nein! Ich glaube eher, dass es jemand aus dem Umfeld von Jork gewesen ist. Jemand, der Papa in der Hand hatte.« Viola nickte bekräftigend zu ihren Worten.

»Sarah?«, mutmaßte Vera plötzlich. »Ich traue dieser Frau mittlerweile alles zu. Sie hat immerhin meine Töchter unter Druck gesetzt, bis eine verschwunden ist. Da halte ich es durchaus für möglich, dass sie Geld von Papa erzwungen hat.«

»Mama«, antwortete Nora. »Sarah hat Papa geliebt. So sehr, dass sie sogar ihre Ehe und die Gunst ihrer Kinder aufs Spiel gesetzt hat. Die hat nie im Leben Papa erpresst. Sie hätte sich damit ja ins eigene Fleisch geschnitten. Ich gebe Oma aber recht: Wir müssen das rausfinden. Denn wer Papa erpresst hat, könnte das auch bald mit uns versuchen. Also, Oma? Du bist hier die talentierteste Schnüffeltante. Komm runter vom Baum und hilf uns!«

»Ich kann prima von hier oben schnüffeln, meine Liebe. Und die Erpressung ist nicht unsere einzige Sorge. Noch haben wir keinen funktionierenden Plan, um die Plantage zu retten. Kocht Vera etwa wieder gutes Apfelkompott? Nein! Hat Viola das Café eröffnet? Nein! Hast du Ben deine Liebe gestanden? Nein! Bis das nicht geschehen ist, bleibe ich hier. Punkt.«

Ben

Er hatte Kopfschmerzen vor lauter Anspannung. Sein Körper tat weh, und seine Laune war im Keller. Nachdem er vom Baumhaus zurückgekehrt war, hatte er sich erst noch zu seiner Mama und Julia gesetzt. Bis sein Onkel ihn anrief.

Leonard sei bei ihm. Er sei am Boden zerstört.

Ben zögerte nicht lange. Ja, das Verhältnis zu seinem Vater war noch nie das beste gewesen. Aber es war auch nicht richtig, ihn mit solch einer

Neuigkeit vollkommen allein zu lassen. Er war hier der Betrogene und nicht der Bösewicht.

Also fuhr Ben zu seinem Onkel und setzte sich zu seinem Vater, um mit ihm zu sprechen. Wie immer gestaltete sich das jedoch äußerst schwierig. Im Gegensatz zum Rest der Familie flüchtete sich Leonard stets in Schweigen, sobald es Probleme gab. Und wenn er damit nicht weiterkam, dann schimpfte und fluchte er.

Ben hörte sich eine Weile sein Gejammer an und unterbrach ihn schließlich. »Du musst dich jetzt entscheiden, Papa. Entweder du sprichst in Ruhe mit Mama über den Ehebruch und suchst gemeinsam mit ihr nach einer Lösung, um eure Ehe zu retten. Oder du spuckst weiter Gift und Galle und beschließt, dreißig Jahre Partnerschaft zu beenden. Ich kann dir nicht sagen, was richtig und was falsch ist. Zum jetzigen Zeitpunkt ist es wahrscheinlich auch besser, wenn du noch gar keine Entscheidung triffst. Aber letztlich läuft es auf eine Sache hinaus: Ihr müsst miteinander reden!«

Da fing sein Vater an zu weinen. So bitterlich, dass sowohl Ben als auch sein Onkel nicht recht wussten, wie sie reagieren sollten. Letzten Endes blieb ihnen nichts anderes übrig, als ihn ins Bett zu stecken und zu hoffen, dass er sich wieder beruhigte.

»Das ist übel«, sagte Bens Onkel finster zu ihm.

Ben nickte lediglich und seufzte tief. »Meinst du, Papa kann eine Weile bei euch bleiben? Mama und Julia waren zwar erst bei mir, sind dann aber zu sich nach Hause gefahren. Julia braucht jetzt einfach ihre gewohnte Umgebung. Für sie ist das alles auch sehr schwer.«

»Ich weiß. Klar, kann Leonard erst mal hierbleiben. Ich bring ihm das morgen früh schonend bei. Was ist mit dir? Du siehst schrecklich aus!«

»So fühle ich mich auch. Werners Beerdigung allein hätte mir schon gereicht, aber das jetzt … ich mag diese ganzen Dramen nicht mehr. Ich bin es so leid!«

»Dann darfst du dich nicht mit der Graf-Familie einlassen. Die waren schon immer für Szenen berühmt.«

Ja, da hatte sein Onkel vermutlich recht. Warum nur kam Ben einfach nicht von dieser Familie los? Sie war so eng mit seinem Leben verflochten, dass er gar nicht wusste, wie er ohne sie atmen sollte. Als er versucht hatte, aus dieser Welt auszubrechen, war das gehörig schiefgegangen. Er war abgerutscht. Und zwar so richtig. Erst Werner hatte ihn wieder auf die richtige Spur gebracht.

In den Augen seines Onkels sah er die alte Sorge. Er musterte ihn so kritisch wie damals. Vermutlich hatte er Angst, dass Ben erneut ausrasten könnte. Dunkel erinnerte er sich an einen Abend, an dem er betrunken und völlig neben sich das Wohnzimmer seiner Familie demoliert hatte. Leonard hatte damals seinen Bruder um Hilfe gebeten. Gemeinsam hatten sie Ben gebändigt und unter die Dusche gesteckt.

»Keine Sorge. Den wilden Teenager von damals gibt es nicht mehr. Ich habe mich im Griff«, sagte Ben ernst. Es erschreckte ihn, wie erleichtert sein Onkel aussah. War er so schlimm gewesen? Offenbar!

Sie verabschiedeten sich voneinander, und Ben fuhr zu sich zurück. Dabei umklammerte er so fest sein Lenkrad, dass ihm davon die Finger schmerzten. Was sollte er nur tun? Er hatte schon vor langer Zeit gemerkt, dass er so nicht weiterleben konnte. Das Umfeld der Familie Graf tat ihm nicht gut. Viola war eine schreckliche Arbeitgeberin, und Werner hatte ihn stets auf grausame Weise an seine so schmerzlich vermisste Nora erinnert.

Jetzt, wo Nora wieder hier war, drehten alle durch. Statt dass es besser wurde, wurde es nur noch schlimmer.

Automatisch dachte Ben an den Brief und an den Anruf seines Freundes Robert. Seine Freifahrtkarte hier raus. Er könnte neu anfangen. Sich neu erfinden. Das Jobangebot war die Gelegenheit, alles hinter sich zu lassen.

Aber was würde dann aus Julia werden? Aus seiner Familie? Und vor allem: Was wurde ohne ihn aus der Plantage und den Graf-Frauen?

»Du schuldest ihnen gar nichts«, sagte Ben laut und wusste, dass das gelogen war. Werner hatte ihn damals in letzter Sekunde gerettet. Seine Eltern waren längst nicht mehr an ihn herangekommen, aber Werner … Werner schon. Er war auf seine einfache, pragmatische Art zu ihm durchgedrungen. Ein Nordlicht durch und durch.

»Wenn du so weitermachst, erlebst du den nächsten Winter sowieso nicht. Mir ist das egal, aber so eine Beerdigung ist lästig«, hatte er gesagt. »Früher oder später gerätst du an einen Kerl, der größer ist als du. Der schlägt dir dann deinen Schädel ein, und ich muss das deiner Mama sagen. Also tu mir den Gefallen und hör auf, dich wie ein Vollpfosten zu benehmen.«

Er hatte recht gehabt. Ben hatte sich seitdem weder in Diskotheken betrunken noch sich mit Rausschmeißern angelegt oder sich absichtlich an verheiratete Frauen rangemacht.

Werner hatte ihn gerettet. Das war amtlich. Die Frage war nur, ob es jetzt nicht Zeit war, sich selbst zu retten.

Und dann? Was würde aus Julia werden? Ben konnte seine kleine Schwester unmöglich in diesem Schlamassel allein lassen. Sarah war selbst schuld, aber Julia – das war eine andere Sache.

Er parkte schlecht gelaunt am Hof und stieg aus. Mittlerweile war es früher Abend geworden. Erst jetzt bemerkte Ben, wie hungrig er war. Seit dem Frühstück war er von einem Drama ins nächste geschlittert. Da war keine Zeit geblieben, sich um sich selbst zu kümmern. Er musterte sein dunkles Zuhause. Der Stall, den er mit so viel Elan zusammen mit Werner erneuert hatte.

»Ich vermisse dich, alter Freund«, sagte Ben leise. »Und das mit deiner Beerdigung tut mir leid.« Mit gesenktem Kopf blieb er einen Moment still stehen und dachte an seinen Mentor. Er war ihm mehr Vater gewesen als Leonard, dem er das wohlweislich nie gesagt hatte. Leonard hätte dann noch einen Grund mehr gehabt, die Familie Graf zu hassen.

Bens Beine weigerten sich, ins Haus zu gehen. Was sollte er da? Es wartete dort niemand auf ihn. Plötzlich spürte er ein Kribbeln. Er kannte das Gefühl noch aus Jugendtagen. Aus den Zeiten, die er besser vergessen wollte. Diesmal begrüßte er es jedoch. Heute war so ein Scheißtag. Da konnte er ihn auch so richtig beschissen enden lassen.

Schweigend stieg er ins Auto, um etwas ganz, ganz Dummes zu tun.

#Badboy

Lassen Sie nie etwas anbrennen. Egal ob in der Küche oder im Liebesleben.
(Aus: Sechs Gründe, Single zu bleiben)

Nora

»Spreche ich mit Nora Graf?«

»Ja, am Apparat. Wer ist da?«

»Vielleicht kennst du mich noch. Ich bin Thomas Wender aus dem Tanzschuppen.«

Nora riss die Augen auf. Die alte Disco in Buxtehude gab es noch? »Thomas, was kann ich für dich tun?«, fragte sie und zuckte zusammen, weil Oma abrupt die Hände erhob und so tat, als wäre dieser Name das Zeichen für ganz, ganz schlechte Neuigkeiten. Was war hier los? Auch Mama wirkte alarmiert, während Viola genervt die Augen verdrehte.

»Ben ist hier«, sagte Thomas recht gequält. Vielleicht bildete sie sich das aber auch nur ein, denn der Lärm im Hintergrund war fürchterlich. Offenbar war die Party in der Disco selbst an einem Montagabend noch im Gange.

»Und wo ist das Problem?«, fragte Nora irritiert nach. Ben und sie waren früher ziemlich oft in den Schuppen gegangen. Es war schließlich der einzige Ort in der Nähe, wo man tanzen gehen konnte.

»Ach, stimmt. Du warst schon Ewigkeiten nicht mehr hier. Ben hat im Tanzschuppen Hausverbot, etwa seit einer Million Jahren. Jedenfalls muss er sich heute am Türsteher vorbeigeschlichen haben und ist direkt in eine Schlägerei verwickelt worden. Er blutet mir hier das Parkett voll und weigert sich zu gehen. Klar, ich könnte jetzt meinen Rausschmeißer rufen, aber da ich gehört habe, dass du wieder im Lande bist …

im Namen der ruhigeren Zeiten von damals: Kannst du mich von Ben befreien? Der nervt!«

Nora versuchte verzweifelt, das gerade Gehörte mit dem Bild von Ben zu vereinbaren. Ben hatte irgendwo Hausverbot bekommen? Das war für sie unvorstellbar. Der Ben, den sie kannte, war überall beliebt gewesen. Der netteste Junge der Nachbarschaft.

»Äh …«, brachte sie schwach hervor. »Ich hole ihn ab.«

»Danke. Und beeil dich! Bernd Eschberg ist grad reingekommen. Wenn der Ben sieht, fängt dein Ex sich gleich das zweite blaue Auge ein.«

Wie in Trance legte Nora auf und starrte einen Moment blicklos auf den Tisch.

Oma hingegen zog sie bereits auf die Beine. »Los, los! Beeil dich und hol Ben ab«, sagte sie drängend. Offenbar hatte sie für ihr Alter noch ziemlich gute Ohren.

»Aber seit wann hat Ben denn irgendwo Hausverbot?«, fragte Nora vollkommen irritiert.

»Ben hat in vielen Diskotheken und Bars Hausverbot.« Viola zog eine Augenbraue in die Höhe. »Nach deinem Weggang ist Ben ziemlich abgestürzt. Ich glaube, er wollte seinem Image als Sonnyboy entkommen und hat es etwas übertrieben. Eins kannst du mir glauben: Du hättest diesen Ben nicht gemocht. Den mochte keiner. Womöglich war das auch sein Ziel.«

»Bist du jetzt fertig, Freud?«, fragte Oma spitz zu Viola.

»Hey, ich sag nur, wie es war. Ohne Papa wäre das mit Ben übel ausgegangen. Aber ja, ich bin fertig. Geh besser.«

Mama stand bereits auf. »Nimm mein Auto. Ich geb dir den Autoschlüssel.«

Kurz darauf brauste Nora mit rasenden Reifen und klopfendem Herzen zu Ben. *Was zur Hölle ist hier los,* dachte sie dabei die ganze Zeit. Ben war immer der anständige, bodenständige Kerl. Doch es gab Anzeichen dafür, dass Ben sich verändert hatte. Dass ein düsterer Ben die Oberhand gewonnen hatte. War er etwa zurück? Ihretwegen? Wegen der Beerdigung?

Sie parkte quer vor dem Eingang der Disco, sprang wie im Film aus dem Auto und rannte auf den Türsteher zu. Der ließ die Brustmuskeln spielen und verschränkte extra bedrohlich die Arme, um die Bizepse zum Anschwellen zu bringen.

»Spar dir dein Gockelgehabe, Niclas. Ich hab dir die Windeln gewechselt, als ich dein Babysitter war. Also mach Platz«, knurrte Nora.

»Nora?« Niclas' Augen wurden so groß wie Untertassen.

»Gut erkannt. Ich soll Ben abholen.«

Sofort trübte sich der Blick des Türstehers. Er wurde ernster. »Der Typ geht mir auf den Sack«, erklärte er und trat zur Seite, um Nora die Tür gentlemanlike zu öffnen. »Er hat mir vor Jahren beinahe meine Freundin ausgespannt.«

Sie wollte im ersten Moment mit ihm darüber diskutieren, sparte es sich dann aber doch. Dazu hatte sie keine Zeit. Stattdessen nickte sie Niclas mitleidig zu und folgte dann den wummernden Beats der Discomusik. Stroboskoplicht blendete sie. Blinzelnd versuchte sie sich zu orientieren, sah aber zunächst nur zappelnde, leicht bekleidete Teenager und einen wie ein Flummi herumhüpfenden DJ auf einer Empore. Verdammt, war das lange her, dass sie ausgelassen tanzen gegangen war. Viel zu lange! Dabei war sie erst sechsundzwanzig Jahre alt.

Glücklicherweise hatte Thomas seinen Laden nie umgestaltet. Noch immer befand sich die Bar am anderen Ende des Eingangsbereichs. Nora hielt direkt drauf zu und wich dabei alkoholisierten jungen Frauen und grölenden Typen aus.

Sie erkannte Bens breiten Rücken schon von Weitem. Er saß zusammengesunken auf einem Barhocker und umklammerte ein leeres Glas. Neben ihm stand ein voller Bierkrug. *Oh, bitte,* dachte Nora verzweifelt, *lass ihn nicht volltrunken sein.* Erst als sie sich ihm noch weiter genähert hatte, erkannte sie, dass er sich einen feuchten Lappen gegen ein Auge presste.

Der Barkeeper sagte etwas zu ihm, deutete auf Nora.

Als sich Ben umdrehte und dabei kurz das Tuch vom Gesicht nahm, blieb Nora sofort stehen. Hilfe! Das Auge sah schlimm aus. Genau wie Bens überraschter Ausdruck. Offenbar hatte er nicht gewusst, dass Thomas sie verständigt hatte. Er wirkte erschrocken und verärgert zugleich.

Sie überwand den Abstand zwischen ihnen und blieb kurz vor Ben stehen. »Scheiße«, sagte sie, was in der wummernden Musik natürlich unterging.

Ben hatte das Wort trotzdem von ihren Lippen abgelesen, denn er nickte. »Was machst du hier?«, rief er ihr zu.

»Dich abholen«, brüllte Nora zurück.

»Ich brauche keinen Aufpasser.«

Nora lachte trocken auf, hob die Hand und berührte nur ganz flüchtig den äußersten Rand seines Augenlids. Ben zuckte vor Schmerzen zusammen. »Das sehe ich anders«, erklärte sie und ließ die Autoschlüssel herausfordernd vor seiner Nase baumeln. »Komm!«

Der Barkeeper lehnte sich über den Tresen und wedelte mit der Hand. »Dann aber hinten rum, sagt der Chef. Er will keinen Ärger riskieren.«

Ben verdrehte die Augen, während Nora ganz automatisch nervös von rechts nach links blickte. Wo war der Feind? Ben hingegen hatte sich wieder zum Tresen zurückgedreht. Er sah nicht so aus, als wolle er gehen.

»Ben«, rief Nora und packte seine Schultern. »Wir machen jetzt einen Abflug.«

»Ich sitze hier doch nur und trinke was. Wo ist das Problem?«, entgegnete er störrisch, woraufhin sich der Barkeeper wieder über den Tresen lehnte.

»Entweder du gehst jetzt, oder ich lasse dich rausschmeißen.«

»Huiiii, vor Niclas erzittere ich.«

Nora reichte es langsam. Dieser Tag war schon schlimm genug gewesen. Also holte sie mit der Superkeule aus. »Ben! Ich habe heute meinen Vater beerdigt. Meinen Vater! Das Letzte, was ich gebrauchen kann, ist ein sturer Ex-Freund, der einen auf Drama macht!«

Der Satz saß. Ben sah sie aus dunklen, geschockt wirkenden Augen an. Dann stand er umgehend auf. »Hast recht«, rief er ihr zu. »Aber wir zwei müssen reden.«

Lieber nicht, dachte Nora. *Nicht in deinem Zustand.* Wobei … so richtig betrunken wirkte Ben nicht. Eher aufgewühlt. Aber was machte er dann an der Bar?

Auf einmal tauchte Kathrin auf und verstellte ihnen den Weg. »Du hast nicht zurückgerufen«, sagte sie zu Ben.

Das reichte jetzt. »Ben will nichts von dir«, brüllte Nora genervt. »Kapier es endlich. Er ist ein einsamer Wolf, der nicht geheilt werden will.«

Mit diesen Worten schnappte sie sich Ben und zerrte ihn hinter sich her durch die Menge Richtung Hinterhofausgang. Die Bässe vibrierten in ihrem Magen, dröhnten im Kopf und machten sie ganz kribbelig. Dabei waren ihr die neugierigen Blicke der Diskothekenbesucher nur allzu bewusst. Wie sie diese Gier nach Drama hasste! Es wurde wirklich Zeit, dass sie nach Köln verschwand.

Endlich waren sie draußen. »Was stimmt eigentlich nicht mit dir?«, fragte sie erzürnt. »Wieso verziehst du dich in den Tanzschuppen und prügelst dich?«

»Ich hab mich nicht geprügelt. Der Typ kam an und hat mir eine reingehauen. Ende der Geschichte. Ich kam nicht mal zum Gegenschlag, da hatte ihn seine Freundin schon weggezerrt. Dass Thomas gleich einen Babysitter für mich anruft, dafür kann ich nichts.«

Nora blieb abrupt stehen und drehte sich zu Ben um, musterte ihn eingehend. »Und warum hat dir der Typ ohne Vorwarnung eine reingehauen?«

Ben zuckte mit den Schultern. »Wir hatten noch eine Rechnung offen. In meinen wilden Zeiten hatte ich mich auf verheiratete Frauen spezialisiert. Kam nicht so gut an.«

Also … also wirklich! Nora konnte nicht fassen, was sie da hörte. Sie lief wieder los zu ihrem Auto und wartete, bis Ben ihr gefolgt war. »Ich mag diesen Teil von dir nicht«, informierte sie ihn böse. »Diesen Frauenfänger, der nichts anbrennen lässt.«

»Ach, ja? Und ich mag die Oberlehrerin in dir nicht«, entgegnete Ben im gleichen Tonfall.

Nora schnaubte empört. »Lieber bin ich eine Oberlehrerin als ein Vollpfosten wie du. Du kannst dich doch nicht ernsthaft am Abend von Papas Beerdigung besaufen!«

Ben zog eine Augenbraue in die Höhe. »Dann schau mal hin, Baby«, sagte er süffisant. Er breitete beide Arme aus und balancierte auf einer ausgedachten Linie kerzengerade voran.

»Du bist nüchtern«, stellte sie trocken fest.

»Klar. Ich hab seit Jahren keinen Alkohol mehr angerührt. Vor acht Jahren hab ich mehr gesoffen, als meine Leber in einem ganzen Leben verkraften kann. Heute war ein Scheißtag, aber er war nicht beschissen genug, um damit wieder anzufangen.«

Die Neuigkeit musste Nora erst mal verdauen. »Bist du etwa trockener Alkoholiker?«

»Keine Ahnung. Ich hab mit dem Alkohol aufgehört, als dein Vater einen Eiskübel über mir ausgeschüttet hat, damit ich wieder klar im Kopf wurde. Das hat gewirkt. Ab diesem Tag habe ich nichts mehr getrunken. Ich schätze, ich war nie wirklich abhängig, sondern habe es nur total übertrieben. Und trotzdem will ich es nicht austesten.«

»Und das Bier neben dir?«

»Das war für deinen Vater. Er hat gerne mal eins abends getrunken. Ich hab dann mit Limonade angestoßen, und wir haben unsere Pläne für den nächsten Tag geschmiedet. Genau das habe ich getan: Ich habe mich von deinem Papa verabschiedet und überlegt, wie es weitergehen kann.«

Nora stiegen die Tränen in die Augen, als sie das hörte. Ben war vermutlich der Einzige, der in all dem Chaos das Wesentliche nie aus dem Blick verloren hatte: Er hatte sich ordentlich von ihrem Vater verabschiedet. Denn obwohl ihr Papa einen Berg voller Probleme hinterlassen hatte, war er ein guter Kerl gewesen. Schniefend stieg sie ein und steckte den Schlüssel ins Schloss. Ben ließ sich auf den Beifahrersitz fallen. Auch in seinen Augen glänzte es verräterisch.

»Bist du ihm sehr böse?«, fragte Nora leise.

»Deinem Papa? Wegen meiner Mama?« Ben runzelte die Stirn. Dann nickte er. »Schätze schon. Aber ich verdanke ihm nach wie vor mein Leben. Allerdings frage ich mich, ob er mir nur so geholfen hat, weil er ein schlechtes Gewissen mir und meiner Familie gegenüber hatte.«

Nora schaltete den Motor abrupt wieder aus und wandte sich Ben ernst zu. »Nein«, sagte sie fest. »Das ist nicht der Grund, und das weißt du auch. Er hatte dich gern. Schon in unserer Kindheit warst du der Sohn, den er nie hatte. Er hat sich um dich gekümmert, weil er dich geliebt hat. Da bin ich mir absolut sicher.«

Ben dachte über ihre Worte nach. »Vermutlich hast du recht. Dennoch bleibt ein schaler Geschmack zurück. Er hat gelogen. Genau wie du.«

Gefährliches Terrain. Nora beschloss, zunächst nicht darauf einzugehen. Sie startete den Motor erneut und fuhr los Richtung Plantage. »Wir haben Familienkriegsrat abgehalten und beschlossen, uns nicht unterkriegen zu lassen«, sagte sie ohne Zusammenhang, um nur ja nicht auf Bens Provokation eingehen zu müssen. »Für Mama ist es eine bittere Pille, aber sie wird darüber hinwegkommen. Das schafft sie auch, aber nur, wenn wir den Hof retten können.« Sie warf einen kurzen Blick zu Ben. »Und das können wir nur, wenn wir zusammenhalten.«

»Schön für euch. Und was hab ich damit zu tun?«

»Du gehörst zu uns, Ben. Du bist Teil unserer Familie. Das bist du schon immer gewesen.«

Er schnaubte verächtlich. »Nein, danke. Teil dieser Familie zu sein, ist nichts Erstrebenswertes. Ihr seid allesamt verrückt. Außerdem kommt nie etwas Gutes dabei heraus, wenn sich unsere Familien zu nahe kommen.«

»Jetzt dramatisier aber mal nicht.«

»Ich dramatisiere? Nora! Du bist abgehauen, weil dein Papa und meine Mama eine Affäre hatten. Und dann hast du noch nicht mal den Schneid besessen, mir die Wahrheit zu sagen. Du hast mich einfach glauben lassen, es sei alles meine Schuld gewesen.«

Nora war unendlich froh, endlich angekommen zu sein. Jetzt, wo sie dieses heikle Thema ansprachen, brauchte sie ihre gesamte Konzentration. Sie parkte und stieg hastig aus.

Ben tat es ihr gleich und funkelte sie über das Autodach hinweg an. »Wieso hast du mir nicht einfach die Wahrheit gesagt? Dann wäre all das nicht passiert.«

»Das sagst du jetzt, aber damals sind wir viel abhängiger von unseren Familien gewesen. Da gab es keinen umgebauten Stall, in den wir uns zurückziehen konnten. Kein eigenes Geld. Kein großes Selbstvertrauen. Ich wollte nicht schuld daran sein, dass deine Familie vor die Hunde geht.«

»Aber das war nicht deine Entscheidung. Das hättest du mir überlassen müssen!«

»Vermutlich hätte ich das auch getan, wenn du nicht Helen geküsst hättest. Was meinst du, wie ich mich da gefühlt habe? Erst geht mein Vater fremd und setzt mich damit unter Druck, dann betrügt mich auch noch mein Freund!«

Nora kämpfte bei diesen Worten sofort mit den Tränen. Es war alles so ungerecht. So gemein und verfahren. Sie warf Ben einen funkelnden Blick zu, dann drehte sie sich um und lief Richtung Haupthaus.

Sofort war Ben an ihrer Seite. »Wo willst du denn hin?«, fragte er.

»Ins Bett! Dieser Tag ist so verkorkst, dass wir ihn schnell beenden sollten. Am Samstag wollen wir das Café eröffnen. Das wird ein Desaster, weil wir völlig unvorbereitet sind. Wir benötigen unsere ganze Kraft, um das durchzustehen. Aber das alles interessiert dich nicht. Weil du nicht zu dieser Familie gehören willst.«

Jetzt reichte es Ben. Er packte ihre Schultern und zog sie mit einem Ruck zu sich herum. »Natürlich interessiert mich, was mit dieser Plantage passiert. Das hat es immer«, sagte er mit dunkler, beinahe drohender Stimme.

Nora riss sich empört los und wechselte die Richtung. Statt zum Haupthaus zu gehen, hielt sie jetzt auf die Apfelbaumreihen in Bens Terrassenbereich zu. »Das klang gerade im Auto aber ganz anders. ›Teil dieser Familie zu sein, ist nichts Erstrebenswertes‹. Das waren deine Worte! Nicht meine!«

Ben war zurückgeblieben, holte jetzt aber wieder auf. »Dann sag mir bitte, wie es weitergehen soll. Mit dir, mit mir, mit unseren beiden zerstrittenen Familien.«

»Du arbeitest weiter hier. Genau wie vorher«, sagte Nora und zeigte auf die Apfelbäume, denen sie sich gerade näherten. »Du rettest diese Plantage.«

»Und du? Was machst du?«

»Ich helfe dir.«

»Und für wie lange?«

Nora zögerte eine Sekunde zu lange. Schon warf Ben beide Arme in die Höhe. »Siehst du? Du planst bereits deinen Abgang. Du tust zwar so, als ob du die Plantage retten willst, aber letztlich wirst du uns mit dieser Aufgabe allein lassen. Du verschwindest wieder, genau wie vor acht Jahren.«

»Ich habe einen Job«, sagte Nora hitzig. »In einer anderen Stadt in einem anderen Leben. Natürlich kann ich nicht bleiben.«

»Genauso wenig kann ich das.«

Der Satz saß. Fassungslos sah Nora Ben an, blieb sogar stehen. »Was meinst du damit?«, fragte sie schockiert.

»Ich habe einen neuen Job. Einen richtig guten. Bisher habe ich noch gezögert, ihn anzunehmen, aber nach all dem Drama hier denke ich, ich sollte die Chance nutzen. Ganz neu anfangen. So wie du.«

»Das kannst du doch nicht machen. Nicht jetzt! Ausgerechnet jetzt!«

Er zog eine Augenbraue in die Höhe und faltete herausfordernd die Arme vor der Brust. »Ach? Ich darf nicht gehen, aber du schon.«

Nora kam ins Schleudern. Dieses Gespräch hatte sich in eine völlig andere Richtung entwickelt als erwartet. Statt sich über die Vergangenheit zu streiten, diskutierten sie die Zukunft. Eine Zukunft, über die Nora bislang nicht lange nachgedacht hatte. Ihr war von Anfang an klar gewesen, dass ihr Besuch im Alten Land nur von kurzer Dauer sein würde. Sie hatte einen gut bezahlten Job. Aussicht auf Karriere. Ein anderes Leben.

Zum ersten Mal wurde ihr allerdings bewusst, was sie damit zurückließ. Sie war hierhergekommen, um mit allem abzuschließen. Doch wenn sie jetzt fortging, würde sie ein noch größeres Chaos hinterlassen als zuvor.

»Ich bin vor langer Zeit gegangen«, sagte sie defensiv. »Ich habe hier keinen Platz mehr.«

Bens Blick wurde mit einem Schlag sanfter. Ruhiger. »Doch. Den hast du. Wenn du willst. Du musst dich nur trauen, ihn wieder einzunehmen, denn er war nie besetzt. Dein Fortgang hat ein riesiges Loch hinterlassen, das niemand füllen konnte. Ich hab es versucht, aber es hat nicht geklappt. Wenn du jetzt gehst, wird dieses Loch alles zum Einsturz bringen.«

Nora fühlte prompt, wie sich der Druck auf ihre Schultern vergrößerte. Wie die Angst um die Zukunft dieser Plantage sie zu Boden drückte. Genau diese Gefühle sah sie jetzt auch in Bens Augen. Ja, er liebte die Äpfel, die Bäume und die Arbeit hier. Aber er war nicht mehr bereit, das Leben zu führen, das eigentlich ihr vorherbestimmt gewesen war.

Sie hielt es nicht mehr aus, Ben anzusehen. Also ließ sie ihn stehen und flüchtete sich zwischen die Spalierbäume. Gras wisperte unter ihren Füßen. Es roch nach Frühling. Nach Knospen und Wärme. Endlich hatte der Regen aufgehört. Der Frühling zog ein.

Ben war ihr natürlich gefolgt und blieb am Anfang der Baumreihe stehen. Lehnte sich gegen einen Pfahl. Nora konnte ihn noch nicht ansehen. Daher starrte sie auf eine sich bereits zaghaft öffnende Apfelblüte und atmete tief durch.

»Was ist das für ein neuer Job?«, fragte sie.

»Im Landwirtschaftsministerium. Da suchen sie jemanden mit Erfahrung im Obstanbau. Ich könnte ganz neu anfangen. Genau wie du damals.«

Nora lachte humorlos auf. »Wie ich? Glaube mir: Das wird dir genauso wenig gelingen wie mir. Diese Plantage lässt einen nie los. Ein Teil von dir wird immer hierbleiben und dir zuflüstern, dass es ein Fehler war, fortgegangen zu sein. Er wird dafür sorgen, dass du dein neues Leben nie genießen kannst. Und wenn diese Plantage vor die Hunde geht, wirst du dir Vorwürfe machen und dich fragen, ob du sie hättest retten können.«

Nora hatte diese Worte zu den Blüten gesprochen und daher nicht mitbekommen, dass Ben plötzlich neben ihr stand. Er drehte sie mit einem kraftvollen und zugleich sanften Druck zu sich herum und zwang sie, ihn anzusehen. Im Dämmerlicht des Mondes sah sein zugeschwollenes Auge noch schlimmer aus als zuvor. Doch der Ausdruck in seinem intakten Auge sprach Bände.

»Wir zwei haben es jetzt in der Hand, Nora. Wir können diese Plantage retten. Aber nur zusammen! Wenn du gehst, dann gehe ich auch. Im Gegensatz zu dir werde ich dabei kein schlechtes Gewissen haben. Ich werde mit dieser Familie abschließen und niemals zurückkehren. Du hingegen … du wirst das nicht verkraften.«

»Drohst du mir etwa?«

»Nein, ich will dir nur vor Augen führen, dass du im Begriff bist, erneut etwas furchtbar Dämliches zu tun.«

»Dämlich? Für wen hältst du dich eigentlich?«

»Für jemanden, der dich sehr gut kennt. Schau dich doch an! Als ich dich auf dem Bahnhof das erste Mal getroffen habe, waren deine Augen müde und erschöpft. Du kamst aus einer Welt, die nichts für dich ist. Aber kaum hattest du eine Apfelbaumblüte in der Hand, bist auch du aufgeblüht. Du warst voller Elan. Voller Energie. Und genau diese Energie darfst du nicht verschwenden. Wenn du erneut fortgehst, wirst du zum zweiten Mal den Fehler deines Lebens begehen!«

»Es war kein Fehler«, protestierte Nora. »Ich liebe Köln, meine Freunde, meine Arbeit! Wie kannst du so etwas sagen? Du kennst mich doch gar nicht. Nicht mehr!«

»Doch, ich kenne dich. Im Moment denke ich, dass ich dich sogar besser kenne als du dich selbst.«

»Ach, ja? Und was meinst du zu wissen, das ich nicht weiß?«

»Ich weiß, dass du diese Plantage liebst. Und deine Familie – sogar Viola.« Er machte eine Kunstpause, dann packte er ihre Schultern noch fester, zog sie zu sich heran. Noras Herzschlag begann sich zu beschleunigen, als sie seinen Atem auf ihrem Gesicht fühlte. Sie ahnte, was jetzt kommen würde, und hielt automatisch die Luft an. »Ich weiß, dass du nicht gehen willst. Genauso wenig, wie ich gehen will. Und ich weiß noch was, das du nicht weißt.«

»Und was?«, hauchte Nora.

»Ich weiß, dass du mich noch immer liebst. Genau wie ich dich.«

Mit diesen Worten küsste Ben sie. Sanft und zart. Forschend und zugleich fragend. Eine stumme Bitte, ihn nicht von sich zu weisen. Nora wollte im ersten Moment zurückschrecken. Sich von ihm lösen. Doch ihr Herz rebellierte und verhinderte jede Bewegung. Stattdessen reagierte ihr Körper ganz selbstständig auf Bens Nähe.

Sie erwiderte den Kuss vorsichtig. Ihre Lippen schmiegten sich aneinander, federleicht. Kaum spürbar, aber dafür umso prickelnder. Nora spürte, wie Ben tief Luft holte. Erst jetzt begriff sie, wie angespannt er gewesen war. Sein ganzer Körper schien sich aus einem Zangengriff zu lösen, wurde weicher und anschmiegsamer.

Die Erinnerung an deutlich feurigere Küsse blitzte in ihrem Kopf auf. Sie hatten sich schon immer leidenschaftlich geliebt. Voller Glut. Dieser Kuss hingegen war anders. Er war traurig und zärtlich. Das Ende einer wilden Jugendliebe. Die Frage war, ob er der Anfang von etwas Neuem war. Von etwas …

Nora hob den Kopf, löste sich abrupt von Bens Lippen. Atemlos starrte sie ihn an und wehrte sich dagegen, erneut von seinem Blick verschlungen zu werden. Kein anderer Mann hatte jemals dieses Gefühl in ihr ausgelöst. Das Gefühl, mit jeder Zelle ihres Körpers geliebt zu werden.

Es erschreckte Nora, dass sich daran nichts geändert hatte. Doch sie hatte sich verändert. Vollkommen. Sie wollte nicht mehr die alte Nora sein, daran hatte sie schließlich viele Jahre gearbeitet.

»Wir sollten das nicht tun.« Ihre Stimme klang viel zu brüchig und tonlos für solch gewichtige Worte.

»Doch. Sollten wir. Das war längst überfällig. Du spürst es auch, nicht wahr? Das mit uns ist noch lange nicht zu Ende.«

»Das mit uns ist schon einmal gewaltig schiefgegangen, und ich habe Jahre gebraucht, um darüber hinwegzukommen. Nein. Das stimmt nicht. Ich bin bis heute noch nicht darüber hinweg.«

»Was nur wieder beweist, wie fest unsere Beziehung damals war. Das Band hält noch immer. Lass uns daran anknüpfen.«

Noras Augen wurden riesig. »Ben«, hob sie zweifelnd an.

Er legte ihr einen Finger auf die Lippen. »Nicht. Mach nicht sofort den Moment kaputt. Denk einfach nur in Ruhe drüber nach.«

»Und was ist mit dem einsamen Wolf? Ich dachte, du hältst nichts mehr von Beziehungen.«

»Der einsame Wolf hat sich heiser geheult. Er ist es leid, sich mit verrückten Wölfinnen zu treffen. Sein Herz hat immer nur der einen gehört.« Ben holte zischend Luft. »Ich weiß, dass du das nicht hören willst. Das ist okay. Vielleicht denke ich morgen auch ganz anders drüber. Vielleicht lag es auch nur am Tag und den verrückten Wahrheiten, die ich heute erfahren habe. Aber ich weiß ganz genau, dass du hier hingehörst. Mehr als ich oder jemand anderes. Du gehörst zu dieser Plantage.« Er drehte Nora abrupt um und deutete auf die vielen Bäume, deren zarte Knospen im funkelnden Licht des Mondes zu glänzen schienen. »Dein Vater hat diese Plantage gelebt. Er WAR die Plantage. Und jetzt, wo er fort ist, bist du seine Nachfolgerin. Viola hat immer versucht, dir nachzueifern. Aber ihr fehlt einfach eine Sache, die man nicht lernen kann: das Herz für dieses Land. Du verstehst die Bäume besser als jeder andere Mensch.« Er beugte sich nach vorne, und die nächsten Worte kitzelten zart in Noras Ohren. »Bleib nicht für mich hier oder weil du deine Oma vom Baum holen willst. Bleib nicht aus Verpflichtung hier. Bleib hier, weil es für dich das Beste ist. Weil du hierhergehörst.«

Nora drehte sich in Ben Armen zurück, um ihn anzusehen. Ihr Herz quoll über vor Gefühlen. Vor Freude, Erleichterung, aber auch vor Sorge. Wohin sollte das hier führen? Der Kuss? Die Nähe zueinander? Die eindringlichen Worte, die Ben ihr zuflüsterte.

»Unsere Familien werden sich niemals wieder vertragen«, sagte sie leise.

»Dann ist das eben so. Auch dafür werden wir eine Lösung finden.« Er beugte sich zu ihr herunter und küsste sie erneut. Diesmal etwas herausfordernder. »Viel spannender ist, was du denkst.«

Nora hatte darauf keine Antwort. Bens Worte waren tief in ihr Herz gesickert und breiteten sich dort wohlig warm aus. Er liebte sie. Das hatte er ganz deutlich gesagt. Dass sie ihn ebenso liebte, war unzweifelhaft. Sie hatte ihn immer geliebt und nie eine Sekunde damit aufgehört.

Doch das hieß nicht, dass sie eine gemeinsame Zukunft für sie beide sah. Denn eine Sache hatte er nicht bedacht: Sie mochte ihr neues Leben in Köln. War sie bereit, es für die Plantage zu opfern? Sich abermals in so viel Unsicherheiten, Dramen und Herzschmerzen zu werfen? Ihr neues Leben war das genaue Gegenteil davon. Es war geordnet. Sicher.

Hier hingegen wartete Chaos auf sie.

Aber auch Ben. Ihr Ben.

Sie stellte sich auf die Zehenspitzen und erwiderte seinen Kuss. Zum ersten Mal zog auch sie ihn zu sich, umarmte ihn von sich aus. Sie hörte, wie sich sein Atem beschleunigte.

Auch ihr Körper reagierte auf die Nähe. Sein Duft. Sein Muskelspiel. All das war vertraut und auf eine spannende Art und Weise neu. Er war viel selbstsicherer geworden und wusste, was er tat. Als er mit beiden Händen von hinten in ihre Haare griff und über ihren Nacken strich, entlockte er ihr ein tiefes Seufzen. Das fühlte sich schön an. Und dann erst dieser Kuss! Sie ließ sich fallen, genoss den Moment und Bens Führung. Wahrscheinlich zum ersten Mal in ihrem Leben.

»Du küsst gut«, murmelte sie an seinen Lippen. »Du hast eindeutig viel geübt.«

»Nur für diesen Moment. Nur für dich.« Er hatte zumindest den Anstand zu grinsen. Seine Augen funkelten dabei.

Sie gab ihm einen Klaps, musste aber lachen. Und das war genau das, was ihr so gut an ihm gefiel. Bei ihren Streitgesprächen flogen zwar meist die Fetzen, doch Ben zeigte auch immer wieder seinen feinen Humor. Er wusste, wie er sie zum Lächeln brachte.

Und genau das tat er mit dem nächsten Kuss. Heiß und verlangend.

»Zu dir oder zu mir?«, fragte er zwischendurch mit einem breiten Grinsen und ließ damit Noras Magen kribbeln.

»Solange wir uns nicht auf deine schreckliche Couch setzen, zu dir«, erwiderte Nora und quietschte, als Ben sie augenblicklich Richtung Terrasse zog. Hand in Hand liefen sie hinüber, bis Ben so abrupt stoppte, dass Nora sich die Nase an seiner Schulter stieß.

»Aua. Was machst du?«

»Pscht! Wir müssen unbemerkt zur Haustür gelangen. Wenn Oma uns sieht, wird sie uns sofort anfunken.«

Erneut wurde Nora klar, wie schräg ihre Familie war. Wie gut, dass Ben bereits wusste, auf was er sich da einließ. Nicht auszudenken … sie unterbrach den Gedanken, weil Ben sie plötzlich an sich zog und gegen die Wand drückte.

Sie küsste.

»Wollten wir nicht ins Haus?«, fragte sie atemlos und irritiert. Zugegeben, das war ganz sexy, aber auch verwirrend.

»Ich dachte, ich überbrücke die Zeit kurz, um zu verhindern, dass du ins Grübeln kommst.«

Der Punkt ging an ihn. Sie hatte tatsächlich damit angefangen und sich gefragt, ob das hier so clever … Huch! Ben zog sie so unvermittelt weiter, dass sie stolperte. Kichernd folgte sie seinem Beispiel und drückte sich wie ein Spion an der Hauswand entlang.

Er gab ihr einen kurzen Kuss auf die Wange. »Auf drei rennst du mir nach. Es muss schnell gehen. Eins … zwei … los!«

Nora lachte wie ein kleines Kind, als sie sich wie zwei Diebe duckten und im Schatten der Hauswand zur Tür schlichen. Ben hatte innerhalb von Sekunden aufgeschlossen, zog sie in die Wohnung und nur einen Atemzug später in seine Arme. Er küsste sie so stürmisch und wild, dass ihr Herz überquoll und sämtliche Glühwürmchen in ihrem Magen die Flügel ausbreiteten.

Diesmal ließ sie sie fliegen.

Ben

Er wachte von einem seltsamen Geräusch auf. Verschlafen blinzelte er, musterte das zerwühlte zweite Kopfkissen direkt neben sich. Keine Nora. Sie war aufgestanden.

Er lauschte und hörte eindeutig das Rascheln von Büchern und das leise Summen einer Frau. Sofort entspannte er sich. Nora war noch da. Sie war lediglich aufgestanden, um … ja, was genau trieb sie da? Entweder sie las in ihren Ratgebern oder sie sortierte erneut das Bücherregal. Vermutlich beides.

Er atmete tief durch und lächelte. Endlich war es passiert. Sie waren sich wieder nähergekommen. So nah, wie es eben ging. Nein, eigentlich sogar noch näher als früher. Es hatte sich erwachsener angefühlt. Als würden sie erst jetzt richtig zueinander passen.

Ganz ungefragt drängten sich gleich mehrere Fragen auf: Wie sollte es zwischen ihnen weitergehen? Was machte er mit seiner neuen Stelle? Und wie sollte er das jemals seiner Mutter beibringen?

»Hör auf zu grübeln«, rief Nora ihm von unten zu.

»Hör auf zu sortieren«, entgegnete er im gleichen Tonfall. »Woher weißt du überhaupt, dass ich wach bin?«

»Dein leises Schnarchen hat aufgehört.«

»Ich schnarche nicht.«

Sie lachte. »Das behaupten alle Schnarcher, bis jemand sie aufnimmt. Ich kann dir dein kleines Konzert gerne vorspielen, aber das wäre unangenehm für beide Seiten. Ich sortiere. Du schnarchst. Jeder hat so seine Macken.«

Ben richtete sich im Bett auf und linste über die Brüstung nach unten. Alles, was er erkennen konnte, war Noras Haaransatz und ein paar Bücher, die sie auf dem Regal gestapelt hatte.

Als er auf die Uhr sah, verdrehte er die Augen. »Es ist zwei Uhr nachts. Komm wieder ins Bett.«

»Sofort. Ich habe gerade die besten Ideen überhaupt. Das wird gut. Richtig super. Gib mir noch ein paar Minuten.«

Ben ließ sich wieder in die Kissen fallen und schloss die Augen. Eigentlich sollte er sich bei Nora über nichts wundern. Mit dem Gedanken döste er ein und wurde gleich darauf unsanft geweckt, als Nora mit einem Hüpfer neben ihn ins Bett sprang. Er stellte sich zunächst schlafend, doch das interessierte Nora nicht. Sie kniff ihm in die Nase.

»Ich schlafe«, brummte er.

»Tust du nicht. Du hast vergessen zu schnarchen. Das überführt dich besser als jeder Lügendetektor. Schau mal!« Sie knipste ihre Nachttischlampe an und hielt ihm ein eng beschriebenes Blatt Papier so dicht vor die Nase, dass er rein gar nichts entziffern konnte.

»Kann ich das nicht morgen anschauen?«

»Dann musst du aber früh aufstehen. Um sieben Uhr ist Lagebesprechung in Mamas Küche. Das Haupthaus habe ich bereits informiert und Oma eine Nachricht geschickt. Allerdings hätte ich gerne noch deine Meinung zu …«

Ben schnappte sich Nora, zog sie herum und warf sie in die Kissen. Dabei drückte er ihre Aufzeichnungen zur Seite, um sie hingebungsvoll zu küssen. »Hör mal auf zu denken«, flüsterte er.

»Einer muss das aber tun!«

»Nicht um diese Uhrzeit. Da sind andere Sachen viel wichtiger.«

»Ich schätze, du denkst grad mit was anderem an etwas anderes.« Nora grinste anzüglich. Ben schmunzelte und küsste sie zur Bestätigung ihrer Theorie erneut. Sie zappelte in seinem Griff. »Ben! Das ist wichtig.«

»Das hier auch. Wer weiß, wann du wieder türmst.«

Sie sah ihn böse an. »So was darfst du nicht in dieser Situation sagen. Das ist unpassend.«

»Unpassend sind deine hyperaktiven Denkprozesse zu dieser nachtschlafenden Zeit. Du hast die Wahl: Entweder du schläfst jetzt in diesem Bett neben mir, mit mir oder allein unten auf der Couch.«

»Aber ich habe wirklich gute Ideen«, protestierte Nora, doch Ben bemerkte bereits, wie ihr Widerstand bröckelte. Der Schreibblock plumpste vom Bett auf den Boden.

»Die habe ich auch, allerdings haben sie nichts mit der Plantage zu tun.« Er knabberte verheißungsvoll an ihrem Ohrläppchen, woraufhin sie tief und sinnlich seufzte.

»Du hast in den letzten Jahren wirklich viel gelernt«, sagte sie unvermittelt.

Ben verharrte in der Bewegung. »Ich bin mir grad nicht sicher, ob das ein Kompliment oder eine Rüge für zu viele wechselnde Partnerinnen war.«

»Das darfst du dir gerne aussuchen, solange du weitermachst.« Nora lächelte ihn so schelmisch an, dass sich sowohl sein Herz als auch sein Magen zusammenzogen. Diese Frau brachte ihn wirklich um den Verstand. Wie konnte man gleichzeitig so süß und nervtötend sein?

Er verschob den Gedanken auf später und machte wie befohlen weiter. Dabei flüsterte er ihr ins Ohr: »Bleibst du hier?«

»Hab grad nichts anderes vor.«

»Du weißt, dass ich das nicht meinte. Wirst du wieder zurück nach Köln gehen?«

»Weiß ich noch nicht.« Nora nahm seinen Kopf in beide Hände, sodass sie ihn besser ansehen konnte. Sie strich ihm mit den Fingern zart über die Wange. »Ich will nichts versprechen, das ich nicht halten kann«, sagte sie leise.

Ben nickte grimmig. »Verstehe. Allerdings zerrinnt mir die Zeit zwischen den Fingern. Ich muss mich bis Mittwoch entscheiden, ob ich die Stelle im Landwirtschaftsministerium annehme.«

»Und was hat das mit Köln zu tun?«

Sie hat es noch immer nicht kapiert, dachte Ben traurig. Oder wollte sie es absichtlich nicht verstehen? Er holte tief Luft, um es ganz deutlich zu machen. »Ohne dich werde ich nicht bleiben, Nora. Wenn du gehst, gehe ich auch. Ich werde nicht noch einmal allein zurückbleiben. Wenn du uns verlässt, fange ich neu an.«

Sie wirkte mit einem Schlag sehr traurig. Beinahe düster. Eine ganze Weile starrten sie sich schweigend an, dann nickte sie. »Ich verstehe, was du sagen willst. Gib mir noch etwas Zeit, ja? Allerdings warne ich dich: Ich lasse mich nicht mehr erpressen. Die Zeiten sind vorbei. Mein Papa wollte mich zum Schweigen zwingen. Du willst mich zum Bleiben drängen. Und Oma … ach, von Oma reden wir besser gar nicht erst. Was ich sagen will: Ich bin mir nicht sicher, ob ich dir das sagen kann, was du hören willst. Mir ist klar, dass das unser gemeinsames Ende bedeuten kann, aber das wird meine Entscheidung sein. Meine ganz allein.«

#lösedich

Manche Lösungsmittel schaden mehr, als dass sie nützen. Testen Sie immer an einem Objekt, das Sie nicht brauchen. (Aus: Putzen ohne Massaker)

Nora

»Hier ist deine Liste, Ben. Alles, was nur du erledigen kannst, habe ich blau umrandet. Was du theoretisch delegieren könntest, ist grün.« Nora schob Ben ein Blatt Papier über den alten Küchentisch zu und gab ihrer Mutter ein weiteres. »Mama, deine Hauptaufgabe wird das Kochen sein. Das Hofcafé und der Laden müssen wieder besser laufen, und das geht nur mit dem besten Apfelgelee, der schmackhaftesten Marmelade und dem begehrtesten Kompott der Welt. Das wiederum funktioniert nur, wenn du dir mehr Mühe gibst.«

»Nur keinen Druck«, murmelte ihre Mutter ironisch, zog das Papier heran und studierte es eingehend.

Nora tat zwar äußerlich cool, war aber in Wirklichkeit schrecklich aufgeregt. Was sollte sie machen, wenn sich ihre Familie querstellte? Und vor allem: Wie würde Viola reagieren? Aus genau diesem Grund hatte sie deren Liste nur ganz kurz gehalten. »Das hier sind meine Überlegungen bezüglich des Cafés, Viola. Ich weiß, dass das dein Hoheitsgebiet ist, und will dir da nicht reinfunken. Es sind nur Ideen.«

Nora hielt den Atem an, als sich Viola über das Papier beugte. In ihrem Gesicht war nicht abzulesen, was sie davon hielt.

»Hier habe ich noch ein paar Berechnungen. Nur so als Unterstützung für eure Gedanken.« Nora legte liebevoll mehrere ausgedruckte Tabellen in die Mitte des Tischs. Ihr Element.

»Wann hast du das denn alles gemacht?«, fragte Vera verblüfft.

»Frag nicht«, knurrte Ben.

Nora spürte, dass sie rot wurde. Bloß nichts anmerken lassen! Ihre Familie hatte sie ohnehin schon so komisch gemustert. Ahnten sie, was Ben und sie gestern Abend getan hatten? »Das meiste hab ich heute Morgen berechnet, daher seht es mir nach, wenn ihr meine Schrift schlecht lesen könnt. Es sind auch nur Ideen. Nichts ist in Stein gemeißelt.«

»Und was ist mit mir? Was für eine Aufgabe bekomme ich?«, krähte Oma Enne durchs Walkie-Talkie. Sie hätte eigentlich per Skype zugeschaltet werden sollen, doch ihr Tablet war nicht aufgeladen. Durch das ganze Drama hatte sie zu wenig auf ihrem Stromerzeugungs-Fahrrad gestrampelt.

»Du musst heute den Chor dazu motivieren, noch mal für euren Auftritt zu proben. Hoffentlich kommen am Samstag möglichst viele Zuschauer. Bis dahin ist ja noch etwas Zeit. Ansonsten … solange du auf deinem Baum hockst, kannst du uns wenig helfen«, sagte Nora zu Oma. Da sie nicht protestierte, schien sie mit dem Plan einverstanden zu sein.

Viola zog sich wieder den Laptop heran und vertiefte sich in die Zahlen. Ben hingegen warf mit einem Seufzen sein Papier auf den Tisch und stand auf.

»Was hast du?«, fragte Nora irritiert.

»Ich bin mit allem einverstanden und lege los. Die Punkte auf deiner Liste erledigen sich nicht von alleine. Ich hab dir allerdings zwei Aufgaben eingekringelt, die du mit deiner Schwester besprechen musst.«

Nora warf einen Blick darauf. »Hey«, rief sie. »Das sind deine Ideen. Bleib gefälligst hier!«

Ben war schon halb aus dem Zimmer und drehte sich nur kurz zu ihr herum. »Es ist euer Hof. Ich bin nur angestellt. Diskutiert das mal schön unter euch.« Schon war er verschwunden.

»Was sind denn das für heikle Punkte?«, fragte Oma neugierig.

»Ben schlägt vor, einige alte Obstbaumsorten durch neue zu ersetzen, die wärmeres Klima besser ertragen. Viola will das nicht«, sagte Nora zögerlich und zuckte zusammen, als ihre Schwester ganz plötzlich mit der Faust auf den Tisch hieb und schrie: »Das gibt es doch nicht.«

Beruhigend hob Nora die Hände. »Ich will keinen Ärger mit dir, Viola. Du musst nicht gleich durchdrehen!«

»Was? … Nein … ach, das mit den Bäumen meine ich doch gar nicht. Schau mal hier!« Viola drehte den Laptop zu Nora zurück und tippte aufgeregt auf eine Reihe von Zahlen.

Nora brauchte ein wenig, um sie zuordnen zu können. »Ist das nicht der Onlineshop vom Hofladen?« Dunkel erinnerte sie sich, dass Ben etwas angedeutet hatte.

»Ja! Genau! Schau dir mal die Bestellungen an, die seit gestern reingekommen sind.«

Noras Kinnlade klappte nach unten. »Das muss ein Fehler sein. Unmöglich!«

Es waren viele Bestellungen. Sehr viele. Viel mehr, als im letzten gesamten Jahr reingekommen waren. Marmelade. Gelee. Die Überraschungskörbe, die nie gut gelaufen waren. Sogar die getrockneten Apfelringe waren bestellt worden.

»Das hab ich auch lange Zeit gedacht. Wir hatten schon mal so einen Run auf unseren Onlineshop. Auch da konnten wir es uns nicht erklären. Damals hab ich das alles für Spam gehalten und die letzten Besteller testweise angerufen. Sie waren echt. Und wenn das jetzt auch wieder der Fall ist … meine Güte! Das sind aber viele!«

»Hast du irgendwo eine Werbung geschaltet, von der wir nichts wissen?«, überlegte Nora.

»Nur die üblichen Anzeigen zum anstehenden Blütenfest. Aber das allein kann es unmöglich sein.« Viola vertiefte sich erneut in die Zahlen. Ihre Mutter hatte indes ihre Lesebrille aufgesetzt und rückte ganz nah an ihre Tochter heran.

»Da muss ich aber schnell sehr viel kochen«, murmelte sie.

»Mama! Da sind viele Neukunden mit dabei. Wenn es kein Scherz ist, dann müssen wir denen das Beste vom Besten schicken.« Nora spürte eine Welle der Euphorie. Sie stand auf und reckte die Hände in Siegerpose in die Höhe. »Wir haben viel zu tun. Packen wir es an!«

Wie sich Nora schon gedacht hatte, ließ sich Viola in Sachen neue Apfelbaumsorten jedoch nicht so schnell beeinflussen. Sie wolle sich Noras Vorschläge durch den Kopf gehen lassen, sagte sie und verzog sich in den Hofladen. Mama hingegen wuselte sofort in die Küche und begann dort mit den Töpfen zu klappern. Nora sah ein, dass sie hier nichts mehr tun konnte.

Mit klopfendem Herzen suchte sie nach Ben. Keine leichte Aufgabe, denn die Plantage war riesig. Seitdem sie aufgestanden waren, war die Situation zwischen ihnen merkwürdig. Es fühlte sich so surreal an. Als hätte sie das alles nur geträumt.

Die Küsse mit Ben. Die gemeinsame Nacht. Das Prickeln zwischen ihnen. All das brachte Nora durcheinander. Erst recht, weil sie sich gegenüber der Familie nichts anmerken lassen wollte. Die wären vor Aufregung völlig aus dem Häuschen.

Endlich fand sie ihn draußen bei den Bäumen. Er instruierte die Arbeitercrew und las dabei laut aus Noras Notizen vor. Nora mischte sich nicht ein. Ben hatte das Sagen, obwohl es ihr Plan war. Das war schon immer so gewesen. Sie heckte die Ideen aus, Ben führte sie durch. Auf diese Weise taten beide das, was sie jeweils am besten konnten. Nora war nicht gut darin, Leute anzuweisen. Das war Bens Aufgabe. Dafür behielt sie den Überblick und tüftelte die nächsten Schritte aus.

Schon bald wuselten die Helfer los und ließen Ben mit seinem Klemmbrett allein. Er hakte einen Punkt von der Liste ab.

»Und was machen wir?«, fragte Nora neugierig, stellte sich auf die Zehenspitzen und warf einen Blick auf Bens Papiere.

»Wir kontrollieren jetzt die Frostschutzanlagen. Damit sind wir die nächsten paar Stunden ausgelastet. Und wenn wir damit durch sind, überprüfen wir die Arbeit der Hofhelfer. Die sammeln gerade das Laub in den Apfelschorf-gefährdeten Gebieten auf. Danach …«

»Schon gut, schon gut.« Nora lachte. »Eins nach dem anderen. Dann komm!«

Gemeinsam fuhren sie von Feld zu Feld, überprüften die Leitungen der Frostschutzanlage und die Funktion. Ben ging dabei routiniert und konzentriert vor, doch Nora schwirrte schon bald der Kopf. Die Technik war deutlich komplizierter als gedacht. Ben schien die Frostschutzanlage in- und auswendig zu kennen, allerdings runzelte er immer häufiger besorgt die Stirn.

»Was?«, fragte Nora alarmiert.

»Diese Fehlermeldungen gefallen mir überhaupt nicht. Ich würde gerne einen Techniker kommen lassen, der sich damit besser auskennt, aber das wird Viola nicht zulassen. Ich kann die Anlage notdürftig reparieren, aber auf Dauer wird das keine Lösung sein.«

»Mach dir keine Sorgen. Für die nächste Zeit ist kein Frost angesagt.«

Ben hielt in der Bewegung inne und sah Nora eindringlich an. »Ich hab so ein Wetter schon mal erlebt. Das ist tückisch. Ich sag dir: Es wird einen Kälteeinbruch geben.«

»Und woher weißt du das? Juckt dein linkes Knie?«

»Nein, aber meine Nasenspitze.«

Nora überlegte, ob er sie veralbern wollte. Doch in seinen Augen fehlte das schelmische Funkeln. »Du meinst das ernst«, sagte sie verblüfft.

»Ja. Glaube mir: Meine Nase ist ein findiger Warngeber für Frost. Es sieht gerade nach echtem Frühlingswetter aus, doch das trügt. Wir müssen uns auf unsere Frostschutzanlage verlassen können.«

»Dann erklär mir die Probleme«, bat sie.

Die nächsten zwei Stunden legte Ben ihr die Anlage dar, zeigte ihr, wo es hakte, und das, was er notdürftig repariert hatte. Danach gab sie ihm recht: Diese Anlage war nicht mehr zuverlässig.

Doch bevor sie in die Tiefe gehen konnten, riefen die Plantagenmitarbeiter um Hilfe. Sie hatten einige Bäume entdeckt, die bereits schwer von Pilzen befallen waren. Das war Noras Element, und schon bald vergaß sie die Anlage über den Kampf gegen die Sporen.

Mittlerweile war die Sonne herausgekommen. Nora nutzte jede freie Sekunde, um das Gesicht ins Licht zu halten und die Wärme zu genießen. Dabei atmete sie tief den Duft von Apfelblüten ein. Zum ersten Mal seit Langem hatte sie das Gefühl, ihr Leben wieder unter Kontrolle zu bekommen.

Den Rest der Woche hatten Nora und Ben wie die Wahnsinnigen geschuftet. Viola war vor lauter Arbeit kaum aus ihrem Café gekommen, und Vera hatte sich in der Küche verschanzt. Auf diese Weise schafften sie es tatsächlich, am Samstag alles fertig zu haben: Das Café konnte eröffnet werden, und das Konzert des Kirchenchors stand an.

Ein Auto parkte bereits auf der Einfahrt, danach folgte ein zweites und ein drittes. War das etwa der Gemeindepfarrer, der da ausstieg? Tatsache. Er half einer alten Dame aus ihrem Wagen. Aus dem dritten Auto stiegen weitere ältere Herrschaften. Sie holten zwei Rollatoren aus dem Kofferraum. Der Pfarrer winkte in Richtung Apfelbaum.

»Der Kirchenchor ist angekommen. Dann startet jetzt wohl der zweite Teil unserer Plantagenrettungsmission.« Nora eilte nach draußen.

Der Kirchenchor bewegte sich vorsichtig durch das Gras zu Omas Baum. Dabei stützten sich die alten Leute gegenseitig, um nicht zu fallen. Der Pfarrer hielt einen der Rollatoren auf Kurs, damit die gehbehinderte Dame heil ankam. Auch die Alte von der Beerdigung war unter der Truppe.

Nora und Ben erreichten gemeinsam mit dem Chor den Apfelbaum. Oma Enne begrüßte alle von oben und winkte freudig in die Runde. »Es ist so toll, dass ihr tatsächlich gekommen seid. Wir können jede Unterstützung gebrauchen. Wirklich jede.«

Der Pfarrer nickte wohlwollend. »Aber selbstredend. Nächstenliebe fängt bei Kleinigkeiten an. Und was sollen wir auch ohne unsere Lieblingsdirigentin machen? Aber ein Gutes hat die Sache: Seitdem wir in Jork bekannt gegeben haben, dass der Auftritt des Chors hier stattfinden wird, haben wir in Windeseile alle unsere Tickets verkauft. Das ist noch nie vorgekommen. Jeder will die dirigierende Oma im Apfelbaum sehen. Jetzt können wir nur hoffen, dass Petrus uns wohlgesonnen ist.«

»Sie haben alle Tickets verkauft? Wegen Oma?«, fragte Nora nach. Eine Idee formte sich in ihrem Kopf. Bis jetzt nur bruchstückhaft, aber sie spürte, dass sie etwas Großartiges auf die Beine stellen konnten.

Der Pfarrer nickte fleißig. »Eure Oma ist eine Berühmtheit in der gesamten Gemeinde.«

»Das ist es«, flüsterte Nora tief in Gedanken zu sich selbst.

»Das ist was?«, fragte Viola, die in diesem Moment zu ihnen kam.

»Ich weiß jetzt, wie wir den Hofladen wieder in Schwung bekommen und diese Plantage retten können. Ich weiß endlich, wie wir unsere Produkte an den Mann kriegen.«

»Und wie?«

»Wir vermarkten Oma Enne im Apfelbaum! Bundesweit!« Viola klappte die Kinnlade hinunter. Eilig setzte Nora hinzu: »Ich weiß, das klingt jetzt erst mal verrückt, aber ganz Jork kommt nur, um Oma zu sehen. Das wird garantiert auch überregional funktionieren. Wir müssen nur das Baumhaus richtig gut in Szene setzen – mit Oma darin. Wir laden Journalisten ein, um ins Fernsehen zu kommen. Dazu noch Tageszeitungen, Klatschzeitschriften und das Radio.«

»Die Sache hat nur einen Haken«, warf Viola ein. »Sie werden fragen, warum sie da oben sitzt. Die Paparazzi werden sich auf unsere

Familiengeschichte stürzen wie die Aasgeier. Ich möchte nicht, dass Papa durch den Schmutz gezogen wird. Schon gar nicht bundesweit.«

Das ernüchterte Nora. Sie ließ den Kopf hängen und fühlte sich mit einem Schlag leer und müde.

»Ich bin dabei«, krähte Oma von oben. »Im Rampenlicht zu stehen, ist voll mein Ding!«

»Das kann ich bestätigen«, murmelte der Pfarrer leise und wandte sich hastig seinem Chor zu. Mittlerweile stießen immer mehr Menschen zur Gruppe hinzu. Die fitteren Mitglieder schleppten Stühle über das Gras, während die Rollatoren-Gang etwas aufbaute, das verdächtig nach einer Verstärkeranlage aussah.

Nora wartete, bis der Pfarrer sich getrollt hatte. Dann erst wandte sie sich ihrer Oma zu. »Du hast mitgehört? Dann hast du auch Violas Einwand vernommen. Der ist nicht von der Hand zu weisen.«

»Ach, was! Das mit Werner hat über die ganzen Jahre niemand herausgefunden. Zugegeben, euer Benehmen auf der Beerdigung war ein wenig auffällig, aber ich bin mir sicher: Letztlich kann niemand etwas beweisen.« Omas Wangen glühten vor Aufregung. »Wenn mich jemand fragt, dann bin ich hier hochgeklettert, um meine Enkelin nach Hause zu holen.«

»Toll«, mischte sich Ben ein. »Dann wird man fragen, warum sie gegangen ist – und prompt bin ich wieder der Bösewicht in der Geschichte. Ich bin fremdgegangen.«

»Bist du nicht! Das hab ich nur rumerzählt. Ich nehme gerne die ganze Schuld auf mich, um unsere Plantage zu retten.« Der Satz saß. Sie alle starrten Viola ungläubig an, die lässig die Schultern zuckte. »Hey! Ich bin hier wirklich die Böse«, sagte sie. »Haut ruhig drauf. Ich halte das aus.«

Nora wusste nicht recht, was sie sagen wollte. Daher nahm sie ihre Schwester lediglich in den Arm. Ganz fest. Ganz herzlich.

Ihre Schwester versteifte sich in ihrem Griff, schob sie aber wenigstens nicht von sich. Beinahe meinte Nora, dass sie die Umarmung sogar erwiderte, aber so ganz sicher war sie nicht.

»Ich will mitkuscheln«, rief Oma von oben.

»Dann komm runter«, rief Nora zurück.

»Nein, meine Liebe. Das wäre zu früh. Immerhin bin ich bald eine Marke. Komme ich runter, ist der Spuk beendet. Ich bleibe also noch etwas hier oben, um die romantischste Liebesgeschichte von Jork voranzutreiben.«

Nora ahnte Schlimmes. »Oma«, sagte sie warnend. »Was planst du?«

»Ich kann erst herunterkommen, wenn sich meine Enkelin wieder mit der Liebe ihres Lebens versöhnt hat«, frohlockte Oma und rieb sich emsig die Hände. »Nachdem meine andere Enkelin einen Keil zwischen die Liebenden getrieben hat, ist es nun an mir, sie wieder zusammenzuführen und ihre zwei gebrochenen Herzen zu heilen. Das wird fantastisch!«

Ben knuffte Nora in die Seite. »Spricht sie da von uns?«

»Schätze schon.«

»Ha!«, rief Oma und hob den Zeigefinger in die Höhe, als ihr noch etwas äußerst Geniales einfiel. »Ich komme erst runter, wenn die zwei geheiratet haben.«

Ben seufzte. »Oma Enne, mach mal halblang. Nora und ich wollen nicht medienwirksam ausgeschlachtet werden. Eigentlich will ich gar nicht ausgeschlachtet werden. Kannst du nicht einfach runterkommen?«

»Einfach ganz bestimmt nicht. Wenn, dann muss das auch fulminant werden. Oh, ich weiß.« Oma grinste so wölfisch, dass ihr Gebiss in den sanften Sonnenstrahlen funkelte. »Wir machen da ein Event draus – zum Blütenfest in drei Wochen. So richtig mit Feier, Trompeten und Konfetti. Erst vermarkten wir mich im Apfelbaum, dann eure Liebe zueinander, und am Ende klettere ich mit Applaus herunter, natürlich im T-Shirt mit unserem Plantagenlogo drauf.«

Nora musste gegen ihren Willen lachen. Der Plan war so verrückt, dass er schon wieder richtig gut war. Die Leute liebten derartige Geschichten. Doch ihr Lächeln verging, als sie in Bens steinernes Gesicht blickte. Er wirkte alles andere als begeistert. Unvermittelt drehte er sich um und stapfte über die Wiese davon Richtung Apfelbäume.

»Nanu? Was hat er denn?«, fragte Oma irritiert.

»Ich schätze, er mag den Plan nicht so besonders.«

»Ohne ihn funktioniert er aber nicht«, protestierte Oma aufgeregt. »Natürlich müsstet ihr zwei noch ein wenig so tun, als wäret ihr euch spinnefeind. Das macht es interessanter. Aber danach dürft ihr euch auch wieder küssen.«

»Oma«, rief Nora empört. »Was redest du denn da?«

»Genau! Nora und Ben sind kein Paar mehr. Hör auf, die beiden in was hineinzudrängen«, bekräftigte Viola.

Oma schnaubte verächtlich. »Ich weiß genau, was gestern Abend hier los gewesen ist. Glaube mir, Viola: Ich muss die beiden zu gar nichts drängen.«

»Oma«, wiederholte Nora jetzt noch empörter. »Woher weißt du das denn schon wieder?«

»Ich weiß alles. Und ich weiß auch, dass du Ben jetzt hinterhergehen solltest. Er ist wirklich wütend über unseren Plan. Klär das mit ihm. Ich beginne derweil schon mal mit der Plantagenrettungsmission Oma streikt im Apfelbaum.«

Ben

»Ben, bleib stehen. Lass uns drüber reden.« Das war Nora, die sich ihm rufend näherte.

Ben blieb tatsächlich stehen und atmete tief durch, bevor er sich ihr zuwandte. »Ich bin keine Figur einer Daily Soap«, sagte er direkt zu ihr, noch bevor sie überhaupt bei ihm angekommen war.

Nora hob abwehrend die Hände. »Schon gut! Wir lassen einfach den Teil raus und vermarkten nur Oma. Kein Grund, sich aufzuregen.«

»Ach, ja? Dann hör mal genauer hin, was der Chor gerade zum Einsingen singt.«

Nora lauschte mit schräg gehaltenem Kopf. Als sie das Lied erkannte, weiteten sich ihre Augen. »Ist das Love is in the air?«

»Ganz genau. Und dreimal darfst du raten, an wen das adressiert ist. Deine Oma wird diese ganze Aktion ausschlachten.«

»Wir können Oma in die Schranken weisen«, sagte Nora ernst. »Es wird zwar schwierig, ist aber machbar. Der Plan ist super! Zumindest, was Oma im Apfelbaum angeht. Wenn wir das richtig anpacken, können wir die Plantage so wirklich retten! Das ist der einzige Weg.«

»Dann aber bitte ohne mich. Ich habe einen Ruf zu verlieren«, entgegnete Ben verärgert. »Ich habe mein Image schon einmal dieser Familie geopfert und Jahre gebraucht, um es aufzupolieren. Ich habe keine Lust, schon wieder als fremdgeherischer Betrüger dazustehen. Ganz zu schweigen von meinem Jobangebot. Das ist eine Behörde! Was meinst du, wie die darauf reagieren, wenn ich vorher in sämtlichen Klatschzeitungen als Liebesheld von Jork erscheine?«

Noras Gesichtszüge entgleisten ihr. Das optimistische Lächeln erlosch und machte Fassungslosigkeit Platz. »Du willst den Job noch immer annehmen?«, fragte sie entsetzt.

»Ich will nicht, aber wenn ich mir dieses Affentheater hier ansehe, muss ich das noch mal überdenken. Das hat nichts mit uns zu tun. Wirklich nicht. Aber die Situation wird immer schräger. Ich möchte gerne auf dieser Plantage arbeiten. Ich liebe diesen Job! Aber bitte ohne das Drama, denn aus irgendeinem Grund werde ich da immer mit hineingezogen.«

Sein Herz tat weh, als er das aussprach, aber es war wahr. Es brachte nichts, Nora etwas vorzumachen. Er war schlicht und ergreifend nicht bereit, diesen Weg einzuschlagen. Ganz davon abgesehen, dass er Angst um seine eigene Familie hatte. Wenn die Klatschreporter die Wahrheit herausfanden, würde das Julias Leben ruinieren. Dieses Risiko konnte und wollte er nicht eingehen.

Als hätte Nora seine Gedanken gelesen, nickte sie. Sie trat ganz dicht zu ihm und nahm seine Hand, drückte sie leicht. »Wir lassen uns was einfallen«, wiederholte sie. »Oma im Apfelbaum ist ein Experiment. Unsere Vorgeschichte lassen wir raus. Versprochen. Solange du diesem Hof erhalten bleibst.«

Sie trat noch einen Schritt näher, sodass sich ihre Fußspitzen berührten. Er konnte gar nicht anders, als seine Arme um sie zu legen. Es fühlte sich einfach zu gut, zu richtig an. Er senkte den Kopf und berührte mit seinen Lippen ihre, doch bevor der Kuss inniger werden konnte, runzelte er die Stirn. »Singen die da gerade Hit me Baby one more time von Britney Spears?«

Auch Nora erstarrte und lauschte. Dann lachte sie leise. »Das hat wahrscheinlich Oma angewiesen. Sie hat gute Ferngläser. Das dürfen wir nie vergessen.«

Ben knurrte und zog Nora in der gleichen Sekunde fest in die Arme, um sie wild und feurig zu küssen. Ihm war egal, wer ihn dabei beobachtete. Seine Gefühle für Nora waren ohnehin für niemanden ein großes Geheimnis. Endlich war sie wieder in seinem Leben.

»Ich brauche niemanden, der mir erklärt, was ich zu fühlen habe oder nicht«, sagte er feierlich. »Ich weiß, was ich will. Diesmal werde ich mich auch nicht verunsichern lassen. Weder von Schwestern noch von Müttern oder Gerüchten. Diesmal höre ich auf mein Herz, und das sagt deutlich, dass ich dich nicht gehen lassen werde. Zumindest nicht, ohne zu kämpfen.«

#dasisteinHashtag

Unterschätzen Sie niemals die Kraft von Graswurzelmarketing.
(Aus: Die Social-Media-Schnellausbildung)

Nora

Es war unglaublich, was sie alle gemeinsam erreichen konnten, wenn sie an einem Strang zogen. Ben und Viola konzentrierten sich ganz auf die Einrichtung des Hofladens und des Cafés. Das war Arbeit genug, zumal es an allen Ecken und Enden fehlte. Zum Glück war der Auftritt des Kirchenchors eine gute Generalprobe für das anstehende Blütenfest. Die Menschen wussten um die Not der Familie und machten Abstriche in Bewirtung, Schnelligkeit und Angebotspalette.

Viola wuchs dabei über sich hinaus. Vielleicht war sie auch schon immer so gut gewesen, nur hatte das im Schatten ihrer Schwester niemand bemerkt. Nora hätte ihr gerne ein Kompliment gemacht, traute sich aber nicht. Das hätte Viola gewiss erneut in den falschen Hals bekommen. Dabei war es offensichtlich: In Noras Abwesenheit war Viola zur wahren Chefin geworden. Schnell, effektiv, eloquent. Viola musste bemerkt haben, dass Nora ihr vertraute, und verhielt sich dadurch weniger bissig, um ihren Führungsanspruch zu verteidigen. Dennoch gab es unfassbar viele Bereiche, die sie ändern mussten.

Jeder Punkt, an dem es hakte, wurde von Nora akribisch notiert, in Prioritäten eingeteilt und auf die To-do-Liste gesetzt. Ansonsten konzentrierte sie sich voll darauf, Omas Vermarktung zu durchdenken.

Dabei beratschlagte sie sich eingehend mit dem Förderverein des Ortes, der praktischerweise gerade in voller Besetzung in den Liegestühlen des Cafés herumlungerte, sich die Sonnenstrahlen auf den Pelz scheinen ließ und dabei dem doch leicht schrägen Gesang des Kirchenchors lauschte. Auch die Vereinsmitglieder fanden die Idee gut, stellten gleich Kontakte zu den örtlichen Medien her und gaben Nora weitere Adressen von überregional agierenden Journalisten.

Als der letzte Song über die Obstbaumwiese wehte, hatte Nora die Mail an die Reporter fertig geschrieben, und als der letzte Gast gegangen war, kletterte sie hoch in Omas Baum. Sie fotografierte Enne in verschiedenen Posen, stellte die besten Bilder auf die Website des Apfelhofes und verschickte danach die Mail an die Journalisten.

»Schade, dass wir keine Social-Media-Accounts haben«, merkte sie nachdenklich an. »Vielleicht sollten wir einen für unseren Hof erstellen?«

»Ich hab einen. Da werde ich es zumindest teilen, und wenn wir mehr Luft haben, können wir auch einen für den Hof machen.« Oma setzte sich ihre Lesebrille auf und zückte eines ihrer vier Handys. »Instagram, Facebook und Twitter sollten erst mal reichen, denke ich«, überlegte sie. Dann sah sie ihre Enkelin tadelnd an. »Hab ich dich nur nicht gefunden oder bist du in den sozialen Netzwerken überhaupt nicht unterwegs?«

Nora war wieder einmal sprachlos. »Was hätte ich als Buchhalterin schon Interessantes zu berichten?«

»Jeder hat was Interessantes zu berichten. Zum Beispiel das mit Ben. Das würde mich brennend interessieren. Wie ernst ist es denn?«

Nora spürte, wie ihr die Hitze ins Gesicht stieg. »Keine Ahnung«, gab sie zu. »Es fühlt sich … gut an. Richtig.«

»Aha«, machte Oma. »Noch lahmer ging die Ausführung nicht? Gib mir Details!«

»Du bist meine Oma. Da bekommst du keine pikanten Details.«

»So pikant müssen sie auch nicht sein. Mir ist klar, dass Ben gut küssen muss. Immerhin hat er sehr oft geübt. Mich interessiert vielmehr, was dein Herz dir sagt.«

»Das hat sich noch nicht festgelegt.« Nora hatte es plötzlich sehr eilig, vom Baum zu kommen, und wurde wegen ihrer kopflosen Flucht schamlos von Oma ausgelacht.

»Du magst mir jetzt entkommen, aber glaube mir: Ich finde die fehlenden Details heraus«, rief sie ihr nach und deutete auf ihr Handy in der Hand. »Also unsere Geschichte ist, dass ich hier raufgeklettert bin, um dich zurückzuholen – um unser Familienunternehmen zu retten.

Und jetzt weigere ich mich runterzukommen, bevor das nicht geschehen ist. Korrekt?«

»Korrekt. Kein Wort über Ben. Nichts über Papa.« Nora winkte ihrer Oma zu und machte sich auf den Weg zu ihrer Mutter, um ihr in der Küche zu helfen.

Dort sah es aus wie in einer Großküche. Es roch fantastisch nach Apfelmus, -gelee und -kuchen. Ihre Mutter stand inmitten des Chaos und rührte beinahe zeitgleich in drei verschiedenen Töpfen herum. Ihre Wangen waren gerötet, ihre Augen sprühten vor Energie.

»Koste mal«, rief sie, kaum dass Nora in die Küche gekommen war. Sie hielt ihr bereits einen Kochlöffel hin und wartete hibbelig, bis ihre Tochter probiert hatte. Nora riss die Augen auf. »Das Kompott ist genial«, rief sie begeistert. »Was hast du anders gemacht?«

»Ich habe meine alten Kochtöpfe wieder rausgeholt und die neumodischen Dinger auf den Müll geschmissen. Mit den alten Utensilien komme ich einfach viel besser klar, und beinahe scheint es mir, als wüssten sie genau, was von ihnen erwartet wird. Außerdem war ich viel kleinlicher bei der Auswahl der Früchte. Viola hatte mich zum Schluss gedrängt, möglichst alles zu verwenden, um weniger Ausschuss zu haben. Aber das verfälscht den perfekten Geschmack. Hier! Setz dich hin und fang schon mal an, die Etiketten zu beschriften. Wenn schon mit Liebe, dann auch handschriftlich.«

Also beschriftete Nora die nächsten zwei Stunden die Gläser. Eine Arbeit, die sie erstaunlich entspannte. Es war fast so gut wie Bücherregalsortieren. Dabei erzählte sie ihrer Mutter von Ben und war erstaunt, als diese sich heimlich zwei Tränchen aus den Augenwinkeln wischte.

»Ben hat wirklich sehr unter deinem Fortgang gelitten. Ich glaube, dass er jede Frau mit dir verglichen hat – und weil niemand an dich herankam, ist er allein geblieben, obwohl das gar nicht seinem Naturell entspricht«, sagte Vera und rührte dabei energisch im Topf herum. »Schade, dass dein Vater das hier nicht mehr miterleben kann. Er hat sich immer Sorgen um Ben gemacht. Und um dich.«

»Du sagst das so liebevoll. Hast du Papa verziehen?«

Ihre Mutter zuckte mit den Schultern. »Ich kann ihn nicht mehr anschreien, nicht wahr? Und er kann sich nicht erklären. Aber in einer Sache bin ich mir absolut sicher: Er hat mich geliebt. Damit will ich nichts entschuldigen, aber es tröstet mich. Ich habe immer gewusst, dass er Sarah nie vergessen hat. Was meinst du, warum ich immer so ablehnend ihr gegenüber war? Dass er mich tatsächlich mit ihr betrogen hat, tut doppelt weh. Ich werde aber versuchen, nicht jedes Mal an seinen Verrat zu denken, wenn ich mich an ihn erinnere. Mal sehen, wie es läuft.«

Ihre Mama lächelte verkrampft, woraufhin Nora aufstand und sie fest in die Arme nahm. Sie hatten noch so viele Umarmungen nachzuholen. All die Jahre, die sie verschwendet hatten. Wegen Lügen, Schmollen und gegenseitigem Groll. Reden konnte so vieles aus der Welt schaffen. Nicht alles, aber in ihrem Fall hätte es geholfen.

In diesem Moment wünschte sich Nora, die Zeit zurückdrehen zu können. Doch weil das nicht ging, wollte sie zumindest das Beste aus der Zukunft machen.

»Wir schaffen das«, sagte sie und nahm sich ab sofort fest vor, über ihre Gefühle, Gedanken und Beweggründe zu reden. Schweigen war oftmals schlimmer als jede Lüge. Ihr Handy vibrierte. Es war eine Nachricht von Ben.

Kommst du diese Nacht zu mir? Oder bleibst du drüben bei deiner Mama?

Die Intention dahinter war klar. Ben fragte sich, wo sie standen. Was das anging, hatte sie zumindest für den Moment keine Zweifel. Rasch schrieb sie ihre Antwort.

Ich mache hier noch schnell alles fertig, dann komme ich.

Lächelnd schickte sie die Nachricht ab und spürte, wie die Vorfreude und ein Kribbeln tief in ihr einsetzten. Kein Wunder, dass sie in wahrem Rekordtempo fertig wurde und nur wenig später zu Ben ins Bett schlüpfte.

Viola weckte sie mitten in der Nacht mit einem Anruf. Sofort saß Nora senkrecht im Bett. »Ist was passiert?«, fragte sie ins Telefon.

»Unser Postfach explodiert, genau wie unsere Bestellungen über den Onlineshop. Kannst du rüberkommen? Ich muss dir was zeigen.«

»Hat das nicht bis morgen Zeit?«

»Nein, hat es nicht. Komm rüber, aber lass Ben lieber da. Familiensache.«

Viola legte auf und ließ Nora zutiefst verwirrt zurück. Sie warf einen Blick auf die Uhr. Vier Uhr morgens? Das konnte doch nicht Violas Ernst sein!

Auch Ben war wach. Er lehnte mit nacktem Oberkörper am Kopfteil seines Bettes und rieb sich müde die Augen. »Was war denn los?«, fragte er.

»Keine Ahnung, aber das werde ich wohl gleich erfahren.«

Sie zog sich in Windeseile an und stand nur wenig später in der hell erleuchteten Wohnküche ihrer Mutter.

Viola saß vor ihrem Laptop. Um sie herum stapelten sich Kaffeetassen. Kekskrümel zeugten von einem nächtlichen Schnuckerflash. Einige blonde Strähnen standen ihr wirr vom Kopf ab, als hätte sie sich ziemlich oft die Haare gerauft. Außerdem hatte sie tiefe Augenringe und ein geradezu manisches Glitzern in den Augen.

»Sei leise. Mama schläft zwar mit Ohropax, aber man weiß nie«, sagte Viola anstatt einer Begrüßung. Sie wedelte hektisch mit den Händen, damit Nora sich setzte. »Ich wollte zuerst dich fragen, was du davon hältst, bevor wir Mama dazuholen.«

Sie zeigte auf das Bestellpostfach. »Es sind allein heute Abend fast hundert Aufträge reingekommen. Von überallher. Und jetzt sieh dir diese Nachricht an. Sie ist stellverstretend für viele andere.«

Nora lehnte sich nach vorne und las.

Liebe Apfelkönige, wie ich von eurer Oma erfahren habe, habt ihr das beste Apfelmus der Welt. Das muss ich doch gleich mal testen und bin sehr gespannt, ob es wirklich so fantastisch ist.

Leider ist euer Hof für uns zu weit weg. Sonst würden wir gerne mal vorbeikommen. Grüßt mir bitte eure Oma im Apfelbaum und passt gut auf sie auf. Wir brauchen sie schließlich noch für viele weitere tolle Tipps.

Nora las die Nachricht noch mal, dann zuckte sie mit den Achseln. »Okay … anscheinend hat Omas Social-Media-Post was gebracht.«

Viola sah sie vielsagend an. »Wenn nach einem Beitrag derart viele Bestellungen eingehen, dann hast du einen richtig großen Account.«

Okay. Langsam ahnte Nora, auf was das hier hinauslief. »Zeig her«, sagte sie.

Viola hatte die Seiten bereits aufgerufen und drehte den Bildschirm so, dass sie beide draufgucken konnten. »Auf Facebook hat sie allein mehr als zehntausend Follower, aber das ist nichts im Vergleich zu ihrem Instagram-Account. Schau hier! Er knackt bald die Fünfzigtausender-Marke.«

Nora starrte eine ganze Weile auf die Zahl, dann besah sie sich den Account näher. »Die Bilder sind total verwackelt, schief und unscharf«, brachte sie schwach hervor.

»Das ist Omas Markenzeichen. Sie hat schon zahlreiche Fotografenworkshops bekommen – natürlich medienwirksam aufbereitet, aber Oma ist einfach nicht fürs Fotografieren geboren. Dafür kann sie schreiben. Und zwar richtig gut! Die Texte sind witzig, schräg und emotional. Dazu noch eine Portion durchgeknallt und total informativ.«

»Aber worüber schreibt sie denn?«

»Sie testet Sachen.« Viola lachte trocken auf. »Dinge, die ihre Generation nicht wirklich kennt und für die die Jugend brennt. Dadurch erreicht sie Jung und Alt gleichermaßen. Seitdem sie im Apfelbaum hockt, sind ihre Klickzahlen noch mal enorm gewachsen. Sie hat bis zu dem Post gestern nicht ein Wort darüber verloren, aber jeder erkennt – ob verwackelt oder nicht –, dass sie eindeutig in einem Baumhaus sitzt. Auf derartige Fragen hat sie nicht geantwortet. Bis gestern. Da hat sie buchstäblich die Katze aus dem Sack gelassen, und seitdem wird ihr Account überrannt.«

Viola tippte auf einen Post, der vor drei Tagen erschienen war. »Hier hat sie zum ersten Mal unseren Hof beworben. Nur in einem einzigen Nebensatz. Das sind dann wohl meine ominösen Buchungen, die ich erst mal für Spam gehalten habe. Wir müssen uns damit abfinden: Oma ist eine Influencerin.«

Staunend klickte sich Nora durch Omas Bilderflut, und einzelne Puzzlestücke rückten an ihren rechten Platz. Die vielen Handys. Die hatte sie gesponsert bekommen, um herauszufinden, welche Marke für Seniorinnen wie sie am besten geeignet war. Das mysteriöse Bewertungssystem ihrer Häkelfreundinnen. Die Damen hatten für sie mitgetestet. Und seitdem sie im Baum saß, hatte Oma sehr merkwürdige Dinge mit viel Humor geprüft: Trockenshampoo, Survival-Pakete, das Fahrrad für die Stromerzeugung, die Hightech-Fotokamera, das ganze Computerequipment, eine Drohne.

»Oma ist ein Star«, flüsterte Nora tonlos.

»Ja, aber das ist noch nicht alles.«

»Nicht?«

»Nein, aber das sollte sie dir lieber selbst sagen. Komm. Wir gehen zu ihr. Sie hat uns da einiges zu erklären.«

Viola klappte den Bildschirm zu, stand auf und zog Nora auf die Beine.

Der Hof war wie jede Nacht sanft beleuchtet. Solarlämpchen steckten überall im Rasen der Streuobstwiese, sodass Omas Häuschen gut zu erkennen war. Eine Lichterkette glimmte hoch oben in der Baumkrone vor sich hin. Ansonsten lag alles still und friedlich da. Bis sich Viola unten aufbaute und hochbrüllte: »Oma! Komm raus! Wir haben dich überführt!«

Es dauerte nicht lange, bis im Inneren des Baumhäuschens ein Licht anging. Vermutlich eine Campinglaterne. Sekunden später trat eine verschlafene Oma auf die Baumhausveranda. Sie trug ihre Schlafhaube, ihr langes Nachthemd und Schlappen. In diesem Aufzug beugte sie sich über das Geländer, um zu ihren Enkelinnen hinunterzugucken.

»Was macht ihr denn für einen Lärm, Kinder?«

»Wir wissen, dass du eine Influencerin bist.«

Oma stutzte nur kurz, dann gackerte sie leise in sich hinein. »Habt ihr also endlich mal mein Profil gestalkt? Ich wundere mich eh, dass ich so lange damit durchgekommen bin, ohne aufzufliegen.« Ihr Grinsen wurde breiter. »Hat denn mein letzter Post funktioniert?«

»Und wie! Ich vermute, die rennen uns morgen die Bude ein. Es haben wahnsinnig viele angekündigt, bald vorbeizuschauen. Eine Vorwarnung wäre nett gewesen«, rief Viola.

»Erst ist zu wenig los, jetzt zu viel. Die Hauptsache ist doch: Der Rubel rollt. Aber warum guckst du denn so böse, Viola?«

»Ich habe dein weiteres Doppelleben enttarnt!« »Glückwunsch. Weiß Nora es schon?« Viola schüttelte den Kopf.

»Dann lass es sie selbst herausfinden. So viel Spaß muss sein.«

Nora verstand kein Wort. »Was soll ich selbst herausfinden?«

Viola zögerte, dann erklärte sie: »Oma ist immer mal wieder vom Baum runtergeklettert. Heimlich. Ich habe eine Minikamera aufgestellt, weil in meinem Büro Akten anders sortiert waren als zuvor. Und weißt du was? Auf dem Überwachungsvideo ist Oma drauf! Sie hat emsig meine Buchhaltung abfotografiert, sich danach am Kühlschrank bedient und ist dann mit Katerchen wer weiß wohin verschwunden.«

Nora verstand sofort. »Du bist es, die Katerchen immer in Bens Cottage lässt«, rief sie empört.

Oma lachte erneut laut auf und klatschte in die Hände. »Mensch, da hab ich echt gedacht, ihr hättet das ganz große Geheimnis herausgefunden. Stattdessen ist es diese kleine Nebensächlichkeit.«

»Nebensächlichkeit? Seit Wochen flehen wir dich an, vom Baum zu kommen! Und dann tust du das heimlich nachts?«

»Natürlich! Sonst würde ich doch stinken wie ein Iltis. Ich dusche regelmäßig bei unseren Nachbarn. Die haben nämlich eine Außendusche für ihre Vorarbeiter. Sehr praktisch. Und was meinst du, warum die Motorsäge im richtige Moment versagt hat? Das war ich. Ich habe sie sabotiert. Nach Violas Angriff mit dem Hackebeil war mir klar, dass irgendjemand früher oder später meinen Baum fällen will. Also habe ich lieber mal die Motorsäge außer Betrieb gesetzt. Sicher ist sicher.«

»Hast du sonst noch was sabotiert?«, fragte Viola erbost. Sie erbleichte. »Jetzt sag nicht, dass du auch hinter den anderen mysteriösen Vorfällen auf dem Hof steckst!«

»Ich gebe zu, dass ich die eine oder andere Sache behindert habe, damit Nora sich drum kümmern muss. Die Netze zum Beispiel waren eh so brüchig, dass ich nur ein wenig dran rumfummeln musste, um Löcher hineinzureißen. Die Dinger wären aber so oder so kaputt gegangen. Ich hab es nur etwas beschleunigt. Die Apfelsortieranlage war ein Unfall. Ich wollte lediglich, dass sie komische Geräusche macht. Quasi als Warnsignal, dass man sich dringend um sie kümmern muss. Der Schraubschlüssel ist mir versehentlich da reingefallen.«

»Und die Frostschutzanlage? Oma! Was du da treibst, gefährdet unsere Existenz!«

»Die Frostschutzanlage ist uralt. Mir ist aber klar, wie wichtig die Anlage ist, daher hab ich die Finger davon gelassen.«

Nora und Viola tauschten einen ungläubigen Blick untereinander. »Hast du etwa Papa erpresst?«, fragte Nora das Offensichtliche. Oma musste man wohl alles zutrauen.

»Nein. Was das angeht, bin ich vollkommen ratlos, und das ärgert mich mehr, als ich euch sagen kann. Ich hasse es, wenn ich ein Geheimnis nicht lösen kann.«

»Apropos Geheimnis. Du hast dich gefreut, dass wir dein wahres Geheimnis gar nicht entdeckt haben. Was verheimlichst du noch?«, hakte Nora nach. Mittlerweile war ihr klar geworden, dass Oma die Königin im Ablenken war. Wenn sie einer unbequemen Frage aus dem Weg gehen wollte, gab sie stattdessen krude Informationen über eine ganz andere Sache preis. Nur so war es zu erklären, dass Nora nie genauer wegen des »Soziales-Medium-Kontos« nachgefragt hatte.

»Das, meine Lieben, werdet ihr wohl noch früh genug herausfinden. Aber keine Angst. Das hat nichts mit meinen Machenschaften in den sozialen Medien zu tun. Wobei es damit anfing …«

»Oma! Hör auf, in Rätseln zu sprechen. Wir müssen alles wissen«, schimpfte Nora. »Du bist eine Person des öffentlichen Interesses. Wie sehr, war mir nicht klar. Was ist, wenn uns unser Plan um die Ohren fliegt? Was, wenn jemand zu tief bohrt und das mit Papa herausfindet?«

»Niemand wird sich darüber wundern, dass ich in ein Baumhaus geklettert bin. Sie halten mich alle für exzentrisch und schräg. Da passt diese Kletternummer super ins Bild. Macht euch keine Sorgen. Ich habe alles unter Kontrolle!«

Wie sich schon bald herausstellte, irrte sich Enne da gewaltig.

Ben

Die Menschen rannten ihnen bereits am nächsten Morgen die Bude ein, was natürlich erfreulich war, Familie Graf jedoch hoffnungslos überforderte. Schon bald musste Ben Omas Baum mit Flatterband absperren, um die fotowütigen Fans vom Hochklettern abzuhalten.

»Ich komme mir vor wie auf einem Rockkonzert«, murmelte er fassungslos. »Und das alles nur, weil Oma Enne verwackelte Bilder ins Internet gestellt hat?« So richtig konnte er es noch immer nicht fassen. Nora hatte ihm zwar Omas Account gezeigt, aber das war eine Welt, die er nicht so recht verstand. Er selbst war lieber an der frischen Luft, als im Internet zu surfen.

»Ich gehe in die Felder«, sagte er spontan und wollte loslaufen, doch Nora zog ihn mit einem Ruck zurück.

»Du bleibst so lange hier, bis *Helfertruppe A* vollständig angetreten ist. Immerhin haben sie dafür bezahlt.«

»Hä?«, brachte er nur schwach hervor.

Nora deutete mit glühenden Wangen auf eine Gruppe Menschen, die sich gerade um ein hastig gemaltes Schild mit der Aufschrift Helfergruppe A versammelte. »Ich hab spontan was angeleiert«, sagte sie. »Die Leute sind hierhergekommen, um Oma zu sehen, aber auch, um ihren Hof zu retten. Die sind alle ganz heiß darauf, ein bisschen Obstbaum-Plantagenarbeit mitmachen zu dürfen. Also machen wir aus der Not eine Tugend und lassen die Leute die verflixten Blätter vom Vorjahr aufsammeln. Viele Hände tun leichte Arbeit. Außerdem bezahlen sie dafür, dass sie arbeiten dürfen. Besser geht es nicht.«

Ben wusste nicht so recht, ob er lachen oder fluchen sollte. Schließlich entschied er sich für die goldene Mitte: zur Flucht. »Ich muss mich um die Frostanlage kümmern, Nora. Da habe ich keine Zeit, um Touristenführer zu spielen. In den nächsten Tagen wird es eisig.«

»Da sagt der Wetterbericht aber was anderes – und bitte! Verschone mich mit deiner Nase. Die Leute sind JETZT hier. Also los. Du nimmst Gruppe A, ich Gruppe B.«

Alles Sträuben half nicht. Ben musste den Rest des Tages Touristen bespaßen, sich fotografieren lassen und so viel über den Anbau von Äpfeln erzählen, dass er am Abend heiser war.

Selbst dann wurde es nicht ruhiger. Ben organisierte Feuerschalen vom Tourismusverband, Grillwürstchen aus der Metro und einen Bierstand der freiwilligen Feuerwehr. Die durften die Einnahmen behalten – als Entschädigung für die vielen schrägen Einsätze, die Oma ihnen beschert hatte. So langsam fand Ben auch Gefallen an seiner neuen Rolle. Ja, er war eigentlich als Hofverwalter angestellt. Aber wenn sich seine Arbeit auf einmal bezahlt machte, half er nur zu gerne an Stellen mit, die ihn theoretisch nichts angingen.

Viola hatte in der Zwischenzeit Lichterketten besorgt, um sie in die Bäume rund um Omas Baumhaus zu hängen. Dank der Feuerwehrleute war das schnell erledigt, sodass der Obstbaumgarten in einem gemütlichen Licht erstrahlte. Zwischen den ohnehin bereits aufgestellten

Leuchten loderte jetzt Feuer in den soeben aufgestellten Schalen. Zusammen mit den Ketten in den Bäumen ergab das eine geradezu romantische Atmosphäre. Ben, Nora und Viola kamen leider nicht dazu, das zu genießen. Sie rotierten, um die vielen Gäste zu bewirten. Für einen solchen Ansturm waren sie schlicht nicht gewappnet, und so manches Glas und so manch angemoderter Liegestuhl gingen zu Bruch. Vera schaffte es gar nicht, aus der Küche zu kommen. Oma hatte ihr mittlerweile ihren Strickclub zur Unterstützung geschickt, der fleißig Kuchen für den nächsten Tag backte und Apfelkompott mit selbstgehäkelten Deckchen verzierte. Der Kirchenchor hatte wieder seine Lautsprecher samt Verstärker aufgebaut, sodass leise Musik durch den Garten wehte.

Selbst der Bürgermeister von Jork kam, um fleißig für seinen Ort zu werben, Übernachtungsmöglichkeiten anzupreisen und auf die vielen anderen Sehenswürdigkeiten rundherum aufmerksam zu machen. Ben hatte nichts dagegen, dass bald auch Kollegen aus der Nachbarschaft zu ihnen kamen, um ganz unauffällig Werbung für sich selbst zu machen. Der Graf-Hof war einfach nicht für so viel Publikumsverkehr ausgerichtet. Da passte es gut, dass andere Trecker-Touren anboten. Es war eine schöne Werbung für das bald anstehende Blütenfest mit all seiner Pracht, dem großen Umzug und den vielen kleinen Aktionen, auf die sich Jork das ganze Jahr über freute.

Gegen zehn wurde es dann endlich merklich ruhiger. Der letzte vom Apfelmost besoffene Gast wurde vom Taxi abgeholt, das letzte Bier verschüttet. Ben spürte langsam die Müdigkeit in den Knochen, doch solange Nora noch herumlief wie ein aufgeschrecktes Huhn, wollte er sich nicht setzen. Schließlich fing er sie auf dem Weg von Omas Baum in die Küche ab und zog sie an sich.

»Tanz mit mir«, sagte er und angelte bereits nach ihren Händen. Sie lachte und schüttelte den Kopf.

»Zu viel zu tun. Ich habe keine …«

Sie quietschte, als Ben sie ungefragt in eine Drehung manövrierte und auffing, bevor sie über eine Baumwurzel stolpern konnte. Sofort zog er sie wieder in seine Arme und schunkelte mit ihr eng umschlungen durch das Gras. Er spürte, dass ihr Widerstand brach. Sie sank mit einem leisen Seufzer gegen ihn, lehnte den Kopf an seine Schultern und vertraute sich ganz seiner Führung an.

»Dir ist klar, dass du zu *Marmor, Stein und Eisen bricht* keinen Klammerblues tanzen kannst?«, merkte sie nach einer Weile an.

»Das ist mir durchaus klar. Deswegen tanzen wir auch zu unserer eigenen Musik. Hörst du sie? Die Melodie besteht aus dem Rauschen der Apfelbäume, dem Knistern der sich öffnenden Blüten und dem gleichmäßigen Schlagen unserer Herzen.«

Nora blieb einen Moment still, dann musste sie kichern. »Aus welchem Groschenroman hast du das denn?«

»Hab ich mir höchstpersönlich ausgedacht, um unromantische Buchhalterinnen zu umgarnen. Und? Hat es geklappt?«

»Schon ein bisschen. Vielleicht war es etwas zu dick aufgetragen, aber im Großen und Ganzen hat es mir gefallen. Allerdings stehst du seit geraumer Zeit auf meinem Fuß. Das ist keine Wurzel, sondern mein Schuh.«

Ben sprang hastig zurück, ließ Nora aber nicht los. Stattdessen fing er wieder an zu schunkeln. »Du bist echt hoffnungslos unromantisch«, seufzte er nach einer Weile.

»Und du bist ein wirklich schlechter Tänzer. Weißt du noch, als wir zwei als erstes und vermutlich einziges Paar in der Geschichte der Tanzschule durch die Prüfung gefallen sind?« Nora giggelte vergnügt. Ein Laut, der tief in Bens Herz widerhallte. Allerdings hütete er sich, diesen Gedanken ihr gegenüber laut auszusprechen. Sie hätte sich nur wieder darüber amüsiert. »Was das angeht, hast du …«

»Nora! Sei mal still. Genieß den Moment. Ich versuche, romantische Stimmung aufkommen zu lassen. Heute war ein richtig guter Tag. Einer, der den Wendepunkt für diese Plantage markieren kann. Das haben wir dir zu verdanken. Dir allein!«

»Nein. Das war Oma.«

»Aber du hattest die Idee. Du bist das Herz dieser Plantage. Ich weiß, ich weiß … diesen kitschigen Satz willst du nicht hören. Und dennoch: Genau das bist du. Also sei still und hör den Bäumen zu. Die sagen dir nämlich gerade sehr eindringlich, dass du bei ihnen bleiben musst. Für immer.«

Nora sagte dazu nichts, was Ben nicht weiter verwunderte. Diesbezüglich waren sie kein Stück weiter. Sie hatte Zeit erbeten. Das konnte Ben nur zu gut verstehen, allerdings hieß es nicht, dass er seinen Standpunkt nicht immer wieder klarstellte.

Sein beruhigendes Schunkeln zeigte Wirkung. Nora entspannte sich, schmiegte sich an ihn. Das aktuelle, viel zu schnelle Lied brach mittendrin ab und wurde durch eine Liebesballade ersetzt. Perfekt passend zu diesem Moment.

Ben warf über Noras Kopf hinweg einen Blick zum Apfelbaum. Oma stand dort an der Brüstung und winkte mit ihrem beleuchteten Display durch die Luft. Als sei sie ein Fan und die beiden Tanzenden die Showeinlage. Sie war es vermutlich auch, die das Lied geändert hatte.

Normalerweise missfiel ihm Oma Ennes ständige Einmischung. In diesem Fall begrüßte er sie jedoch und beschloss, die alte Dame aus seinen Gedanken zu verdrängen und sich ganz auf Nora zu konzentrieren.

Fast automatisch rückten auch ihre Gesichter näher zueinander. Nora streckte sich, um ihre Lippen näher an seinen Mund zu bringen. Gerade wollte er sie küssen, da klingelte sein Handy.

»Wer ist jetzt unromantisch?«, flüsterte Nora.

»Sorry. Hab vergessen, das dumme Ding auszuschalten. Wird sofort erledigt.« Als er jedoch sah, wer anrief, ließ er Nora los. »Das ist Julia. Wenn sie um diese Uhrzeit durchklingelt, muss ich rangehen.«

»Klar. Mach ruhig«, sagte Nora und sah besorgt zu, wie Ben den Anruf entgegennahm.

»Ben?«, fragte Julia in einem seltsamen Tonfall.

»Was ist los, Julia? Ist was passiert?«

»Ich … Ben … es ist schrecklich. Mama war heute Morgen so komisch, als sie an den Briefkasten gegangen ist. So richtig, richtig komisch. Sie hat gesagt, es sei nichts, aber das habe ich ihr nicht geglaubt. Da war ein Brief, den sie mir nicht zeigen wollte.« Julia machte eine Pause.

»Heute Morgen? Warum rufst du denn erst jetzt an?«

»Weil ich euch nicht stören wollte. Jeder hier in der Gemeinde weiß, was gerade bei euch abgeht. Außerdem hatte ich eh keine Beweise.«

Erst jetzt begriff Ben, dass Julia weinte. Seine kleine Schwester bemühte sich zwar, die Schluchzer zu unterdrücken, doch sie waren bei näherem Hinhören wahrnehmbar.

»Du hast den Brief gestohlen«, stellte Ben trocken fest. »Und er hat dich fassungslos gemacht.«

»Julia? Wo steckst du?« Das war eindeutig Sarah, die im Hintergrund rief. »Wir müssen reden. Sofort!«

»Schätze, Mama hat gerade deinen Diebstahl bemerkt. Was steht denn im Brief?«

»Da geht es um …«

»Julia? Mit wem telefonierst du?« Die Stimme seiner Mama war jetzt ganz deutlich zu hören. Offenbar stand sie direkt neben seiner Schwester.

»Ben«, sagte Julia defensiv.

»Gib ihn mir. Sofort!« Es rumorte kurz, dann hörte Ben das angespannte Atmen seiner Mutter im Lautsprecher. »Bist du bei den Grafs?«, fragte Sarah ohne Begrüßung.

Nora hatte mittlerweile mitbekommen, dass etwas ganz und gar nicht stimmte. Sie stand mit weit aufgerissenen Augen vor ihm und versuchte zu lauschen. Ben hingegen presste den Hörer noch fester gegen das Ohr. Was war hier los?

»Ja«, sagte er. »Wo sollte ich sonst sein?«

»Gib mir sofort Vera.« Die Stimme seiner Mutter klang jetzt regelrecht hysterisch. So hysterisch, wie er sie noch nie gehört hatte. Ben bekam eine Gänsehaut.

»Die gebe ich dir ganz bestimmt nicht«, widersprach er mit fester Stimme. »Nicht, bevor du mir nicht gesagt hast, was los ist.«

»Habt ihr heute schon die Post reingeholt?«, entgegnete seine Mutter.

Sofort sah er Nora fragend an. »Weißt du, ob ihr heute schon die Post reingeholt habt?«

Nora zuckte mit den Schultern. »Wahrscheinlich nicht. Es war so chaotisch, da hat bestimmt keiner an den Briefkasten gedacht. Wieso?«

Ben antwortete ihr nicht, sondern ging sofort los. Nora versuchte, mit ihm Schritt zu halten.

Omas Megafondurchsage wehte zu ihnen herüber. »Was ist los? Warum die Panik?«

Ben ignorierte auch sie. Schon bald hatte er den Garten verlassen und hielt auf den kleinen Briefkasten am Eingang der Einfahrt zu. Nora überholte ihn bereits. Sie hatte längst verstanden, was er vorhatte.

»Was stand in dem Brief, Mama?«, fragte Ben angespannt.

»Wir kommen zu euch«, entgegnete Sarah und legte sofort auf. Ben fluchte. Das konnte doch nicht ihr Ernst sein! Einen Moment überlegte er, seine Mutter erneut anzurufen, aber dann bemerkte er, dass Nora bereits einen dicken Briefumschlag aus dem Postkasten geangelt hatte. Ohne Schlüssel, stattdessen mit grober Gewalt.

Sie starrte den Absender einen Moment verdattert an. Ben konnte die Adresse zunächst wegen der Dunkelheit nicht entziffern, dann erkannte er den Stempel.

Amtsgericht.

Sein Magen sackte ihm in die Knie, als ihm klar wurde, was Nora da in den Händen hielt. Es war Werners Testament, das den Erben zugeschickt worden war. Allen Erben.

Die Frage war, warum seine Mutter ebenfalls solch einen Brief bekommen hatte.

#Testament

Sollte Ihr letzter Wille eine Überraschung für die Nachwelt sein, hinterlassen Sie bloß keinen erklärenden Brief. Das ist nicht mehr Ihr Problem.
(Aus: Lebensweisheiten für Egomanen)

Nora

Nora zitterten die Hände, als sie den Briefumschlag mit Gewalt aufriss. Dabei war ihr nur allzu bewusst, dass er nicht an sie adressiert war. Es war der Brief ihrer Mutter. Viola hatte ebenfalls einen bekommen. Noras war vermutlich nach Köln geschickt worden.

Allerdings war ihr das gerade egal. Sie musste sofort wissen, was die ganze Aufregung zu bedeuten hatte. *Bitte*, dachte sie verzweifelt, *lass meinen Vater nicht Sarah als Miterbin eingesetzt haben.* Wenn das geschehen war, würden sich die beiden Familien für immer bekriegen, und die Plantage wäre verloren. Sie konnten Sarah unmöglich auszahlen.

Sie spürte Bens Präsenz, der ihr, dicht an sie geschmiegt, über die Schultern sah. Es hatte etwas Tröstliches und gleichzeitig Beunruhigendes. Denn das, was in diesem Schreiben stand, konnte ihre Beziehung erneut auf eine harte Probe stellen.

Sie überflog die erste Seite. Juristisches Zeug. Noch mehr juristische Aussagen. Dann jedoch fand sie die Stelle, die Sarah in Panik versetzt haben musste.

»Mein Gott«, flüsterte sie tonlos. Ben schob sich noch dichter an sie heran, versuchte die Schrift zu lesen. Sie drehte sich etwas, damit ihm das nicht gelang. Ihr Herz schlug viel zu schnell in ihrer Brust. Ihre Kehle war wie zugeschnürt. Reine Panik kroch von ihren Füßen hoch in ihren Kopf, der sich plötzlich ganz heiß und übervoll anfühlte. Was sollte sie denn jetzt tun?

Beim Schlagen der Haustür zuckte sie erschrocken zusammen. Erst recht, als Viola zu ihnen herüberrief: »Ist alles in Ordnung? Oma hat uns über Funk gewarnt.«

Das Knirschen von Kies war zu hören. Viola kam rüber, zusammen mit Vera. Langsam drehte sich Nora zu ihnen, starrte die beiden an. Ben nutzte den Moment der Ablenkung, um ihr das Dokument aus den Händen zu reißen und die Seite nach dem abzusuchen, was Nora hatte erstarren lassen. Sein ersticktes Keuchen zeigte an, dass er es gefunden hatte.

Derweil näherte sich ein Auto mit überhöhter Geschwindigkeit. Nora war nur allzu klar, wer das sein musste. In der Stille der Nacht hörte sich das Motorengeräusch überlaut an. Nur Sekunden später bog der alte Wagen von Bens Mutter in die Auffahrt ein. Sie parkte vor dem Briefkasten und stieg aus.

Auch Julia war mit dabei.

»Hey, Leute! Was ist los?«, schallte Omas Stimme per Megafon zu ihnen rüber. »Nimm mal einer meinen Face-Time-Anruf an. Ich will hören, was ihr sagt.«

Natürlich reagierte niemand auf diesen Befehl. Stattdessen starrten Nora und Ben Sarah fassungslos an, die zwar ausgestiegen war, sich aber weiter an der geöffneten Fahrertür festhielt. Sie hatte Angst im Blick – und Tränen in den Augen. Auch Julia sah verheult aus. Sie stand wie ein verlorenes Küken neben dem Auto und hatte die Arme fest vor der Brust verschränkt. Als umklammere sie sich selbst.

»Kann mir mal jemand erklären, was jetzt schon wieder los ist?«, fragte Vera in die Stille hinein.

Ben antwortete nicht, sondern ging zu seiner Schwester. Nahm sie in den Arm. Nora drehte sich indes zu ihrer Mutter um und holte tief Luft, um die nächsten Worte zu sagen: »Papa hat Julia im Testament bedacht.« Sie hob den ungeöffneten Briefumschlag in die Höhe, der an Viola adressiert war. »Sie ist genau wie Viola und ich Miterbin der Plantage. Denn Julia ist Papas Tochter.«

Langsam hob ihre Mutter eine Hand vor den Mund, hielt sich instinktiv an der gerade erbleichenden Viola fest. »Sarah«, flüsterte Vera tonlos. »Ist das wahr?«

»Ich kann das alles erklären«, sagte die Angesprochene abwehrend.

Tu was, dachte Nora. *Sonst eskaliert das hier erneut.* Ausgerechnet jetzt, wo Ruhe eingekehrt war!

Ihre Mutter wirkte, als breche sie jede Sekunde zusammen. »Er hat das die ganze Zeit über gewusst«, sagte sie leise. »Er hatte noch eine Tochter. Mein Gott!«

Vera sank zu Boden, wurde aber von Viola gehalten, sodass sie eher sanft aufkam. Sofort rannte Nora zu ihr, kniete sich neben sie. »Wir schaffen auch das, Mama. Wir finden eine Lösung.«

In der Sekunde ertönte ein Dröhnen und Brummen. Es wurde immer lauter und lauter, bis Nora die Richtung lokalisieren konnte. Es kam von der Streuobstwiese herüber, und zwar … aus der Luft?

Ein leuchtendes, blinkendes Etwas tauchte zwischen den Bäumen auf. Es flog etwa vier Meter über dem Boden und hüpfte auf und ab.

»Was ist los?«, ertönte Omas Stimme aus dem Nichts. Sie klang etwas blechern, war aber dennoch gut zu verstehen.

»Was ist das?«, fragte Viola.

Nora erkannte es endlich. »Eine Drohne? Ernsthaft?«

»Die hat mir der bekannteste Drohnenhersteller Deutschlands geschenkt. Sie soll angeblich total einfach zu bedienen sein und ein super Mikrofon haben. Ich kann euch wirklich erstaunlich gut verstehen. Aber um die Drohne geht es nicht. Was ist los?«

»Julia ist Werners Tochter«, sagte Vera trocken.

Die Drohne geriet bedenklich in Schieflage und drohte abzustürzen, woraufhin alle vor Schreck quietschten und sich duckten. Oma erholte sich zum Glück recht schnell von ihrem Schrecken und fing sie im letzten Moment ab.

Ein wildes Fluchen ertönte aus den Lautsprechern. Dann aber schien sich Oma zu besinnen. »Julia, Liebchen? Ich weiß, das ist momentan viel. Aber … willkommen in der Familie.«

Viola schnaubte verächtlich, woraufhin Nora sie strafend ansah. Das war jetzt nicht der rechte Zeitpunkt, um in alte Verhaltensmuster zurückzufallen. Doch zu spät. Violas Zorn war zurück. »Er hat sie im Testament bedacht?«, fragte sie gefährlich scharf.

»Ja«, sagte Nora. »Aber …«

»Das hast du dir ja fein ausgedacht, Sarah.« Viola ging einen drohenden Schritt auf Bens Mutter zu, woraufhin Vera ihre Tochter zurückzog.

Die riss sich los und hob in guter alter Kämpfermanier das Kinn. »Erst stiehlst du Mama den Mann und anschließend uns die Plantage. Herzlichen Glückwunsch.«

»Nein, so ist es nicht gewesen«, sagte Sarah rasch. »Ich hatte nie …«

»Spar dir deine Erklärungen. Nora, gib mir meinen Auszug vom Testament. Ich rufe unseren Anwalt an.«

»Es ist mitten in der Nacht«, protestierte Nora, konnte aber nicht verhindern, dass Viola ihr das Blatt Papier entriss.

»Ich werde gewiss nicht darauf warten, dass man unsere Plantage in Stücke zerreißt.«

»Niemand will eure Plantage …«, hob Sarah erneut an, doch wieder grätschte Viola dazwischen.

»Ach, hör doch auf! Dir glaube ich kein einziges Wort mehr. Erst brichst du möglichst medienwirksam am Grab von Papa zusammen, dann vergisst du zu erwähnen, dass du noch ein viel größeres Geheimnis hütest, und plötzlich tauchst du mitten in der Nacht bei uns auf und pfefferst uns Papas Testament um die Ohren. Jede Mama will das Beste für ihre Tochter. Schon klar. Aber wie du vorgehst, ist unglaublich.«

»Ich sage die Wahrheit! Ich wollte bereits Werners Unterhaltszahlungen nicht haben, aber er hat mir einfach jeden Monat Geld geschickt.«

Bumm. Der Satz saß. Nora versuchte, das Gehörte zu verstehen, doch Oma war schneller.

»Die Erpressung«, rief sie so laut durch das Mikrofon der Drohne, dass es quietschte und übersteuerte.

»Nein«, beeilte sich Sarah zu sagen. »Ich habe Werner nie erpresst. Er hat mir freiwillig Geld geschickt. Jeden Monat zweihundertfünfzig Euro in einem Briefumschlag. Wenn er es direkt überwiesen hätte, hätte Leonard sofort Bescheid gewusst. Ich habe das Geld auf ein Sparkonto eingezahlt. Ihr könnt es gerne wiederhaben. Ich will es nicht.«

»Dann gib es zurück«, erwiderte Viola hitzig. »Komm, Mama, wir gehen! Nora? Du auch.«

Da sich Nora schon vor langer Zeit angewöhnt hatte, niemals auf Befehle ihrer Schwester zu hören, ignorierte sie ihn in diesem Fall ebenfalls. Sie erinnerte sich an Omas Worte. Reden half in den meisten Fällen. Da sie aus der Vergangenheit gelernt hatte, wollte sie den gleichen Fehler nicht erneut machen.

»Ich komme gleich nach, aber erst muss ich mit Sarah sprechen«, sagte sie ruhig.

»Tu, was du nicht lassen kannst. Ich für meinen Teil werde mit dieser Familie nur noch per Anwalt kommunizieren.«

»Du kannst sie nicht aus deinem Leben verbannen. Julia ist deine Halbschwester«, protestierte Nora.

»Was zu beweisen wäre.«

Mit diesen Worten verschwand Viola in der Dunkelheit und zog Vera hinter sich her. Ben hatte Julia mittlerweile noch fester in den Arm genommen und streichelte ihr über den Rücken. Auch Nora näherte sich und wollte sie trösten, doch dann bemerkte sie den seltsamen Ausdruck in Bens Augen.

Pure Wut glomm darin.

Nora seufzte. »Viola spricht immer im Zorn Dinge aus, die sie nicht so meint.«

Er schnaubte, wandte sich dann aber seiner Mutter zu. »Wie konntest du uns das verschweigen?«, fragte er scharf.

»Werner und ich waren uns einig, das Geheimnis für uns zu behalten. Es ist auch gar nicht bewiesen. Wir haben nie einen Vaterschaftstest machen lassen. Dass Werner Julia im Testament bedacht hat, kam genauso überraschend für mich wie für euch.«

»Das glaube ich dir einfach nicht.«

»Das solltest du aber, denn es ist wahr.«

Ben atmete scharf ein. »Das war also der Grund, dass ihr nie richtig voneinander losgekommen seid. Warum Werner so hartnäckig gewesen ist, euer Verhältnis zu vertuschen. Deshalb hat er auch die Mädchen dermaßen unter Druck gesetzt. Es ging hier um viel mehr als nur um eine Ehe. Es ging um …«

»Es ging um zwei Familien, die komplett zerbrochen wären«, vollendete Sarah den Satz. Sie weinte mittlerweile wieder. »Werner und ich hatten ein Verhältnis. Eine kurze Tändelei. Mehr war es zu diesem Zeitpunkt nicht. Aber dann wurde ich schwanger, und ich war mir unsicher, wer der Vater ist. Uns war klar, dass dieses Geheimnis viel schwerer wiegen würde als ein Ehebruch. Da ging es um ein Kind. Um ein Baby. Um unsere Julia! Ich habe beschlossen, sie zu schützen, indem wir schweigen. Es durfte kein Zweifel aufkommen. Nicht der kleinste!«

»Das habt ihr ja super hinbekommen«, sagte Ben verächtlich. »Statt euch voneinander fernzuhalten, habt ihr wieder was miteinander begonnen und wart erneut indiskret. Viola und Nora haben euch ertappt!«

»Ja«, rief Sarah. »Das haben sie. Aber Werner war nun mal mein einziger Vertrauter. Der Einzige, der wusste, was ich fühlte. Das hat uns zusammengeschweißt und es uns noch schwerer gemacht, voneinander loszukommen. Ich bin nicht stolz drauf. Wirklich nicht. Aber Werner hat mich geliebt – und ja: Er hat Julia geliebt. Er wollte reinen Tisch machen und alles erzählen. Ich habe ihn angefleht, es nicht zu tun. Damit genau das, was heute Abend hier geschehen ist, verhindert wird. Aber der Dummkopf hat Julia in seinem Testament bedacht. Weil er absolut sicher war, dass sie seine Tochter ist und diese ganzen Geheimnisse nicht mehr ausgehalten hat.« Sarah wandte sich Julia zu. »Ich weiß nicht, ob Werner wirklich dein Vater ist. Aber er hat sich dafür gehalten und aus seiner Sicht versucht, kurz vor seinem Ende das Richtige zu tun. Es tut mir so leid, dass du es auf diese Weise erfahren musstest.«

»Du wolltest den Brief vor mir verstecken«, sagte Julia. Es waren die ersten Sätze, die sie seit ihrer Ankunft von sich gab. Ihre Unterlippe zitterte verräterisch. Für sie brach eine Welt zusammen. »Du wolltest mich belügen. Schon wieder!«

»Aber nur, um dich zu beschützen und um solch eine Szene zu verhindern.« Jetzt sah Sarah Nora fest an. »Wir wollen eure Plantage nicht in Gefahr bringen. Auf keinen Fall. Dass Julia jemals etwas erbt, war nie beabsichtigt. Sag das deiner Schwester. Es ist unnötig, uns die Anwälte auf den Hals zu hetzen. Julia wird ihr Erbe ausschlagen.«

»Das hast du nicht zu entscheiden«, ging Ben dazwischen.

Nora brauchte einen Moment, um diesen Satz zu verstehen. Sie sah Ben empört an. »Hey«, rief sie. »Deine Mutter will uns helfen, die Plantage zu retten.«

»In dem Fall muss ich Ben beipflichten«, ertönte Omas Stimme von der Drohne. »Julia gehört zur Familie. Werner hat das so gesehen, dann sollten wir das genauso halten. Das mag uns nicht gefallen, aber wir sollten jetzt keine übereilten Versprechen geben. Julia, Süße. Willst du mal zu deiner Oma kommen? Ich sitze im Baumhaus, wie du vermutlich schon gehört hast.«

»Danke für das Angebot, aber ich will eigentlich nur zu Ben. Darf ich heute bei dir schlafen?« Julias Stimme klang verloren.

»Natürlich darfst du das. Komm. Du siehst aus, als würdest du gleich umfallen.« So ruppig Ben zuvor gewesen war, so weich klang er, sobald er mit seiner Schwester sprach. Er legte ihr seine große Hand auf die zarte Schulter und führte sie Richtung Stall. »Wir sprechen uns morgen«, rief er Sarah und Nora nur zu.

Nora sah ihm fassungslos hinterher und wusste nicht recht, was sie denken oder fühlen sollte. Das war deutlich gewesen. Ben hatte sie ausgeladen. Einerseits verstand sie ihn, andererseits tat es weh.

»Es tut mir leid«, sagte Sarah tonlos. »Das hätte so nie passieren dürfen.«

Nora fehlten die Worte. Daher nickte sie ihr lediglich zu und wollte Richtung Haupthaus gehen, doch dann entschied sie sich um. Sie trottete über die Obstbaumwiese und kletterte, begleitet vom Surren der Drohne, zu Oma hinauf. Die hatte ihnen beiden bereits einen Schnaps eingeschenkt.

»Tja«, sagte Enne trocken. »Mit dieser Wendung habe selbst ich nicht gerechnet. Es wäre nett gewesen, eine Hochzeit zu feiern und hier runterzukraxeln. Aber so, wie die Lage ausschaut, werde ich mich wohl auf diesem Baum häuslich einrichten müssen.«

Ben

Seit Stunden lag er wach und starrte die Decke an. Sein Herz war schwer, denn er steckte in der Klemme. Wie immer er sich auch entschied, er würde eine Person verletzen.

Ihm war natürlich bewusst, wen er wählen würde. Julia war seine kleine Schwester. Seine Familie. Sie würde nicht ohne ihn klarkommen. Nora hingegen schon.

Vielleicht wird es gar nicht so schlimm, dachte er. *Vielleicht vertragen sich alle wieder.* Doch im Grunde wusste er genau, dass die Situation noch verfahrener war als vor Noras Fortgang.

Das Schlimmste war, dass Werner nicht mehr da war. Er hätte vielleicht alle Parteien zur Vernunft bringen können. Als Auslöser des Krachs hätte er die Schuld auf sich nehmen und sich entschuldigen können. Aber so …

Julia lag zu einer Kugel zusammengerollt neben Ben im Bett und schlief. Katerchen hatte sich in ihre Arme gemogelt und schnurrte leise. Ben betrachtete beide im Dämmerlicht. Julia sah so verletzlich aus. So blass und voller Schmerz. Wie gerne hätte er ihr all das erspart. Das war schließlich der Job eines großen Bruders.

Gott. Was würde sein Vater dazu sagen? Dass er es erfahren musste, lag auf der Hand. Noch mehr Lügen und Betrug konnte niemand ertragen. Außerdem würde Julia garantiert auf einem Vaterschaftstest bestehen. Ben hingegen kannte längst die Wahrheit.

Er hatte sich schon immer über die Augenfarbe seiner Schwester gewundert. Sie hatte ihn stets an Noras erinnert. Wie naiv er gewesen war! Er hatte sich eingeredet, dass er Nora nur in Julia sah, weil er sie so schrecklich vermisste. In Wirklichkeit waren die beiden verwandt miteinander.

Der Einzige, der es von Anfang an gewusst hatte, war Katerchen. Kein Wunder, dass das Tier genauso vernarrt in Nora war wie in Julia. Die beiden hatten die gleiche Aura.

Ben fuhr sich mit der Hand über das Gesicht und bemühte sich, sich zu sammeln. Was bedeutete das denn jetzt für Nora und ihn? Sie hatten sich gerade erst gefunden und sich vorsichtig angenähert. Diese erneute Zerreißprobe konnte gut und gerne das Ende bedeuten.

Bei dem Gedanken wurde er zappelig. Die alte Unruhe war zurückgekehrt. Hastig stand er auf, lief auf Zehenspitzen zur Treppe und tappte hinunter. Beim Anblick des akkurat geordneten Bücherregals verharrte er. Er hatte versucht, Nora aus seiner Welt zu verbannen, und doch war es ihm nie gelungen. Egal, wie die Sache ausging: Ihn würde ab sofort alles in dieser Wohnung an die vertane Chance erinnern. Und das bedeutete, dass seine mühsam errichtete Welt erneut in sich zusammenfiel.

Bevor der Druck auf seine Schläfen überhandnahm, wandte er sich dem Boxsack zu. Die Gefahr war groß, dass er Julia dadurch weckte, aber das Risiko musste er in Kauf nehmen. Die Wut, die Frustration, der

Hass auf alles und jeden hatten ihn schon mal beinahe zerstört. Diesmal nicht. Dank Werner wusste er, wie er sich ein Ventil schaffen konnte. Er hieb, so fest er konnte, zu und fühlte, wie der Schmerz durch seine Hand schoss. Egal. Das erinnerte ihn wenigstens daran, was er nie wieder sein wollte. Jemand, der genau wie sein Vater bei der kleinsten Kleinigkeit ausrastete oder einfach ohne ein Wort verschwand.

Ein weiterer Schlag. Ben ließ die Aggression raus und spürte, wie er ruhiger wurde. Wenigstens funktionierten seine über die Jahre perfektionierten Strategien. Jetzt, in dieser Extremsituation, konnte er sie austesten.

Bis es an der Tür wummerte.

»Mach auf, Ben! Ich weiß, dass du wach bist. Dieses Gespräch sollten wir nicht aufschieben.«

Ben hielt mitten im nächsten Schlag inne und starrte die Tür an. Sofort hatte er Violas Stimme erkannt.

Tief durchatmend straffte er sich und warf einen kurzen Blick nach oben Richtung Bett. Julia hatte zum Glück den tiefen Schlaf ihrer Mutter geerbt.

Er ging zur Tür, öffnete sie und drängte Viola direkt zurück nach draußen. Im Anschluss folgte er ihr, schloss die Tür sorgfältig hinter sich und drehte sich zu ihr um. »Was willst du?«, fragte er unfreundlich.

Viola hielt ihm ein Blatt Papier hin. »Dich feuern.«

Er nahm das Dokument mit spitzen Fingern entgegen, warf nur einen kurzen Blick darauf. »Ohne Abfindung bestimmt nicht.« Das Geld war ihm egal, aber hier ging es ums Prinzip.

»Du bekommst keinen Cent. Ich habe dich über die Jahre bereits drei Mal schriftlich abgemahnt. Du hast dich respektlos mir, meiner Familie und damit diesem Hof gegenüber verhalten. Das reicht, um dich rauszuschmeißen. Es ist wohl das Beste, wenn sich unsere Familien eine Weile nicht mehr sehen.«

Wow. Den Schlag hatte er nicht kommen sehen. Um seinen Standpunkt deutlich zu machen, hielt er den Brief dicht vor Violas Gesicht und zerriss ihn möglichst langsam. »Steck dir deine Kündigung sonst wohin. Ich gehe freiwillig. Das war längst überfällig.«

Viola nickte. »Da sind wir uns wenigstens mal in einer Sache einig. Natürlich musst du auch deine Wohnung räumen. Die ist nur für den Hofverwalter.«

»Das muss dir gerade richtig Spaß machen, oder?«, sagte Ben giftig.

Zu seiner Überraschung schüttelte Viola den Kopf. »Nein. Ich hatte gehofft, dass wir uns zusammenraufen können. Schon allein für Nora. Aber nach dem, was wir nun erfahren haben, sehe ich keine Möglichkeit, miteinander zu arbeiten. Unser Vertrauensverhältnis ist zerstört. Du wirst mit aller Macht versuchen, das Beste für deine Schwester herauszuholen. Und ich werde mit aller Macht versuchen, genau das zu verhindern.«

»Sie ist auch deine Schwester«, wiederholte Ben seine Worte vom Abend. »Wie wäre es, wenn du mal mit Julia redest, anstatt ihr Anwälte auf den Hals zu hetzen?«

Da trat Viola ganz dicht an ihn heran und piekte ihn mit einem Zeigefinger gegen die Brust. Ben musste alle Kraft aufwenden, um sie nicht instinktiv zurückzuschubsen. »Deine Familie bekommt keinen Cent von uns. Mit Betrügern wollen wir nichts zu tun haben. Also verschwinde – auch im Namen von Nora.«

»Ich bin sicher, dass Nora das nicht so sieht.«

»Mag sein, aber möchtest du, dass sie wieder zwischen zwei Stühlen sitzt? Unsere Familien stehen sich wie Rivalen gegenüber, nicht bereit, einen Zoll nachzugeben. Du hast es sogar ganz deutlich ausgesprochen: Deine Mutter würde in Julias Namen auf das Erbe verzichten, aber du bist dafür nicht bereit. Mir ist schon klar, warum. Es wäre deine Chance, Chef der Plantage zu werden. Wie passend für dich. Und Nora? Sie müsste sich zwischen dir und ihrer Familie entscheiden. Schon wieder. Wir wissen, was das letzte Mal passiert ist. Sie wird verschwinden, wenn wir sie zu sehr bedrängen, und davon hat niemand etwas. Also solltest du gehen und Nora eine Entscheidung ersparen, die uns alle zerstören kann.«

#Frosttötet

Wer Primeln im Februar pflanzt, muss zwei Mal kaufen.
(Aus: Hobbygärtnern für Ungeduldige)

Nora

Verschlafen trottete Nora über die Obstbaumwiese Richtung Haupthaus. Von der Nacht im Baumhaus tat ihr jeder Knochen weh. Wie konnte Oma nur seit Wochen so hausen?

Sie wischte sich Schlafsand aus den Augen und blieb wie angewurzelt stehen, als sie Bens vollgepacktes Auto bemerkte. Gerade kam er aus dem alten Pferdestall und stopfte mit Schwung eine Minipalme in den Kofferraum. Sofort sackte ihr der Magen in die Knie.

Sie rannte los, wetzte über den Vorplatz und blieb beim Auto stehen. »Was ist los?«, keuchte sie und ergriff seinen Arm. »Wieso packst du?«

Ben war einen Moment zu überrascht, um zu reagieren. Dann machte er sich frei. »Frag Viola. Sie hat mich gefeuert. Ich packe, um hier zu verschwinden. Ich nehme den Job beim Ministerium an. So wie es aussieht, werden Mama und Julia mit mir kommen.«

Nora wusste nicht, was sie sagen oder fühlen sollte, und starrte Ben wie vor den Kopf geschlagen an. »Das kann doch nicht euer aller Ernst sein«, flüsterte sie.

Ben wirkte genauso niedergeschlagen wie sie. Er hob eine Hand und berührte sie zart an der Wange. »Ich muss gehen. Zwischen Viola und mir gärt es schon lange, und nach letzter Nacht können wir niemals wieder zusammenarbeiten. Es geht einfach nicht.«

»Aber … was machen wir denn ohne dich? Du hältst alles am Laufen. Du … du kannst nicht gehen.« Jetzt rannen Tränen Noras Wangen hinunter.

»Dann musst du wohl für mich einspringen«, sagte Ben. »Komm schon, Nora. Hör auf zu weinen. Ich kann dich nicht so traurig sehen.«

»Dann bleib einfach.« Nora wollte nicht betteln, aber sie musste es tun. Ben durfte nicht gehen. »Wir schaffen das. Zusammen.«

»Nein, in diesem Fall irrst du dich. Unser Familienstreit hat uns schon einmal auseinandergetrieben, selbst wenn wir das damals noch nicht gewusst haben. Genau das wird erneut passieren. Du wirst dich für deine Familie starkmachen, ich mich für meine. Und letztlich streiten wir uns so, dass einer von uns geht. Da packe ich doch lieber jetzt schon meine Sachen, zumal Viola diesbezüglich deutlich geworden ist. Ich habe hier nichts mehr zu suchen.«

»Wärst du etwa ohne ein Wort gegangen?«, fragte Nora fassungslos.

»So war der Plan. Jetzt sei nicht wütend deswegen. Genau das hast du doch auch getan.«

»Und ich habe es jahrelang bereut. Mensch, Ben! Ich dachte, wir hätten aus unserer Vergangenheit gelernt. Du kannst nicht einfach verschwinden.«

Ben schlug so heftig den Kofferraum zu, dass Nora zusammenzuckte. »Doch, genau das kann ich. Ich habe mir dieses Affentheater schon viel zu lange bieten lassen, habe Violas Sticheleien ertragen und mir wegen deines Fortgangs Vorwürfe gemacht. Mein Leben war bestimmt von meinem schlechten Gewissen und dem Pflichtgefühl deiner Familie gegenüber. Werner hat mich damals gerettet, und ich habe ihm viel zu verdanken. Aber jetzt ist mir klar geworden, dass ich mich geirrt habe. Werner hat mich nicht gerettet, um mir zu helfen. Er wollte lediglich sein schlechtes Gewissen beruhigen, immerhin ist seinetwegen alles aus den Fugen geraten. Und jetzt passiert es schon wieder! Er macht erneut alles kaputt. Es reicht mir langsam mit der Familie Graf. Dieses Drama wird nie enden, solange wir zwei umeinander herumschwirren. Es ist Zeit, einen Schlussstrich zu ziehen.«

»Du warst es doch, der mich zurückgeholt hat! Ich habe nicht darum gebeten!«

»Und es war auch gut so. Auf diese Weise können wir uns wenigstens voneinander verabschieden. Es ist vorbei, Nora. Das mit uns kann niemals funktionieren.«

Fassungslos sah Nora mit an, wie Ben sich zum Stall umdrehte und seiner Schwester im Türrahmen zuwinkte. »Julia, komm! Wir fahren!«

Julia lief wie ein Gespenst zu ihnen und setzte sich hastig ins Auto. Ben wandte sich noch einmal Nora zu. »Du weißt, dass ich dich liebe«, sagte er mit brüchiger Stimme. »Das werde ich vermutlich immer tun. Aber es ist an der Zeit, dich loszulassen.« Er trat dicht an sie heran und strich ihr kurz und zärtlich über die Wange.

Nora schlug zornig nach seiner Hand und trat einen Schritt zurück. »Wenn du mich liebst, dann bleib einfach hier. Wir reden drüber und finden eine Lösung.«

»Nein. Mein Entschluss steht fest. Die Frage ist, ob wir im Zorn auseinandergehen oder als Freunde.«

»Du willst, dass ich dir Absolution für deinen Weggang erteile? Das kannst du vergessen. Wenn du jetzt gehst, verzeihe ich dir nie!«

Niedergeschlagen senkte Ben den Blick. »Dann ist das wohl so. Leb wohl, Nora.« Hastig öffnete er die Fahrertür und stieg ein, ließ aber noch einmal die Fensterscheibe runter. »Kümmer dich um die Frostschutzanlage. Das sollte Priorität für dich haben, unabhängig davon, was hier gerade los ist.«

»Kümmer du dich um deine eigenen Angelegenheiten. Das geht dich ab sofort nichts mehr an«, erwiderte Nora böse.

Ben warf ihr einen traurigen Blick zu, dann lenkte er den Wagen vom Hof.

Nora sah ihm wie betäubt hinterher und konnte es nicht fassen. Dass ihr Handy in der Hosentasche Sturm klingelte, machte es nicht besser. Da die Melodie von *Meine Oma fährt im Hühnerstall Motorrad* erklang, ignorierte Nora den Anruf. Auf Oma Ennes weise Ratschläge konnte sie in diesem Moment getrost verzichten.

Aus einem ersten Impuls heraus wollte sie ins Haupthaus stürmen und Viola zur Rede stellen. Wie konnte sie ihr Leben erneut vernichten? Aber dann hatte sie dafür keine Energie. Sie blieb stehen und starrte die Obstbäume an, deren Knospen sich vorsichtig nach den ersten Sonnenstrahlen richteten.

Wie konnte die Welt erblühen, wenn Nora innerlich starb?

Sie hatte jetzt zwei Möglichkeiten: Entweder, sie packte sofort ihre wenigen Sachen zusammen und verschwand, oder sie blieb und kämpfte.

In der Sekunde schob sich eine Hand in ihre, hielt sie fest. Nora wandte sich um und blickte in das entschlossene Gesicht ihrer Mutter.

»Denk nicht mal dran fortzugehen«, sagte Vera zu ihr. »Ich habe dich schon einmal verloren. Noch mal lasse ich das nicht zu. Ich mag konfliktscheu sein, aber ich schwöre dir: Wenn du jetzt versuchst zu fliehen, kette ich Viola und dich an Omas Apfelbaum. Nackt.«

Nora musste gegen ihren Willen lachen. »Wie kommst du denn darauf?«

»Keine Ahnung, aber vergiss nicht: Ich bin die Tochter meiner Mutter. Ein wenig Oma-Enne-Wahnsinn fließt auch in meinen Adern. Also unterschätz mich nicht. Was wirst du tun?«

Nora seufzte tief auf, legte den Kopf in den Nacken und blickte in einen strahlend blauen Himmel hinauf. »Ich bin schon mal abgehauen. Das hat mir gar nichts gebracht«, flüsterte sie. Das wiederum bedeutete: Sie würde kämpfen. Aber nicht mit Viola, sondern gegen die Zeit. Die Bäume brauchten sie. Jetzt!

»Du bist das Herz dieser Plantage.« Das hatte ihr Ben damals gesagt, doch er hatte sich geirrt. Nicht sie allein war das Herz. Viola, ihre Mutter, Oma und sie bildeten es gemeinsam. Sie blickte ihre Mama an. »Wir werden kämpfen. Zusammen.«

»Meinst du damit auch Viola? Deine Schwester meint es nur gut. Ihre Methoden sind nicht immer klug, aber sie ist verzweifelt und emotional völlig überfordert. Sie liebt dich und diese Plantage. Alles, was sie tut, tut sie für uns.«

Das glaubte Nora sogar. Dennoch war sie böse auf ihre Schwester. »Halt sie mir heute einfach vom Leib. Morgen werden wir sehen. Immer einen Tag nach dem nächsten.«

»Und Ben?«

»Der ist weg.«

»Aber du liebst ihn! Du kannst ihn doch nicht einfach gehen lassen. Nicht schon wieder!«

»Ich glaube, wir haben einander so dermaßen verletzt, dass da nichts zu retten ist. Unser Timing war schon immer mies. Vielleicht sollten wir einsehen, dass wir nicht füreinander geschaffen sind.«

Vera schüttelte den Kopf. »Red dir das ruhig ein, aber denk an Werner und Sarah: Die beiden sind nie voneinander losgekommen. Macht nicht den gleichen Fehler wie sie. Aber gut. Das geht mich nichts an. Lass uns an die Arbeit gehen. Es gibt viel zu tun.«

Das gab es wirklich. Die nächsten Stunden schuftete Nora so sehr, dass sie keine Sekunde an Ben denken konnte. Selbst Viola sah sie nur aus der Ferne. Erst gegen Mittag holte sie kurz Luft und aß eine Kleinigkeit im Stehen bei Omas Apfelbaum. Sie ignorierte alle Fragen zu Ben und unterhielt sich stattdessen mit den zahlreichen Gästen, die erneut auf den Hof gekommen waren.

Nach der Mittagspause rief sie ihren Chef an, um zu kündigen. Es war für sie hart, aber notwendig. All die Jahre über hatte sie für ihre Karriere gekämpft. Diese Tür ein für alle Mal hinter sich zuzuschlagen, war ein einschneidender Schritt. Doch er war notwendig. In Köln war sie niemals so glücklich gewesen wie hier in Jork.

Als ihr Chef endlich ans Telefon ging, klopfte ihr Herz dennoch bis zum Hals.

»Herr Forster, hier spricht Nora Graf. Ich muss Ihnen leider mitteilen, dass ich nicht zurückkommen werde. Ich kündige«, sagte sie etwas atemlos.

»Sehr bedauerlich«, erwiderte ihr Chef und klang dabei, als wüsste er nicht mal ganz, wer sie war. In der Sekunde wurde Nora klar, dass ihre Zeit in Köln wirklich gezählt war. Die Einwohner von Jork hatten sie selbst nach vielen Jahren nicht vergessen. Hier gehörte sie hin. Hier wollte sie bleiben.

Sie verabschiedeten sich furchtbar steif voneinander, dann wählte Nora schweren Herzens eine andere Nummer. Annabelles.

Im Gegensatz zu ihrem Chef rastete die völlig aus, allerdings auf die gute Art und Weise. Sie freute sich ehrlich. »Du bist halt kein Stadtkind. Warst du nie. Ich bin froh über deinen Entschluss, selbst wenn es mir für mich persönlich leidtut. Aber wenigstens habe ich dann jetzt immer einen Anlaufpunkt für Urlaube im schönen Norddeutschland.«

»Du bist jederzeit willkommen«, versicherte ihr Nora schnell und lenkte von anderen heiklen Themen ab. Sie wollte von Annabelle nicht nach Ben gefragt werden. Das war etwas, das in ihrem Herz brannte wie Feuer.

Annabelle musste dann recht abrupt auflegen. Herr Forster kam ins Büro, und private Anrufe waren nach wie vor streng verboten. Nora war beinahe froh über die Unterbrechung. Lange Zeit starrte sie danach auf die Apfelbaumplantage hinaus und fragte sich, wie sich ihr Leben derart hatte verändern können. Köln war Vergangenheit. Sie bedauerte nicht, dorthin geflohen zu sein. Damals war es einfach notwendig gewesen. Jetzt aber war es genauso richtig, in Jork zu bleiben.

Erst am späten Nachmittag fiel ihr Bens Auftrag wieder ein. Die Frostschutzanlage! Hastig holte sie ihr Handy raus und rief die genauen Wetterdaten auf. *Bitte*, dachte sie. *Kein Frost!*

Sie starrte unschlüssig die angezeigten Prognosen an. Sechs Grad waren vorhergesagt. Das war eigentlich warm genug, um sich keine Sorgen machen zu müssen. Erst bei Temperaturen um den Gefrierpunkt erfroren die Blüten. Und ohne Blüten gab es keine Äpfel. Doch das Beregnen war sehr teuer, sodass Nora gut überlegen musste, wann sie das Gerät einschaltete.

In der Sekunde wünschte sie sich sehnlichst, Ben anrufen zu dürfen. Er hätte ihr jetzt sagen können, was sie tun sollte. Stattdessen klingelte sie bei ihrem Nachbarn durch und fragte, was er plante.

»Wir haben stabile Wetterlagen. Ich beregne nicht. Da bin ich nicht mal auf die Idee gekommen. Ist doch warm«, erklärte er. Nora bedankte sich und legte nachdenklich auf. Ben war eindeutig gewesen mit seiner Warnung. Warum war sie jetzt nicht erleichtert?

Ein Ratgeber, dachte sie. *Gebt mir einen Ratgeber.* Sie stürmte ins Haupthaus, an der irritierten Viola vorbei ins alte Büro ihres Vaters. Dort gab es stapelweise Bücher über Obstanbau. Wahllos zog sie eins heraus und begann im Stehen zu lesen. Der Inhalt gelangte nicht bis in ihr Hirn, doch allein der Geruch der alten Seiten beruhigte sie. Sie hielt sich am Einband fest und atmete tief ein und aus.

Dann entschied sie sich.

Sie würde das Wetter weiter beobachten und auf das Beste hoffen. Die Anlage jetzt noch zu überprüfen, brachte nichts. Es wurde bereits dunkel. Aber … Bens Gespür für Wetterumschwünge war legendär. Wenn er misstrauisch war, sollte sie das auch sein. Nicht auszudenken, wenn sie die Anlage zu spät einschaltete! Das Prinzip des Beregnens beruhte auf reiner Physik. Der Wasser legte sich über die Blüten. Gab es Frost, gefror das Wasser und hüllte die Blüten in einen dicken Panzer ein. Sobald Flüssiges erstarrte, wurde Wärme freigesetzt, sodass die empfindlichen Blüten es im Eispanzer schön warm hatten.

Den Rest des Abends starrte Nora nervös auf das Thermometer, doch es blieb warm genug. Sie hatte sich in Papas altem Büro verschanzt und sortierte Rechnungen, um sich abzulenken.

Oma klingelte erneut bei ihr durch. Zum bestimmt vierten Mal. Sie ignorierte auch diesen Anruf und stempelte stattdessen liebevoll die Rechnungen der letzten Wochen ab. Das beruhigte sie.

Bis Viola die Tür aufriss und ihr das Walkie-Talkie hinhielt. »Oma will dich sprechen.«

»Ich will aber nicht mit euch sprechen.«

»Sie aber mit dir!« Energisch stellte Viola das Gerät auf Noras Tisch ab.

»Nora für Oma Enne, kommen! Es ist dringend. Kommen!«, quakte es prompt aus den Lautsprechern.

»Hier Nora. Was gibt es?«

»Mein Atem gefriert!«

Nora erstarrte. Der Schock schoss ihr durch die Glieder, und sie spürte, wie sie bleich wurde. »Unmöglich«, rief sie.

»Und doch ist es so. Ich sehe meinen verdammten Atem in Wölkchen. Hier sinkt die Temperatur im Sturzflug.«

Panisch rief Nora ihre Wetter-App auf, doch da sah alles gut aus. »Laut Wetterprognosen ist es warm genug«, funkte sie Oma an und vergaß dabei komplett jegliche Funkdisziplin.

»Laut meinem Atem ist es das nicht. Ich erinnere mich, dass wir so was schon mal hatten. Vor Jahren. Da stand der Wind so ungünstig, dass er nur die Senken abgekühlt hat. Die Kaltluft hat sich dort quasi festgesetzt. Die oberen Bäume blieben verschont. Trotzdem war der Ernteausfall verheerend. Komm raus und sieh es dir selbst an!«

Nora rannte los. In letzter Sekunde schnappte sie sich die alte Jacke ihres Vaters, zog sich im Rennen eine Mütze über und brüllte: »Alarm! Der Frost ist da!«

Sie hörte Viola fluchen, doch da war sie schon draußen und rannte über den Vorplatz zu Omas Apfelbaum. Enne hatte recht! Der Atem gefror vor ihren Lippen.

»Nein, nein, nein«, rief Nora verzweifelt und blieb vor dem alten Baum stehen. »Oma«, schrie sie. »Was machen wir denn jetzt?«

»Erst mal danken wir meiner Sturheit. Wenn ich schon vom Baum runtergeklettert wäre, hätten wir nie den Temperatursturz bemerkt. Als

Nächstes rennst du zur Frostschutzanlage und stellst sie an. Ich kümmere mich um unsere Streuobstwiese. Wenn uns hier die Blüten erfrieren, kommen auch die Touristen nicht mehr.«

Etwas knallte direkt neben Nora auf dem Boden auf. Ihre Oma warf etwas herunter. Es schepperte und rummste. »Was sind das für Pakete?«, fragte Nora erschrocken.

»Frostschutzkerzen und Feuerschalen. Die hat mir ein Hersteller zum Test geschickt, nachdem er spitzgekriegt hat, dass ich in einem Apfelbaum wohne. Findiger Kerl, nicht wahr? Jetzt hoffen wir mal, dass die Dinger funktionieren. Im Schuppen hab ich noch mehr gelagert. Die Teile sind riesig und haben nicht ins Baumhaus gepasst. Los geht es.«

Und dann geschah etwas Unglaubliches: Oma schwang ihre Beine über die Leiter und kletterte herunter. Sprosse für Sprosse. Einfach so. Als sei das völlig normal. Schnaufend kam sie unten an und blickte in das fassungslose Gesicht ihrer Enkelin. »Warum guckst du so schockiert? Glaubst du, ich lasse dich in der Not allein?«

»Du … du bist runtergekommen!«

Oma klopfte Nora auf die Schulter. »Es gibt Momente, da muss man über seine Prinzipien springen. Und jetzt beeil dich! Ab zur Anlage. Ich kümmere mich um die Frostkerzen. Der Frost stoppt sich nicht von selbst.«

Nora gab ihrer Oma einen schnellen Kuss, dann rannte sie los. So schnell sie konnte. Das Herzstück der Frostschutzanlage war in einem alten Schuppen untergebracht. Hastig drehte sie das Wasser auf und drückte auf die Verriegelung, um die Anlage zu starten. *Bitte*, dachte sie verzweifelt. *Lass Ben unrecht gehabt haben, und funktionier trotz seiner Mahnung.*

Nichts rührte sich.

Fluchend untersuchte Nora noch einmal den Vorgang. Vielleicht hatte sie etwas beim Anstellen falsch gemacht? Panisch zückte sie ihr Handy und rief Oma an. »Das Ding funktioniert nicht«, brüllte sie.

»Hat Ben doch schon gesagt«, antwortete Oma seltsam gelassen.

»Und was mach ich jetzt?«

»Tritt dagegen. Das hat dein Papa auch immer getan.«

Nora trat gegen das Rohr. Nichts rührte sich. »Klappt nicht.«

»Dann fester!«

»Damit mach ich es nur kaputt. Wo ist denn die Bedienungsanleitung? Ich brauche einen Ratgeber. Sofort.«

Sie legte auf, schaltete das Licht ihres Handys ein und leuchte verzweifelt den Raum ab. Da! Da hing tatsächlich eine Anleitung. *Danke, Ben*, dachte sie, als sie die Schrift erkannte.

Tief durchatmend ging sie noch einmal alle Punkte durch. Dabei spürte sie, wie sich die Kälte langsam in ihre Knochen fraß. Bald würde es zu spät sein, die Anlage noch anzuschalten.

»Das Problem liegt nicht hier. Weißt du noch die Stelle, die wir inspiziert haben? Da muss sich was stauen. Los, wir müssen da hin«, erklang plötzlich eine tiefe Stimme neben ihr.

»Ben.« Nora starrte ihn einen Moment fassungslos an, dann fiel sie ihm um den Hals und drückte ihn fest an sich. »Du bist hier«, flüsterte sie ihm ins Ohr.

»Klar, bin ich hier. Ich hab die Wetterdaten beobachtet und mir Sorgen gemacht. So große, dass ich es kaum noch ausgehalten habe. Meine Nase hat gejuckt wie verrückt. Dann hat Viola bei mir angerufen und mich angeschrien, dass ich zurückkommen soll. Sie hat sich sogar entschuldigt. In der Sekunde ist mir klar geworden, dass es ernst ist. Komm jetzt. Wir haben keine Zeit.«

Schon stürmte Ben aus dem Schuppen und zog Nora hinter sich her. Er hielt dabei auf seinen völlig verdreckten Jeep zu. Der Motor lief noch. Nora sprang schnell auf den Beifahrersitz, und schon ging es in halsbrecherischem Tempo durch die Plantage. Die Fahrt erinnerte sie schwer an einen anderen Moment. Bloß hatte damals sie am Steuer gesessen und sich mit Ben gestritten.

Sie wurde in den Sicherheitsgurt gepresst, als Ben mit voller Kraft auf die Bremse trat, mit einem Knirschen die Handbremse anzog und aus dem Wagen sprang. Sekunden später kam er mit einem riesigen Werkzeugkasten an ihr vorbeigehechtet. Der Mann war ein Wirbelsturm. Sie war gerade aus dem Auto gesprungen, da hockte er bereits an einem langen Stück Rohr und werkelte mit der Zange herum.

»Ich hab doch gesagt, du musst dich hier drum kümmern«, fluchte er.

»Sorry. Hab ich vergessen. Ich … ich bin so froh, dass du da bist.«

Er sah sie kurz an, und sein Blick wurde ganz weich. »Ich hätte nicht weggehen sollen. Mit dieser Anlage warst du schon immer überfordert.«

»Hey«, protestierte sie. »Ich …« Sie kam nicht dazu, den Satz zu beenden, denn ein feiner Sprühnebel setzte unvermittelt ein und spritzte ihr direkt ins Gesicht. Nora quietschte vor Schreck und Freude auf. »Es funktioniert!« Ungeachtet des eiskalten Sprühnebels fiel sie Ben erneut um den Hals. Er schwankte und zog anschließend Nora an sich, um sie zu küssen.

So wild und erleichtert wie noch nie.

»Ich liebe dich«, flüsterte Nora an seinen Lippen. »Und ich will nicht, dass du gehst. Auf keinen Fall. Das zwischen unseren Familien ist deren Problem. Es hat nichts mit dir und mir zu tun. Ich will dich. Alles andere ist mir total egal!«

Er lächelte und lehnte seine Stirn gegen ihre. »Ich bin froh, dass du das so siehst, denn ich bin der gleichen Meinung. Allerdings müssen wir uns darüber später unterhalten. Komm! Der alte Obsthain ist noch nicht gerettet!«

Im Sprühnebel rannten sie Hand in Hand zum Jeep zurück. Nora war bereits komplett durchnässt und fror schrecklich, doch das Glühen in ihrem Herzen wärmte sie. Ben war zurück. Er war wirklich zurückgekommen!

Ben wendete geübt, um Richtung Streuobstwiese zu fahren. Schon von Weitem sahen sie die Flammen zwischen den Bäumen funkeln. Oma war fleißig gewesen. Und sie war nicht allein.

Staunend sah Nora, wie ihre Mutter die großen Eimer mit dem Kerzenwachs zwischen den alten, knorrigen Bäumen aufstellte und wie Sarah sie anzündete. Viola und Julia schleppten gemeinsam die schweren Feuerschalen. Oma hüpfte dazwischen herum und dirigierte die Frauen mit wild rudernden Armen.

»Deine Mama und deine Schwester sind mitgekommen?«, fragte Nora verblüfft.

»Als sie hörten, dass es um das Überleben der Plantage ging, haben sie sich nicht davon abhalten lassen. Unsere Familien sind miteinander verbunden. Mama würde nie zulassen, dass Werners Erbe ihretwegen zerstört wird. Und Julia … ich schätze, sie hat das Apfel-Gen geerbt.« Er sah Nora liebevoll an. »Jetzt müssen wir nur noch dafür sorgen, dass nicht alles umsonst ist.«

Ben

Noch nie zuvor war Ben so müde und so glücklich zur gleichen Zeit gewesen. Die Frostkerzen waren schwerer als erwartet, und er schleppte sie die ganze Nacht kreuz und quer durch den alten Apfelbaumhain. An seiner Seite war Nora, die fleißig die aufgestellten Kerzen anzündete und sie so zurechtrückte, dass die daraus erzeugte Wärme möglichst viele Bäume erreichte.Erst als die letzte Kerze angezündet war, gestattete er sich einen Moment der Ruhe. Er sah sich um. Was er erblickte, ließ ihn innehalten.

Die Welt verschwand in einem zarten Orange-Ton. Dazwischen blitzten einzelne kleine rosa Flecken auf. Apfelknospen, die im Feuerschein zu tanzen schienen. Die Dunkelheit umhüllte geheimnisvoll die riesigen erhabenen Bäume, deren Blätter leise im Wind raschelten. Am Boden lag Raureif auf dem Gras, zumindest an jenen Stellen, wo keine Frostkerzen standen. Es war kalt geworden. Sehr kalt.

Prüfend blickte Ben nach oben, musterte die kostbaren Blüten. Einige von ihnen würden es nicht schaffen, aber die Mehrzahl sah gut aus. Genug, um die Touristen zufriedenzustellen. Viel wichtiger waren jedoch die Spalierbäumchen. Er zückte sein Handy und überprüfte zum bestimmt zehnten Mal in Folge die Bewässerungsanlage. Wenn sie ausfiel, konnten sie einpacken.

»Ich hab jetzt endlich auch die Hofermanns erreicht«, sagte Nora zu ihm. Seit gut einer halben Stunde telefonierte sie mit den Nachbarn, um sie zu warnen. Solch eine Wetterlage kam äußerst selten vor und war tückisch, da die normalen Prognosen sie nicht erfassten. Wie gut, dass Bens Nase besser war als jede Technik. Und eine Oma im Apfelbaum war auch eine prima Alarmanlage.

Ben lächelte Nora an, die sich unter seinen rechten Arm mogelte. Sie umschlang seine Taille und lehnte den Kopf gegen ihn. »Wie kann etwas so zerstörerisch sein und gleichzeitig so hübsch aussehen?«, fragte sie und nickte in Richtung der glitzernden Eiskristalle in einiger Entfernung. Die Spalierbäume sahen geheimnisvoll aus. Ihre Knospen waren in fingerlange Eiszapfen gehüllt. Zwischen das glitzernde Weiß mischte sich das farbenfrohe Rosa der Blüten. Ganz zart, aber dadurch noch eindrucksvoller.

»Ich liebe diese Bäume«, sagte Ben. »Sie zu verlassen, fiel mir viel schwerer als erwartet. Kaum war ich vom Hof gefahren, wusste ich, dass ich einen Fehler gemacht habe. Ich war nur zu stolz, sofort umzudrehen. Aber dann kam der Frost, und jetzt … jetzt bin ich wieder hier.« Er sah Nora an. »Falls du mich noch willst.«

»Ich will dich. Aber nur, wenn wir aufhören, uns ständig die Fehler der Vergangenheit unter die Nase zu reiben. Und wir müssen mit unseren Familien sprechen. Die müssen sich vertragen. Wem das nicht passt, der muss …« Sie überlegte eine Weile und zuckte mit den Schultern. »… keine Ahnung! Aber Oma fällt da bestimmt was ein.«

»Da hätte ich schon die ein oder andere Idee.« Oma schob sich dreist von hinten in ihre Umarmung, drückte sie auseinander und gab jedem von ihnen einen Kuss auf die Wange. Dafür musste sie sich auf die Zehenspitzen stellen, denn mit den Jahren war sie geschrumpft. Ihr breites Grinsen war dafür umso größer. »Ich verschwinde dann mal auf meinen Baum, und egal, wer was anderes behauptet: Ich war nie hier unten. Holt mich erst zum Blütenfest runter, aber dann bitte mit ganz viel Pomp und Trara.«

Sie giggelte und lief zu ihrem Apfelbaum zurück. Um ihn herum hatten sie besonders viele Frostkerzen aufgestellt, immerhin war er das Herzstück des Hofes. Zu Ennes Überraschung folgte ihr Julia und kletterte mit ihr zusammen hinauf. »Oh, oh«, sagte Ben. »Ich ahne da was.«

Nur Sekunden später wehte eine Megafondurchsage zu ihnen herüber. »Liebe Familie Graf, liebe Mama, lieber Ben. Ich werde ab sofort zusammen mit Oma streiken, bis ihr euch vertragen habt, und glaubt mir: Ich mag zwar nicht biologisch verwandt mit Oma Enne sein, aber ich bin mindestens genauso stur. Viel Vergnügen mit der Schulaufsicht. Was ich erbe, ist mir völlig egal. Hauptsache, ihr schreit euch wegen mir nicht mehr so schrecklich an. Und Mama: Bitte verlass Papa. Euer ständiges Gestreite ist für niemanden gesund. Und Ben: Bitte sag Nora endlich, dass du sie liebst, tausend Kinder mit ihr haben willst und sie niemals wieder gehen lässt. Ihr tut immer so, als sei ich das Kind, das beschützt werden muss. In Wirklichkeit benehmt ihr euch alle zusammen kindischer, als ich es je könnte. Also lasst uns das Kriegsbeil begraben, denn gemeinsam haben wir diese Nacht die Plantage gerettet. Einer allein hätte das nicht gekonnt, aber wir zusammen – wir sind echt ’ne coole Truppe.«

Epilog:

#OmaverlässtdenApfelbaum

Wenn Sie Ihr persönliches Happy End noch nicht gefunden haben, dann haben Sie es vielleicht lediglich übersehen.
(Aus: Glücklicher leben mit offenen Augen)

Nora

Nora atmete tief durch, zog sich die Mütze tiefer und mit Schwung den nächsten Liegestuhl auseinander. Schon jetzt hatten sich zahlreiche Fans vor Oma im Apfelbaum versammelt, um mit ihr zu feiern. Kritisch beäugte Nora den aufgestellten Stuhl. Hatte sie genau den gleichen Abstand zwischen den einzelnen Stühlen gefunden? Sie stutzte und bemerkte, dass ihre liebevolle Ausrichtung ohnehin zerstört worden war. Die Gäste hatten sich die Stühle so gerückt, wie sie es für richtig hielten.

Okay. … Dann … aber … »Lass ihn einfach so stehen«, sagte Nora laut zu sich selbst. Und tatsächlich schaffte sie es, das Möbelstück an völlig unpassender Stelle zurückzulassen. Ein weiterer Fortschritt in einer langen Reihe von kleinen Erfolgen. Sie hatte sich sogar heute Morgen auf Bens Couch gesetzt, ohne die Strichrichtung zu glätten. Jetzt, wo ihr Herz zur Ruhe kam, musste sie sich nicht mehr so pedantisch auf ihre Zwänge konzentrieren. Ab sofort war anderes viel wichtiger.

Omas Apfelbaum zum Beispiel. Erst hatten sie den Baum schmücken wollen, das dann aber für unnötig empfunden. So schön hatte er noch nie geblüht. Fast alle Blüten hatten die Frostnacht überlebt, und als wolle der alte Baum das feiern, hatte er just an diesem Tag die Knospen geöffnet. Es summte und brummte um ihn herum, denn Bienen und Hummeln waren genauso zahlreich gekommen wie Menschen.

Nora und Vera hatten bunte Fähnchen auf der Wiese verteilt, um die braunen Stellen im Rasen zu verdecken. Die Grasnarbe hatte sich noch nicht an allen Stellen vom Winter und ihrer wilden Schlammschlacht erholt. Die farbenfrohen Fähnchen mit dem Logo des Apfelhofes wehten sanft im Wind und ließen die vielen Liegestühle unter den anderen Bäumen noch besser zur Geltung kommen. Viele davon waren bereits besetzt. Die Besucher nutzten die frühe Stunde, um sich bei einem guten Frühstück für den Tag zu stärken. Immerhin wurde gleich gefeiert. Unter den dichtesten Bäumen hatte Ben eine Tanzfläche aus Holzpaletten gebaut, und ein DJ richtete sich dort gerade ein. Er würde zum Einsatz kommen, sobald der Kirchenchor und die örtliche Jazzband mit ihrem Programm durch waren.

Noch eine halbe Stunde. Dann war der große Moment gekommen, und Oma kletterte vom Baum, um anschließend den Festumzug anzuführen. Damit stahl sie zwar der diesjährigen Blütenkönigin die Show und brachte den sonst üblichen Ablauf völlig durcheinander, doch alle Beteiligten nahmen es mit Humor. Selbst die Teilnehmer des Umzugs waren in ihren farbenfrohen, teils altertümlichen Kostümen gekommen, um Omas Abstieg mitzuerleben. In ihren Händen hielten viele handgeflochtene Körbchen mit Apfelblüten darin. Kinder bewarfen sich lachend damit und kreischten vor Freude.

Auch Omas Lachen gesellte sich darunter. Sie war seit acht Uhr morgens damit beschäftigt, Autogrammkarten zu signieren. Ihre Fans legten sie zunächst in einen Eimer, Oma zog ihn nach oben und unterschrieb. Das dauerte natürlich, wodurch sich bereits eine Schlange vor dem Baum gebildet hatte.

»Verzeihung. Sind Sie Nora Graf?«

Nora nickte, blickte auf und sah sich zwei äußerst wichtig aussehenden Herren in dunklen Anzügen gegenüber. Der eine trug einen adretten Hut, der andere eine schwarze Mütze. »Wie kann ich helfen?«, fragte sie zögernd.

»Wir sind Mitarbeiter vom Verlag *Mehr Wissen.* Bitte entschuldigen Sie die Störung, aber das hier ist nun schon unser zweiter Anlauf, um mit Ihrer Großmutter ins Gespräch zu kommen. Ihr Vater hat uns damals weggeschickt und uns versichert, dass wir uns irren müssen. Diesmal sind wir uns aber ganz sicher.«

Nora blinzelte. »Ich verstehe kein Wort«, sagte sie. Waren das etwa die zwei ominösen Männer, die angeblich ihren Hof auskundschafteten, um ihn zu kaufen?

Die beiden Herren wechselten einen nervösen Blick. »Die Sache ist die: Wir versuchen schon seit Jahren, Ihre Großmutter persönlich kennenzulernen. Ihre Bücher sind bei uns der Kassenschlager, und ihr neues Werk über radikale Methoden, Familienstreitigkeiten aus der Welt zu schaffen, wird garantiert auf Platz eins der Bestsellerliste landen. Natürlich wollen wir ihr Pseudonym schützen, aber es wäre doch schön, wenn wir die Social-Media-Tätigkeiten Ihrer Großmutter für unsere nächste Marketingkampagne bündeln könnten. Leider ignoriert Ihre Oma uns seit Jahren.«

Das ist doch jetzt nicht wahr, dachte Nora. »Meine Oma schreibt Ratgeber?«, fragte sie ungläubig nach.

Sofort erbleichte der eine Anzugträger. »Das wussten Sie nicht?«

Nora wollte zunächst verneinen, dann besann sie sich. »Ja, natürlich. Ich war kurz irritiert. Wie war doch gleich das Pseudonym? Oma hat so viele!«

»Tamara Winter.«

Oh Mann, dachte Nora. Oma war wie immer für eine Überraschung gut. Fassungslos warf sie einen Blick zum Apfelbaum, wo Enne vergnügt die Beine baumeln ließ und fleißig signierte. Hinter ihrer Lieblingsautorin Tamara Winter steckte ihre Oma? Warum verwunderte sie das nicht? Zumindest erklärte es, warum die Frau immer genau dann einen Ratgeber passend zu Noras aktuellem Lebensproblem herausbrachte.

»Haben Sie eine Karte? Tamara Winter wird sich bei Ihnen melden. Ich verspreche es«, sagte Nora süßlich grimmig und nahm die Visitenkarte dankend an. Ein letztes Nicken, dann verschwanden die zwei Kerle.

Sofort kam Ben zu ihr. »Alles okay? Die zwei Typen sahen ja merkwürdig aus.«

»Oma Enne hat mehr als ein Doppelleben, aber das erkläre ich dir später in Ruhe.« Sie gab ihm einen Kuss und lachte vergnügt. »Hast du gesehen, wie viele Leute gekommen sind? Das ist wirklich unglaublich. Der Hofladen brummt, und die Apfelbaumpatenschafts-Aktion ist ein voller Erfolg. Wir haben kaum genug Apfelbäume, um die Nachfrage zu decken.«

»Weiß Oma denn, dass sie mit jedem Paten ein Foto vor seinem Apfelbaum machen muss?«

Nora grinste diabolisch. »Noch nicht, aber ein wenig Rache muss halt sein. Immerhin hat sie uns seit Wochen erpresst.«

»Zum Glück. Sonst könnte ich das hier nicht tun.« Ben küsste Nora ungestüm. Darin lag eine Mischung aus purer Freude, erfüllter Sehnsucht und Liebe. Genau so, wie Nora es niemals für möglich gehalten hätte.

Genießerisch schloss sie die Augen, atmete den Duft der Apfelblüten ein und hörte das Lachen im alten Apfelbaum. So viel Leben. So viel Freude. Es hatte sich tatsächlich alles zum Guten gewendet.

Dank einer Oma im Apfelbaum.

Oma Enne

Enne war so glücklich wie seit Jahren nicht mehr. Die Sonne schien, der Himmel war blau, und in der Nacht hatte es Frost gegeben. Dadurch funkelten die Apfelknospen in tausend Farben, eingehüllt in ihre schützenden Kokons. Eine Wunderlandschaft, wie es schöner kaum sein konnte. Friedlich und geheimnisvoll.

Vor ihr hatten sich alle ihr Lieben versammelt, um den großen Moment zu genießen. Dass so viele gekommen waren, rührte sie sehr. Sogar der Bürgermeister war da, zusammen mit der leicht griesgrämig wirkenden Blütenkönigin. Kein Wunder.

Vor ihrem Apfelbaum hatte sich eine lange Schlange ihrer Fans gebildet. Jeder wollte ein Autogramm bekommen, solange sie noch oben in ihrem Baumhaus hockte. Geduldig signierte sie die extra dafür gedruckten Postkarten mit dem Logo der Plantage. Wer ihr seinen Namen zurief, der bekam sogar eine persönliche Widmung.

Im Hintergrund bemerkte sie Nora, die heimlich mit Ben knutschte. Hach, die zwei waren so niedlich miteinander. Hoffentlich gab es bald eine Hochzeit oder Enkelkinder, aber eins nach dem anderen. Auch

Vera wuselte durch die Menge. Sie reichte Schnittchen, unterhielt sich mit den Gästen und war wie immer die gute Seele dieses Ortes. Enne war klar, dass sie eine schwere Zeit hinter sich hatte und noch lange an den neuen Erkenntnissen zu knabbern haben würde. Aber sie war stark. Viel stärker, als ihre Töchter vermuteten. Sie versteckte das nur besser.

Wie bereits befürchtet fehlte Viola. Ihr Fernbleiben vom Fest hatte sie zuvor angekündigt. Rasch warf Enne einen Blick auf die Uhr. Noch fünf Minuten, ehe sie runterklettern musste. Zeit genug. Sie zückte ihr Handy und rief Viola an.

»Oma, bitte hör auf, mich zu terrorisieren. Es ist besser, wenn ich dem Event fernbleibe. Ben und ich würden uns nur wieder streiten.«

»Viola, ich bin stolz auf dich. Habe ich dir das je gesagt?« Das Schweigen in der Leitung war Antwort genug. Anscheinend nicht. Verärgert über sich selbst runzelte Oma die Stirn. »Du hast alles für diese Plantage getan, gekämpft und gelitten. Dabei war das niemals dein großer Traum. Du hast die Führung nur übernommen, weil niemand anderes dafür da war. Das war sehr mutig von dir. Ich danke dir.«

»Ich … du wusstest davon?«

»Ich weiß noch mehr. Zum Beispiel weiß ich genau, dass du dich früher nie für etwas entschuldigt hättest. Dafür warst du immer zu stolz und zu stur. Aber im richtigen Moment hast du es nun getan. Die eigentliche Heldin bist dadurch du: Du bist über dich selbst hinausgewachsen und hast die Plantage gerettet. Und als Heldin solltest du dich nicht verstecken, sondern hierherkommen und mit uns feiern. Als Familie. Nicht als Arbeitskollegen.«

Viola entließ mit einem Zischen die Luft. An ihrer belegten Stimme hörte Enne, dass sie weinte. »Ich überlege es mir«, sagte Viola leise und legte auf.

Enne war zufrieden, denn sie kannte ihre Enkelin: Sie würde kommen. Vermutlich stand sie eh schon unten an der Straße und überlegte, wann sie zu ihnen stoßen konnte.

Als Enne hochblickte, erstarrte ihr zufriedenes Grinsen jedoch zu Eis. Die unheimlichen Typen waren wieder da. Sie wusste natürlich ganz genau, wer sie waren. Gegenüber Nora hatte sie behauptet, sie wollten die Plantage kaufen. Weit gefehlt! Das waren Verlagsvertreter. Aber was noch viel schlimmer war: Sie sprachen mit Nora! Die verrieten doch wohl nicht ihr größtes Geheimnis?

Als Nora zu ihr sah und sie finster musterte, wusste sie, dass sie aufgeflogen war. Dabei hatte sie es all die Jahre so gut versteckt!

Wann immer Nora in eine Lebenskrise geraten war, hatte Enne einen Ratgeber für sie geschrieben. Nur für sie! Nachdem Nora fortgegangen war, war es für Enne natürlich schwieriger geworden, die jeweilige Lebensphase ihrer Enkelin zu erraten. Also schrieb sie auf gut Glück und fächerte ihr Wissen breiter, damit es hoffentlich passte.

Dummerweise waren ihre Bücher auch für andere interessant. Die Ratgeber verkauften sich außerordentlich gut, und ihr Verlag war ganz heiß auf Nachschub. Seitdem sie herausgefunden hatten, dass sich hinter dem Pseudonym ihrer Bestsellerautorin die alte Dame versteckte, die in den sozialen Medien für Schlagzeilen sorgte, waren sie natürlich noch viel mehr hinter Enne her.

Werner hatte die Herren vor Jahren vertrieben und ihr Geheimnis bewahrt. Diesmal hatte Enne allerdings weniger Glück. Nora hatte die vermeintlichen Käufer der Plantage enttarnt – und Enne gleich mit. Sie wusste genau, was die Verlagsleute von ihr wollten: Sie flehten sie schon seit Jahren an, ihr Leben inkognito aufzugeben und an die Öffentlichkeit zu gehen. Enne hatte ihre Anrufe einfach ignoriert, auf keine Mails geantwortet und sie dadurch gezwungen, persönlich hier aufzutauchen.

Zähneknirschend beobachtete sie, wie die Verlagsmitarbeiter Nora ihre Visitenkarten in die Hand drückten und verschwanden. Ben und Nora diskutierten kurz miteinander, knutschten dann wild herum und näherten sich anschließend dem Apfelbaum. Oh weh!

»Julia, Liebes, wir sollten den Countdown starten«, sagte Enne hastig zu ihrer jüngsten Überraschungs-Enkelin. Was das anging, hatte es sie wirklich kalt erwischt. Werner hatte ein uneheliches Kind? Damit hatte selbst sie nicht gerechnet. Natürlich war sie nicht blutsverwandt mit dem Mädchen, doch da Werner – ob Fremdgeher oder nicht – immer ihr Schwiegersohn bleiben würde, zählte Enne Julia auch mit dazu. Immerhin war sie die Halbschwester ihrer beiden Enkelinnen. Für Enne war damit klar: Julia war ihre Enkelin.

Zur Feier hatte sie ihr als Einzige erlaubt, hier oben bei ihr zu sein und ihr zu assistieren. Julia musste filmen und Fotos posten. Ihr Plan, sie über längere Zeit auf dem Baum wohnen zu lassen, war jedoch gescheitert. Schrullige alte Damen durften oben in Apfelbäumen hausen. Kindern war das nicht vergönnt, denn die mussten zur Schule. Was das anging, hatten die Behörden nicht mit sich spaßen lassen.

Enne stand auf und warf sich in Positur. Dann zückte sie zum letzten Mal ihr heißgeliebtes Megafon. »Liebe Anwesende. Meine Arbeit hoch oben im Apfelbaum ist getan, denn meine Familie hat wieder zusammengefunden. Lasst euch von einer alten Frau sagen: Das war kein Zuckerschlecken. Mein Rücken bringt mich um, ich stinke und bin zum Umfallen müde. Aber das Ergebnis lässt sich sehen. Es gibt nichts Schöneres und gleichzeitig Fragileres als eine Familie. Sie ist es wert, dafür zu kämpfen – aber jeder mit seinen eigenen Waffen. Auf einen Apfelbaum zu klettern, kann ich allerdings nicht empfehlen.« Sie nickte dem Kirchenchor zu, der nur auf diesen Einsatz gewartet hatte.

Sie stimmten *Meine Oma fährt im Hühnerstall Motorrad* an, woraufhin die Menge zu klatschen anfing. Die Kinder in der vordersten Reihe hüpften aufgeregt auf und ab, während Nora ihr ein Daumen-Hoch-Zeichen gab. Sie strahlte regelrecht.

Auch Enne musste lachen und wartete auf die umgedichtete Strophe, die nur für sie bestimmt war. Endlich kam sie.

»Meine Oma sitzt im Apfelbaum und streikt«, sang der Chor.

Enne hob ihr Megafon und sang mit, sodass alle Anwesenden ebenfalls mit einfielen. Und endlich, endlich sangen dann alle gemeinsam: »Meine Oma saß im Apfelbaum und kommt jetzt runter.«

Sie hob die Arme in Siegerpose und begann ihren Abstieg. Das Grölen wurde lauter, genau wie das Klatschen und der Gesang des Chors. Kurz überlegte sie, ob sie sich ganz starmäßig in die Arme der Leute werfen konnte, aber so ein Beckenbruch war in ihrem Alter kein Spaß. Also verkniff sie sich derlei Extraeinlagen und nahm betont sorgsam auch die letzte Sprosse.

Ihr Fuß hatte nicht ganz den Boden berührt, da fiel ihr auch schon Nora um den Hals. »Du bist die schrägste Oma der Welt«, rief sie mit Tränen in den Augen. »Aber auch die coolste.«

Enne knuddelte sie zurück und nahm dann Ben in die Arme. Auch er strahlte wie ein Honigkuchenpferd. Er hatte so viel verloren und noch mehr gewonnen. »Heirate sie gefälligst«, flüsterte Enne ihm ins Ohr und wandte sich sofort ihrer Tochter zu. Vera sah erschöpft, jedoch glücklich aus. Zumindest so glücklich, wie man in ihrer Lage sein konnte. »Dein neues Apfelkompott ist das beste, das du je gekocht hast«, sagte Enne lächelnd.

»Und du bist Tamara Winter. Darüber müssen wir dringend reden«, entgegnete Vera. »Nora hat es mir schon erzählt. Du bist unglaublich.« Sie nahm sie lachend in die Arme. Aus dem Augenwinkel sah Enne derweil, dass Viola die Wiese betrat. Sie hob die Hand und winkte vorsichtig. Nach der großen Frostnacht hatte sie den Hof verlassen, um Ben nicht im Wege zu stehen. Sie hatte vor, ihren eigenen Weg zu finden. Fernab von dieser Plantage, denn wie sie schon gesagt hatte: Äpfel konnte sie nicht mal essen, ohne allergisch zu reagieren. Das allein sagte eigentlich alles.

Sie war dennoch Teil dieser Familie. Ein bedeutender Teil sogar. Enne winkte so lange und so herrisch in ihre Richtung, bis sie schließlich herantrat. Nora bemerkte ihre Schwester und zog sie mit in eine große Gruppenumarmung. Apfelblütenblätter rieselten auf alle nieder, und eine Trompete verkündete lautstark, dass Oma Enne wieder festen Boden unter den Füßen hatte.

Sie war zurück in den Armen ihrer Familie. Dafür hatte sie auf so ungewöhnliche Weise gekämpft, und es hatte sich gelohnt. Aber ganz ehrlich: Beim nächsten Mal wollte sie definitiv an einem bequemeren Ort streiken.

Weitere Liebesromane von Liane Mars

Haselhuhnherzen

»Für den Fall, dass ich einen irrationalen Fluchtimpuls verspüre, könnten wir ein Codewort vereinbaren. Fluchtpunkt Wahnsinn, zum Beispiel. Oder Haselhuhnherzen.«

»Was ist denn bloß ein Haselhuhn?«

»Das ist irgendein komischer Vogel, der ziemlich scheu ist und bei Gefahr sofort flüchtet. Passt also zu mir.«

Eigentlich meidet Lexy Konflikte so zuverlässig wie Gewitterwolken, doch als sie bei einem Routineeinsatz als Reporterin einer gefährlichen Diebesbande auf die Spur kommt, gerät alles aus dem Ruder. Sie wird die einzige Zeugin eines Mordes. Statt zu fliehen, stürzt sie sich jedoch kopfüber in eigene Ermittlungen. Wäre da nur nicht Alexander, der charmante, aber völlig undurchsichtige Polizeipressesprecher. Zum einen hält er wichtige Infos zurück, zum anderen bringt er Lexys Herz gehörig aus dem Takt. Als scheues Wesen sucht Lexy daraufhin das Weite, doch manchmal, ganz selten, lässt sich sogar ein Haselhuhn einfangen ... vorausgesetzt, der Richtige ist zur Stelle.

Die Neuauflage von „Liebe kennt kein Hitzefrei"!

Wunder kommen manchmal doppelt - die Schwangeren-WG

»Ernsthaft? Du schwängerst zwei Frauen im selben Monat? Wie konntest du deiner Ehefrau und deiner Geliebten zeitgleich ein Baby machen?«

»Es war ein Unfall!«

»Es waren ZWEI Unfälle!«

Emily ist schwanger – von ihrem Ehemann Peter. Leonie ebenfalls – von ebendiesem Peter. Der Schock könnte größer kaum sein. Kurz entschlossen setzen beide Frauen den werdenden Vater vor die Tür und beschließen: Diese Kinder kommen ohne Peter zur Welt. Sie gründen eine WG der etwas anderen Art, Hormonschübe inklusive. Aus Rivalinnen werden Verbündete, aus Chaos wird Freundschaft. Und plötzlich fühlt sich Familie ganz anders an als gedacht. Doch als das Leben zuschlägt, müssen beide feststellen: Zusammen ist man stark, aber reicht das aus, wenn das Herz bricht?

Die Neuauflage von
„Doppelt oder nichts, sagt das Glück“

Weitere Liebesromane von Liane Mars, die unter
Christina Rentzing bei Ullstein erschienen sind:

Aszendent zum Happy End
Achtsam Herzen stehlen

New Adult aus der Feder von Liane Mars, die unter
Christina Ellis bei HarperCollins erschienen sind:

Be my heartbeat
Dry my tears
Keep my secrets

Fantasyromane von Liane Mars:

Beim Drachenmond Verlag bislang erschienen:

Reihen:
ASRAI-Saga (Drachen und gefährliche Geheimnisse)
„Full of Magic"-Trilogie (Gestaltwandler und ein tödlicher Kuss)
„Bin hexen"-Dilogie (eine Hexe und ein Hexenjäger)

Einzelbände:
Funkenmagie (Broken hero und eine drachengebundene Heldin)
Der letzte Garten der Hoffnung (Öffne nie die magische Pforte!)
Der Gesang des Sturms (epischer Liebesroman ganz ohne Magie)
Seelentraum (Eine Wolkenschafhirtin erweckt einen gefährlichen Krieger!)

Bei Piper bislang erschienen:

Bound by Flames (Ein Drache wird stets zu zweit geritten!)
Freed by Fire (Teil 2 von Bound by Flames)
Queen of Magic (Ein rückwärts zählendes Tattoo und magische Verwicklungen)
Selbst ist die Fee (Was passiert, wenn sich der Prinz in die Fee verliebt?)

Folgende Hörbücher gibt es bereits:

ASRAI, Funkenmagie, Bound by Flames, Freed by Fire, Selbst ist die Fee, Aszendent zum Happy End, Ambrose-Brothers

Dir liegt etwas auf dem Herzen? So erreichst du mich:

Schreib eine Mail an: info@liane-mars.de
Folge mir auf Instagram, Tiktok und Facebook unter „Liane Mars“
Unterstütz mich auf Patreon und bekomm regelmäßig geheime Updates
zu meinen Projekten oder hol dir den Newsletter über
www.liane-mars.de/Newsletter und verpass keine Neuigkeiten mehr!